La signature écarlate

DU MÊME AUTEUR CHEZ MIRA

Elles étaient si jolies

Prologue

Quand diable allait-il se décider à appeler ?

Des volutes de fumée montaient d'un long et mince cigare qui se consumait dans le cendrier. D'autres mégots s'entassaient tout autour. L'homme consulta sa montre. Etait-ce fait, oui ou non ?

Il écrasa le cigare contre le cristal taillé et s'avança vers la fenêtre. Les vitres crasseuses étaient couvertes d'une légère couche de condensation givrée. Le froid était arrivé tôt, cette année. D'un doigt ganté, il traça une croix sur le givre et laissa son regard se perdre dans la nuit. Bien qu'il soit minuit passé, le paysage nocturne étincelait de lumières colorées. Sans doute une fête à Cheekwood. La joie et la bonne humeur devaient fuser. En plissant les yeux, il distinguait des éclats de phares, au moment où les voituriers négociaient le virage du boulevard.

Il tapota des doigts contre la vitre, effaça le dessin qu'il venait de faire, puis se retourna. La pièce était vide. Sombre. Des fantômes se tapissaient dans les recoins obscurs. Les ombres grandissaient, devenaient menaçantes. Le souffle un peu court, il appuya sur l'interrupteur de la lampe. Cela suffit à apaiser sa panique. Il prit une grande inspiration étranglée, et remplit ses poumons à fond. L'ampoule au néon n'éclairait que faiblement la pièce caverneuse, mais, pour lui, c'était comme si tout s'embrasait. Certaines choses ne changeaient jamais. Après toutes ces années, avoir encore peur du noir !

Sur son bureau couvert de traînées de cendres, il n'y avait que le petit coffre de bois de rose, le cendrier, et ce fichu téléphone qui refusait de sonner. La pièce était tout aussi spartiate. Un bureau, un fauteuil à roulettes en cuir et trois chaises pliantes. Il ouvrit la boîte et sortit un nouveau cigare, édition spéciale quarantième anniversaire. Il suivit le rituel : couper l'extrémité au-dessus de la corolle, l'approcher de la flamme, le faire tourner jusqu'à ce qu'il s'allume parfaitement… Il tira quelques petites bouffées apaisantes. Voilà. Il se sentait déjà mieux.

Son isolement était nécessaire. Il ne voulait pas que les gens le voient ainsi. Mieux valait qu'ils se souviennent de l'homme puissant qu'il avait été autrefois. S'ils savaient ce qu'il était devenu — un vieil impotent, une sombre créature au dos voûté et aux mains noueuses —, comment pourraient-ils avoir peur de lui ?

Mais il n'avait plus très longtemps à attendre, maintenant. La peur serait son cheval blanc, galopant sur les corps de filles aux lèvres rouges. Les doubles. Les substituts.

La sonnerie du téléphone le fit sursauter. Enfin !

— Oui ? dit-il brusquement.

Il écouta son interlocuteur, puis remit le combiné sur son socle.

Un sourire s'étendit lentement sur ses lèvres, le premier de la soirée. Le moment était venu. L'heure de recommencer, de refaire surface. Un nouveau visage, un nouveau corps, une nouvelle âme. Après avoir jeté un dernier coup d'œil par la fenêtre, il écrasa son cigare, ferma la boîte et se prépara à affronter l'ombre. Il sortit d'un pas résolu et disparut dans l'obscurité du couloir.

Le téléphone sonnait. Dans un recoin de son esprit, elle reconnut l'appel strident et comprit qu'elle allait devoir se réveiller. Quelle poisse ! Pour une fois qu'elle faisait un rêve vraiment agréable… Sans ouvrir les yeux, Taylor Jackson tendit le bras par-dessus le corps chaud étendu à son côté et attira le récepteur jusqu'à son oreille.

— Allô ? marmonna-t-elle.

— Taylor, c'est maman.

La jeune femme entrouvrit une paupière et tenta de faire le point sur les chiffres lumineux du réveil. Il était 2 h 48.

— Qui est mort ? demanda-t-elle.

— Bon sang, Taylor, tu es obligée d'être aussi brusque ?

— Maman, il est 3 heures du matin ou presque. Si tu m'appelles à cette heure, tu as forcément une mauvaise nouvelle à m'annoncer. Si tu me disais tout de suite ce qui s'est passé, je pourrais me rendormir.

— Très bien. Il s'agit de ton père. Il a disparu à bord du *Shiver*.

Taylor se redressa en faisant basculer ses jambes hors du lit. Son père, Win Jackson. Winthrop Thomas Stewart Jackson IV, pour être exact. Son illustre père avait disparu.

Une boule se forma dans sa gorge, et elle cligna des yeux pour retenir les larmes qui, pour une fois, lui montaient aux yeux.

Elle n'avait même pas envie de réfléchir à ce que cela pouvait signifier. « Disparu », c'était l'équivalent de « mort », quand cela se produisait en pleine mer, non ?

Son père… C'était fou comme ces deux mots suffisaient à déclencher un torrent d'amertume. Les rumeurs résonnaient dans sa tête comme des cris d'oiseaux. Son père lui a payé sa place à l'académie de police… Il lui a payé sa promotion à la brigade des homicides… Il a donné un gros paquet de fric pour la campagne du maire, et sa fille est passée lieutenant… Ce bon vieux Win Jackson. Banquier d'affaires, financier de choc, avocat et homme politique. Sous des dehors séduisants et un rire chaleureux, c'était un escroc extrêmement imaginatif, une canaille de grande envergure. A Nashville, il faisait figure de légende vivante. Une légende dont Taylor s'efforçait de rester le plus éloignée possible.

Assise au bord du lit dans sa chambre obscurcie, elle pensa à lui. Cette pensée était toujours associée à un parfum, une luxueuse eau de Cologne qu'il s'était achetée un jour à Londres et qu'il avait ensuite commandée chaque année à Noël…

— Taylor ? Taylor, tu es encore là ?

— Oui, maman, je suis là. Qu'est-ce qu'il faisait sur le *Shiver* ? Je croyais qu'il avait laissé tomber la voile.

— Tu connais ton père…

« Non, je ne le connais pas. »

— Il a voulu amener le yacht à Saint-Bart. Ou Saint-

Christophe. Ou Saint-Je-Ne-Sais-Quoi. Une de ces îles des Antilles, quoi. A mon avis, il avait emmené une de ses petites traînées. Il a dû l'appâter en lui promettant de voguer vers le soleil couchant… Eh bien, il semble qu'il soit passé par-dessus bord.

Il n'y avait aucune émotion dans la voix de Kitty Jackson. Ni amour, ni détresse, ni même sympathie. Parfois, Taylor se demandait si le cœur de sa mère battait encore.

— Quelqu'un a prévenu les gardes-côtes ?

— Taylor, c'est toi la spécialiste des… des forces de l'ordre. Moi, je n'ai pas la moindre idée de ce qu'il faut faire. En plus, je suis sur le point de partir pour Gstaad.

— Pardon ?

— Au ski. Tu as oublié ? Je suis en vacances en Suisse d'octobre à janvier. Je t'avais pourtant envoyé les dates… J'ai mes bagages à faire, je n'ai pas le temps de m'occuper de cette histoire.

Le ton contrarié de sa mère fit grimacer Taylor. Kitty s'était toujours souciée d'elle-même avant toute chose. Mais, cette fois, son mari était quand même porté disparu… Avec de bonnes chances d'être mort.

— Merci de m'avoir prévenue, maman. Je m'en occupe. Passe de bonnes vacances. Au revoir.

Elle raccrocha avant que sa mère n'ait pu répondre.

« Bon sang, Win… Dans quoi est-ce que tu t'es fourré, cette fois ? »

A cet instant, le téléphone sonna de nouveau. Elle

examina le numéro qui s'affichait sur l'écran et répondit d'une voix posée.

— Taylor Jackson.

— On a un macchabée à te montrer.

— J'arrive.

1.

Deux mois plus tard.
Nashville, Tennessee
Dimanche 14 décembre
19 heures

La flaque vermillon étincelait sous les éclairages halogènes. Le liquide était sur le point de geler : il pâlissait à mesure que la glace se figeait. Juste au-dessous de la surface, de petits cheveux dessinaient des marbrures noires dans le sang.

La jeune femme était nue et couverte de contusions mauves. Elle gisait sur son flanc droit, face à la colline qui montait vers le Capitole. Ses longs cheveux noirs coulaient autour d'elle comme un ruisseau sale. Son visage était d'une pâleur fantomatique, ses lèvres cramoisies. On aurait dit une princesse de conte de fées enfermée dans un cercueil de verre. Mais ce n'était pas une pomme empoisonnée qui l'avait expédiée dans l'au-delà. Elle avait été jetée comme un déchet sur la dalle de marbre. Son corps nu s'arc-boutait autour du mât central. Autour de ce dernier, les petits drapeaux claquaient au vent comme pour protéger la victime. Sa jambe gauche s'étalait en un angle peu naturel, et son pied couvrait un des spots encastrés dans le marbre pour éclairer le monument.

En s'approchant, on découvrait la grande entaille au couteau qui traversait sa gorge. Elle luisait, béante, révélant des zones rouge bordeaux, presque noires par endroits, et des reliefs de cartilage et d'os.

Taylor leva un sourcil. Ah, les joies de la brigade des homicides ! Elle s'entoura de ses bras, se balança d'un pied sur l'autre. Elle portait une veste en peau de mouton descendant à mi-cuisses, un gros pull à torsades, un jean, des moufles et une écharpe, mais le froid réussissait à s'infiltrer par de minuscules interstices et à lui glacer le sang. Le temps sentait la neige. Les températures stagnaient au-dessous de zéro depuis plusieurs jours, et l'atmosphère était dense. Le ciel était carrément pâteux. Taylor gratta le sol du bout de sa chaussure.

« Attendre… » Elle était fatiguée d'attendre. Il lui semblait qu'elle passait sa vie entière à regarder sa montre et à s'intimer l'ordre de patienter quelques minutes, quelques heures, quelques jours.

« Le médecin légiste va arriver d'une minute à l'autre… »

Il faisait trop froid pour rester immobile. Taylor étira ses bras en direction du ciel et sentit un nerf se dénouer sous son omoplate droite. Elle était trop tendue, et le froid n'aidait pas à la décontraction. Elle fit quelques pas dans la nuit, heureuse de s'éloigner de l'odeur fétide de la mort. Quand l'air froid s'engouffra dans ses narines, une douleur lancinante envahit son crâne, et ses yeux se remplirent de larmes. Elle s'éloigna le long du mur en granit qui bordait l'amphithéâtre, puis se retourna pour embrasser la scène du regard.

L'esplanade du Bicentenaire de Nashville constituait un cadre somptueux pour un meurtre. Inauguré en 1996 pour les deux cents ans de l'Etat du Tennessee, le monument n'avait jamais eu le succès escompté par les élus municipaux. C'était néanmoins un agréable lieu de promenade, parfait pour les pique-niques ou un jogging matinal. La nuit, l'endroit était désert. Autour du cadavre, uniquement des voitures de patrouilles bleu et blanc aux gyrophares encore allumés. Mais cela changerait dès que les médias auraient vent de l'affaire. Et de l'état de la victime. Qui était, selon toute vraisemblance, la quatrième d'une série.

Les camionnettes de la télévision nationale continueraient d'encombrer les rues du centre-ville, à l'affût d'un nouveau meurtre ou d'un faux pas de la police. Après deux mois passés sous le regard constant des médias, tout le monde était à bout de nerfs. Trois familles avaient été anéanties — et, avec la dernière victime, cela ferait quatre. Taylor avait passé plus de nuits sans sommeil qu'elle n'en pouvait compter.

L'extrémité sud de l'esplanade, où se trouvait le corps, était occupée par un monument au drapeau du Tennessee. Dix-huit drapeaux, divisés en deux groupes de huit petits et un grand, étaient disposés de part et d'autre d'une allée en marbre. Ils volaient joyeusement au vent glacé, indifférents à la scène sordide qui s'étendait à leurs pieds. C'était peut-être normal, après tout. Le Tennessee avait été surnommé « l'Etat des volontaires » en raison du grand nombre d'hommes qui s'étaient engagés lors de la guerre de Sécession. Son drapeau avait été dessiné par un dénommé LeRoy Reeves, du troisième régiment d'infanterie. Le tissu rouge cramoisi, rehaussé de trois étoiles blanches, rappelait le sang et les os étalés à la base de son mât.

Si on aimait les cartes postales de l'enfer, c'était un tableau magnifique. Le quatrième en son genre depuis que le tueur surnommé « Blanche-Neige » était ressorti de son antre et avait recommencé à tuer.

Taylor porta son regard au-delà du cadavre et des drapeaux, au-delà du petit pont à chevalets, vers la colline aux pelouses impeccablement entretenues, au sommet de laquelle s'élevait le bâtiment du Capitole. Sa silhouette néoclassique luisait dans l'obscurité. De l'autre côté de cette colline s'étendait le cœur de la ville. *Sa* ville. Sous *sa* responsabilité. Taylor se détourna et continua à marcher.

Le tueur ne faisait pas dans la discrétion. Tout avait été organisé pour attirer l'attention sur le meurtre. Il avait déposé le corps à deux pâtés de maisons de Channel 5 et à quatre des bureaux de la police. Grâce aux carrefours giratoires de part et d'autre de l'esplanade, il avait dû se glisser dans le parc, y déposer le corps et repartir tout droit en direction du James Robinson Parkway. Taylor s'étonnait que la chaîne locale de CBS ne soit pas déjà sur les lieux.

Un flocon de neige passa devant ses yeux, d'une fragilité et d'une beauté envoûtantes. Comment quelque chose d'aussi magnifique pouvait-il provoquer un tel chaos ? On prévoyait une trentaine de centimètres de neige dans les zones les moins élevées autour de la ville, et jusqu'à quarante-cinq sur le plateau. Dans quelques heures, toute l'agglomération serait probablement paralysée.

Pour couronner le tout, dans un peu moins de cent vingt heures, c'est-à-dire cinq petits jours, Taylor avait rendez-vous à la cathédrale Saint-George. Pour son mariage.

En soupirant, elle repartit vers le cadavre et consulta sa montre. Le médecin légiste aurait dû être arrivé depuis un moment. Elle avait bien envie de faire enlever le corps. De rentrer se mettre au chaud. De se reposer. De faire ce qu'il fallait pour que, le grand jour, tout se passe comme prévu. « S'il faut reporter, ce ne sera pas la fin du monde, dit une petite voix en elle. Comment veux-tu te marier et partir en lune de miel au beau milieu de la plus grande affaire de meurtres depuis des décennies ? »

Taylor vit passer au loin une camionnette de télévision, sa parabole pointée vers le ciel comme l'aileron d'un requin. Sans doute les journalistes voulaient-ils tenter d'avoir une vue d'ensemble de la scène de crime. Ils allaient prendre le James Robinson Parkway puis se faufiler derrière l'esplanade à l'intersection de Charlotte et de la 6e Rue. Plus moyen d'attendre.

A l'instant où elle sortait son portable de la poche de son manteau, une camionnette blanche portant une inscription discrète se gara devant l'esplanade. Le médecin légiste. Enfin !

Taylor referma son téléphone et traversa la pelouse à grands pas. Elle bondit jusqu'à la portière avant gauche et fit signe au conducteur de baisser la vitre. Le Dr Samantha

Loughley, médecin légiste, s'exécuta, et Taylor rentra sa tête dans la chaleur de l'habitacle. Un pur bonheur.

— Pousse-toi, Taylor.

D'une main calée sous le menton de Taylor, Samantha repoussa son visage hors de la voiture. Puis elle mit la boîte de vitesses au point mort et sortit à son tour. Emmitouflée dans une veste en laine polaire noire, des bottes doublées en tissu thermique et un cache-oreilles en fourrure rose, elle lança un hochement de tête à Taylor.

— Elle est où ?

— Au pied du grand drapeau. Mais, avant de commencer, je te conseille de t'avancer jusqu'au bout de l'esplanade pour avoir une vue d'ensemble. C'est assez magnifique, dans le genre.

— Tu es horrible. On a des infos sur son identité ?

— Aucune. Elle est nue, pas de sac à main ni de vêtements. Dis donc, tu crois vraiment qu'il va neiger autant qu'ils le disent ?

— Trente ou quarante centimètres au minimum, à ce que j'ai entendu, répondit Sam en lui faisant un clin d'œil.

Puis elle s'éloigna en direction du corps. Taylor la suivit, extrêmement préoccupée. Des images défilaient devant ses yeux : aéroports fermés, chasse-neige échoués au bord des routes, traiteurs privés d'électricité. Pourquoi éprouvait-elle un tel soulagement à l'idée de repousser son mariage ? « De toute façon, ma fille, ça ne va pas marcher. Il pourrait tomber trois mètres de neige, en cinq jours tout serait rentré dans l'ordre. »

— N'empêche qu'ils se plantent tout le temps, à la météo. Ils sont connus pour ça, pas vrai, Sam ?

« Et si la neige attendait jeudi pour commencer à tomber… » Samantha n'écoutait plus. Elle venait d'apercevoir le corps de la victime. Elle se raidit et s'arrêta net.

Taylor mit la main sur l'épaule de sa meilleure amie et oublia pour l'instant ses problèmes personnels.

— Je sais, dit-elle. Ça m'a fait le même effet.

— Ouah !… En tout cas, on dirait bien qu'il s'agit du même type.

Sam s'agenouilla près du corps et scruta le visage de la jeune morte.

— Il met les bouchées doubles, dit Taylor. Il ne l'a pas simplement déposée ici. Vu la quantité de sang, je te parie qu'il l'a tuée sur place.

— Et il n'y a pas très longtemps, en plus.

Sam tendit la main vers son sac. Taylor, qui savait ce qui allait suivre, s'éloigna de quelques pas pour la laisser faire son travail.

Il y eut un petit bourdonnement, et elle fut brusquement éblouie par les spots d'une camionnette de télévision. Elle s'excusa auprès de Sam et alla empêcher les cameramen d'approcher. Avec chaque nouveau meurtre, les journalistes devenaient de plus en plus effrontés, mais Taylor n'avait aucune intention de les laisser saboter l'enquête avec leurs suppositions.

— Bingo, dit Sam à mi-voix dans son dos.

2.

Nashville
Lundi 15 décembre
21 h 24

Dans le duplex de l'antenne de Fox News à Nashville, Taylor trépignait sous la chaleur des spots. La chaîne nationale voulait un topo sur l'affaire Blanche-Neige, et Taylor avait été désignée pour passer à la casserole. Alors qu'on venait de l'installer sur le plateau et de l'équiper d'un micro-cravate, la présentatrice, qui se trouvait dans un lointain studio, avait embrayé sur un flash info : à Jérusalem, un attentat suicide dans un restaurant avait fait quinze morts et blessé deux Américains. Le compte rendu s'étirait en longueur ; Taylor regrettait déjà d'avoir accepté l'interview.

Il était important de rassurer le public, bien sûr, mais elle aurait préféré que le porte-parole officiel de la police de Nashville, Dan Franklin, s'y colle. Les interviews en direct, elle n'aimait pas ça. Evidemment, la réapparition de Blanche-Neige avait mis le pays entier en émoi, sans parler de Nashville et de la brigade des homicides qu'elle dirigeait. Dan Franklin était complètement débordé.

Elle passa la main sur son front et sentit de minuscules gouttes de transpiration. Ne pouvaient-ils couper les spots pendant qu'elle attendait ? Tandis qu'elle fixait aveuglément les entrailles du studio, ses pensées tournaient à toute vitesse. La chaîne avait spécialement demandé à ce que Taylor fasse l'interview. Elle soupçonnait les responsables de s'intéresser davantage à ses sulfureuses histoires de famille qu'à ses compétences en tant qu'enquêtrice principale sur une série de meurtres. On avait fortement déconseillé à la présentatrice toute allusion à Win Jackson, et Taylor espérait que, pour une fois, elle en tiendrait compte.

A la régie, on s'agitait. Un technicien lui fit signe qu'on serait bientôt en direct. Il compta à rebours à haute voix, puis en silence, sur ses doigts. Trois, deux, un. Taylor inspira à fond, expira lentement et sourit à la caméra.

— Nous sommes de nouveau en direct avec le lieutenant Taylor Jackson, chargée des homicides au département de police de Nashville, pour parler de l'épouvantable série de meurtres qui frappe la capitale de la musique, un endroit où on est plus habitué aux excès des stars de la country qu'à ceux de tueurs en série. Ce soir, une nouvelle victime vient d'être découverte. Lieutenant Jackson, avez-vous pu identifier le corps ?

— Non, pas encore. Nous...

— Vous pouvez nous confirmer qu'il s'agit bien de la quatrième victime d'une série ?

— Il est trop tôt pour...

— Il y a deux mois, la police a retrouvé le corps d'Elizabeth Shaw. La jeune fille avait été enlevée, violée, et égorgée à l'aide d'un couteau de type militaire. Trois semaines plus tard, Candace Brooks était tuée de la même façon. La semaine dernière, une troisième jeune femme, Glenna Wells, a été retrouvée près du lac Percy Priest. Elle avait été violée, battue et égorgée au couteau. Les trois scènes de crime présentent de sinistres ressemblances, et la police de Nashville se tourne de plus en plus vers l'hypothèse d'un tueur en série.

Une voix résonna dans son oreille et la fit sursauter. Elle ne s'habituerait jamais à cette manie des producteurs de faire irruption dans son cerveau sans crier gare.

— Désolé, Taylor. Sentez-vous libre de lui couper l'herbe sous le pied à la première occasion.

Taylor se força à rester impassible : elle ne voulait pas repasser en direct avec un grand sourire imbécile.

Pendant ce temps, le monologue continuait.

— Cette série de meurtres est assez atroce en elle-même, mais le pire est sans doute qu'on les attribue à un homme que toute l'Amérique connaît sous le surnom de Blanche-Neige, un forcené qui a tué dix victimes dans les années 1980 et n'a jamais été arrêté.

Il y eut un fondu au blanc, puis des visages et des noms de femmes s'affichèrent les uns après les autres à l'écran. Dans les écouteurs de Taylor, une voix off enregistrée résumait les faits survenus dans les années 1980, tout en établissant des parallèles avec l'affaire d'aujourd'hui. Taylor n'écoutait qu'à moitié.

Elle était encore au collège, à l'époque où le tueur avait commencé à choisir ses proies parmi les plus belles filles de la région. Elle avait seulement quelques années de moins que les plus jeunes de ses victimes. A son entrée dans la police, elle avait lu et relu le dossier Blanche-Neige jusqu'à le connaître par cœur, en espérant un jour retrouver le tueur. Par une ironie de l'histoire, elle en avait aujourd'hui la possibilité.

Elle se força à porter son attention sur les propos de la présentatrice.

— Le tueur a reçu le surnom de Blanche-Neige en raison de la troublante ressemblance entre ses victimes et le personnage de Walt Disney : elles étaient jeunes et belles, avec les cheveux bruns, la peau pâle et du rouge à lèvres écarlate.

Evidemment, cette pimbêche en était restée à la version commerciale du personnage. Du point de vue de Taylor, cette affaire évoquait surtout le cruel conte de Grimm, mais elle n'allait pas se lancer dans ce débat. Elle regarda mieux les traits de la présentatrice. « Hum… Kimberley, un peu de rouge à lèvres écarlate, et tu serais une excellente candidate. »

La voix résonna de nouveau dans son oreille gauche.

— Ça va être à vous, lieutenant. Trois, deux…

— Et puis il a cessé de tuer, dit la présentatrice. Les habitants de Nashville n'ont pas oublié, mais la vie a repris son cours. Jusqu'à il y a deux mois.

Le montage d'images d'archives touchait à sa fin. Taylor vit son propre visage s'afficher à l'écran.

— Lieutenant Jackson, il semble aujourd'hui que Blanche-Neige ait refait surface. Avez-vous d'autres éléments qui confirment cette théorie ? Où s'est-il caché pendant toutes ces années ?

C'était le moment de remettre les pendules à l'heure. Taylor s'éclaircit la gorge et fit un sourire chaleureux.

— D'abord, Kimberley, j'aimerais vous remercier de m'avoir invitée. Comme vous le savez, Blanche-Neige a été actif ici, à Nashville, au milieu des années 1980. A partir de 1988, on n'a plus entendu parler de lui et on n'a aucune certitude sur ce qu'il est devenu. Il peut être mort ou en prison. Il a pu s'installer ailleurs et modifier son mode opératoire, mais c'est peu probable. Il est assez rare qu'un tueur en série change ses habitudes, comme vous le savez bien.

« Comme le sait le monde entier, grâce aux émissions comme celle-ci où des profileurs et des techniciens médico-légaux sont invités à donner leur avis sur tout et sur n'importe quoi… »

— Est-il exact, lieutenant Jackson, qu'il s'agisse d'un homme fortuné qui a pu quitter le territoire américain pendant les deux dernières décennies ?

— C'est un scénario que nous avons envisagé. Même si nous sommes convaincus, à la brigade des homicides, qu'il se trouvait encore dans l'Etat du Tennessee un an après le dernier meurtre.

« Parce que le salopard leur avait envoyé une lettre où il expliquait poliment qu'il était encore dans le coin, mais qu'il n'avait pas l'intention de tuer d'autres filles. Mais ça, Kimberley, tu n'as pas besoin de le savoir ! »

— Lieutenant, qu'est-ce qui vous fait penser que Blanche-Neige est de retour ?

— Ce sont surtout les médias, Kimberley, qui avancent cette hypothèse. A l'heure actuelle, aucun élément ne permet d'établir qu'il s'agit de la même personne. La mise en scène et le mode opératoire sont semblables, mais rien ne prouve que Blanche-Neige soit responsable des nouveaux meurtres.

« Sauf les petits mots et les nœuds, mais ça non plus, je n'ai pas envie de vous en parler. »

— Il est inactif depuis plus de vingt ans, lieutenant. Est-il possible que Blanche-Neige fasse partie des citoyens respectés de la bonne société de Nashville ? Qu'il paie ses impôts comme tout le monde et dirige un club de base-ball junior ?

— Tout est possible, mais, pour nous, ce scénario n'est pas très réaliste. Les meurtriers dans son genre cessent très rarement de tuer. Au contraire, on constate généralement une escalade de la violence jusqu'à ce que l'auteur des crimes se fasse arrêter ou soit dans l'incapacité de poursuivre ses activités. Il est plus probable que l'homme qu'on a surnommé Blanche-Neige soit mort ou emprisonné pour un autre crime.

— J'ai entendu dire, lieutenant, que toutes les nouvelles victimes avaient en commun un fort taux d'alcool dans le sang, indiquant qu'elles étaient en état d'ébriété au moment de leur enlèvement ?

— Oui, elles avaient une alcoolémie élevée. A ce stade de l'enquête, je n'ai pas le droit de vous en dire davantage.

« On va laisser le Rohypnol de côté pour l'instant… »

— Merci, lieutenant. Avez-vous des recommandations à faire à la population féminine de Nashville ?

— Simplement de suivre les précautions d'usage et de faire preuve de bon sens. On demande aux femmes de la région de Nashville de rester sur leurs gardes. N'acceptez pas des boissons offertes par des inconnus, demandez toujours au barman de préparer votre verre devant vous, ne laissez pas votre verre sans surveillance. Ne montez pas en voiture avec des inconnus. Verrouillez les portes et les fenêtres de chez vous, et les portières de votre voiture. Au moindre élément suspect, composez le 911. Nous préférons de loin nous déplacer pour rien plutôt que d'arriver trop tard sur une scène de crime.

— Merci pour ces excellents conseils, lieutenant. Puis-je vous poser une dernière question ? Cela vous fait quel effet, à vous, de savoir qu'un tueur en série rôde dans votre ville en s'en prenant à de belles jeunes femmes ? Comment faites-vous pour dormir la nuit ?

— Kimberley, nous sommes tous très préoccupés par l'apparition de ce meurtrier. On a du personnel dévoué et talentueux qui travaille d'arrache-pied pour coincer le tueur avant qu'il ne fasse de nouvelles victimes. Mais nous voulons avant tout rassurer la population, pas semer l'hystérie. Si les auditeurs ont la moindre inquiétude ou la moindre question, ils peuvent appeler le 911 ou la hotline. Vous pouvez afficher le numéro à l'écran ?

— Il y est, lieutenant. Dernière question. Votre père, Winthrop Jackson IV, a disparu à bord de son yacht il y a près de deux mois. Selon nos informations, le gouvernement fédéral participe aux recherches pour le retrouver. Avez-vous de nouvelles informations à son sujet ?

Taylor sentit son sang bouillir. La présentatrice n'avait pas résisté à la tentation.

— Non, Kimberley.

Elle plissa les lèvres et croisa les bras. Il y eut un infime silence, puis la présentatrice dit rapidement :

— Merci de nous avoir consacré du temps, lieutenant, et bonne chance dans la traque de ce monstre. Après la pause, nous allons parler avec un spécialiste médico-légal des nouveaux éléments matériels découverts dans cette affaire.

La voix désincarnée se manifesta de nouveau.

— Désolé, lieutenant. Je lui avais pourtant dit de ne pas aborder le sujet. Vous avez été parfaite. Merci, et bonne soirée.

Il y eut un cliquetis dans l'écouteur, puis les spots s'éteignirent brusquement.

— On est hors antenne. Bravo, lieutenant, vous avez été géniale !

Le technicien de Channel 17 lui souriait avec admiration. Il ne devait pas avoir plus de dix-huit ans ; il donnait à Taylor l'impression d'être vieille. L'interview s'était passée aussi bien que possible. Au moins le producteur avait-il été correct. Dommage que cette idiote de Kimberley se soit sentie obligée de faire allusion à Win… Mais au moins n'avait-elle pas insisté. Un tueur en série, c'était tout de même plus excitant qu'un avis de recherche vieux de deux mois.

— Merci, dit-elle en faisant un signe de tête au jeune homme.

— Vous voulez une copie de l'émission ? Je peux vous la faire sans problème !

— Volontiers, merci.

Le jeune technicien partit à toute vitesse, et Taylor se

redressa en secouant sa jambe gauche engourdie. Revoir l'interview n'allait pas lui servir à grand-chose.

Quatre meurtres sauvages en deux mois. Tous perpétrés sur des filles aux cheveux bruns et à la peau pâle, portant du rouge à lèvres Chanel de couleur écarlate.

Il fallait arrêter ce type, et vite.

Les bras croisés, John Baldwin appuyait une jambe contre le mur. Cela faisait quinze bonnes minutes qu'il s'efforçait d'ignorer la réceptionniste qui le dévorait du regard. Depuis que Taylor était entrée dans sa vie, il n'avait d'yeux que pour elle et était à peine conscient des efforts d'autres femmes pour attirer son attention — sauf dans les cas les plus extrêmes. Avec son mètre quatre-vingt-quinze, sa musculature sinueuse, ses cheveux sombres ondulés et ses yeux verts, il était la cible de nombreux regards admiratifs. Celui de la réceptionniste commençait d'ailleurs à devenir gênant.

Il vit la porte du studio s'ouvrir, et un gamin chargé de toutes sortes de câbles escorter Taylor vers l'entrée. Le technicien du son, pensa John. En tant que profileur pour le FBI et psychocriminologue réputé, il était un habitué du petit écran. Impossible d'éviter ce genre de couverture médiatique. N'empêche que cette affaire les rongeait tous de l'intérieur.

Un message venait d'arriver de Quantico pour lui dire de suivre l'affaire Blanche-Neige en intervenant au besoin. Il ne voulait pas marcher sur les plates-bandes de Taylor. Il la laissait mettre ses propres théories à l'épreuve, ne rectifiant le tir qu'à l'occasion. De moins en moins souvent, à vrai dire. L'expertise de Baldwin avait déteint sur elle. Pour l'heure, elle n'avait pas besoin d'aide. Cela viendrait, mais il préférait la laisser arriver elle-même à cette conclusion.

Taylor se fraya un chemin vers la porte de verre. D'un air absent, elle rassembla ses longs cheveux, fit glisser un élastique de son poignet et attacha la masse blonde en une queue-de-cheval. Le jeune technicien s'écarta pour la laisser passer. Avec un regard adorateur de jeune chiot, il lui dit qu'il s'appelait Sean et que, si jamais elle avait besoin de quoi que ce soit, elle n'avait qu'à lui passer un coup de fil. Les oreilles de Taylor tournèrent au rose vif.

Quand elle aperçut John, le rose descendit jusqu'à ses joues et les nimba d'une aura de santé et de jeunesse. C'était désarmant. Elle avait tout pour elle : la beauté, l'intelligence et le cran. Il avait décidément remporté le jackpot le jour où il avait rencontré cette femme éblouissante.

Le technicien venait de remarquer la présence de John. Un petit pli apparut sur son front. Il n'était pas encore tout à fait adulte, mais il savait comment les choses se passaient. Il lui fit un sourire en coin, comme pour dire : « Fallait bien que je tente ma chance », serra la main de Taylor d'un air plus professionnel et lança un clin d'œil à Baldwin avant de s'éloigner.

— Tu t'es bien débrouillée, dit John avec un sourire.

— Relativement, oui.

— Tu n'es pas trop fâchée, pour ton père ?

— Pas du tout.

Elle lui lança un regard qui disait clairement qu'elle était furax, mais qu'elle n'avait pas envie d'en faire une montagne. John passa un bras autour de ses épaules et lui ouvrit la porte.

Ils quittèrent le bâtiment et traversèrent le parking. John sentit un frisson parcourir le dos de Taylor et comprit que ce n'était pas à cause du froid. Les studios de Channel 17 étaient nichés derrière le golf municipal, à l'extrémité nord-ouest du centre-ville. Un quartier sombre et isolé. Pendant une fraction de seconde, un sentiment de terreur s'empara d'eux. Il savait à quoi elle pensait.

Quatre filles étaient mortes au cours de l'enquête qu'elle dirigeait. L'Amérique tout entière était suspendue à l'affaire. Et le tueur s'amusait visiblement à faire tourner la police en bourrique. Ils n'allaient pas précisément passer un joyeux Noël.

Arrivé devant sa BMW, John lâcha les épaules de Taylor et lui ouvrit la portière. Quand ils furent tous deux installés sur les sièges de cuir, il se pencha vers elle et lui caressa la joue.

— On va le coincer. Je te jure qu'on va le coincer.

— Je sais, John. Je sais.

3.

Nashville
Lundi 15 décembre
23 heures

John déposa Taylor au bureau de police pour qu'elle puisse récupérer son pick-up et régler les derniers détails de la journée. Elle bâilla en allumant les lumières. Le dossier du meurtre était sur son bureau, pourvu d'onglets séparant les photos judiciaires, les documents sur les éléments matériels et les rapports des officiers présents sur les lieux. Il leur avait fallu trois heures dans le froid glacial, sous la neige tombante, pour boucler la scène de crime la nuit précédente. Rien n'avait été laissé au hasard. Chaque particule de preuve matérielle avait été collectée, étiquetée et cataloguée.

Elle vérifia rapidement ses mails : rien de vraiment urgent. Elle hésitait entre relire une dernière fois le dossier et rentrer se reposer. La perspective d'un bon lit et d'un corps chaud à son côté lui parut irrésistible. Elle coinça le dossier sous son bras et fonça vers la sortie.

Le trajet jusqu'à la maison fut sinistre. L'air nocturne crépitait de froid. La neige tombait en tourbillonnant ;

Taylor avait l'impression de conduire dans les nuages. Il n'y avait pas beaucoup de voitures sur la route, et elle se sentait très seule. Depuis le début de l'affaire Blanche-Neige, elle n'avait pas eu le temps de s'éclaircir les idées. Deux mois de cadavres, d'espoirs, de déceptions, de fausses pistes. Deux mois de cette ivresse particulière que procure la chasse à l'homme.

Hélas, la fille qu'on avait emportée dans un sac à la morgue, la veille au soir, n'avait certainement pas ressenti l'ivresse de la chasse. L'image de sa gorge béante vint à l'esprit de Taylor, et elle faillit manquer sa sortie. Sans réfléchir, elle freina brutalement et dérapa sur la neige mouillée. Elle joua du volant jusqu'à ce que les pneus adhèrent de nouveau. Ayant retrouvé le contrôle du véhicule, elle sortit de l'autoroute, le cœur battant. Elle avait échappé de justesse à un accident, et cela l'avait brutalement réveillée. L'adrénaline circulait intensément dans ses veines. Il fallait qu'elle cesse de penser à cette affaire. Mais son cerveau refusait de coopérer. La scène de crime de la veille ne cessait de repasser devant ses yeux, encore et encore. Elle était tellement perdue dans ses pensées que, lorsqu'elle arrêta la voiture, elle regarda autour d'elle et éclata de rire.

Sans s'en rendre compte, elle avait pris le chemin de son ancienne maison. Son chalet en rondins au milieu des bois. C'était normal, au fond : ils n'avaient déménagé que quelques semaines plus tôt, et le chalet était encore rempli de cartons à transférer vers la nouvelle maison. Cartons qu'elle n'avait aucune envie d'affronter maintenant. Elle passa la marche arrière et repartit. Le chalet n'avait pas eu l'air de contenir beaucoup de choses, mais, quand l'heure fatidique était arrivée, et que Taylor avait commencé à faire ses bagages, ses possessions avaient semblé se multiplier à vue d'œil.

Alors qu'elle s'éloignait de son ancienne vie, la sonnerie de son téléphone retentit. Elle activa le haut-parleur, et la voix exubérante de Sam emplit l'habitacle de la voiture.

— C'est le même type, Taylor. Tout correspond.

— Je n'y crois pas, tu es encore au bureau ? Pourquoi est-ce que tu as l'air si contente ?

— Parce que j'ai enfin des prélèvements suffisants pour les passer à la SMCL. On va enfin savoir à quoi on a affaire.

Jusqu'à présent, les analyses en spectrométrie de masse et chromatographie liquide n'avaient rien donné. C'était une excellente nouvelle.

— Super ! Mais ne te couche pas trop tard, d'accord ?

Tandis que Taylor reprenait le chemin de sa résidence actuelle, la gorge béante de l'inconnue s'insinua de nouveau dans ses pensées.

John Baldwin était relativement satisfait. Il avait bouclé son dernier dossier pour le FBI et n'avait pas reçu d'ordre officiel de reprendre l'affaire Blanche-Neige. Pour l'instant, il n'avait rien d'urgent à accomplir, sinon se marier. Sa principale préoccupation, c'était Taylor.

Un feu ronflait dans la cheminée. A l'autre bout de la pièce, Taylor serrait une tasse de chocolat chaud pour essayer de se réchauffer. Quand elle était rentrée, tout à l'heure, ses mains étaient presque bleues. A présent, elle se tenait devant la fenêtre, perdue dans ses pensées, à des années-lumière de lui. Dehors se déchaînait une tempête de neige comme on en voit rarement dans le Sud. Les flocons pleuvaient du ciel et s'entassaient sur les érables du Japon jusqu'à les faire ployer comme des vieillards.

Malgré l'heure tardive, une voix masculine, profonde et langoureuse, s'éleva dans la pièce.

« Ecoutez les phrases suivantes. Comment y répondriez-vous ? *Buongiorno, signora. Lei parla l'inglese ? Dove siamo ? Come se dice* "La place Saint-Marc est ici" *in italiano ?* »

— Stop, stop, stop… Ça va trop vite. Bon sang, c'est des trucs faciles, en plus !

Taylor arrêta le CD d'un geste de la télécommande.

— Qu'est-ce qui ne va pas, *cara* ? demanda John d'une voix doucereuse.

— *Vafanculo* ! rétorqua-t-elle avec un grand sourire.

John se mit à rire.

— Qui t'a appris ça ?

— Ça te plaît ? Je connais plein d'autres grossièretés.

Elle avait, en cet instant, ce sourire un peu fou qui le faisait craquer. Ses yeux gris lançaient des étincelles. John décida de la faire marcher encore un peu.

— Taylor, ce n'est pas la peine d'employer ce genre de vocabulaire. Là-bas, c'est le meilleur moyen de t'attirer des ennuis. Je ne comprends pas que tu peines à maîtriser les bases les plus élémentaires de la langue, alors que tu jures comme un charretier sans aucun problème. Non, non, ne dis rien !

Il leva la main. Taylor avait les lèvres pincées, prête à émettre ce qu'il supposait être une nouvelle grossièreté.

— Détends-toi, mon cœur. Tu en sais plus que tu ne crois. Ça fait des semaines que tu te repasses ces disques. Crois-moi, une fois là-bas, tu parleras couramment italien au bout de quelques jours. Je te le promets. Ici, il y a trop de distractions, voilà tout.

Il s'avança vers la chaîne et l'éteignit, puis il jeta un regard autour de lui. Leur séjour combinait harmonieusement les plans courbes et les poutres apparentes. Cette maison ressemblait à celles où Taylor et lui avaient grandi : élégante, spacieuse, aux murs blancs rehaussés d'accents de bois sombre. En la voyant, ils avaient tous les deux eu un coup de foudre. C'était une maison géorgienne de style colonial, avec une façade en brique et en pierre comme on en voit tant dans cette région du Sud. Pour l'instant, ils avaient beaucoup plus d'espace vide que de possessions. L'idée, c'était d'acheter des meubles et des tableaux là-bas, pendant leur voyage. Et de commencer à approvisionner leur cave à vins.

Ils avaient prévu de passer trois semaines de lune de miel en Italie — et Taylor avait fermement résolu d'apprendre l'italien avant le départ.

— Trop de distractions ? Qu'est-ce qui te fait penser ça ?

Elle se retourna vers la fenêtre et contempla le merveilleux paysage dessiné par la neige. Entre leur pelouse, l'allée qui menait à leur nouvelle maison et les bâtiments alentour, il n'y avait aucune démarcation visible. Tout était enseveli sous le blanc. Quarante centimètres de blanc.

Et, quelque part au-dehors, le tueur complotait son prochain meurtre. Quelle poisse! John vit le visage de sa fiancée passer de l'amusement à la gravité.

— Quatre nouveaux meurtres, Baldwin. Sam me l'a presque confirmé tout à l'heure. Blanche-Neige est vraiment de retour. A moins qu'on ait affaire à un imitateur. Dans ce cas, il est vraiment doué. Et nous, on a l'air d'une bande de singes en train de discuter avec un ballon de foot.

Il se glissa derrière elle et l'entoura de ses bras.

— *Siete il mio amore*, chuchota-t-il. *Non posso attendere per spendere il resto della mia vita con voi. Avete la faccia di un angelo.*

Elle se tourna vers lui ; il sentit son souffle chaud sur sa joue. A l'évidence, elle avait saisi les grandes lignes de son discours. Il lui fit un clin d'œil. Ça marchait à tous les coups.

— C'est pas compliqué… Suffit de te dire quelques mots en langue étrangère, et tu viens te frotter contre moi comme un chat.

Du bout des lèvres, il frôla la bouche de la jeune femme, qui le mordit promptement.

— Attention, docteur Baldwin. Ce n'est peut-être pas compliqué, mais ça ne veut pas dire que je suis une femme facile.

Elle lui donna un petit coup de poing à l'épaule.

— Tu crois qu'ils auront déblayé la rue avant demain matin ?

— Espérons.

Taylor fit craquer les vertèbres de sa nuque. Ses yeux gris disaient clairement que, si les routes n'étaient pas dégagées le lendemain matin, elle risquait de commettre un meurtre, elle aussi.

John lui passa un bras autour de la taille et l'attira contre lui.

— On pourrait…

— Hors de question. On a passé un marché, tu te rappelles ? Je veux que notre nuit de noces soit particulière. Je te demande seulement de faire abstinence pendant une semaine. Ce n'est quand même pas si difficile, non ?

— Mais on a déjà…

Il l'embrassa : elle avait un goût de chocolat. Elle se débattit pour se libérer. Le souffle court, elle finit par le repousser et lui adresser un faible sourire.

— Arrête ! Plus que quatre jours, d'accord ? De toute façon, je ne suis pas d'humeur à ça. Je n'arrête pas de penser à cette pauvre fille.

John lui fit un sourire pervers.

— Je pourrais te la faire oublier, tu sais.

Taylor se rendit compte qu'elle dormait les yeux grands fermés. C'était un vieux truc qu'elle utilisait depuis des années : elle fermait les yeux comme si elle dormait, mais elle « voyait » tout ce qui se passait autour d'elle. En général, cela permettait à son cerveau de traiter les informations qui la tracassaient tout en lui donnant le sentiment d'être reposée quand elle se levait. Mais, cette fois, cela n'avait pas l'air de marcher.

Elle ouvrit les yeux. John lui tournait le dos et, à en croire les petits ronflements chuchotés qui s'élevaient de son oreiller, il dormait profondément. Quel veinard !

Depuis qu'ils avaient emménagé dans la nouvelle maison, il dormait comme un bébé. Peut-être grâce à leur nouveau lit, qui mesurait un mètre quatre-ving-quinze de large et dans lequel ils pouvaient s'étirer à loisir sans se gêner l'un l'autre. Taylor n'avait regretté son ancien lit que très brièvement. Elle aimait se prélasser entre les draps frais et étirer ses longues jambes sans que ses pieds sortent du lit.

C'est ce qu'elle fit : décontracter les épaules, étirer les muscles, relâcher la pression. Peut-être qu'une partie de billard lui changerait les idées. Pas la peine de rester à regarder le plafond toute la nuit !

La table de billard était entreposée dans une pièce vide au-dessus du garage. Taylor se glissa hors de la chambre et referma doucement la porte. Le long couloir était éclairé par une veilleuse. Elle passa devant des chambres qui auraient dû être pleines de promesses, mais dont le vide semblait à présent une moquerie. « Le mariage… Les enfants… Les bouches béantes d'une rangée de petites filles aux chevelures brunes et aux lèvres écarlates… »

Au diable tout ça ! Elle parcourut rapidement les derniers mètres du couloir et poussa la porte de cet espace où était rangée la plus grande partie de son ancienne vie.

Elle alluma la lampe, qui remplit la pièce d'une douce lumière jaune. Après avoir refermé la porte, elle ôta la couverture de la table de billard, la jeta sur le canapé, positionna les boules sur le tapis et prit un moment pour s'étirer de nouveau. Les vertèbres de son cou se débloquèrent en produisant un craquement. Voilà qui était mieux. Elle prit la queue et visa : une boule alla aussitôt se loger dans la poche latérale.

Elle ne fit pas attention aux visages affichés sur le mur. Elle avait transformé cette pièce en bureau provisoire, un endroit où elle pouvait réfléchir aux meurtres, le soir, tout en essayant de se détendre. Elizabeth Shaw, Candace Brooks et Glenna Wells fixaient sur elle un regard souriant. Elles, au moins, on avait pu les identifier rapidement. La dernière victime était toujours anonyme.

Clac — Blanche-Neige.

Clac — l'inconnue de l'esplanade.

Clac, clac, clac — le mariage, un imitateur, quatre victimes déjà…

La tension accumulée en elle se dissipait à mesure qu'elle trouvait son rythme. Elle allait coincer ce type. Elle finissait toujours par les coincer.

Elle en était à sa quatrième partie quand la porte s'entrebâilla.

John était là, les cheveux en bataille et la joue gauche marquée par les plis de l'oreiller. Il la regarda en sifflotant un petit air, et elle se sentit fondre. Il était tellement mignon que cela lui fendait le cœur… Toutes ses mauvaises pensées la quittèrent : il n'y avait plus d'angoisse, plus de frustration. Elle rangea la queue de billard, s'avança vers son amant, lui prit la main et, sans un mot, le raccompagna vers leur chambre.

4.

Nashville
Mardi 16 décembre
6 h 40

Taylor se leva tôt, les yeux brûlants de ne pas avoir assez dormi. Elle glissa un oreiller entre les bras de John, qui dormait encore ; il sourit et murmura quelque chose d'incompréhensible en le serrant dans ses bras. Cette vision et le souvenir de ce qu'il avait fait cette nuit pour l'aider à s'endormir lui donnèrent l'impression que ses doutes au sujet du mariage étaient complètement ridicules.

Ayant enfilé un jean, elle glissa ses pieds dans une vieille paire de bottes et enfila un pull à torsades. Le temps d'attraper une banane et une barre aux céréales, elle se hâtait en direction de sa voiture. Le pick-up puissant franchit aisément le monticule de neige qui barrait l'allée.

Son quartier était d'une beauté envoûtante, et de cette blancheur immaculée que seule produit la neige fraîchement tombée. On se serait cru à la montagne ; les arbres dénudés prenaient des airs de conifères, avec leurs troncs noirs et leurs branchages délicats saisis dans la glace. La teinte azur du ciel était assez rare en hiver, dans le Sud.

Cette beauté apaisa Taylor, et elle quitta son quartier de bonne humeur. « Emue par la météo… » Elle devenait vraiment une mauviette !

Les routes secondaires n'étaient accessibles qu'aux 4x4, mais les routes principales avaient été déblayées, et le verglas ne s'était pas encore installé. Elle conduisit prudemment jusqu'à un Starbucks, commanda son habituel café parfum vanille au lait écrémé, sans sucre, et repartit en direction du bureau.

L'autopsie de l'inconnue était prévue pour 7 heures, et Taylor comptait y assister. Avec un peu de chance, Sam aurait déjà les résultats de la SMCL. S'il s'agissait effectivement de la quatrième victime du même tueur, le secret serait difficile à garder.

Elle alluma la radio et parcourut les stations. Elle n'avait pas envie d'entendre des gens parler, et les chants de Noël étaient bannis depuis le troisième meurtre. Impossible de s'adonner à la ferveur religieuse quand les corps de jeunes filles s'entassaient comme du bois de chauffage à la morgue. Elle avait simplement envie de bruit, de distraction. Une chanson de U2 fit l'affaire : elle fredonna les paroles du bout des lèvres en filant sur l'autoroute. Il n'y avait presque aucune circulation, et elle éprouvait une sensation de liberté qu'elle n'avait pas ressentie depuis des mois.

A mesure qu'elle approchait de l'institut médico-légal, son cœur se serrait. En s'engageant sur Glass Street, elle coupa la radio.

Le bureau de Sam se trouvait dans un grand bâtiment qui ressemblait à une banque, situé dans la même rue que le Bureau d'Investigation du Tennessee. Taylor y venait tellement souvent que Sam avait fini par lui donner un badge permettant d'accéder aux locaux en dehors des horaires officiels. Aujourd'hui, à cause de la neige, il n'y aurait qu'une équipe réduite, mais Sam serait là, Taylor en avait la certitude.

A travers la grande porte vitrée et grillagée, elle aperçut effectivement son amie, déjà en tenue de travail. Dans les cabines du vestibule, l'air était frais et pur; Taylor enfila des sabots en plastique bleu et une tenue stérile et rangea ses propres vêtements et ses bottes dans un casier. Elle n'avait pas envie de sentir la morgue toute la journée. Puis elle passa la porte de la salle d'autopsie. L'odeur de la mort l'accueillit comme une vieille amie. Elle la remarquait à peine, maintenant.

Sam lui fit un petit signe de tête; elle était déjà occupée à dicter son rapport au micro qu'elle portait en casque.

L'inconnue de l'esplanade reposait sur le plateau en plastique crème de la table d'autopsie. Elle était si blanche, sa chair si pâle et froide, avec ce grand sourire noir en travers de son cou… Taylor ravala la bile qui montait dans sa gorge. En temps normal, elle était aussi détachée que n'importe qui, mais il y avait quelque chose chez cette fille qui lui faisait enfreindre tous les protocoles.

— Tu as vu, Taylor? Sur ses tempes? Elle a ce même truc blanc.

Taylor s'approcha. De part et d'autre du visage de la fille, une substance blanchâtre luisait, éclairée par les spots de la salle d'autopsie. On aurait dit deux rayons de lune.

— Oui, on dirait bien… Tu n'as pas eu les résultats des analyses, par hasard?

— Je devrais les avoir dans la matinée. Les échantillons qu'on avait prélevés sur les autres victimes étaient trop dégradés, on n'a rien pu en tirer.

Sam commença à inspecter méthodiquement les cheveux de l'inconnue.

— Tu m'avais dit que ce n'était pas de la matière organique.

— Exact. Donc pas d'ADN. Mais, sur celle-ci, on a pu prélever une bonne quantité de truc tout frais. Je l'ai envoyé à la SMCL.

— La petite machine qui sert à trouver les compositions chimiques, c'est ça ?

— La spectrométrie de masse à chromatographie liquide, oui. Plus tard, j'aimerais prendre le temps de faire des analyses plus poussées. Mais, pour l'instant, ça va déjà nous aiguiller dans la bonne direction.

Sam poursuivit son examen, et Taylor se perdit dans ses pensées.

Tout avait commencé deux mois plus tôt, quand Elizabeth Shaw, une étudiante en troisième année à l'université de Belmont, avait disparu après avoir quitté la fac à pied en direction de son appartement. La ville entière avait été mise sur le pied de guerre, une opération de recherche avait été lancée, mais c'était trop tard. Son corps avait été retrouvé parmi les hautes herbes d'un ravin, non loin de l'autoroute 24. Vraisemblablement jetée comme un déchet depuis la portière ouverte d'une voiture, elle était restée dans le ravin au moins quarante-huit heures. Ses pieds et ses mains étaient ligotés, et les dégradations post mortem de son corps étaient dues aux animaux. La seule chose qu'on avait pu déterminer, c'est qu'elle n'avait pas été tuée sur place.

La scène de crime d'Elizabeth Shaw n'évoquait pas spécialement les meurtres de la série de Blanche-Neige, mais, au cours de l'autopsie, on avait récupéré des particules de rouge à lèvres Chanel sur sa bouche. Du coup, on avait réexaminé les nœuds des cordes ayant servi à la ligoter, et on s'était aperçu qu'ils étaient bien plus complexes qu'ils n'en avaient l'air. Enfin — c'était cela qui avait alarmé les responsables de la police les plus aguerris —, on avait extrait de son vagin une coupure de presse concernant le tout premier meurtre de l'affaire Blanche-Neige, deux décennies plus tôt. L'hypothèse d'un meurtre isolé avait été écartée, et la brigade des homicides avait discrètement rouvert un dossier vieux de vingt ans.

Coup sur coup, deux autres filles avaient disparu. On avait retrouvé le corps de Candace Brooks trois semaines plus tard, au bout de l'autoroute 65. La presse avait commencé à parler du « Tueur des grands chemins » — la proximité de l'autoroute étant apparemment le seul dénominateur commun aux deux meurtres. L'autopsie de Candace avait donné des résultats très proches de celle d'Elizabeth Shaw, jusqu'à la coupure de presse qui, cette fois, offrait un compte rendu complet sur le meurtre de la deuxième victime de Blanche-Neige.

Quand le troisième corps, celui de Glenna Wells, était apparu sur une cale à bateaux au bord du lac Piercy Priest, la presse était arrivée sur les lieux avant le médecin légiste. Une jeune journaliste à la vue perçante avait aperçu les lèvres écarlates et la position du corps de la victime et en avait rapporté des images vidéo à son producteur. Celui-ci, un vieux de la vieille, avait reconnu la mise en scène, et l'hystérie médiatique avait commencé. Le « Tueur des grands chemins » avait disparu au profit du retour de « Blanche-Neige ». Taylor et ses collègues de la police de Nashville furent sévèrement critiqués pour ne pas avoir prévenu la population qu'un tueur en série, longtemps inactif, était repassé à l'action. La découverte du corps de Glenna n'avait livré aucune piste sérieuse, seulement une troisième coupure de presse.

A présent, on avait une quatrième victime. Les quatre étaient liées par le fait qu'elles avaient été égorgées au couteau, par les coupures de presse, par les nœuds utilisés pour les attacher et par cet odieux rouge à lèvres Chanel. Ainsi que par leur alcoolémie élevée et la présence de Rohypnol dans leur sang. De toute évidence, elles avaient été tuées par le même homme. Restait à savoir s'il s'agissait du « Blanche-Neige » original ou d'un imitateur. Les analyses ADN apporteraient une réponse définitive à cette question, mais, puisque Sam ne pouvait les faire elle-même, les résultats étaient longs à venir. En attendant, un élément distinguait la nouvelle série de meurtres de celle des années 1980 : la substance blanche glaireuse sur les tempes des filles. Taylor penchait pour l'hypothèse de l'imitateur. Les différences avaient beau être subtiles, elles étaient bel et bien là.

— Allô, Taylor, ici la Terre.

— Excuse-moi, je pensais à autre chose…

— Tu peux lui remonter la jambe droite ? Normalement, je devrais utiliser les étriers, mais puisque tu es là…

— Bien sûr. Pas de problème.

Taylor prit la jambe de la fille en essayant d'ignorer la sensation bizarre de la chair morte contre ses gants en latex fin. On aurait dit la peau d'un blanc de poulet acheté au supermarché : caoutchouteuse, désolidarisée de la chair. Sa main glissa, et elle se maudit intérieurement. « Ressaisis-toi, ma vieille ! » Elle repositionna sa main sur la jambe de la fille et l'écarta pour exposer ses organes génitaux. Sam faisait déjà les frottis et autres horreurs nécessaires.

— Et voilà, dit-elle.

Le cœur de Taylor se serra. Avec précaution, Sam retira du vagin de la fille un petit paquet entouré de Cellophane et couvert de sécrétions — sang, sperme, Dieu savait quoi encore. Taylor n'avait aucune envie de se pencher sur la question. Son amie déposa l'objet, qui n'était pas plus grand qu'une carte de visite, sur un plateau en inox, puis elle fit signe à Taylor.

— Il est à toi, si tu veux l'ouvrir.

— Vas-y, je t'en prie.

— Tu ne vas jamais t'y habituer, hein ?

— Ma chérie, c'est la raison pour laquelle je n'ai pas fait médecine. Contrairement à toi. Ouvre-le, s'il te plaît.

Sam le ramassa du bout des doigts, défit la Cellophane et le mit de côté pour le faire analyser.

— Tracey va se régaler avec ça, murmura-t-elle.

Taylor contemplait le corps de la fille. Qu'est-ce qui la différenciait des autres ? Pourquoi ne lui faisait-elle pas le même effet ?

— Depuis quand était-elle morte, Sam ?

— Pas plus d'une heure avant mon arrivée.

— Donc, j'ai raté le tueur de peu. On a failli se croiser. Il a changé de mode opératoire. Pourquoi ?

— A toi de me le dire. C'est toi qui mènes l'enquête.

Taylor lui adressa un petit sourire, puis s'assombrit de nouveau.

— Pourquoi est-ce que personne ne s'est aperçu de son absence ? Les trois autres étaient portées disparues depuis un moment quand on a retrouvé leurs corps. Cette fille a une manucure impeccable, les sourcils épilés, les cheveux bien coupés et est en bonne santé. Elle prenait soin d'elle, ce n'est pas une fille perdue. Elle s'est soûlée quelque part avec quelqu'un. Ce quelqu'un aurait dû signaler sa disparition.

— Elle est aussi plus jeune que les trois premières. Regarde les radios, là-bas. Ses troisièmes molaires n'ont pas fini de se former. Je te parie qu'elle n'a pas plus de dix-sept ans. Je ne sais pas ce qui se passe, ma vieille. Peut-être que le fichier des personnes disparues n'a pas été mis à jour, ou que ses parents sont en vacances.

Sam finit d'extraire à la pince le contenu du paquet. C'était un morceau de papier journal. Elles savaient toutes deux ce qu'il comporterait.

Elles avaient raison.

MEURTRE À NASHVILLE
« BLANCHE-NEIGE » FRAPPE ENCORE

L'article était daté du 14 décembre 1986.

Sam fixait la fille, l'air troublé. Taylor la regarda se pencher sur le cou de la victime puis se redresser abruptement et sortir de la pièce. Elle revint en apportant une grande loupe. Les lèvres pincées, elle la plaça au-dessus de la zone du cou et scruta l'entaille.

— Qu'y a-t-il, Sam ?

Taylor se pencha à son tour sur la loupe. Puis, tremblante, elle tendit un doigt vers le bord inférieur de l'entaille.

— C'est bien ce que je crois ?

— Je vais faire un prélèvement, mais ça m'en a bien l'air.

Cette fois, c'en était trop. Taylor leva une main en signe d'excuse, fonça vers l'évier et régurgita son café.

Vingt minutes plus tard, elle avait plus ou moins récupéré et elle parcourait les résultats de la SMCL que Sam venait de recevoir. Les traces de substance onctueuse avaient été négligeables sur les premiers corps, mais on avait pu en prélever une quantité sufisante sur la dernière victime. Le composé de base était une émulsion d'arnica. Il y avait des traces d'autres ingrédients ; seules des analyses complémentaires pourraient confirmer toutes les composantes. Mais deux éléments de la liste sautaient aux yeux.

Huile d'encens.

Huile de myrrhe.

Taylor but une gorgée de soda au gingembre et relut la feuille de résultats.

— Alors, Sam ? Je lance un avis de recherche pour les trois rois mages ?

— Très drôle. Ça va mieux ?

Taylor déglutit et fit « oui » de la tête. Elle avait horreur de vomir.

— Je dirais que ces huiles ont quelque chose à voir

avec le sacré, dit Sam. Mais la base de la préparation, c'est de l'arnica. Un remède homéopathique courant pour les bleus, les entorses et autres bobos. Et, pour l'instant, il est impossible de dire si les trois substances ont été appliquées en même temps.

— De l'encens, de la myrrhe... Et sur le visage, en plus. On dirait une sorte d'onction...

Sam hocha la tête.

— Ça tombe sous le sens, en fait. Il leur a fait tellement de mal... Peut-être qu'il se sent coupable et qu'il essaie de se racheter. Ou alors c'est juste un gros pervers qui aime sentir cette odeur pendant qu'il les viole. Je ne sais pas, Taylor. A toi de le coincer et de me donner la réponse. Quoi qu'il en soit, cette fille n'a pas été traitée comme les autres. Ça peut être dû à son âge, ou à quelque chose qu'elle a dit ou fait pendant qu'il la détenait, mais il l'a marquée.

— Et, en la marquant, dit Taylor, il a dévié de son comportement habituel.

5.

Taylor était en ébullition. Les nouvelles informations qu'elle venait d'apprendre tournaient à toute vitesse dans son esprit. Dès qu'elle fut rentrée dans sa voiture, elle passa un coup de fil à John.

— John, j'ai besoin de ton aide. Les éléments de base de ce meurtre sont différents des trois premiers. Cette fille était… spéciale. Elle signifiait quelque chose de particulier pour lui. *Il a entouré la plaie sur son cou de rouge à lèvres.* Le même qu'il lui a mis sur la bouche. Je n'arrive pas à y croire… La plaie est déjà tellement sanglante ! Je ne m'en serais pas aperçue, mais Sam a fait un prélèvement, elle l'a regardé au microscope, c'était bien ça. C'était… ah… c'était horrible. Et il lui a tartiné le visage de cette fameuse crème blanche. Sam est en train de finir l'autopsie, on attend la toxicologie complète, mais elle a déjà confirmé la présence d'alcool et de Rohypnol. Elle doit me rappeler s'il y a quelque chose d'important. Je me demande bien ce qu'il pourrait y avoir de plus important… Je veux dire, c'était…

— Fascinant.

— Ce n'est pas vraiment le mot que je cherchais. Plutôt répugnant.

— Mais le répugnant *est* fascinant, Taylor. Parle-moi de ce rouge à lèvres sur son cou. Vous êtes certaines, Sam et toi, que c'est la première fois qu'il fait ça ?

— Sam est en train de regarder les prélèvements antérieurs, pour vérifier. Qu'est-ce qui le pousse à faire ça ?

— Je ne sais pas. Ça signifie quelque chose pour lui, c'est sûr. Il faut qu'on arrive à trouver de quoi il s'agit. Tu retournes au bureau ?

— Oui. Mais attends, il y a autre chose.

— Quoi donc ?

— Sam a identifié la substance blanche sur leurs visages. Tiens-toi bien : il y a de l'encens et de la myrrhe dedans. Il y a d'autres composantes, mais elle va devoir refaire des analyses pour les identifier. On dirait qu'il a préparé leurs corps pour… pour je ne sais pas quoi.

— Bonté divine ! Ecoute, Taylor. Je te retrouve au bureau. Je vais appeler Stuart Evanson, le nouveau directeur de l'unité des sciences du comportement. Il m'a demandé de suivre l'affaire de loin, la semaine dernière. Je lui ai répondu que j'allais attendre un peu, pour voir si tu avais besoin de mon aide. On va proposer de mettre toutes nos ressources à disposition de ton service. Ce sera une collaboration officielle. Qu'est-ce que tu en dis ?

Taylor n'aurait pu imaginer meilleure nouvelle. Elle avait déjà collaboré avec John : il tenait compte des limites de leurs fonctions respectives, s'entendait avec l'équipe des homicides qu'elle dirigeait et avait même gagné à sa cause, par son attitude déférente, le chef de la brigade.

Elle voulait que John travaille sur l'affaire de Blanche-Neige à plein temps. Et les ressources du FBI leur seraient fortement utiles.

— Parfait. On se retrouve là-bas.

— Taylor ?

— Oui ?

— Merci pour la nuit dernière.

Il raccrocha, et elle rougit jusqu'à la racine des cheveux. Maudit John… Elle n'était pas amoureuse de lui, elle était en chaleur. C'était ça, l'histoire.

Même en mode quatre roues motrices, elle ne put que progresser lentement en direction du centre-ville. Les chasse-neige passaient pour la deuxième fois, docilement suivis par les saleuses. Les véhicules abandonnés s'alignaient le long de la rocade, et, puisque les dépanneuses ne pouvaient les atteindre, les chasse-neige poussaient de grandes congères contre leurs portières, jusqu'au niveau des rétroviseurs. Si le thermomètre ne remontait pas rapidement, il faudrait des jours pour les déneiger.

Taylor essayait de conduire prudemment, mais elle était impatiente. A part les chasse-neige, seuls quelques 4x4 circulaient. Les hôpitaux avaient lancé un appel pour que les propriétaires de véhicules tout-terrain aident le personnel médical à rejoindre leur lieu de travail. C'était un paysage surréaliste : de vastes étendues de blancheur immaculée ponctuées de minuscules éléments mouvants, telles des fourmis arrivant lentement après un pique-nique.

Taylor fit une embardée pour éviter un camion de la voirie, sortit de la rocade, dépassa le stade des Tennessee

Titans et traversa le pont pour rejoindre le Centre de justice criminelle où elle avait ses bureaux.

Elle entra un peu trop rapidement dans le parking, dérapa sur une plaque de glace et faillit foncer dans un poteau. Il lui fallut quelques instants pour retrouver un rythme cardiaque normal. Elle ne faisait pas assez attention. Il ne manquerait plus qu'elle aille s'encastrer dans un lampadaire… Quelques véhicules étaient garés autour du sien : la police de Nashville n'était pas exemptée de travail en cas de neige.

Quand elle se fut calmée, elle sortit du pick-up et, avec précaution, traversa la rue et monta les marches jusqu'à l'entrée du personnel. Elle dépassa le grand cendrier extérieur avec un sentiment de victoire — elle avait écrasé sa dernière cigarette trois mois auparavant. Elle fouilla dans la poche de son manteau, poussa un juron, ôta son gant et extirpa la carte magnétique permettant d'entrer dans le bâtiment.

Au troisième étage, un individu sadique avait décidé de faire subir à ses collègues la bande-son du spectacle de Noël de ses bambins, remixée sur le rythme répétitif d'un morceau de rap. Le résultat donna à Taylor une migraine instantanée. Il y avait des flaques d'eau boueuse partout dans le couloir, et de petits monticules de neige fondaient sur le lino. Quelqu'un avait quand même eu le réflexe d'étaler sur le sol un exemplaire du *Tennessean*. Jetant un vague coup d'œil aux gros titres au sujet du nouveau meurtre de Blanche-Neige, Taylor tapota ses bottes contre le mur et fit tomber la neige sur une photo de l'esplanade ; puis elle s'éloigna vers le bureau des homicides en contournant les flaques et en laissant derrière elle l'atroce musique discordante.

Lincoln Ross déboucha d'un coin et s'avança vers elle. Grand, beau, arborant des dreadlocks longues d'une dizaine de centimètres, il lui fit un sourire qui découvrait ses dents blanches légèrement écartées.

— Hello, Taylor, comment ça se passe ?

Ils se saluèrent par un petit coup de poing, et elle se mit à sourire, gagnée par sa bonne humeur.

— Et toi, Lincoln ? Tu m'as l'air très en forme.

— Ouais, bon plan !

— Dois-je en déduire que ce « bon plan » est de sexe féminin ?

Lincoln sourit comme un écolier.

— Je crois, ouais... Oh, pardon ! Je voulais pas la ramener au niveau de l'activité sexuelle...

— Eh bien, je ne suis pas trop douée pour l'abstinence, apparemment, alors ce n'est pas trop grave. Mais, dis-moi, c'est quoi, cette nouvelle façon de parler ?

Lincoln roula les yeux.

— Je passe beaucoup de temps avec mon nouvel indic. Le jeune qui moucharde Terrence Norton.

— Ah, Tu'shae. Il va bien ?

— Il pète la forme. Il s'est trouvé un boulot de DJ dans les quartiers sud. La moitié de la bande à Terrence traîne là-bas. On a mis une bonne surveillance en place avec l'antenne locale du FBI. Ils sont très coopératifs. Le problème, c'est que Tu'shae n'accepte de parler qu'à moi. Du coup, je passe mon temps à tout relayer aux gars du Bureau.

Le Bureau d'Investigation du Tennessee ne pouvait-il faire son boulot tout seul ? Le personnel était peut-être coopératif, mais Taylor avait besoin que Lincoln se consacre entièrement aux meurtres.

— On a quelque chose d'utilisable contre lui ? Si on pouvait ne plus avoir Terrence Norton dans les jambes…

— Tu'shae pense qu'il gère le trafic de drogues dans le club, mais on n'a pas de preuves pour l'instant.

Terrence Norton, gangster local, empoisonnait la vie de Taylor depuis trois ans. A ses débuts, c'était un gamin avec une attitude revêche et un petit casier judiciaire. Au fil du temps, il était devenu plus puissant, plus cynique et plus dangereux. Elle avait failli l'épingler pour avoir soudoyé un juré, quelques mois auparavant, mais l'antenne locale du FBI avait repris le dossier. Depuis, Lincoln faisait l'intermédiaire entre les deux administrations et il se débrouillait comme un chef. Elle en profita pour le féliciter.

De toute façon, Terrence était une tracasserie mineure, et Taylor le chassa de ses pensées. Elle avait mieux à faire que de régler son compte à ce petit malfrat.

— On va d'abord s'occuper des vrais dangers pour la société. Fitz et Marcus sont là ?

— Ouais, dit Lincoln en faisant un geste vague en direction du bureau. Tu veux du café ? Quelque chose à manger ?

— Non, merci. Et je te conseille d'attendre également. J'ai déjà régurgité mon premier café, je ne voudrais pas que ça t'arrive aussi. On y va ?

Visiblement intrigué, il la suivit dans le bureau des homicides et s'installa devant sa table de travail.

Taylor dirigeait une équipe assez redoutable dans son genre. Lincoln Ross, spécialiste en informatique, était brillant et intrigant. Son style facétieux constituait un contrepoids idéal à la férocité de Taylor ; il avait incarné la voix de la raison à d'innombrables occasions. C'était l'une des rares personnes en qui elle avait totalement confiance.

Le coéquipier de Lincoln, Marcus Wade, était le plus jeune inspecteur de la brigade. Son physique dégingandé, sa frange châtaine retombant devant ses yeux et son nez aquilin lui permettaient d'obtenir plus souvent qu'à son tour des confessions de suspects du sexe opposé. Au niveau professionnel, il ne cessait de progresser, et Taylor savait à quel point il admirait le travail de profilage de John Baldwin. Elle craignait qu'il ne les quitte pour rejoindre le FBI ; avec un peu de soin, ses talents instinctifs pouvaient être affinés pour devenir extraordinaires. Pour l'heure, il se tenait à carreau, acceptait toutes les missions qu'on lui confiait et absorbait comme une éponge les techniques d'enquête.

Le sergent Peter Malachai Fitzgerald, dit Fitz, était le commandant en second de la brigade et le bras droit de Taylor. Faisant à la fois office de père et de mentor, il avait applaudi plus fort que tout le monde quand elle avait décroché ses galons de lieutenant et il était ravi de travailler pour elle. A l'époque où Taylor était entrée dans la police, Fitz venait de passer inspecteur aux homicides. Dès le début, ils s'étaient entendus comme larrons en foire. Elle se rappelait la première scène de crime dont ils s'étaient chargés tous les deux ; en le voyant approcher d'un pas lourd, elle s'était préparée à une plaisanterie au sujet de l'arme qu'elle portait à la ceinture, doublée d'une remarque au sujet de « l'absence d'engin » au-dessous de sa ceinture. Mais il s'était contenté de la dévisager gravement, puis de lui demander ses premières impressions.

Elle avait toujours pensé que Fitz aurait dû être promu lieutenant avant elle, mais elle savait qu'il n'y tenait pas. Les paperasses et les relations avec la hiérarchie n'étaient pas son fort. Il préférait laisser Taylor absorber la pression pendant qu'il vaquait tranquillement à ses affaires.

Dans le bureau de la brigade des homicides, le radiateur était réglé sur la position maximum. La télévision suspendue dans un coin était allumée et hurlait un bulletin météo. L'ambiance était à la fois étouffante et assourdissante. Taylor entrouvrit la porte de son box et constata qu'il y faisait un peu moins chaud. Elle posa ses gants sur son bureau et jeta un coup d'œil à la pièce exiguë. Ici, la télévision était réglée sur une autre chaîne ; à tous les coups, un des garçons était venu regarder Oprah Winfrey en cachette. Elle remit la chaîne météo.

Une fougère tristounette était posée à côté du téléviseur. Apercevant une bouteille d'eau pas tout à fait vide, Taylor la renversa dans le pot et regarda la terre absorber le liquide. La plante était presque morte. Décidément, elle n'avait pas la main verte. Il y avait une bouteille d'eau pleine sur le bureau ; elle la vida aussi dans le pot. L'eau disparaissait à mesure qu'elle la versait. Elle n'était même pas capable d'arroser régulièrement une plante verte, elle ferait une mère catastrophique…

D'où lui venait cette pensée déprimante ? Taylor lança la bouteille vide dans la poubelle, produisant un grand fracas de plastique. Puis, secouant la tête, elle murmura « Désolée » à la fougère.

Un toussotement la fit sursauter. Dans l'entrebâillement de la porte, Fitz la regardait d'un œil torve.

— Laisse-moi deviner, dit-il. Tu as de la peine pour cette plante…

Fitz parlait d'une voix basse et caverneuse due à des années de fumée de cigarette. Taylor trouvait cela très réconfortant.

— Eh bien… elle est vivante, non ? D'une certaine façon…

— Et tu penses qu'elle a des sentiments. Et qu'elle comprend l'anglais.

Le visage de Fitz était brun et buriné même en plein hiver. Ses yeux bleu sombre, comme deux petites myrtilles, étaient généralement illuminés par une étincelle d'humour intérieur. Il avait vingt ans de plus qu'elle, et cela commençait à se voir. Taylor attribuait ce coup de vieux à sa perte de poids — il avait minci d'au moins quinze kilos au cours des mois précédents, et cela lui avait valu des rides supplémentaires. Pour l'heure, il la fixait d'un regard obstiné.

— Tu t'es levé du mauvais pied, Fitz ?

— Et toi, pourquoi est-ce que tu ne m'as pas appelé pour me parler du rouge à lèvres sur la plaie et de cette putain de pommade blanche ?

D'un coup, Taylor comprit l'origine de la crise : la tête de John apparut par-dessus l'épaule de Fitz. Son fiancé tenta de prendre l'air innocent et échoua lamentablement.

— Je vois, dit-elle. Fitz, excuse-moi, mais j'ai eu du mal à digérer tout ça et je n'avais pas envie d'en parler au téléphone. Puisque tu es déjà au courant, dis-moi ce que tu en penses.

John se rangea à côté de Fitz dans l'encadrement de la porte, barrant de fait la sortie à Taylor. Fitz bascula d'un pied sur l'autre en essayant de prendre l'air intimidant.

— Je pense que ce salopard est un vrai malade, et que tu ferais mieux de nous laisser lui régler son compte pendant que tu t'occupes de ton mariage.

Elle ne sourit pas.

— C'est gentil de me le proposer, Fitz, mais ça ne risque pas d'arriver. Quant à toi, Baldwin, si tu cessais de m'envoyer des émissaires, et qu'on essayait de coincer ce type *avant* notre mariage ? Mmm… ?

— Taylor…

Elle l'interrompit d'une main levée. Son expression n'invitait pas à la discussion, aussi les deux hommes s'écartèrent-ils pour la laisser passer.

Dans le bureau principal, Marcus Wade attendait, un blouson en daim négligemment jeté sur son épaule. Il avait excellé dans une enquête antérieure et venait d'être promu inspecteur de deuxième grade. Il s'était offert le blouson pour fêter son augmentation. Son expression était à la fois enthousiaste et docile, un contraste bienvenu avec le vent de révolte qui soufflait sur le bureau de Taylor.

— Qu'est-ce qui se passe ? dit-elle.

Un grand sourire s'afficha sur le visage du jeune inspecteur.

— On a identifié la nouvelle victime de Blanche-Neige. Elle s'appelle Giselle Saint-Clair.

6.

Taylor brandit les poings et leva les pouces en signe de victoire.

— Bien joué, Marcus. Allons dans la salle de réunion regarder tout ça. Giselle Saint-Clair… C'est marrant, ça me…

Il lui suffit de prononcer le nom à voix haute pour avoir un déclic. Elle poussa un énorme soupir.

— Merde… Marcus, tu ferais mieux d'appeler Price.

— Pourquoi ? C'est qui, cette Giselle ?

— Appelle Price. Je t'expliquerai.

Marcus s'éloigna, et Taylor se tourna vers John.

— Tu sais qui c'est ? demanda-t-elle.

— La fille de quelqu'un d'important, non ?

— Dans un sens. Sa mère, c'est Renée Saint-Clair. Je savais bien qu'il y avait un truc qui me tracassait… A part les cheveux bruns, c'est Renée tout craché. Bon sang, elle ne doit pas avoir plus de…

Taylor tenta de calculer. Cela ne la rajeunissait pas.

— Elle ne peut pas avoir beaucoup plus de quinze ans. Elle fait plus mûre que son âge. Ce n'est pas bon, tout ça,

John. Renée et la presse vont nous tomber dessus à bras raccourcis. Merde, merde, merde!

Renée Saint-Clair était actrice. Depuis quelques années, elle ne décrochait plus tellement de premiers rôles, mais se cantonnait dans les personnages « hauts en couleur ». Elle était constamment invitée dans les talk-shows; son comportement fantaisiste faisait d'elle une cible de choix pour les ragots en tous genres. Elle avait quitté Nashville des années auparavant, avait réussi quelque temps à Hollywood, puis était partie vers d'autres horizons. Elle avait été mariée trois fois à deux hommes différents et avait eu un enfant avec l'un d'eux, Taylor ne se rappelait plus lequel. Une petite fille aux longs cheveux noirs. Giselle.

Giselle grandissant, les paparazzi qui tournaient autour d'elle étaient devenus une source d'inquiétude constante pour Renée. Elle avait fini par envoyer sa fille unique vivre avec ses grands-parents, à Nashville, loin des feux de la scène. Giselle avait aussitôt été inscrite par ses grands-parents au lycée du Père Ryan, où sa mère avait fait ses études. Ils se disaient que cette excellente école catholique, ajoutée à l'amour sans mesure qu'ils portaient à leur petite-fille, suffirait à compenser les longues absences de Renée.

A l'école, Taylor et Renée avaient été brièvement amies. Elles ne s'étaient jamais vraiment fâchées, elles avaient simplement dérivé vers des bandes différentes. Renée était une actrice-née, toujours au centre de l'attention. Quand elle apprendrait que son unique enfant avait été assassinée par un tueur en série que son ancienne camarade de classe avait échoué à coincer, ça barderait.

Taylor s'appuya contre le mur en regrettant presque

d'avoir refusé la proposition de Fitz. Dire qu'elle aurait pu passer les trois prochains jours à s'arracher les cheveux au sujet de sorbetières électriques et de serviettes de toilette brodées... Même s'ils avaient demandé à ne pas recevoir de cadeaux, les paquets s'accumulaient. Tous ces mots de remerciement à écrire... Cela lui faisait penser à sa mère. Kitty n'était pas disponible pour le mariage, Dieu merci. Evidemment, si elle apprenait que la fille de Renée Saint-Clair avait été tuée, elle rentrerait de Suisse en un battement de cils. Le contact avec une célébrité, même mineure, requinquait Kitty pendant des semaines, même si elle faisait semblant de les mépriser tous. Bon sang, sa mère était insupportable...

John s'adossa lui aussi au mur et entortilla les cheveux de Taylor autour de ses doigts.

— Evanson vient d'appeler. La requête a été officiellement approuvée. Mon équipe est à ta disposition. Comment veux-tu procéder ?

— Voyons d'abord la réaction de Price.

Par la vitre de la salle de réunion, Marcus leur faisait signe. Taylor aspira une grande bouffée d'air avant d'entrer et de prendre place à la longue table. Le haut-parleur était activé.

— Alors, capitaine, dit-elle, c'est chouette, la Floride ?

Le capitaine Mitchell Price prenait des vacances qui s'étaient fait longuement attendre. Du moins, il essayait d'en prendre. Ce coup de fil vers la Floride était de très mauvais augure pour lui. Il alla droit au but.

— Qu'est-ce qui ne va pas ?

— Eh bien, notre tueur a zigouillé la fille de Renée Saint-Clair. A part ça, rien de spécial.

Taylor faillit se mettre à rire en entendant le grognement douloureux de son chef.

— Faut que je revienne, quoi.

— Pour l'instant, on gère, mais, si Renée déboule en ville et qu'il y a des caméras dans les parages, on aura besoin d'une intervention du chef.

— Je viens d'avoir un coup de fil de Quantico. Baldwin est là ?

— Il est à côté de moi. Je lui ai demandé de travailler sur l'affaire ce matin, et la requête vient d'être officiellement approuvée. On a deux nouveaux éléments dans le meurtre d'hier. D'abord, la substance blanche qu'on n'arrivait pas à identifier contient de l'encens et de la myrrhe. La seconde chose, c'est que le tueur commence à s'emballer. Il a égorgé la dernière victime sur place, juste avant notre arrivée, et il a cerné la plaie sur son cou de rouge à lèvres.

A l'autre bout de la ligne, il y eut des jurons retentissants. Taylor s'imaginait parfaitement la moustache de son chef frétiller de rage, et cela lui rendait la conversation presque supportable.

Quand il eut fini de s'époumoner, il soupira.

— Je vais réserver un billet d'avion.

John tapota l'épaule de Taylor puis prit la parole.

— Pas la peine, Price. Je vous envoie notre avion privé.

— Merci, Baldwin. J'adore travailler avec le Bureau. Allez, on se voit ce soir, hein ? Vous vous occupez de prévenir la famille. Tu parles d'une façon de gâcher des vacances !

Il raccrocha. Taylor lança à John un regard lourd de sens. Il ne réagit pas.

— John, tu ne crois pas qu'on devrait…

— Non, non, non. On ne va pas annuler le mariage.

— On risque d'avoir mauvaise presse. Je vois ça d'ici : « Le lieutenant chargé de l'affaire Blanche-Neige est en lune de miel »…

— Qu'ils aillent se faire voir. On n'annule pas.

— D'accord, d'accord, dit Taylor en lui caressant le bras. C'était juste une proposition. Je vais appeler la police de Santa Barbara pour voir si un aumônier peut aller prévenir Renée. De ton côté, tu peux essayer d'envoyer le père Ross parler aux grands-parents ? On va devoir les interroger, de toute façon, au sujet des derniers jours de Giselle. Tu es de la partie, John. Prépare-toi à ce que ça barde sévère.

Réunis autour de la table de conférence, Taylor, Fitz, Marcus et Lincoln passaient en revue l'intégralité du dossier Blanche-Neige. Taylor avait retrouvé son appétit : il y avait des sandwichs de chez Panera, un traiteur à la mode, et du thé glacé aux fruits comme on n'en trouve que dans le sud des Etats-Unis. John avait renoncé à déjeuner pour aller réserver l'avion du FBI pour Price. Les quatre autres mangeaient comme des ogres, prenant des forces pour la longue journée qui les attendait. L'intensité de leur appétit et de leur concentration faisait presque vibrer l'air de la pièce.

Les dossiers des meurtres étaient ouverts sur la table entre les barquettes de nourriture. Quatre filles assassinées, chacune plus brutalement que la précédente. Un tueur longtemps resté inactif et subitement repassé à l'attaque…

Nashville n'avait pas connu beaucoup de tueurs en série. De temps à autre, des violeurs en série ou des meurtriers sanguinaires avaient défrayé la chronique. Mais jusqu'ici, la vaste série de meurtres commis par Blanche-Neige dans les années 1980 était restée sans équivalent. La terreur, la manipulation psychologique, les atroces scènes de crime — à tous ces égards, Blanche-Neige constituait ce que la ville avait vu de pire. A l'époque, dix filles avaient été tuées. A présent, il y avait quatre nouvelles victimes. Sans doute pas assassinées par le tueur d'origine, mais par quelqu'un qui lui était intimement lié.

La quantité d'indices matériels accumulés au cours de la première affaire était proprement stupéfiante. Dix dossiers, dix fichiers bourrés à craquer d'éléments de preuves, dix rapports de conclusions sur les meurtres. Une vaste littérature que Taylor avait lue de A à Z. Plus de cent cartons étaient rangés contre le mur du fond de la salle de réunion, prêts à être consultés à tout moment. Au-dessus des cartons étaient épinglées les photos des victimes : pour chacune, il y avait un portrait en buste et un agrandissement de la scène de crime. Les ressemblances d'une scène à l'autre étaient frappantes. « Vingt ans, pensa Taylor. Ça fait un sacré bail ! Qu'est-ce que tu as fait pendant toutes ces années, Blanche-Neige ? »

Elle promena son regard autour de la pièce en s'arrêtant sur chacune des victimes pour leur rendre une sorte d'hommage silencieux. Elle faisait cela tous les jours depuis deux mois.

Le premier meurtre avait eu lieu en janvier 1986. Une jeune femme avait disparu après une soirée en ville avec des amis. On l'avait retrouvée une semaine plus tard, brutalement violée et égorgée, la bouche figée en un énorme sourire dessiné au rouge à lèvres. Elle s'appelait Tiffani Crowden, et le rouge à lèvres, c'était du Chanel Rouge n° 8. Elle avait été la première victime confirmée du tueur qu'on allait surnommer Blanche-Neige. Chacune des scènes de crime suivantes serait quasi identique, même si le meurtrier ne déposait jamais les corps au même endroit.

Il y eut ensuite Ava d'Angelo, dix-huit ans, serveuse de restaurant, et Kristina Ratay, élève à la prestigieuse académie pour filles de Harpeth Hall. Fin octobre 1986, Colette Burich, employée comme nurse par une famille aisée, fut assassinée à son tour.

Au début de l'année 1987, ce fut Evelyn Santana, étudiante à Belmont et fille d'un couple de médecins respectés. A la rentrée, Danielle Seraphin et Vivienne White, deux étudiantes françaises de l'université de Nashville, furent enlevées et tuées ensemble.

En 1988, il y eut trois autres meurtres. Allison Gutierrez, Abigail McManus et Ellie Walpole. Les corps des trois filles furent retrouvés dans différents parcs aux environs de la ville.

Et puis le tueur s'était arrêté. Pourquoi ?

Taylor reporta son attention sur la table, où s'entassaient des informations complémentaires. Sur le haut d'une pile de papiers, il y avait un élément matériel clé : la lettre envoyée par Blanche-Neige aux forces de l'ordre en 1988. Il leur expliquait qu'ils ne l'attraperaient jamais et leur conseillait gentiment « d'aller se faire foutre ». Taylor savait, sans pouvoir le justifier, qu'il y avait un détail dans cette lettre qui pouvait les aider à résoudre l'affaire. Les enquêteurs des années 1980 étaient forcément passés à côté de quelque chose.

D'ailleurs, il était impératif pour elle de parler à l'inspecteur qui avait dirigé la première enquête. Il s'appelait Martin Kimball et il avait pris sa retraite un an avant que Taylor ne rejoigne le département de police. Elle comptait glaner tout ce qu'il avait à la mémoire au sujet de l'affaire. En espérant que ladite mémoire était encore vive et intacte.

Elle avala distraitement une bouchée de sandwich au poulet. Elle voulait aussi parler au journaliste qui avait couvert la première affaire Blanche-Neige depuis le départ. Elle essayait de le joindre depuis un moment, mais il était en voyage en Europe. Il devait rentrer le lendemain et il savait qu'elle voulait le rencontrer. Voilà deux priorités : parler à Martin Kimball puis à Frank Richardson, ancien reporter au *Tennessean*.

Elle posa son sandwich et ouvrit un sachet de chips.

— Bon, dit-elle, la bouche pleine, faisons le point. Pourquoi sommes-nous sûrs qu'il ne s'agit pas du premier Blanche-Neige ?

— On a déjà parlé de ça un million de fois, grommela Fitz.

— Peut-être, mais j'ai envie de tout reprendre de zéro. Alors, Fitz ?

— Je le remplace, dit Marcus. Il n'a pas fini son sandwich.

Marcus lança un sourire désarmant à son collègue plus âgé, et Fitz le remercia d'un hochement de tête.

— Ouais, laissez le petit s'exprimer, ironisa Lincoln.

— La ferme, idiot, dit tranquillement Marcus.

Ils faisaient penser à deux frères extrêmement différents qui adorent se taquiner. Tous les quatre fonctionnaient d'ailleurs selon une dynamique familiale, qui expliquait sans doute leur efficacité exceptionnelle. Taylor dirigeait la brigade des homicides, Fitz était son second. C'était à lui que les troupes en uniforme faisaient leur rapport. Mais leur petit noyau dur de quatre personnes était responsable du taux de quatre-vingts pour cent d'affaires classées, record inégalé par les autres services de la police de Nashville.

— Bon, dit Marcus, voilà ce dont on est sûrs. Blanche-Neige était gaucher. Il égorgeait ses victimes par-derrière, en tirant sur les cheveux pour leur faire basculer la tête en arrière. Il déplaçait le couteau de droite à gauche, en tranchant d'abord la carotide externe, puis la carotide interne. La blessure était plus profonde à son extrémité gauche. Ça vaut pour toutes les victimes de la première période.

» Le nouveau tueur essaie de se faire passer pour un gaucher, mais on sait qu'il ne l'est pas. En réalité, il égorge les filles par devant. Le couteau pénètre le côté droit de la gorge et va trancher les deux carotides l'une après l'autre.

Mais l'entaille est plus marquée au niveau de l'entrée du couteau, non de la sortie. On peut en conclure que notre homme est droitier.

— Oui, ce sont des différences importantes, dit Taylor en finissant les chips et en repoussant son assiette. Quoi d'autre ?

— On n'a pas encore les résultats ADN, mais les types sanguins correspondent. Les fibres des cordes utilisées pour attacher les victimes ne sont pas identiques. Les nœuds, en revanche, le sont. Enfin, comme chacun le sait, le premier Blanche-Neige ne laissait pas de paquets-cadeaux dans la boîte à mystère de ses victimes.

Taylor réprima un gloussement.

— *La boîte à mystère*? Le terme exact te pose un problème, Marcus ?

Lincoln et Fitz explosèrent de rire en voyant leur jeune collègue rougir.

— Non, dit-il, c'est juste que je déteste ce mot. Il sonne tellement, tellement... bref. Le premier tueur n'introduisait pas de coupures de presse dans le vagin de ses victimes. Ça va, comme ça ?

— Beaucoup mieux. Continue.

— La toxicologie des trois premières victimes de la nouvelle série montre une forte concentration de Rohypnol et d'alcool dans le sang. En gros, elles ont toutes bu des boissons trafiquées. Ça non plus, le premier Blanche-Neige ne le faisait pas.

Taylor sortit un papier de la pile devant elle.

— Les analyses ont donné les mêmes résultats pour

Giselle. Il les soûle et les drogue pour qu'elles baissent leur garde.

— Ouais, dit Fitz. J'étais en uniforme à l'époque des premiers meurtres. Je me souviens qu'aux homicides on disait que le tueur était un beau parleur, qu'il embobinait les filles pour qu'elles le suivent. Tous les rapports disaient qu'il les avait approchées dans un environnement familier, où elles se sentaient en confiance. Aujourd'hui, les filles sont plus méfiantes. Il en faut davantage pour les convaincre de partir avec un inconnu.

— Et maintenant, dit Taylor en hochant la tête, on a la composition de cette pommade qu'il leur met sur le visage. De l'arnica, de l'encens et de la myrrhe. Qu'est-ce que vous dites de ça ?

— Je dis qu'on a affaire à un fanatique religieux, déclara Lincoln. Il y a les références bibliques : quand les rois mages sont allés voir l'enfant Jésus, ils lui ont apporté de l'or, de l'encens et de la myrrhe. Les Romains utilisaient la myrrhe pour masquer l'odeur des cadavres. J'ai regardé ce qu'on en fait aujourd'hui : du parfum, des anti-inflammatoires, des traitements homéopathiques anticholestérol, et ainsi de suite. Mais l'utilisation la plus courante, c'est dans les églises et les synagogues.

— Lincoln a raison, il y a sans doute un élément mystique là-dessous, dit Taylor. Si on résume tout ce qu'on vient de dire, quelle est votre impression générale ?

— Peut-être qu'il a cessé de tuer, à l'époque, parce qu'il avait entendu l'appel de Dieu, dit Marcus. Il a pu vouloir prendre la voie inverse, se repentir. Peut-être même qu'il est devenu prêtre ! Et puis, d'un coup, il a explosé et il a recommencé à tuer.

Tous restèrent un instant silencieux, réfléchissant aux conséquences de cette théorie.

— Si seulement on avait les résultats ADN, dit Fitz, on pourrait être certains d'avoir affaire au même tueur ou pas.

— Je sais, Fitz, dit Taylor. Maintenant que Baldwin est sur l'affaire, il va mettre la pression à Quantico pour qu'ils fassent passer les analyses en priorité.

— Et Price, il revient quand ? demanda Lincoln.

— Ce soir, normalement. Baldwin lui a envoyé l'avion du FBI. Revenons-en aux faits, si vous voulez bien… J'aimerais qu'on parle du rouge à lèvres. La plaie sur la gorge de Giselle Saint-Clair était entourée de rouge à lèvres rouge vif. On n'a pas encore les résultats, mais on peut supposer qu'il s'agit de la marque habituelle, du Chanel Rouge n° 8. Pour autant qu'on sache, c'est la première fois qu'il fait ça. On dirait que c'est aussi la première fois qu'il tue sa victime sur place. Pourquoi ? Des idées ?

— A la base, il y a forcément une pathologie derrière le rouge à lèvres, dit Marcus. Quelque chose dans le passé de Blanche-Neige qui le pousse à défigurer ses victimes, à transformer leur apparence. Il y a peut-être un rapport avec sa mère. Mais le nouveau tueur ne fait qu'imiter le premier. A mon avis, le rouge à lèvres sur la gorge de Giselle veut juste dire « C'est moi qui l'ai fait. »

— C'est un bon début, Marcus. Mais pourquoi n'aurait-il pas fait la même chose aux trois premières ?

— Il doit pressentir qu'on a pigé le truc. On a eu le

temps de faire des analyses ADN, de comprendre qu'il était droitier, de conclure qu'on avait affaire à un imitateur. Tout ça, il s'en doute et il est prêt à sortir de l'ombre de Blanche-Neige, à revendiquer ses propres crimes.

Lincoln tendit un doigt vers son collègue.

— Ouais. Mais, tant qu'on n'a pas ces foutues analyses ADN, on ne peut pas être certain, qu'il ne s'agit pas du tueur d'origine. On sait que ces types peuvent rester en sommeil pendant des années, se construire des vies normales au sein de leur communauté locale. Ça pourrait être le cas ici. S'il s'agit du tueur original, qu'est-ce qui l'a fait rebasculer ? Pourquoi a-t-il recommencé à tuer ?

— Les trucs habituels, dit Taylor. Un choc émotionnel, une perte… Je suis ouverte à toutes vos idées.

Personne ne répondit. Fitz commença à écraser lentement dans son poing l'emballage de son sandwich.

— O.K., reprit Taylor, on va en rester là pour l'instant. Concentrez-vous sur Giselle Saint-Clair. Je veux savoir où elle était, ce qu'elle faisait là, pourquoi elle a été choisie. Le tueur savait-il qu'elle était la fille d'une célébrité, ou a-t-il frappé au hasard ? Et tout le reste. On se reparle cet après-midi. Moi, je vais demander à Baldwin d'essayer de faire accélérer le mouvement au niveau des résultats ADN.

Elle se leva, partit vers la porte, puis se retourna.

— Tu sais quoi, Fitz ? J'ai envie d'aller parler à Martin Kimball tout de suite, plutôt que d'attendre demain. Tu serais prêt à m'accompagner dans une demi-heure ?

— O.K. On se retrouve sur le parking.

Ils s'éparpillèrent en se lançant quelques dernières piques.

Ils formaient tous les quatre une équipe solide, confiante en sa capacité à résoudre cette affaire et à neutraliser au plus vite ce détraqué. Taylor regarda les autres s'éloigner avec un sentiment de fierté et un espoir renaissant. C'étaient ses hommes, et elle les aimait.

Fitz prit le volant. Il voulait tester le nouveau véhicule de Taylor ; il mit le pick-up en mode quatre roues motrices et s'enfonça dans les rues verglacées.

Ils parlèrent à bâtons rompus de l'affaire Blanche-Neige et du mariage de Taylor. Avec Fitz, elle pouvait toujours être franche. Il représentait pour elle une figure plus paternelle que son père biologique. Avec lui, elle n'avait pas besoin de se construire une image, de s'inquiéter d'avoir sous son commandement un homme plus âgé qu'elle. Fitz approchait doucement de la soixantaine ; récemment, il avait commencé à parler de retraite anticipée. Taylor espérait que cette visite à Martin Kimball l'en dissuaderait. Avec un peu de chance, l'ancien flic serait déprimé et mort d'ennui, et cela inciterait Fitz à rester un peu plus longtemps avec eux.

Ils se garèrent devant une petite villa dans le quartier de Granny White Pike. Le terrain devait valoir au moins cinq cent mille dollars, la villa moins de la moitié. Les maisons de part et d'autre de celle de Kimball avaient été rasées et remplacées par des monstruosités pseudo-Tudor à gauche, néoclassiques à droite. Dans les deux cas, les pelouses exiguës avaient été transformées en jardins paysagers ultra-prétentieux, et les allées étroites garnies de hauts portails en fer forgé. Le quartier était en pleine expansion, et la maison des Kimball, qui était de celles dessinées à l'origine pour cette zone, paraissait déplacée au milieu de ses fastueuses voisines.

Les Kimball, cependant, ne semblaient pas s'en être aperçu. Des décorations lumineuses couvraient chaque centimètre carré de la façade. Sur la porte, il y avait une guirlande de feuillage vert festonnée de rubans rouges. L'allée qui menait jusqu'à la porte avait été soigneusement déblayée et saupoudrée de gravier à l'intention des visiteurs. Taylor et Fitz frappèrent à une porte fraîchement repeinte en rouge vif.

Elle s'entrouvrit pour laisser passer un petit visage qui leur arrivait au niveau des genoux.

— Joyeux Noël, et bienvenue chez les Kimball. Qu'est-ce que je peux faire pour vous ?

Taylor se retint de rire. L'enfant n'avait pas plus de sept ou huit ans, mais c'était déjà un sacré personnage.

— On voudrait parler à ton grand-père.

— Vous avez rendez-vous avec lui ?

— Il est au courant, oui.

Taylor posa un genou à terre pour regarder la fillette dans les yeux.

— Je m'appelle Taylor ; lui, c'est Fitz. Et toi, comment tu t'appelles ?

— Sabrina.

La petite fille lui tendit la main. Taylor la serra d'un air grave. Sabrina hocha la tête, comme si Taylor venait de réussir une épreuve, puis elle leur ouvrit la porte en grand.

A l'intérieur, une atmosphère chaleureuse et douillette

régnait. Un bon feu crépitait dans la cheminée et les décorations abondaient — guirlandes de pop-corn et de canneberges, de papier découpé, de feuillages et de baies. Sabrina les conduisit vers la cuisine, d'où émanait un parfum de pain d'épices et de tarte au potiron.

— Papy, mamie, voilà Taylor et son ami Fitz. Il paraît qu'ils ont rendez-vous avec toi, papy. Qu'est-ce que t'en dis ?

Martin Kimball se tourna vers sa petite-fille, le regard étincelant d'amusement. Il prit l'enfant et la hissa dans ses bras, puis il sourit à Fitz et salua Taylor d'un hochement de tête.

— Eh bien ! dit-il. Si ce n'est pas ce bon vieux Pete Fitzgerald et son ravissant lieutenant ! Vous voulez manger quelque chose ? On a toutes sortes de tartes et on est en train de faire une maison en pain d'épices avec Sabrina. Vous voulez nous donner un coup de main ?

Fitz prit un air mélancolique. Taylor savait que son amour des sucreries le déconcentrait. Si la retraite signifiait une belle maison confortable, une famille heureuse et une farandole de desserts, ce n'était pas si mal, après tout. Mais Fitz ne s'était jamais marié, il n'avait pas ce genre de structure pour le soutenir.

— J'aimerais bien, Marty. Mais on a besoin de te parler. On pourrait se mettre dans un endroit tranquille ?

— Bien sûr. On va s'installer dans le bureau. Ma chérie, je te laisse.

Il remit l'enfant à son épouse, une femme au sourire chaleureux, aux pommettes roses et au menton replet.

— Ne sois pas trop long, Marty. Le pain d'épices est presque prêt.

Il déposa un baiser sur le front de sa femme, caressa les cheveux de la fillette et fit signe aux deux policiers de le suivre. A l'autre bout de la cuisine, une porte battante donnait sur un couloir. La première porte à droite ouvrait sur un petit bureau. Sur le haut des murs, une frise ornée de locomotives bleues et blanches indiquait que la pièce avait été une chambre d'enfant. Un canapé moelleux, couleur chocolat, faisait face à un bureau en merisier et à deux fauteuils de grand-père. Trois cartons usés étaient posés sur le bureau, contenant manifestement des dossiers personnels tels qu'en conservent tous les inspecteurs de police à la retraite.

Taylor et Fitz s'installèrent sur le canapé, Kimball s'assit au bord du bureau. Taylor en profita pour mieux l'observer.

Ses cheveux gris étaient coupés en brosse très courte. De grandes poches sous les yeux lui donnaient un air triste. Ses vêtements l'inscrivaient clairement dans la catégorie des retraités. Il n'était pas vieux, mais il n'essayait pas non plus de se faire passer pour plus jeune que ses soixante-quatre ans.

Taylor l'imaginait en jeune homme timide aux oreilles en feuilles de chou et au sourire tristounet. La retraite lui avait apporté une certaine sérénité, mais les années de travail restaient gravées sur son visage. Il en avait trop vu, avait été le témoin de crimes trop affreux pour garder un visage lisse et insouciant.

Selon Fitz, Kimball avait été le spécialiste des détails

dans l'ancienne unité des homicides, sensible à la moindre nuance, à la moindre particularité d'une affaire. C'était aussi l'homme au physique ingrat, sans prétention, à qui les victimes se confiaient et à qui les criminels avouaient leurs méfaits.

Adossé à son bureau, il attendait que ses visiteurs prennent la parole. Comme au bon vieux temps des interrogatoires, pensa Taylor. En général, forcer les confidences ne servait à rien. Kimball lui faisait décidément très bonne impression.

— Monsieur Kimball, dit-elle, on aimerait vous parler de l'affaire Blanche-Neige. La première. On est à peu près certains que les nouveaux meurtres sont l'œuvre d'un imitateur, et vous êtes le mieux placé pour nous le confirmer. On n'a pas encore reçu les analyses ADN, mais vous connaissez le tueur. Vous pouvez peut-être nous donner votre avis.

— Je vois.

Kimball passa derrière eux et ferma la porte. Ce n'était pas la peine d'effrayer sa petite-fille. Fitz se leva et parcourut les rayonnages de livres en sifflotant distraitement.

Kimball se rassit au bord du bureau.

— Que voulez-vous savoir ? Mais laissez-moi d'abord vous poser une question. Qu'est-ce qui vous fait penser qu'il s'agit d'un imitateur ?

— Pour commencer, la forme des blessures ne correspond pas. Le premier Blanche-Neige était gaucher, tous les rapports d'autopsie le confirment. Notre nouveau tueur ressemble à un droitier qui essaie de se faire passer pour un gaucher. Il égorge les filles de face plutôt que par derrière. Il y a deux autres grandes différences : il introduit des coupures de presse dans leur vagin et il applique une sorte de pommade sur leurs tempes. Apparemment, il s'agit d'une émulsion d'arnica qui contiendrait aussi de l'encens et de la myrrhe. Pour l'instant, on envisage une sorte de rituel mystique.

— Et au niveau des cheveux ?

— Les cheveux du tueur ? On n'en a pas trouvé.

— Non, je veux dire… les nouvelles victimes n'ont pas eu des cheveux arrachés à la racine ?

Taylor et Fitz échangèrent un regard.

— Non, répondit Fitz. En tout cas, on ne l'a pas repéré.

Kimball se retourna vers son bureau et mit une paire de lunettes de lecture à montures dorées. Puis il ouvrit un carton et feuilleta les dossiers qu'il contenait. Enfin, il choisit une chemise en kraft sur laquelle était écrit *Photos*.

Il en sortit un tirage et le tendit à Taylor.

— Ça, c'est l'arrière du crâne de Vivienne White. Vous voyez cette petite zone dénudée ? A l'époque, on s'était dit qu'il devait leur tirer la tête en arrière avec une telle force qu'il leur arrachait les cheveux à la racine. En tout cas, on a trouvé la même chose sur les dix victimes. Un trou dans l'implantation des cheveux, juste au-dessus de la nuque. Je n'ai pas le souvenir de cette pommade dont vous parlez, mais les cheveux, c'était un élément important.

— Ce n'est pas dans le dossier, dit Taylor en plissant les lèvres.

Elle regarda Kimball ; une idée déplaisante faisait son

chemin en elle. Elle n'avait aucune envie de le croire capable du pire, mais ce genre de choses s'était déjà vu.

— Kimball, savez-vous quelque chose à ce sujet ? Nos dossiers sont-ils incomplets ?

— Je ne peux pas répondre à cette question. Vous savez comment ça se passe. Au fil des années, des éléments se perdent. Cette affaire remonte à vingt ans. Mais j'ai sorti mes dossiers personnels du garage, au cas où. Si vous voulez y jeter un coup d'œil, pas de problème. Vous pourrez toujours les comparer avec les vôtres.

— Merci beaucoup, Kimball.

Il fit le tour du bureau, s'installa sur son fauteuil en cuir, sortit une pipe et commença de la bourrer. L'odeur du tabac évoqua pour Taylor l'image de son grand-père. Elle l'avait à peine connu, mais, quand elle se regardait dans la glace, elle voyait la ressemblance, et, quand elle sentait la colère bouillonner en elle, elle savait que cela aussi lui venait de son aïeul.

— Vous vouliez peut-être me demander autre chose ?

Taylor sourit. L'ancien policier était toujours aussi vif d'esprit.

— Oui. Qui l'a surnommé Blanche-Neige ?

Kimball sourit à son tour, puis s'avança vers la bibliothèque. Du bout des doigts, il parcourut les dos des livres en partant du bas et s'arrêta sur un vieil ouvrage dont la couverture était presque en lambeaux.

— J'ai bien peur que ce ne soit moi. Stacy, la mère de Sabrina, était une petite fille à l'époque du premier meurtre. Je lui faisais la lecture tous les soirs, même quand je travaillais de nuit. Je lui lisais une histoire, elle s'endormait, puis je partais travailler.

Il tapotait des doigts contre la tranche du livre. Taylor vit que le bord des pages était doré.

— Voici ce que je lui ai lu le soir du premier meurtre. Il y avait beaucoup de neige, je m'attendais à ce que la nuit soit calme. Ça n'a pas été le cas. On nous a envoyés sur un parking derrière le Chute Complex, là où il y a les bars homo. Vous voyez l'endroit dont je parle, près de la Franklin Road ? Depuis, ça s'est beaucoup construit.

Taylor hocha la tête.

— C'est là qu'on a trouvé Tiffani Crowden. Quand je suis arrivé, je l'ai vue étendue dans la neige, et l'histoire que je venais de lire m'est revenue à l'esprit.

Il n'eut pas besoin de marque-page ; le livre parut s'ouvrir tout seul à la bonne page.

— « *Cela se passait en plein hiver,* lut-il, *et les flocons de neige tombaient du ciel comme un duvet léger. Une reine était assise à sa fenêtre encadrée de bois d'ébène et cousait. Tout en tirant l'aiguille, elle regardait voler les blancs flocons. Elle se piqua au doigt, et trois gouttes de sang tombèrent sur la neige. Ce rouge sur ce blanc faisait si bel effet qu'elle se dit : "Si seulement j'avais un enfant aussi blanc que la neige, aussi rose que le sang, aussi noir que le bois de ma fenêtre !" Peu de temps après, une fille lui naquit ; elle était blanche comme la neige, rose comme le sang, et ses cheveux étaient noirs comme l'ébène. On l'appela Blanche-Neige. Mais la reine mourut en lui donnant le jour.* »

Kimball referma l'album et s'éclaircit la gorge. Taylor avait des frissons partout. Pendant quelques instants, personne ne parla. Enfin, l'ancien enquêteur tendit le livre à Taylor. *Les Contes des frères Grimm*. Elle l'examina un instant, puis le lui rendit.

— Il était à moi quand j'étais enfant, dit Kimball.

— Vous croyez que le tueur a voulu recréer les scènes du conte ?

— C'est l'hypothèse la plus évidente. Mais j'ai toujours pensé qu'il y avait autre chose. La haine, la concupiscence, le désir de pouvoir sont d'excellents mobiles. Mais comment un tueur en série développe-t-il son mode opératoire ? Peut-être que la mère de Blanche-Neige lui lisait des contes avant de partir au travail. Peut-être qu'il les lisait lui-même à quelqu'un qu'il a perdu. A la base de ces crimes, il y a toujours un désir d'atteindre l'inaccessible. Mais on n'aura le fin mot de l'histoire que si vous le coincez et lui posez la question.

— Je peux vous parler de la lettre ?

— Bien sûr. Rien ne vous échappe, hein ?

Taylor encaissa le compliment en se rendant compte qu'elle se serait plu à travailler avec cet homme, si elle en avait eu l'occasion.

Il fit rougeoyer le tabac de sa pipe.

— Cette foutue lettre. Je vous jure, on a passé des semaines dessus. On n'avait pas accès aux outils d'analyse pointus d'aujourd'hui, mais on a quand même découvert pas mal de choses. D'abord, elle était tapée à l'ordinateur. En soi, c'était déjà un gros indice. A l'époque, les ordinateurs n'étaient pas très répandus, et les imprimantes, encore moins. On a pu savoir qu'elle avait été tapée sur un IBM 8580, PS/2 Model 80 386, un des tout premiers portables, et imprimée sur une Hewlett-Packard Deskjet.

Fitz secoua la tête, incrédule.

— Tu as encore les références en tête ?

— Oui.

Taylor commençait à comprendre la réputation de Kimball en tant que spécialiste des détails.

— Une imprimante haut de gamme, en plus. A sa sortie, elle coûtait dans les mille dollars. On a facilement identifié le propriétaire, un certain Burton Mars, de Green Hills. La lettre avait été tapée sur son ordinateur et imprimée sur son imprimante.

Burt Mars. Taylor le connaissait ; c'était un ami de ses parents. Un expert-comptable, si elle se souvenait bien.

— Mais ce n'est pas Mars qui l'avait écrite ?

— On n'a jamais pu prouver que c'était lui. Et je ne l'ai jamais cru coupable des meurtres. Il en paraissait tout simplement incapable. Pour escroquer l'Oncle Sam, il était doué, mais pour le reste… On a toujours pensé qu'il s'agissait d'un de ses clients. Quelqu'un qui avait accès à son bureau.

— Pourquoi pas un de ses employés ?

— Parce que le tueur était quelqu'un d'aisé. Mars payait bien son personnel, mais enfin ses employés n'avaient pas les ressources financières de Blanche-Neige. Non, c'était certainement un client de Mars. Quelqu'un qui payait les autres pour s'occuper de ses affaires.

— Qu'est-ce qui vous fait penser qu'il était aisé ?

— Sa chevalière.

— Quoi ?

— Sa bague. Ne me dites pas que ce n'est pas dans le dossier, ça non plus ?

— Je n'en ai jamais entendu parler. Et toi, Fitz ?

— Moi non plus.

— On l'a trouvée sur une des dernières scènes de crime. Voyons, celle d'Ellie Walpole, il me semble. En soulevant le corps, on l'a trouvée accrochée dans ses cheveux. Une grosse bague en or avec des volutes sur les côtés et un F sur le dessus. Juste un F, rien d'autre. On a passé les fichiers de Mars au peigne fin, interrogé jusqu'au dernier de ses clients dont le nom ou le prénom commençait par un F. Ça n'a rien donné. Evidemment, la bague pouvait appartenir au grand-père, au cousin ou même à un copain du tueur. Elle avait l'air ancienne, en tout cas, comme si elle avait été transmise de génération en génération.

— Ça, dit Taylor, ce n'est pas dans le dossier. J'en suis certaine. J'ai personnellement passé en revue tous les indices matériels, il y a trois semaines. Je n'ai pas vu de chevalière. Et je n'ai rien lu non plus au sujet des clients de Mars que vous avez interrogés.

— Ecoutez, à l'époque, tout ça était dans le dossier. Ces rapports, je les ai vus de mes propres yeux. J'en ai d'ailleurs rédigé un bon nombre. Je commence à avoir l'impression que vous n'avez pas toutes les cartes en main.

Taylor regarda Fitz. Ils avaient un vrai problème.

Kimball tira une dernière bouffée sur sa pipe, la vida dans un cendrier en terre cuite de fabrication amateur, puis se leva.

— Je vous prête mes dossiers si vous me promettez de les rapporter en bon état. Maintenant, si ça ne vous ennuie pas, je vais retourner avec Sabrina. On n'a pas l'occasion de la voir aussi souvent qu'on aimerait, et elle grandit trop vite. Bientôt, elle n'aura plus aucune envie de faire des maisons en pain d'épices avec son papy, si vous voyez ce que je veux dire.

Fitz prit deux cartons, Taylor le troisième. Kimball les reconduisit vers la cuisine. Sa femme et Sabrina posèrent des cookies emballés dans du papier aluminium sur le dessus des cartons. L'ancien enquêteur les raccompagna jusqu'à la porte et les regarda s'éloigner avec son sourire triste.

Taylor mesurait moins d'un mètre de haut ; elle rentrait parfaitement dans l'espace entre la balustrade et la dernière marche de l'escalier. Dissimulée derrière une colonne dorique, elle observait le bal qui se déroulait à l'étage en dessous. Il lui semblait qu'il y avait des centaines d'invités portant des déguisements plus fantasques les uns que les autres. C'était le traditionnel bal masqué que ses parents organisaient pour la Saint-Sylvestre, mais ce devait être la première fois qu'il se déroulait dans la nouvelle maison.

La musique était forte, les danseurs tournoyaient comme des marionnettes. Des serveurs en costume noir faisaient circuler de grands plateaux de coupes de champagne qui disparaissaient à toute vitesse.

Une femme au visage poudré, portant une immense perruque à la Marie-Antoinette et une mouche dessinée au coin de la bouche, tomba lourdement assise sur la première marche de l'escalier, exactement quarante-sept marches plus bas. La mère de Taylor était déguisée en Marie-Antoinette, mais ce n'était pas elle. Taylor sentit l'escalier vibrer et respira les vapeurs d'alcool qui montaient de l'inconnue, mélangées à une odeur poudreuse et musquée.

Trois personnes se précipitèrent vers la malheureuse, mais elle les repoussa en riant. Des serveurs vinrent l'aider à se relever et elle partit en se dandinant, sa robe oscillant d'un côté à l'autre.

Il y eut quelques instants de calme, puis la mère et le père de Taylor apparurent dans son champ de vision, accompagnés de quelques autres personnes.

Les femmes minaudaient entre elles, mais les hommes, rendus expansifs par l'alcool, parlaient très fort.

— Win Jackson, lança un homme brun, tu as fait un pacte avec le diable !

Un homme aux cheveux couleur de sable, portant des lunettes à grosses montures noires, tapa son père sur l'épaule.

— Sans blague, Win, on se croirait à Manderley ! Qu'est-ce que tu as fait dans ta dernière vie pour avoir autant de chance ? Le juge aurait mieux fait de te mettre derrière les barreaux…

— Manderley ? dit Win en riant. Il manquerait plus qu'on ait le feu à la baraque ! Kitty me tuerait.

Ils continuèrent à se railler et à se défier l'un l'autre jusqu'à ce que la gouvernante de Taylor la retrouve, l'extirpe de sous la balustrade et la rapatrie dans sa chambre.

Taylor ferma les yeux en essayant de revoir le moment exact où l'un des hommes s'était tourné et…

— Taylor ! Bon Dieu ! Fais gaffe !

Elle ouvrit les yeux et fut surprise de voir la route devant elle. Ses mains se trouvaient sur le volant du pick-up, et une petite voiture dérapait sur une plaque de glace en fonçant droit vers elle. Elle braqua à droite et contourna la voiture, laquelle se redressa, ralentit et s'éloigna dans le rétroviseur.

« Il y a quelque chose, pensa-t-elle. J'ai eu un déclic. » Mais déjà le souvenir se dissipait dans la blancheur de la neige.

7.

Quantico, Virginie
Mardi 16 décembre
10 heures

Charlotte Douglas savait faire son entrée dans une pièce.

De préférence en fin de soirée, habillée en Valentino ou en Cavalli, ses pieds menus sanglés dans une fantaisie de chez Louboutin ou Blahnik, au bras du joli cœur dont elle avait choisi de se parer pour la soirée. Elle se figeait l'espace d'un instant dans l'encadrement de la porte, pour donner à chacun le loisir de l'observer dans toute sa gloire. Une fois que tous les regards étaient rivés sur elle, elle se glissait dans la pièce, touchant ici une épaule, là un bras, selon le niveau d'intimité qu'elle avait avec la personne en question. La mer d'hommes s'ouvrait devant elle, du champagne apparaissait presque par magie, et la soirée était aussitôt considérée comme inoubliable.

Elle réservait généralement ce numéro aux VIP : sénateurs, représentants du Congrès et autres responsables de la répartition des budgets. L'image qu'elle offrait était parfaite : chic, glamour et inaccessibilité. Cela rendait fou les puissants de Washington et assurait à Charlotte une invitation à tout événement de quelque importance.

Mais elle ne pouvait fréquenter uniquement les gens haut placés ; elle avait également des choses à mettre au point avec leurs subordonnés. Pour eux, elle ne sortait pas ses vêtements de couturier ; des marques de chez Nordstrom suffisaient amplement. Lors de ses rendez-vous avec les chefs du personnel, secrétaires adjoints et autres sous-fifres, elle s'assurait simplement d'être habillée, coiffée et maquillée à la perfection, et d'égaler ou de dépasser leur hauteur. Charlotte semblait être née pour porter des talons aiguilles.

La veille, elle avait passé la moitié de la soirée à parler à un petit prince saoudien, une demi-heure entière avec le directeur de la commission des finances de la Chambre, et un bon moment avec un journaliste régional pressenti pour être promu aux informations nationales. Travailler à Washington pouvait être assez fatigant.

N'empêche qu'elle avait franchi le portail de Quantico à 7 heures pile, les yeux grands ouverts, en pleine forme et prête à affronter la journée.

Elle sourit aux collègues qu'elle croisa, flirta avec le type de l'entretien qui réparait l'ascenseur, puis accomplit son rituel matinal. Elle se remplit un gobelet de café dans la salle de repos, fit bouffer ses cheveux dans la glace des toilettes, parcourut le couloir jusqu'à son bureau, tourna la clé dans la serrure et alluma une lampe douce. L'ampoule écologique jetait une ombre sur la plaque à son nom ; elle déplaça la plaque de quelques centimètres pour la mettre en pleine lumière. Elle ne tirait aucune fierté, cependant, d'y voir gravé son nom : *Dr Charlotte Douglas, directrice adjointe de l'unité des sciences du comportement.* Le mot « adjointe » ne lui plaisait pas.

Allumant son ordinateur, elle se cala au fond de son siège et chassa une poussière imaginaire sur son épaule. La machine ne prenait que quelques secondes pour se rallumer ; comme elle était protégée par un mot de passe, Charlotte la laissait généralement en veille. Un instant plus tard, l'écran affichait l'emblème du FBI. Elle entra son mot de passe, soigneusement choisi : *L96in69guOS*. Une blague privée entre elle et le *webmaster*. Quelqu'un d'assez talentueux, elle avait fini par s'en apercevoir.

Elle posa son café à côté d'elle et partit à la pêche sur la toile. Elle cherchait des meurtres inhabituels, des récidives, des affaires non résolues ; c'était laborieux, mais il fallait le faire. Elle aurait pu demander qu'on dépose des rapports sur son bureau, comme le faisaient tous les automates de Washington, où une armée d'assistants établissait tous les matins des revues de presse à l'intention des chefs. Les autres profileurs de son unité laissaient ainsi aux stagiaires le soin de rassembler les articles de presse, rapports de police et autres documents susceptibles d'informer l'unité des agissements de leurs confrères des forces de l'ordre. Charlotte, elle, préférait recueillir ses données à la source. De toute façon, personne ne savait repérer comme elle les détails croustillants.

Aujourd'hui, il n'y avait rien de nouveau : c'était la galerie habituelle de cinglés, d'affaires non élucidées déjà connues et de sites internet destinés aux tueurs en série. Elle nota qu'un tout nouveau site incitait les visiteurs à

« partager leurs coups les plus sanglants dans l'anonymat le plus total » et ajoutait « Vous n'êtes pas chez les flics ! » Il ne manquait plus que ça. Pour les sociopathes capables d'utiliser un ordinateur, l'ère de l'informatique était le paradis.

Les derniers rapports du logiciel ViCAP étaient arrivés. L'objectif de ce logiciel de recherche des criminels violents, développé par le FBI, était simple : détecter des récurrences dans les activités criminelles. Charlotte l'utilisait pour repérer les agressions sexuelles, les personnes disparues et les morts non identifiés, coordonner des missions qui regroupaient plusieurs juridictions et répartir les informations entre des branches concurrentes des forces de l'ordre. ViCAP était un de ses joujoux préférés.

Elle cliqua sur l'icône, se connecta au logiciel et parcourut les derniers rapports. Rien n'exigeait son attention immédiate. Rien ne sortait de l'ordinaire.

Elle ouvrit ensuite la CODIS. Cette base de données, qui répertoriait les profils ADN au niveau national, était de toute beauté. Une fois qu'on aurait réussi à y charger les profils de tous les salopards du logiciel ViCAP, elle constituerait un véritable ballon d'oxygène pour la lutte contre le crime. Charlotte tapa son mot de passe.

L'affaire Blanche-Neige avait la priorité absolue, en ce moment, et cela pour plusieurs raisons. On avait chargé dans le système les profils ADN des tueurs en série de Nashville la veille au soir ; Charlotte s'était chargée personnellement de les saisir.

Dès qu'elle se fut identifiée, une petite icône se mit

à clignoter sur la barre des tâches. La base avait fini de traiter les données de la veille. Parfait.

Elle parcourut les résultats. Elle pouvait les transmettre immédiatement au bureau de Nashville, ou alors prendre son temps, selon son bon plaisir. Elle referma le fichier et accéda à une autre partie de la base, celle où on comparait les ADN d'affaires non résolues sur le plan national. En théorie, c'était un système extrêmement perfectionné, mais en pratique, les analyses ADN s'étaient accumulées tellement rapidement, ces dernières années, qu'on n'avait pas eu le temps de rentrer tous les profils dans le système. Il faudrait des années avant que la base ne soit vraiment à jour.

A présent, deux icônes apparaissaient. Sur celle de gauche, un numéro de code identique à celui du tueur de Nashville clignotait lentement. Sur celle de droite, la même séquence de chiffres s'affichait en rouge. La machine avait trouvé une correspondance. Une correspondance parfaite entre l'ADN du suspect de Nashville et… La mâchoire de Charlotte se décrocha. C'était impossible. Il y avait forcément une erreur quelque part. Les correspondances parfaites n'arrivaient pas tous les jours. D'autres fichiers s'ouvrirent à l'écran. Charlotte tambourina du bout des doigts pendant que d'autres icônes se mettaient à clignoter, illuminant le bureau de l'ordinateur comme un sapin de Noël. Correspondance. Correspondance. Correspondance. Correspondance. La base de données avait trouvé quatre profils ADN identiques dans quatre Etats différents. Sans compter le Tennessee. Comme si la même personne avait été impliquée dans cinq affaires différentes.

Charlotte émit un juron.

Elle appela le *webmaster* pour l'avertir qu'il y avait un problème informatique. Il la rappela cinq minutes plus tard pour l'assurer du contraire.

C'est alors qu'elle sentit un picotement naître à la base de sa colonne vertébrale. Les bases de données étaient programmées pour identifier des récurrences; c'était ce qui venait d'arriver. C'était Charlotte elle-même qui avait conçu cette partie du logiciel… et voilà. Une anomalie. Qui, après tous les efforts qu'elle avait faits, allait la forcer à dévoiler son jeu.

Encore sous le choc, elle se força à fermer la base CODIS et ouvrit un fichier caché dans les profondeurs de son disque dur. Un fichier personnel à l'accès restreint, que Charlotte avait détourné quelques mois auparavant. Elle tapa un nouveau mot de passe pour l'ouvrir.

C'était elle. Taylor Jackson. Charlotte fixa du regard le JPEG haute définition. Cheveux blond fauve en dessous des épaules, yeux gris, lèvres bien dessinées, nez légèrement tordu mais élégant. Une femme superbe — mais Charlotte savait qu'elle pouvait rivaliser.

Elle passa mentalement en revue ses propres attributs. Ses cheveux, lui avait-on dit, étaient de la couleur d'un jeune pinot noir. Sa peau était de porcelaine, ses yeux couleur d'ambre, ses pommettes saillantes. Et, sauf erreur, sa lèvre inférieure était légèrement plus charnue que celle de Jackson. Néanmoins, il fallait avouer que l'autre était séduisante. Preuve que Baldwin continuait à avoir bon goût en matière de femmes.

Le souvenir du regard vert de son ancien collègue la

submergea un instant. Elle se força à chasser cette pensée de son esprit. Il lui arrivait de s'embourber pendant des heures dans le souvenir des brefs moments qu'ils avaient passés ensemble. Pour en revenir toujours au même point : cette petite garce lui avait piqué Baldwin alors que Charlotte le tenait presque.

Elle contempla un instant encore le visage en forme de cœur affiché à l'écran, puis ferma le document et revint aux pages précédentes.

Jackson fut aussitôt oubliée au profit des nouveaux profils ADN. Charlotte adorait les défis. Mais que faire de ces informations ? L'identification de la séquence ADN par la base CODIS était tout à fait inattendue ; malheureusement, elle n'allait pas pouvoir garder cela pour elle.

Elle ouvrit les dernières photos juridiques envoyées par le département de police de Nashville. La toute dernière proie. *Giselle Saint-Clair*, indiquait la légende. Quelles sonorités délicates… Pauvre fille ! Giselle était nue, sa peau bleuie par le froid. La plaie béante sur son cou annonçait une mort par exsanguination. Charlotte se mit soudain à sourire. Le visage de la fille était encadré par une flaque de sang rouge sombre.

Elle cliqua sur un fichier, et d'autres corps nus défilèrent à l'écran.

Le surnom du tueur lui allait bien. Chaque fois qu'elle regardait ces images, Charlotte pensait tout de suite à Blanche-Neige. Beauté éthérée, peau d'albâtre, lèvres rouges, cheveux de jais. Il ne leur manquait qu'une cape rouge et une bande de nains.

En passant très rapidement sur les photos, on aurait pu

croire qu'il s'agissait d'une seule et même victime. Seul un examen approfondi révélait les subtiles différences de taille, de poids, de longueur des cheveux. La ressemblance entre les victimes était troublante. Elle ouvrit deux nouveaux onglets et compara les images. Il fallait du temps et des efforts pour dénicher des femmes aussi proches physiquement. Quelques années auparavant, elle avait travaillé sur une affaire où le tueur achetait des perruques identiques et les faisait porter à ses victimes avant de les tuer. Mais ici, c'étaient de vrais cheveux, longs et épais, et noirs comme des plumes de corbeau.

Avec un soupir, elle revint aux identifications CODIS, imprima une feuille d'information sur chaque meurtre, créa un nouveau fichier intitulé « Blanche-Neige ADN/CODIS », puis partit en direction du bureau de son chef. Elle était chargée du profilage des meurtres ; elle devait faire part de ses découvertes. L'affaire était à elle. Son avenir, sa réussite en dépendaient.

Après le départ de Baldwin, Stuart Evanson avait pris la tête de l'unité des sciences du comportement. Au-dessus de lui, il y avait Garrett Woods, directeur de la cellule d'intervention d'urgence. Evanson avait du pouvoir et de l'influence, mais pas autant qu'il aurait voulu. La vraie star, c'était Woods, le mentor du grand profileur John Baldwin. Woods, disait-on, était tellement malin et expérimenté qu'il risquait de diriger un jour le FBI tout entier. Charlotte le détestait parce qu'il lui avait préféré Evanson pour la direction de l'unité. Il avait justifié sa décision en citant les liens qui avaient existé entre Baldwin et elle, mais Charlotte savait que Baldwin avait ouvertement déconseillé à Woods de lui confier les rênes du service. Difficile de dire ce qui l'avait blessée davantage : leur rupture, ou le fait qu'il ait ruiné sa carrière.

Evanson avait remplacé Baldwin quelques mois auparavant. Elle se rappelait parfaitement le matin où c'était arrivé. D'un seul coup, Baldwin avait annoncé qu'il quittait l'unité, le FBI et tout le reste pour se mettre en ménage avec une flic de la brigade des homicides de Nashville. Charlotte était restée sous le choc. Evidemment, il y avait un moment que Baldwin était hors jeu : il avait pris des congés prolongés suite à une fusillade où un suspect avait laissé trois agents sur le carreau.

Elle était avec lui au moment des faits, mais il ne s'était pas tourné vers elle pour se consoler. Il était rentré chez lui, à Nashville, et avait essayé de se suicider lentement à l'alcool. Puis il avait rencontré Taylor Jackson, retrouvé la forme, résolu une affaire énorme et était rentré au bercail triomphant, couvert d'honneurs. Au passage, Charlotte avait été complètement oubliée.

Ainsi que les projets de retraite de Baldwin. Le FBI ne voulait pas perdre l'un de ses meilleurs agents. On lui avait offert un traitement de faveur — le droit de pratiquer en solitaire, loin du regard indiscret de Quantico. En gros, on lui avait donné sa propre unité, où il faisait le travail du service de psychologie comportementale sans avoir les contraintes qui pesaient sur les autres. Officiellement, il était détaché au bureau du Tennessee à Nashville.

Stuart Evanson l'avait remplacé à la tête du service et, plutôt que de nommer Charlotte au poste de second, il l'avait transférée en Formation et obligée à animer les séminaires que l'USC offrait aux forces de l'ordre. Comme s'il se fichait de savoir qu'elle avait un doctorat de Georgetown et qu'elle travaillait sans répit pour cette unité depuis cinq ans, avec une promotion à la clé chaque année. Il voulait qu'elle soit la « porte-parole » du service, disait-il. Eh bien, c'était hors de question. Elle voulait travailler sur les affaires en cours, pas former des ploucs fraîchement débarqués de leur cambrousse qui rêvaient de jouer les profileurs.

Evanson était un imbécile assoiffé de pouvoir et, comme la plupart des types dans son genre, il voulait à tout prix un morceau de tarte à la Charlotte. Cette dernière lui avait fait clairement comprendre ce qu'elle serait prête à faire s'il lui donnait la place de numéro deux, celle qui lui revenait légitimement. Quelques semaines plus tard, elle était promue directrice adjointe. Elle méritait de diriger carrément l'unité, mais elle avait décidé de patienter. Appâter Evanson de temps en temps en lui lançant quelques miettes était un prix modique à payer.

Les éclats de voix qui filtraient du bureau de son patron ne l'impressionnèrent pas. Elle avait le don de désamorcer les situations explosives. Jetant un coup d'œil à sa montre, elle le laissa hurler encore trente secondes, passa la main dans sa coiffure et frappa fort, une seule fois. Puis, sans y être invitée, elle ouvrit la porte et entra.

— Je me fous de ce que pense le président ! C'est comme ça, un point c'est tout !

Il raccrocha violemment et leva les yeux vers Charlotte, qui se tenait dans l'embrasure de la porte. N'importe quel autre agent aurait été viré sur-le-champ pour avoir osé entrer pendant qu'il parlait à la Maison-Blanche. Evanson était un caractériel, en proie à des accès de colère et de dépit. Mais Charlotte jouissait auprès de lui d'un statut particulier, et elle le savait.

S'avançant vers son patron, elle lui tendit une chemise dont l'étiquette rouge indiquait : *Priorité : urgent.*

— Nous avons une anomalie, dit-elle.

— Charlotte, vous ne pourriez pas dire bonjour ? Me demander comment je vais ?

Stuart Evanson se laissa aller en arrière dans son fauteuil en lissant les pans de sa veste à rayures. Pourquoi ne l'enlevait-il jamais ? Croyait-il que cela faisait plus professionnel ? En réalité, Charlotte le soupçonnait de dissimuler des auréoles de transpiration.

— Je vois bien que vous n'allez pas très bien, Stuart.

— Pas la peine d'être impertinente !

— Ce n'est pas de l'impertinence. J'essaie juste d'attirer votre attention sur un problème important.

— Lequel ?

— Si vous voulez bien regarder les documents, je crois qu'ils se passent d'explications.

Evanson lui lança un regard insondable et ouvrit le dossier. Ses sourcils broussailleux se dressèrent en accent circonflexe. « Je te l'avais dit », pensa-t-elle.

— C'est certain ? demanda son patron.

— Oui. La police de Nashville n'est pas encore au courant.

Evanson était manifestement d'humeur exécrable. Il congédia Charlotte sans faire de manières ; il avait déjà la main sur le téléphone.

— Eh bien, qu'est-ce que vous attendez pour les prévenir ? Vous me ferez un rapport dès que vous en saurez plus. Et informez immédiatement les agents sur place.

— Entendu, Stuart. Est-ce que le docteur…

Elle s'interrompit en pleine phrase. Il ne s'agissait pas de trahir son empressement. Elle savait déjà que John Baldwin collaborait avec la police locale sur l'affaire Blanche-Neige, que son équipe manœuvrait en coulisses. D'une manière officieuse, cette affaire avait toujours été la sienne. Charlotte serait contrainte de travailler directement avec lui ; c'était exactement ce qu'elle voulait.

— Non, rien, dit-elle. Je vous tiens au courant.

Evanson émit un grognement ; il ne l'écoutait déjà plus vraiment. Charlotte quitta la pièce en se maudissant. Bon sang, quelle mouche l'avait piquée ? Par ce genre d'imprudence, elle s'exposait à des blessures. Comme par le passé.

De retour dans son bureau, elle ouvrit le dossier Nashville.

En se plongeant dans le travail, elle fut envahie par un sentiment profondément agréable, celui du bonheur à venir. Un instinct, une prémonition, quelque chose du genre. Elle n'avait pas prévu que cela se passerait ainsi, mais c'était sans doute pour le mieux. Cette nouvelle stupéfiante allait permettre à Charlotte de jouir de l'attention complète du Dr John Baldwin. Et de l'arracher à cette petite tigresse dont il s'était entiché.

Si elle jouait bien ses cartes, il lui reviendrait. Elle

réfléchit quelques instants. Tôt ou tard, elle serait bien obligée d'y aller. Elle composa un numéro de téléphone et mâchouilla l'extrémité de son stylo en attendant la sonnerie. Son heure était arrivée.

8.

Nashville
Mardi 16 décembre
20 heures

Taylor chargea les cartons de Martin Kimball dans la 4Runner et claqua la porte du coffre. De retour au bureau avec Fitz, ils avaient rapidement parcouru les dossiers, pour s'apercevoir qu'un examen complet des pièces à conviction s'imposait. Les rapports et les dossiers sur les meurtres avaient été transportés dans la salle de réunion, mais les preuves matérielles étaient stockées dans un entrepôt. Fitz s'était proposé pour y aller, et elle avait accepté. Il avait promis de lui téléphoner, et elle avait décidé de rentrer à la maison.

Le problème des informations manquantes la rongeait. Cela pouvait être des éléments cruciaux comme des détails anodins. Impossible de savoir.

Sachant que John aurait faim, elle s'arrêta à City Limits, un excellent traiteur de style new-yorkais, et acheta deux salades César au poulet et deux baguettes encore chaudes.

A la maison, elle ouvrit une bouteille de sangiovese, un

bon petit vin qu'ils buvaient tous les jours, se demanda vaguement où était passé John, rangea les salades dans le frigo et partit dans le salon en emportant son verre de vin. Elle ouvrit le premier carton et respira de nouveau cette odeur qui l'avait rendue nostalgique. Fumée de pipe et poussière ancienne. Cela la fit sourire sans qu'elle sache pourquoi.

Elle feuilleta les dossiers les uns après les autres. Il y avait les dossiers des meurtres, chacun constitué de dix sous-dossiers reliés, de chemises contenant des photos, des photocopies des fiches d'identification des preuves. Elle parcourut attentivement ces dernières, cherchant des infos au sujet de la chevalière. Elle les trouva dans le dossier du dixième meurtre. Celui d'Ellie Walpole. Comme l'avait dit Kimball. C'était lui qui avait rédigé, d'une écriture petite et soignée, la description de la chevalière en or.

Elle consulta son exemplaire du dossier. Le rapport n'y était pas. Cela ne voulait rien dire : une page sur cinq mille n'avait pas été remise à sa place, il n'y avait pas de quoi en faire une maladie.

En relisant très soigneusement le rapport d'autopsie, elle finit par repérer une allusion aux zones dénudées sur les crânes des victimes. Le légiste n'avait pas jugé cela très important.

Taylor, elle, savait qu'il s'agissait sans doute d'une relique. Les tueurs sont nombreux à choisir un objet appartenant à la victime — permis de conduire, petite culotte ou autre — et à le conserver précieusement en souvenir de sa mort. Pour les aider à la revivre.

Se levant, elle arpenta le salon, son verre de vin à la

main. Fitz allait-il se décider à appeler ? L'entrepôt des pièces à conviction était une faille spatio-temporelle dans laquelle il était facile de se perdre. Et les objets de petite taille, comme les bagues, étaient les plus difficiles à retrouver. Cela dit, si la bague avait vraiment disparu, ils se trouvaient face à un gros problème.

Elle jeta un coup d'œil par la fenêtre donnant sur la rue, refit le tour de la salle de séjour, se servit un deuxième verre de vin et se replongea dans les dossiers en comparant systématiquement ceux du bureau à ceux de Kimball. Elle finit par conclure que l'essentiel de la documentation officielle était là. Les différences majeures entre les deux ensembles de dossiers, c'étaient les notes personnelles prises par Kimball. Des pages et des pages d'écriture serrée : idées, hypothèses, croquis, griffonnages. Le moindre bout de papier sur lequel il avait consigné quelques mots, au cours des huit années d'enquête, avait été conservé. Taylor lut toutes ses notes d'un bout à l'autre. La minutie de l'ancien enquêteur l'impressionna, mais elle n'apprit rien de véritablement nouveau.

Enfin, le téléphone sonna.

— Je suis couvert de poussière, grommela Fitz. Et la bague n'est pas ici.

— Tu en es sûr ?

— Absolument certain. J'ai ouvert tous les cartons. Il y en a cent quarante-trois.

— Ça m'inquiète, Fitz. Le rapport sur la bague n'est pas non plus dans le dossier officiel. Pourquoi ?

— Tout simplement parce qu'un type qui travaille aux archives a repéré la bague et s'est dit que c'était dommage de la laisser moisir dans un carton. Ce ne serait pas la première fois, tu sais.

— Oui, mais là, j'ai l'impression qu'il y a autre chose. Cette bague peut nous permettre de remonter jusqu'au tueur, je le sens.

Elle entendit la porte du garage s'ouvrir.

— John vient de rentrer. On en reparle demain matin ? Merci, Fitz. C'est gentil d'avoir bien voulu passer ta soirée dans la poussière.

— Ouais, tu me devras une bière... Dis bonjour au psy.

— A plus.

Taylor raccrocha et partit à la rencontre de John. Elle le trouva dans la cuisine, en train d'essayer de dégrafer son holster tout en tenant un gobelet de chez Starbucks et son attaché-case dans une main, et un bouquet de roses dans l'autre. Il sursauta en entendant Taylor arriver.

— Retourne-toi ! lui intima-t-il. Il ne faut pas que tu regardes !

— J'ai déjà vu. Tu m'as acheté des fleurs. Tu es le meilleur type qui existe sur Terre.

— Dans tout l'univers, s'il te plaît !

Il lui tendit le bouquet de roses blanches et rouges mélangées à des gerberas orange. Elle les prit dans la main gauche et, de l'autre, l'aida à se dépêtrer de la sangle en cuir de son holster.

— C'est une occasion spéciale ?

— Il faut une occasion spéciale pour offrir des fleurs à la femme qu'on va épouser ?

— Non, bien sûr que non.

Elle posa le revolver sur le plan de travail et enfouit son nez dans le bouquet.

— Mmm, ça sent bon… Je ferais mieux de les mettre dans l'eau. Où est-ce que tu as trouvé des gerberas en cette saison ?

— Secret professionnel.

Elle roula les yeux, et il se mit à rire. Elle plaça les fleurs dans un vase et les posa sur la table de la cuisine. John l'observait : elle sentait son regard sur sa nuque.

— Comment s'est passée ta journée, Taylor ?

— Bien, à part qu'une pièce à conviction de l'affaire Blanche-Neige a disparu. De la première affaire, je veux dire.

— Une pièce à conviction ?

Il ouvrit le réfrigérateur.

— Ah, tu as fait des courses pour le dîner… Super !

— Comme si c'était dans mes habitudes de te laisser mourir de faim !

Pendant qu'ils disposaient les salades sur des assiettes, beurraient du pain et se servaient du vin, Taylor raconta son après-midi. Puis elle lui demanda comment la journée s'était passée pour lui, mais il ne répondit pas tout de suite.

Ils s'installèrent sur le tapis du salon, adossés au canapé, des coussins dans le dos, leurs assiettes posées sur la table basse. Quand Taylor eut commencé à manger, il répondit enfin.

— Eh bien, c'était intéressant, d'une certaine manière. Et j'ai l'impression que demain risque d'être vraiment dingue.

Taylor se contenta de lever un sourcil. Etant donné la vie qu'ils menaient et l'affaire sur laquelle ils enquêtaient, les choses pouvaient difficilement être plus dingues.

— Charlotte Douglas vient nous rendre visite, dit John.

— Pardon ?

— Charlotte Douglas, agent spécial au FBI. Elle est profileuse. Directrice adjointe de l'unité.

— Et alors ? C'est une collègue à toi, non ?

— En fait, c'est toi qu'elle vient voir. Avec un expert médico-légal. Ils ont les résultats des analyses ADN.

Taylor posa sa fourchette en secouant la tête.

— Nom d'un chien, pourquoi personne ne nous a appelés ? Ils auraient au moins pu nous faxer les résultats ! Ce n'est quand même pas compliqué : soit c'est Blanche-Neige, soit c'est quelqu'un d'autre !

— Eh bien, c'est un peu le problème avec Charlotte. Elle est… comment le dire poliment ? Elle a besoin d'être au centre de l'attention. Elle compte sans doute débarquer et résoudre l'affaire en un tour de main. A moi non plus, elle n'a rien voulu dire. Je lui ai dit qu'elle manquait totalement de professionnalisme, mais elle m'a envoyé promener.

— Pourquoi ai-je l'impression qu'il y a quelque chose d'autre là-dessous ?

— Parce que tu es brillante et intuitive, en plus d'être très belle et d'avoir pris la sage décision de m'épouser ce week-end.

— Tu as couché avec elle ?

John croisa les jambes. Taylor piqua un morceau de

poulet au bout de sa fourchette et le mit dans sa bouche sans quitter son fiancé du regard.

— Quand ? ajouta-t-elle.

Il eut un sourire chagrin.

— Bien avant de te connaître. Ecoute, Taylor, elle ne signifie rien pour moi. C'était une passade, un truc qui arrive dans le feu de l'action. C'est une vipère. Je la déteste, si tu veux savoir.

— Mais elle, elle ne te déteste pas.

— Bien vu. Ça risque d'être un peu tendu, et j'en suis désolé. En fait, c'est une vraie garce. A la seconde où tu la verras, tu comprendras pourquoi je suis avec toi plutôt qu'avec elle. Tu me crois ?

— Bien sûr. Je ne m'attendais tout de même pas à ce que tu arrives vierge au mariage.

Elle se leva, prit son assiette et partit vers la cuisine. John la suivit.

— Ça va, Taylor ?

Elle posa son assiette en réfléchissant à la question. Bien sûr que cela allait ! Ils étaient des adultes, bon sang… John n'était pas son premier amant. Mais d'un seul coup, adossée contre le plan de travail, les yeux dans les yeux, elle prenait subitement conscience du peu de choses qu'elle savait de lui. C'était un homme complexe, qui s'entourait de nombreux remparts de protection. Ils n'avaient jamais vraiment parlé, tous les deux, de leur passé amoureux.

Elle lui adressa néanmoins un sourire en coin.

— Tout va bien. C'est drôle, en fait. Je ne me suis jamais considérée comme quelqu'un de jaloux.

— Ça me plaît, dit-il. Je me sens désiré.

Il posa une main sur la poitrine de Taylor, la repoussa doucement contre le rebord du plan de travail et vint se blottir contre elle en glissant une jambe entre les siennes. Elle se percha aussitôt sur le comptoir, mit ses jambes autour des hanches de John et accepta son baiser.

— Il est tard, dit-elle quand elle put reprendre son souffle.

— Très tard.

Il la souleva dans ses bras, la porta jusque dans le séjour, la déposa sur le canapé et s'étendit sur elle.

— L'heure de se coucher.

Quand le téléphone sonna, ils dormaient entrelacés sur le canapé. Taylor chercha le combiné à tâtons.

— Taylor Jackson ? Frank Richardson à l'appareil. Anciennement du *Tennessean*.

— Je n'ai aucun commentaire à... Ah, attendez ! Vous êtes le reporter de l'affaire Blanche-Neige. Excusez-moi, je croyais que vous deviez rentrer demain.

— Je ne suis pas vraiment rentré. J'ai fait escale à New York pour voir un vieux copain, mais il a attrapé la grippe, je suis bloqué à JFK, et mon corps me dit qu'il est 7 heures du matin. Je viens de passer plusieurs semaines en France. Je vous appelle trop tard, peut-être ?

« Il n'est jamais trop tard pour un meurtre », pensa-t-elle.

— Non, non. Ne quittez pas, j'en ai pour une minute.

Elle posa le combiné et s'extirpa des bras de John, qui ouvrit brièvement les yeux, puis les referma avec bonheur quand elle secoua la tête pour lui dire qu'on n'avait pas besoin de lui dans l'immédiat. De plus en plus, les appels au milieu de la nuit s'adressaient à Taylor.

Elle enfila son pull, s'entoura du plaid posé sur le dossier du canapé et partit dans la cuisine. En s'installant à la table, elle serra la couverture autour de ses épaules. Dans la cheminée, le feu était presque éteint.

— Excusez-moi, monsieur Richardson. Je ne m'attendais pas à votre appel.

— Non, non, c'est moi qui vous prie de m'excuser. Je ne voulais pas vous réveiller. En fait, je ne savais pas que les policiers dormaient.

— Vous ne confondez pas avec les vampires ?

— Sérieusement, dit-il en riant, j'avais l'impression que vous vouliez me parler le plus tôt possible. Je n'arrive pas à croire que cette histoire recommence. Au fait, vous pouvez m'appeler Frank.

— Et vous, Taylor.

Elle tendit le bras vers la console du téléphone, prit un bloc-notes et le posa devant elle. Du dos de la main, elle étouffa un bâillement.

— Prête. Dégainez.

Taylor rentrait une boule après l'autre en essayant de faire la synthèse des informations que Frank Richardson lui avait données. Leur conversation avait duré presque une heure.

Il connaissait l'existence de la chevalière.

Il avait entendu parler des mèches de cheveux arrachées aux crânes des victimes.

Il avait des théories sur la raison pour laquelle le meurtrier avait cessé de tuer, des théories étonnamment avisées et très crédibles.

Il avait aussi des hypothèses sur l'identité du tueur. La plupart étaient semblables à celles formulées par l'équipe des homicides : enseignant dans une école pour jeunes filles, prédateur sexuel tué en prison et ainsi de suite. Toutes avaient été vérifiées et éliminées.

Curieusement, un mot que le journaliste avait utilisé en passant, dans une anecdote anodine, s'était gravé dans l'esprit de Taylor. En l'entendant, elle avait compris qu'elle ne dormirait pas de la nuit. Frank ne parlait plus de l'affaire, mais de sa visite à Caprese, le village natal de Michel-Ange. Avec sa femme, ils avaient suivi une visite guidée des ruelles tortueuses, et le guide avait parlé d'un peintre florentin, Domenico Ghirlandaio, qui avait formé le jeune Michel-Ange avant que celui-ci ne commence à pratiquer la sculpture et n'entre au service de Laurent de Médicis. Avant d'arriver au sommet de son art, Michel-Ange avait été un novice ; il avait appris les ficelles du métier auprès de grands artistes qui avaient développé son talent naturel.

Il avait été un apprenti.

9.

Nashville
Mardi 16 décembre
22 h 30

— Une autre Corona, Jane?

Jane Macias regarda sa bière. La tranche de citron vert était enfoncée dans le goulot, et il ne restait plus qu'une gorgée au fond de la bouteille.

— Je veux bien, Jerry.

— C'est parti.

Le barman se tourna vers la grande glacière à sa droite, mit la main dans la glace et en sortit une bouteille de bière. Il la décapsula, la plaça devant Jane, puis glissa une fine tranche de citron vert dans le goulot.

— Voilà.

— Merci, Jerry.

Elle lui adressa un sourire chaleureux. Il était plus âgé qu'elle et il lui était sympathique : il ne cherchait pas à entamer la conversation ni à la draguer, mais se contentait de lui servir des bières et de la laisser en paix. C'était exactement ce qu'elle voulait.

Jane se replongea dans son livre. Il y avait quelque chose

de pitoyable à passer la soirée à lire dans un bar, mais elle avait besoin de décompresser, et la bière était à moitié prix, ce soir. Le petit ami de sa colocataire, un défenseur dans l'équipe des Tennessee Titans qui passait la plupart des matchs sur le banc de touche, était de visite, et Jane savait que dans leur appartement exigu il serait impossible d'avoir la paix. Elle avait attrapé un livre au hasard dans la bibliothèque et s'était réfugiée ici, à deux rues de chez elle et à des années-lumière des lieux qu'elle fréquentait habituellement.

Ces derniers temps, elle s'évadait de plus en plus fréquemment dans ce petit bar juste à côté de VIBE, le grand strip-club de Nashville. Ça s'appelait Control, c'était calme, accueillant, et il n'y avait pas trop de monde. Evidemment, dans le bar d'à côté, il y avait de la musique lancinante, des lumières stroboscopiques et des femmes pas si belles que ça qui se trémoussaient sur la scène en talons de dix centimètres, mais ça aurait pu être pire. Ça aurait pu être elle, sur scène, par exemple. Au lieu d'être bien au chaud dans la semi-pénombre de ce bar sordide, à siroter sa bière tout en essayant de faire abstraction du bruit. De toute façon, la clientèle de cet endroit était parfaite pour le roman qu'elle écrivait dans sa tête.

Control offrait surtout un énorme avantage : l'anonymat. Ici, elle ne risquait de croiser ni ses collègues de travail ni ses voisins de palier. C'était agréable. Jerry connaissait son prénom, mais ce n'était pas un bar d'habitués ; il était rare de voir un même visage tout au long d'une soirée. Les gens entraient boire un verre après avoir quitté VIBE, pour voir s'il s'y passait quelque chose ; la plupart repartaient rapidement. Elle aurait sans doute mieux fait de se réfugier dans un café sympa ; il y avait un Starbucks à une rue de là, mais elle risquait d'y croiser Skip. En revanche, il n'y avait pas une chance sur un million pour qu'il mette le nez dans ce bar situé dans le même bâtiment que l'antre du vice.

Skip Barber… Ce pauvre imbécile. Il essayait de se faire un nom comme parolier et suivait Jane partout dans Nashville, en lui répétant qu'elle allait percer. Quand elle lui expliquait qu'elle voulait simplement aller au travail, pas décrocher un contrat avec une maison de disques, Skip croyait qu'elle plaisantait.

Il l'avait vue pour la première fois dans un moment de faiblesse, chez Tootsie, un bar à karaoké : elle était soûle et chantait comme si sa vie en dépendait. Jane avait une belle voix juste et harmonieuse, faite pour les micros. Depuis son arrivée à Nashville, plusieurs personnes lui avaient conseillé de rendre justice à son talent et de devenir la nouvelle Julie Robert ou Faith Hill. Chaque fois, Jane souriait et dodelinait de la tête. Elle ne voulait pas chanter, elle voulait écrire. Elle n'avait aucun désir de s'exhiber sur scène. Que le public puisse lire ses mots imprimés sur du papier lui semblait amplement suffisant. Hors de question d'être chanteuse. Elle voulait décrocher un prix Pulitzer, changer le monde par ses analyses percutantes.

Elle se fichait de savoir si, comme on le disait, la chose imprimée était morte. Si internet avait balayé la presse traditionnelle, si les gens ouvraient leur ordinateur au lieu du journal. Elle trouverait toujours le moyen de raconter des histoires.

Voilà pourquoi elle avait accepté le poste au *Tennessean*. C'était autrefois l'un des derniers bastions du journalisme d'investigation pure. Nat Caldwell et Gene Graham y avaient décroché un Pulitzer pour leur travail sur le syndicat des United Mine Workers. David Halberstram et Tom Wicker y avaient travaillé. John Seigenthaler en avait été le rédacteur en chef pendant de longues années. C'étaient de grands hommes, des exemples à suivre.

Skip voulait à tout prix qu'elle se lance dans la variété, qu'elle devienne une star. Elle ne cessait de lui répéter que cela ne l'intéressait pas, qu'elle voulait qu'il lui fiche la paix, mais il était convaincu de pouvoir la faire changer d'avis. Il écrirait les paroles, et elle les chanterait. Ils s'élanceraient ensemble vers la gloire et le succès. Mais bien sûr !

Son téléphone sonna à ce moment. Elle jeta un coup d'œil à l'affichage : c'était Skip. Bon sang, n'allait-il jamais comprendre ? Elle ne répondit pas, elle n'était pas d'humeur à lui parler. Tout ce qu'elle voulait, c'était lire tranquillement pendant quelques heures de plus.

Elle venait de se replonger dans son roman quand un groupe de femmes entra, tout strass et sourires. Un enterrement de vie de jeune fille venu du bar d'à côté, sans doute. Depuis quand était-il courant que les femmes aillent fêter leur mariage dans des strip-clubs ? La meneuse du groupe parcourut la salle du regard et repéra trois places libres près de Jane.

Visiblement éméchées, les amies se frayèrent un chemin vers elle en louvoyant. Elles n'en étaient manifestement pas à leur premier bar de la soirée. Juchées sur les tabourets, elles poussaient des cris de joie comme si c'était la première fois de leur vie qu'on les laissait sortir. L'une d'elles fit signe à Jerry.

— S'cusez-moi, barman. On voudrait commander.

Elle se tourna vers Jane et la jaugea d'un regard froid et hostile. On voyait presque les rouages tourner dans sa tête. « Une concurrente ? Non. » L'instant d'après, Jane était oubliée. Tant mieux.

N'empêche qu'elles étaient ivres, qu'elles parlaient fort, et que Jane ne pouvait s'empêcher d'entendre leur conversation.

Celle du milieu, qui avait l'air d'être la mariée, était plus soûle que les autres. Quand Jerry s'approcha, elle se pencha sur le bar, faisant glisser son diadème en plastique sur ses boucles blond-roux.

— Hé, brailla-t-elle, je te reconnais, toi ! Tu jouais dans *Gilligan's Island* !

Ses copines explosèrent de rire et Jerry, qui, en effet, ressemblait vaguement à Bob Denver, roula les yeux avec bienveillance.

— Qu'est-ce que je vous sers, mesdames ?

La demoiselle d'honneur à gauche, une blonde peroxydée aux racines apparentes, annonça qu'elles prendraient des cosmopolitans.

Elles décidèrent ensuite de se présenter à l'ensemble des clients. La demoiselle d'honneur aux cheveux sombres s'en chargea.

— Salut la compagnie ! Moi c'est Coco, la belle blonde là-bas s'appelle Barbie, et la créature de rêve au milieu, c'est Sierra. Je vous signale que Sierra va se marier ! Alors, si vous voulez nous payer un coup, n'hésitez pas, hein !

Jerry s'éloigna pour préparer leurs cocktails, et les femmes se détournèrent du bar, balayant la salle du regard à la recherche d'hommes disponibles. Jane lança un coup d'œil par-dessus son épaule et n'en vit que deux : un homme d'un certain âge qui avait l'air seul et qui fixait son verre de bière depuis bientôt une heure, et un jeune aux allures de militaire, assez beau garçon, qui portait une alliance. Jane sourit : il avait l'air sympathique. Ses copains devaient tous être dans le bar d'à côté. Sans doute avait-il préféré les attendre ici par fidélité à sa femme.

Ce n'était pas une brochette de choix pour les terribles copines. Peut-être cela les pousserait-il à aller voir ailleurs.

Malheureusement, ça n'en avait pas l'air. En l'absence de compagnie masculine, Coco, Barbie et Sierra se tournaient l'une vers l'autre et devenaient plus bruyantes de seconde en seconde. Elles engloutirent leurs cocktails et en réclamèrent d'autres. La brunette sortit un paquet de cigarettes en forme de pénis, ce qui éblouit ses amies. Elles poussèrent de grands rires de bufflonnes; bientôt toutes les trois tiraient sur les cigarettes puantes. Des ivrognes bruyantes et malodorantes. Pas vraiment ce que Jane avait espéré.

Lasse d'être près d'elles, Jane changea de place et s'installa plus près du jeune militaire. Il semblait du genre à s'occuper de ses propres oignons; avec un peu de chance, il lui ficherait la paix.

Mais, en la voyant s'installer sur le tabouret, il se pencha vers elle avec un sourire de conspirateur.

— Vous saviez, vous, que les strip-teaseuses qui ont assez d'ancienneté sont en congé le mardi ?

— Ouille ! répondit Jane. Vous êtes un peu dur, non ?

Le jeune homme rougit ; Jane regretta ce qu'elle venait de dire.

— Mais vous avez raison, c'est une sacrée équipe. J'espère que je ne me rendrai pas aussi ridicule quand je déciderai de me marier.

Le visage de l'homme s'éclaira.

— Vous n'êtes pas mariée ?

— Non. Mais vous, vous l'êtes.

Jane posa un regard appuyé sur l'alliance.

— Oui. Enfin, je l'étais. Elle m'a quitté. Je viens juste de rentrer chez moi et de l'apprendre.

— Pourquoi, vous étiez où ?

— Désolé, je n'ai pas vraiment le droit d'en parler.

Il rougit un peu de nouveau et ajouta :

— C'est idiot, mais…

— Bien sûr. Je comprends.

Jane se replongea dans son livre en espérant qu'il comprendrait le message. Peut-être même qu'il partirait. Il était mignon, mais elle n'avait pas besoin de nouveaux problèmes avec un garçon. Il y avait déjà Skip qui la suivait partout, la langue pendante, et qui ne comprenait rien.

— Troy.

Agacée, Jane marqua mentalement sa page dans le roman et leva les yeux.

— Pardon ?

— Je m'appelle Troy.

Il avait décidé de faire une dernière tentative.

— Enchantée de vous rencontrer, Troy. Maintenant, si ça ne vous gêne pas, je voudrais…

— Bien sûr, oui, je comprends, pas de problème. Vous avez envie d'une autre bière ?

Jane regarda sa bouteille. Bizarre, elle était presque vide. Elle avait dû la boire sans s'en rendre compte en observant l'enterrement de vie de jeune fille. En ce moment, Barbie — non, Sierra, la future mariée — défaisait les bretelles de son dos nu, comme si elle se rendait compte que c'était une tenue totalement inappropriée en plein hiver, tout en essayant de monter sur les genoux du barman. Jane laissa échapper un gloussement devant cette scène absurde.

— Je veux bien. Mais après, il faut vraiment que je révise…

Elle s'interrompit et rougit presque. Révisions, mon œil ! Elle lisait un roman de gare qu'elle avait attrapé au hasard en quittant l'appartement et sur lequel elle peinait à fixer son attention.

— Super. Je reviens tout de suite.

Jane regarda Troy s'éloigner vers Jerry, lever deux doigts pour commander, puis s'appuyer nonchalamment au comptoir comme s'il ne voyait pas les femmes affalées à côté de lui, soûles et à moitié nues. Il fit un sourire à Jane, mais les trois femmes lui mirent immédiatement le grappin dessus. Jane secoua la tête. Il allait falloir un bon moment à Troy pour lui apporter sa bière.

Elle essaya de lui faire un sourire elle aussi, mais elle avait tout d'un coup l'esprit embrumé. Au fait, combien de bières avait-elle bues ? Elle en avait compté deux, mais elles lui avaient fait l'effet d'une dizaine… Oh ! la, la ! elle perdait l'équilibre ! Une petite voix lui ordonna de se lever et de partir, mais son corps refusait de coopérer. Elle sentit des griffes se refermer sur son bras… non, une main. Le contour d'un visage se dessina devant ses yeux. Le vieux solitaire était venu à sa rescousse.

— C'est bon, ça va aller, dit-elle avec difficulté.

Les mots sortirent brouillés et incompréhensibles.

Pendant un court instant, elle comprit que quelque chose n'allait pas, qu'elle devait appeler Troy au secours. Il était grand et fort, il serait capable de repousser ce vieux type sinistre avec ses cheveux clairsemés, de l'aider à se libérer… L'instant d'après, elle nageait dans l'éther, insensible à tout.

10.

Quantico, Virginie
Mercredi 17 décembre
20 heures

Charlotte Douglas étira ses bras au-dessus de sa tête en plaquant la soie fine de son chemisier contre ses seins. Les stagiaires qui passaient dans le couloir ralentirent pour profiter du spectacle. Se sachant observée, elle se cambra à fond et soupira de plaisir. L'un des internes ne put retenir un gémissement ; ses amis l'évacuèrent de force. Charlotte se détendit en riant. Les garçons ! Tellement faciles à manipuler. Ils allaient traîner dans les parages pendant des jours, prêts à faire tout ce dont elle pourrait avoir besoin. C'était toujours pratique d'avoir des adorateurs subalternes — surtout de beaux jeunes bruns tout juste sortis des jupons de leur mère. Mmm…

Elle avait appelé le bureau de Baldwin et avait eu avec lui un tête-à-tête téléphonique aussi bref que désagréable. Il l'avait renvoyée vers son directeur par intérim, lequel avait contacté le bureau des homicides de Nashville et pris rendez-vous avec le chef de la division des enquêtes criminelles, le capitaine Mitchell Price. Tout était en place.

Charlotte connaissait Blanche-Neige comme si elle l'avait fait. Et elle était capable de le coincer. C'était juste une question de timing.

Charlotte avait raccroché en souriant, puis composé un second numéro. Cinq minutes plus tard, Pietra Dunmore était apparue à l'entrée du bureau.

Il n'y avait rien, en matière de médecine légale, que Pietra ne sache. Elle avait écrit ou coécrit au moins cinq livres sur le sujet et apportait régulièrement son expertise à des universités et des séminaires de formation à travers les Etats-Unis. Elle était la plus éminente spécialiste en médecine légale de l'USC et se fichait de ce qu'on pensait d'elle. Pietra dépassait à peine le mètre cinquante, mais, à tout autre égard, c'était un géant. Charlotte avait une certaine admiration pour elle ; en outre, Pietra étant noire, elles étaient rarement en compétition pour les mêmes hommes. Pietra ne s'intéressait pas plus aux Blancs que Charlotte aux Noirs. C'était simple.

— Que puis-je faire pour toi, Charlotte ?

— M'accompagner dans le Sud.

— Pourquoi ?

— J'aimerais que tu fasses la présentation des nouvelles découvertes dans l'affaire Blanche-Neige. Je t'ai envoyé les détails par mail.

— L'affaire Blanche-Neige, avait dit Pietra froidement. La nouvelle ou l'ancienne ?

Charlotte lui avait décoché un grand sourire.

— Les deux. On a des informations fascinantes à leur communiquer.

A présent, Pietra apparaissait de nouveau dans l'embrasure de la porte, son attaché-case à la main. C'était l'heure de partir.

11.

Nashville
Mercredi 17 décembre
8 h 30

Taylor quitta l'I-70 et entra dans le parking de la Galleria, un ensemble de boutiques de luxe au cœur du quartier de Bella Meade. La chance lui sourit : elle trouva un emplacement tout près de l'entrée. Le Peep était un lieu de rendez-vous favori pour déjeuner ou petit-déjeuner. Même par cette matinée glaciale, en pleine semaine, la salle était bondée. Tout au fond, Taylor aperçut Frank Richardson, attablé devant des œufs, des tartines grillées et un litre de café.

Elle enleva son manteau en peau de mouton et le rejoignit. Quand la serveuse vint prendre la commande, Taylor demanda un Coca light, des toasts beurrés et des fruits. Elle n'avait presque pas dormi de la nuit, et un tenaillement au creux de son estomac lui disait de renoncer au café et aux plats lourds. Depuis qu'elle avait passé le cap de la trentaine, tout son stress se concentrait dans le ventre, et elle avait appris à éviter les aliments et boissons qui aggravaient la situation.

Frank Richardson continua à dévorer tranquillement son petit déjeuner gargantuesque, trempant des coins de toasts dans ses œufs au plat d'un air béat.

Taylor le regarda engloutir le contenu de son assiette, puis s'essuyer les lèvres.

— Les Français sont infoutus de faire des œufs au plat, dit-il. Ils essaient, mais il y a toujours un petit quelque chose qui manque. Peut-être que les poules américaines pondent de meilleurs œufs, allez savoir…

— Je dois bientôt partir pour l'Italie avec mon fiancé, je vous dirai s'ils se débrouillent mieux que les Français.

Richardson lança un coup d'œil à la main gauche de Taylor.

— En lune de miel ?

Taylor hocha la tête, et il lui fit un vrai sourire.

— Veinarde ! Vous partez quand ?

— C'était prévu pour ce dimanche, mais ça m'étonnerait qu'on puisse partir.

— Ah, je sais ce que c'est… J'ai raté la naissance de ma fille aînée quand Martin Luther King s'est fait tuer. J'étais à l'hôpital, ma femme avait des contractions toutes les deux minutes et elle me tannait les fesses pour que je parte couvrir l'affaire. Faut un sacré caractère pour envoyer son mari décrocher un scoop en plein accouchement !

— Elle a l'air extraordinaire. Vous l'avez décroché, bien sûr.

Taylor le savait : Richardson avait remporté de nombreux prix pour sa couverture de l'assassinat du militant des droits civiques.

— Oui, je me suis pas mal débrouillé, cette fois-là.

Ses yeux bleus étincelaient, et Taylor ne put s'empêcher de sourire, gagnée par la joie de vivre de l'ancien journaliste.

Sa commande arriva : elle grignota les toasts, quelques grains de raisin et du melon. Richardson finit de nettoyer son assiette et enfourna dans sa bouche le reste d'un petit pain au lait.

— O.K., dit-il en repoussant son assiette. Vous êtes prête ?

— Oui. On y va.

Elle le suivit en lui tendant un billet de dix dollars, mais il le refusa et paya toute l'addition à la caisse près de la porte. Dehors, le soleil perçait derrière la brume matinale.

— On se retrouve là-bas, dit Taylor.

Richardson hocha la tête en silence. Leur bonne humeur s'était évaporée. Ils se préparaient à une plongée dans le monde de Blanche-Neige — un monde visqueux au parfum de sang.

Frank Richardson avait magistralement décrit la terreur que le premier Blanche-Neige avait fait régner sur la ville. La plongée dans les archives du journal allait rendre ces dix meurtres plus vivants que tous les rapports de police du monde. Richardson était un écrivain : ses mots étaient plus forts que des images.

Taylor fit démarrer son pick-up, soudain lasse. Elle aurait pu faire les recherches seule, ou demander à quelqu'un de la brigade de s'en charger. Mais, d'une certaine manière, elle avait eu envie de compagnie, de la proximité de quelqu'un qui la comprendrait. Les flics et les journalistes sont les meilleurs amis du monde… quand ils ne sont pas les pires ennemis.

En plus, la fameuse Charlotte Douglas allait débarquer au bureau dans la matinée, et Taylor n'était pas d'humeur à l'affronter. John l'avait qualifiée de vipère, et des vipères, Taylor en connaissait assez pour ne pas avoir envie de la croiser avant midi.

La veille, au téléphone, Taylor avait proposé à Richardson de l'accompagner à la bibliothèque pour faire une recherche sur LexisNexis ou sur microfiches. Le journaliste lui avait conseillé de remonter directement à la source. Les archives du journal leur permettraient d'accéder à tous les dossiers et tous les articles qui avaient été imprimés. Richardson lui avait aussi fait remarquer que le journal conservait les versions originales des articles, sans les coupes et les corrections faites avant la publication.

Richardson avait pris sa retraite quelques années plus tôt. Il avait sans doute envie de revoir l'endroit qui avait longtemps été son second domicile. Taylor ne voulait pas lui refuser cette petite joie. A vrai dire, elle le comprenait totalement. Si elle devait un jour quitter la police de Nashville, elle ne se sentirait plus jamais entière.

Le trajet dans le West End ne fut pas assez long à son goût. Ils arrivèrent rapidement devant le 1100 Broadway, qui abritait les bureaux du *Tennessean*. Après s'être garés dans le minuscule parking devant le bâtiment, ils passèrent les portes de verre de l'entrée. Richardson, tout sourires, donna une grande tape sur le dos au vigile à l'entrée. Dans la rue, il n'était qu'un barbu grisonnant parmi d'autres, avec quelques kilos de trop, achevant paisiblement les années qui lui restaient à vivre. Mais ici, il était une star.

Le réceptionniste passa un coup de fil, et le directeur de la rédaction descendit en courant du troisième étage pour saluer son vieux copain. On fit les présentations ; le directeur examina Taylor de la tête aux pieds avant de lui souhaiter la bienvenue. Il était au courant des frictions entre l'équipe de Taylor et certains chroniqueurs judiciaires du journal. Puis, voyant qu'elle n'abordait pas le sujet, il lui sourit. Il y avait un temps pour tout.

Entre l'accueil et la salle de rédaction, Taylor serra la main à une bonne quarantaine de personnes qui avaient eu vent de la présence de Frank Richardson. Par politesse, ils saluaient aussi le lieutenant chargé des homicides, la femme qui avait plus d'une fois conseillé à leur ancienne chroniqueuse judiciaire en chef, Lee Mayfield, d'aller se faire foutre.

Le téléphone de Taylor sonna, et elle laissa les autres passer devant pour répondre. En voyant le numéro sur l'écran, elle sentit ses bras se couvrir de chair de poule.

— Salut, Lincoln. Tout va bien ?

— Salut, Taylor. Comment tu as su que c'était moi ?

— Que s'est-il passé ?

— Pas de macchabée, ne t'en fais pas. Mais on a une fille portée disparue. Une certaine Jane Macias.

— Le profil correspond ?

— Ouais. C'est son petit ami qui nous a appelés. Elle a quitté son appartement hier soir et n'a plus donné signe de vie. Il flippe complètement, il dit qu'elle a de longs cheveux noirs. Pour ne pas prendre de risques, j'ai lancé un avis de recherche.

— Tu as bien fait. Même si on a une petite chance pour que ce ne soit pas lui. Et, si c'est lui, peut-être qu'on arrivera à le prendre de vitesse, cette fois. J'arrive.

Elle raccrocha et s'adossa un instant au mur pour reprendre son souffle. Le tueur était un rapide. Elle reprit son téléphone en main et appela John. Tombant sur sa messagerie, elle lui demanda de la rappeler ou de la retrouver au bureau des homicides dès que possible. Lincoln n'était pas du genre hystérique : s'il estimait que le profil de la fille disparue correspondait à celui des victimes, c'était sérieux. Il fallait agir vite.

Elle traversa la rédaction à grands pas et entra dans les bureaux du fond. Richardson bavardait avec une jeune documentaliste. D'un regard, Taylor l'entraîna à l'écart.

— Que se passe-t-il ? demanda-t-il, l'air inquiet.

Taylor lui répondit à voix basse ; la documentaliste tendait visiblement l'oreille.

— Un de mes inspecteurs vient d'appeler. On a une personne disparue qui correspond au profil des victimes. Il faut que j'y aille. On peut se retrouver plus tard pour parler de tout ça ?

Richardson eut le toupet de paraître déçu, puis il revint à la réalité et prit un air inquiet.

— Bien sûr, bien sûr… Je comprends. Je peux faire quelque chose pour vous aider ? Ou quelqu'un d'ici ?

— Je ne pense pas, merci. Mais il faut que je rentre au bureau voir ce qui se passe. Avec un peu de chance, c'est juste une fille aux cheveux noirs qui a découché.

— Aaah… !

Le bruit était à mi-chemin entre le hoquet et le haut-le-cœur. Derrière Richardson, la documentaliste s'était mis la main sur la bouche. Elle portait une chemise blanche soigneusement repassée, une longue jupe noire, des collants de laine noire et des mocassins. Ses cheveux étaient retenus en arrière par un serre-tête et ses lunettes, des montures contemporaines très chics, étaient de guingois sur son nez. Elle était blanche comme un linge.

Taylor et Richardson se précipitèrent vers elle.

— Qu'est-ce qui se passe ? Vous avez avalé de travers ? Vous arrivez à respirer ?

Les yeux de la fille se remplirent de larmes, et ses mains retombèrent le long de son corps. Puis elle s'effondra contre son bureau.

— Ma colocataire a les cheveux noirs et elle n'est pas rentrée hier soir. En tout cas, je ne l'ai pas vue rentrer…

— Comment s'appelle votre colocataire ? demanda Taylor.

— Jane. Jane Macias. Elle est journaliste, elle travaille là, juste à côté, à la rédaction… Oh, mon Dieu, est-ce qu'elle est morte ? Oh, mon Dieu !

Elle commença à gesticuler des bras. Taylor l'attrapa et l'immobilisa.

— Chut, chut…, dit-elle doucement. Calmez-vous. Ça va aller. Ça va aller.

Elle croisa le regard de Frank Richardson et vit qu'il pensait la même chose.

« Pour vous, ça va aller, mais, pour votre amie, rien n'est moins sûr. »

12.

Il tira longuement sur le cigare et souffla la fumée en volutes bleues en direction du plafond. S'ils apprenaient qu'il s'était remis à fumer, ses médecins seraient horrifiés. Mais il s'en fichait. La vie était trop courte. Il fit tourner le cigare dans le cendrier en cristal taillé. Les arêtes coupantes étaient idéales pour faire tomber la cendre brûlante de la feuille de tabac roulée.

Il ouvrit le journal et fut submergé d'émotion en lisant les gros titres.

Retour de Blanche-Neige : une quatrième victime

Aucune piste dans le meurtre de l'esplanade du Bicentenaire

Ah, la beauté de tout cela, la joie exquise ! Voir ce nom de nouveau imprimé, savoir la peur qu'il inspirait dans les cœurs de tous ceux qui le lisaient… Le retour de Blanche-Neige. Le petit se débrouillait bien, vraiment.

L'article décrivait à merveille le frisson de terreur qui parcourait la ville. La génération âgée ne parlait que de cela. Effrayés par les sous-entendus de leurs parents, les plus jeunes verrouillaient les portes et surveillaient leurs enfants de près. La ville bourdonnait de rumeurs et de chuchotements. Au bout de vingt ans d'absence, Blanche-

Neige était bel et bien de retour. Nashville était livrée à la panique.

Et la cause de toute cette agitation, c'était lui. Comme autrefois.

Ses mains étaient déformées par l'arthrite, et il n'aurait plus jamais la force de manier un couteau contre la gorge d'une innocente, mais son protégé était tellement généreux, il partageait si bien les meilleurs moments de la mise à mort, qu'il n'avait presque plus besoin d'y assister. Evidemment, cela lui aurait manqué de ne plus les observer, les tenir, toucher leur chair tendre…

Les anciennes sensations naquirent dans son aine et chatouillèrent son ventre. Mais il était trop infirme, à présent, pour se donner du plaisir. Il se passa la langue sur les lèvres et actionna la sonnette.

La porte de son bureau s'ouvrit, et un homme d'une trentaine d'années passa la tête dans la pièce.

— Vous avez s-sonné, père ?

Ses yeux bleu clair étaient toujours aussi humides, son menton aussi fuyant. Un jour, cet enfant le tuerait.

— Entre et cesse de zozoter ! hurla-t-il.

Son fils se fraya docilement un chemin à travers la pièce et vint se tenir au pied du fauteuil. Blanche-Neige contempla sa progéniture, le ventre noué. Le garçon était un monstre. Ses lèvres charnues, grosses comme un doigt, pendaient mollement comme des bouts de caoutchouc rose. Son menton partait de sa lèvre inférieure pour s'encastrer tout droit dans sa clavicule, sans qu'aucun décrochement n'indique la présence d'une mâchoire. Ses yeux bridés tombaient vers le bas, et ses iris étaient mats.

Il était aveugle depuis l'âge de trois ans ; il ne voyait pas l'épave que son père était devenue.

— Ouiiiii, père…, répondit-il calmement.

Cette prononciation sifflante remplaçait le zozotement ; il faisait de son mieux avec les contraintes de son handicap. Il se tenait bien droit, les épaules en arrière, prêt à accepter ce que son père avait à lui donner, fût-ce du mépris.

Blanche-Neige était à la fois écœuré et rempli de fierté. Il avait fallu des années de travail à l'enfant pour rectifier ce défaut de prononciation, même si le zozotement revenait en force dès qu'il parlait vite. Devant tant d'efforts, son agacement se dissipa. Puis il aperçut l'objet argenté dans la main de son fils, et son humeur s'assombrit de nouveau.

— Tu recommences à t'entraîner, à ce que je vois.

Cette satanée flûte s'encastrait parfaitement sous sa lèvre difforme.

— Oui, père. J'aimerais me présenter cette année.

— Tu sais bien que c'est impossible. Contente-toi de jouer pour les oiseaux du jardin. L'orchestre symphonique ne recrute pas d'aveugles.

— Beethoven était sourd ! Ça ne l'a pas empêché de…

— Allons, allons, ne fais pas ta mauvaise tête. Prends ta flûte et file voir Marcia. Dis-lui que je suis prêt.

Il le renvoya d'un geste que le garçon ne pouvait voir, mais qu'il sentait. Son fils quitta la pièce, et Blanche-Neige resta seul avec ses pensées.

13.

Taylor partit au Centre de justice criminelle en emmenant avec elle la documentaliste du *Tennessean*. La jeune femme était en état de choc ; assise sur le siège passager du pick-up, elle regardait droit devant elle et ne décrochait pas un mot. Un léger frisson la parcourait régulièrement, partant de sa tête pour descendre vers ses orteils puis refaire le tour. Taylor savait qu'elle ne tremblait pas à cause du froid.

— Daphné…, dit-elle avec douceur.

La jeune fille tourna vers elle un regard complètement vide. Les verres de ses lunettes se teintèrent de mauve en reflétant la lumière de la neige.

— Daphné, répéta Taylor, tout va bien se passer. Restez avec moi, d'accord ?

— C'est ma faute, marmonna-t-elle.

— Pourquoi ce serait votre faute ?

— Jane était fâchée. Mon petit ami est venu à la maison alors que c'était un « soir d'école ».

Elle encadra l'expression de guillemets dessinés dans l'air.

— C'est pour ça qu'elle est sortie ?

Elles approchaient du Centre, mais Taylor voulait passer quelques minutes de plus en tête à tête avec Daphné. Elle continua donc tout droit sur Broadway et traversa le quartier par le chemin le plus long, louvoyant entre les bars et les boîtes de nuit. Daphné ne reprit la parole que juste avant d'arriver.

— Elle a pris un livre à moi dans la bibliothèque et elle est partie en claquant la porte. Je ne voulais pas que ça se produise. Je suis tellement désolée… J'aurais dû appeler la police dès que j'ai vu qu'elle n'était pas rentrée. Je me suis dit qu'elle était fâchée et qu'elle avait décidé de dormir chez Skip, quelque chose comme ça.

— Skip ? dit Taylor.

Daphné roula les yeux.

— Un type qui lui court après depuis qu'elle est arrivée à Nashville. Elle est sortie avec lui quelques fois cet été, mais ils sont amis, pas plus. Il l'agace.

— Savez-vous comment le joindre, Daphné ?

La jeune fille se tourna brusquement vers Taylor.

— Vous croyez que Skip est dans le coup ?

— Non, je veux juste lui parler. Avec un peu de chance, il ne s'est rien passé du tout. Votre colocataire a simplement passé la nuit ailleurs. Mais si vous avez un moyen d'entrer en contact avec lui…

Daphné baissa la tête. Des larmes dégoulinaient de son petit menton pointu.

— C'est Jane qui a son numéro. Je ne le connais pas.

— O.K. Ce n'est pas grave. Ne pleurez pas, on va se débrouiller.

Taylor se gara dans un emplacement derrière le Centre

et entraîna la jeune fille vers le côté du bâtiment et l'escalier de service. Il faisait une chaleur étouffante dans le couloir, et l'air était à peine plus respirable dans le bureau des homicides.

Elle installa Daphné, toujours en larmes, dans son bureau, puis fonça vers les toilettes des dames. Après s'être éclaboussé le visage d'eau et recoiffée, elle se sentit un peu plus humaine. D'un seul coup, elle se rendit compte qu'elle n'avait pas pensé à son mariage depuis des heures, et cela la fit sourire.

Ses bottes faisaient un bruit de fer sur le linoléum, un rythme répétitif qui se grava dans sa tête. Claquant des doigts en mesure, elle revint vers le bureau des homicides et se heurta à un mur.

Un mur humain, en fait. Surprise, Taylor fit un pas en arrière. La porte était barrée par une grande fille auburn qui lui tournait le dos et s'appuyait d'un bras contre l'encadrement, comme pour dire qu'il faudrait lui passer sur le corps avant d'entrer dans le bureau.

L'impact fit avancer l'inconnue de quelques centimètres. Elle se retourna en grimaçant puis, voyant qui venait de la percuter, eut un sourire ironique.

— Vous devez être Taylor Jackson. Charlotte Douglas, du FBI.

Charlotte lui tendit la main, et Taylor la serra. Elles se dévisagèrent calmement. Charlotte ne bougea pas d'un millimètre. Taylor lâcha sa main et s'éclaircit la gorge : Charlotte continuait à la fixer.

— Excusez-moi, dit-elle enfin.

— Oh, pardon… Suis-je bête ! Je ne voulais pas vous gêner, lieutenant.

Mais elle ne bougeait toujours pas.

Taylor plissa les yeux.

— Ça suffit, Charlotte, dit une voix d'homme.

Les yeux de Charlotte étincelèrent, et elle se poussa juste assez pour laisser passer Taylor. Celle-ci entra en lançant un regard meurtrier à John, installé à une table devant l'entrée du bureau de Taylor. Il sauta sur ses pieds et tenta de l'arrêter, mais en vain. Sur le seuil de son bureau, elle se retourna vers l'entrée.

— Madame Douglas, je…

— Docteur Douglas.

Le ton froid et impérieux de la jeune femme était calculé pour intimider, mais il ne fit qu'exaspérer davantage Taylor.

— Très bien. Docteur Douglas, je serai à vous dans un petit moment. Pour l'instant, je dois m'occuper d'une urgence. Faites comme chez vous.

Elle se tourna vers John.

— Je peux te parler un instant ?

Elle entendit Charlotte glousser tandis que John entrait dans son bureau et fermait la porte derrière lui.

Il voulut dire quelque chose, mais Taylor le coupa.

— Je n'ai pas le temps pour des préliminaires. Je suppose que tu viens d'arriver ?

— Depuis deux minutes. Et ça fait déjà une demi-heure que je me la trimballe. Plus vite on la laisse faire son exposé, plus vite on pourra se débarrasser d'elle.

Il se passa la main dans les cheveux d'un air las, les dressant en épis qui partaient en tous sens.

— Compris. Mais on a un nouveau développement.

Un petit geignement monta du fauteuil de Taylor.

— Voici Daphné Beauchamp, dit-elle à John. Sa colocataire, Jane Macias, a disparu. Elle correspond à notre profil.

En une vingtaine de minutes, la jeune documentaliste sophistiquée avait laissé place à une petite fille perdue.

— Daphné, voici le Dr John Baldwin, profileur au FBI. Il travaille avec nous sur l'affaire Blanche-Neige. Il aurait besoin d'en savoir plus sur Jane. Vous seriez d'accord pour nous parler un peu d'elle ?

Daphné se redressa et tenta de se ressaisir.

— Bien sûr, je... Je ne sais pas par où commencer. Jane, c'est une fille géniale. Très intelligente, un chemin tout tracé dans la vie, vous voyez ce que je veux dire ? Son rêve, c'est d'être une journaliste d'investigation à l'ancienne, une dure-à-cuire qui met son nez partout. Du genre à faire tomber des gouvernements et à changer le cours de l'humanité...

Taylor observait la jeune fille de près.

— Vaste programme, dit-elle. Vous l'en croyez capable ?

— Euh... oui. Elle est brillante, elle écrit merveilleusement bien. Je... comment dire ? Je l'admire. Elle a tout ce qu'il faut pour réussir. Elle a fait journalisme à Columbia, c'est ce qu'il y a de mieux. Elle a écrit pour le journal de la fac, vendu quelques articles au *Times*... C'est une grosse tête.

Daphné jouait distraitement avec un crayon qu'elle avait pris sur le bureau de Taylor. *Tac, tac, tac, tac, tac, tac…*

— Mais qu'est-ce qu'elle fait ici ? demanda Taylor. Si elle est vraiment si douée, elle aurait dû se faire embaucher par un grand journal, non ?

— Non, non, c'est son choix à elle. Elle a voulu partir de New York pendant un an pour élargir ses horizons. Elle est venue à Nashville parce qu'elle est complètement obsédée par John Seigenthaler.

Tac, tac, tac, tac.

Taylor lui confisqua le crayon.

— Seigenthaler senior ? dit-elle. Il n'est pas un peu vieux pour elle ?

Daphné la regarda d'un air ébahi, puis elle se mit à sourire pour la première fois depuis que Taylor l'avait rencontrée.

— Non, je ne veux pas dire qu'elle est amoureuse de lui. Elle l'admire intellectuellement, elle veut suivre ses traces. Evidemment, le *Tennessean* n'est plus à la pointe du journalisme d'investigation. Tout le monde sait que…

Taylor lança un regard à John en rangeant le crayon dans le porte-crayon. Il comprit l'allusion et posa la question suivante.

— Jane est de New York ?

— Oui, c'est une fille de la grande ville. Du Nord, en plus, ça s'entend tout de suite. Elle a un léger accent, mais qui fait très classe. Elle se fait toujours charrier par les serveurs.

« Tant mieux », pensa Taylor. Plus elle sortait du lot, plus il y avait de chances pour que quelqu'un l'ait remarquée et se souvienne d'elle.

— Vous avez une idée, Daphné, de l'endroit où elle a pu aller hier soir ? Vous avez dit qu'elle était fâchée parce que votre petit ami venait à la maison. Elle partait toujours quand il était là ?

— Oui. Elle prend Zac pour un demeuré parce qu'il est footballeur. Il est loin d'être bête, mais elle le snobe. Elle est comme ça, c'est une intello pur jus. En fait, elle a du mal à Nashville. Elle a tendance à agacer ses collègues au journal. Elle est brillante, mais ce n'est pas la peine de le faire savoir à tout le monde en permanence.

— Qui est agacé par elle ?

— Oh, tout le monde. Elle ne sait pas caresser les gens dans le sens du poil. C'est son côté Yankee. Vous savez comment ça se passe, ici… Les gens ne supportent pas qu'on la ramène. Surtout une jolie jeune femme… Ça fait tout de suite des problèmes.

— Vous avez une idée d'où elle a pu aller, ce soir-là ?

— Non. Je sais que, parfois, elle allait travailler sur son portable au Starbucks, mais hier elle l'a laissé à la maison. Elle a pris un livre et elle a filé vers la porte. Sur le coup, je ne me suis pas inquiétée. Elle est comme ça : elle a besoin de calme, et Zac est un peu chahuteur. Surtout pendant la saison, il est surexcité. Mais, depuis que les Titans l'ont mis en équipe B, il est à plat. On pensait juste boire un verre, regarder un film, ce genre de chose. Elle n'avait pas besoin de partir. Je crois qu'elle était tout simplement de mauvaise humeur.

— Elle boit beaucoup ?

— Pas vraiment. Elle est du genre à prendre quelques bières dans un bar, ou du vin, jamais d'alcools forts. C'est une fille très comme il faut, dans le fond.

— Elle parle souvent à ses parents ?

— Pas que je sache. Elle n'est pas très proche de sa famille, ça j'en suis sûre. Je pense que son père est mort, elle parle toujours de lui au passé. Elle avait une photo de lui dans sa chambre, à un moment, mais je ne l'ai pas vue récemment. Sa mère a dû se remarier — un jour, elle a laissé un message, et elle n'avait pas le même nom que Jane. Mais elle ne parle pas beaucoup de tout ça. On n'a jamais vraiment discuté de sa famille.

— Etonnant, pour des colocataires.

— Pas vraiment. On s'est rencontrées sur Craigslist. Je cherchais une colocataire d'urgence, on se connaissait à peine quand elle a emménagé. On n'habite ensemble que depuis le mois de septembre, et il nous arrive de passer plusieurs jours sans nous croiser. On n'est pas super proches.

— D'accord. Daphné, je vais vous faire raccompagner chez vous par un policier. Vous allez rassembler quelques affaires à nous confier, puis il pourra vous ramener au travail, si vous voulez. J'aimerais que vous lui donniez l'agenda de Jane, si vous le trouvez, et toutes les photos que vous avez d'elle. Ainsi que son ordinateur portable.

— Il est protégé par un mot de passe. Vous n'arriverez pas à l'ouvrir.

— Nous avons l'habitude de ce genre d'opération.

— Mais Jane ne supporte pas qu'on touche à ses affaires !

— On se chargera de le lui expliquer, d'accord ? Nous en prenons l'entière responsabilité. Et, si vous avez de ses nouvelles, vous m'appelez immédiatement. Vous allez voir, tout va s'arranger.

— Ça m'étonnerait. Ce pervers aime faire du mal aux filles. Une fois qu'il les a enlevées, il ne les laisse pas s'échapper.

Les yeux de la jeune fille se remplirent de larmes, et Taylor posa une main sur son épaule.

— Ecoutez, ce ne sont que des suppositions. Vous qui travaillez pour un journal, vous savez qu'il faut se fonder sur les faits. On va s'occuper de retrouver Jane, tout va bien se passer.

« Je l'espère, pensa Taylor. Je l'espère vraiment. »

Un policier en uniforme vint emmener Daphné. Taylor resta quelques instants à regarder John marcher de long en large dans le bureau. Deux pas, un quart de tour, deux pas, un quart de tour. On aurait dit un lion de cirque dans une cage trop petite.

— Qu'est-ce qui ne va pas ? dit-elle enfin.

— Qu'est-ce qui va ? rétorqua-t-il.

— Tu n'exagères pas un peu ?

— Tu plaisantes ? Au lieu de passer une des meilleures semaines de notre vie, on est en train de courir après un détraqué. On a une garce dans la salle d'attente qui trépigne à l'idée de nous annoncer je ne sais quelle nouvelle catastrophique, on a une jeune femme disparue, et moi, tout ce dont j'ai envie, c'est de monter dans un avion dimanche matin et de passer trois semaines à boire du vin, à manger des pâtes à la carbonara et à faire l'amour jusqu'à ne plus pouvoir marcher.

— Hum… Ça n'a pas l'air si mal, présenté comme ça.

Il s'immobilisa et lui fit face.

— Tu es prête à affronter la reine des glaces ?

— Docteur ou pas, Charlotte Douglas ne me fait pas peur, John. On y va ?

— Rien ne te fait peur, à toi, grommela-t-il.

« Si seulement c'était vrai… »

Charlotte Douglas se trouvait à l'endroit exact où Taylor l'avait laissée un quart d'heure plus tôt. Elle observait Marcus et Fitz en battant des cils. Lincoln s'était réfugié derrière son bureau, et Taylor lui accorda un bon point pour ne pas avoir succombé aux charmes de l'intruse. Elle avait horreur des femmes comme Charlotte, qui croyaient que leur pouvoir résidait entre les jambes. Taylor savait, pour sa part, qu'il se trouvait entre ses deux oreilles et dans l'étui sanglé à sa ceinture. Elle ne s'était jamais crue obligée de minauder pour obtenir l'attention du sexe opposé.

Lorsqu'elle s'éclaircit la gorge, Charlotte s'interrompit au milieu d'une phrase et se retourna. Elle portait une veste en tweed impeccablement coupée, une jupe entravée et des bottes en veau marron — l'ensemble devait coûter plus que l'échéance mensuelle du pick-up de Taylor. Ses cheveux auburn étaient coiffés en chignon, son maquillage parfait. Bref, une fille qui coûtait cher à l'entretien. Très belle, si l'on aimait le style pâle et froide. Ce n'était pas le cas de Taylor.

— Docteur Douglas, si vous êtes prête, nous pouvons aller dans la salle de réunion.

Les yeux de Charlotte pétillaient.

— Il en a enlevé une autre ?

— Rien ne l'indique pour l'instant. Venons-en plutôt à votre présentation. Je suis curieuse de savoir ce qu'il y a d'assez excitant pour que vous ayez éprouvé le besoin de nous l'annoncer en personne. Après vous.

« Si tu crois que je vais te confier quoi que ce soit sur mon enquête, tu te plantes, sale garce ! » dit-elle du regard à Charlotte.

« Toi aussi, tu peux aller te faire foutre », lui répondit le regard de la profileuse.

Puis Charlotte rejeta la tête en arrière et quitta la pièce. Taylor, John et le reste de l'équipe la suivirent à la queue leu leu jusqu'à la salle de conférences, où les attendait une jeune femme à la peau chocolat. Une présentation PowerPoint s'affichait déjà sur le mur.

Charlotte s'installa en bout de table.

— Voici le Dr Pietra Dunmore, l'expert médico-légal chargée de l'affaire. Elle va vous présenter ses conclusions au sujet des échantillons ADN que vous nous avez envoyés. Allez-y, Pietra.

Ce qu'elle pouvait être condescendante ! Taylor aurait préféré mourir que de parler sur ce ton à un subalterne. Mais l'experte ne parut pas s'en apercevoir. Ou alors elle s'en moquait complètement.

L'équipe des homicides prit place. Taylor vit le regard tout miel de l'experte glisser sur Lincoln tandis qu'il s'asseyait — et Lincoln rougissait ! Nom d'un chien, elle allait devoir envoyer tout le monde à la douche froide, après le départ de ces deux femmes…

— Excusez-moi, Charlotte, dit Taylor.

Elle avança vers la jeune femme noire.

— Taylor Jackson, dit-elle. Merci d'être venue jusqu'ici nous parler de ce que vous avez découvert.

Impossible de lire quelque chose dans ces yeux magnifiques, mais Pietra acquiesça poliment en serrant la main de Taylor. C'était déjà ça.

— Vous avez fait la connaissance de notre équipe?

Pietra ouvrit la bouche, mais, avant qu'elle n'ait dit un mot, Charlotte s'interposa.

— Nous ne sommes pas à un tournoi de bridge, lieutenant. Inutile de perdre davantage de temps.

Le visage de Pietra se referma. Elle s'éloigna vers le fond de la pièce, sortit une télécommande de son sac et se positionna à côté de l'écran.

« Non mais, je rêve! » pensa Taylor.

— Pietra, dit-elle, je vous présente Lincoln Ross, Marcus Wade et Pete Fitzgerald. Vous connaissez déjà le Dr Baldwin, je pense.

Pietra salua chacun d'entre eux d'un sourire et d'un hochement de tête.

— Très bien. Maintenant, si vous êtes d'accord, je pense qu'on peut commencer.

Taylor se tourna vers l'écran en faisant comme si elle ne sentait pas les flèches décochées par le regard féminin au bout de la table.

L'emblème du FBI s'afficha dans toute sa splendeur dorée. Pietra appuya sur la télécommande, et Taylor eut l'impression de faire un bond en arrière. Les images étaient presque les mêmes qu'à son interview télévisée de lundi. Etait-ce le FBI qui avait préparé le diaporama pour la chaîne ? On lui avait demandé de repasser aux informations ce soir ; elle avait refusé. Elle n'avait rien de nouveau à dire, si ce n'est qu'une autre fille était portée disparue. De toute façon, si on ne retrouvait pas Jane Macias avant ce soir, la ville entière serait au courant de sa disparition. Passer à la télé pour émettre des suppositions au sujet d'une nouvelle victime potentielle, non merci.

Après dix minutes de réchauffé, on arriva enfin au vif du sujet. A ce moment-là, Charlotte se leva, s'avança jusqu'au fond de la salle et prit la télécommande à sa collègue.

— Merci, Pietra. Je prends la suite.

Taylor croisa le regard de John ; il roula les yeux pour lui dire qu'il pensait la même chose qu'elle. Charlotte Douglas méritait bien sa réputation.

Une image blanche s'afficha, divisée en deux écrans. Taylor reconnut les graphiques bleus et blancs : c'étaient des séquences ADN.

— L'ADN de votre suspect actuel ne correspond pas à celui du tueur surnommé Blanche-Neige.

« Enorme surprise, pensa Taylor. On savait déjà que c'était un imitateur. »

— Après analyses complètes, rien n'indique que le tueur actuel soit un parent, même lointain, de Blanche-Neige. Toutes les spéculations quant à cette possibilité peuvent être mises de côté.

« De quelles spéculations parle-t-elle ? » se demanda

Taylor. Personne de son équipe n'enquêtait sur cette possibilité.

Une nouvelle image s'afficha. Une carte des Etats-Unis, portant des points rouges à quatre endroits : Los Angeles, Denver, Minneapolis et New York. Taylor se pencha en avant.

— Comme vous le voyez à l'écran, notre base de données a identifié plusieurs groupes. A l'intérieur de chaque groupe, une série de meurtres a été commise. Sur chacune des scènes de crime, on a prélevé des échantillons d'ADN.

Taylor sentit son cœur s'accélérer. Cette fois, quand elle croisa le regard de John, elle ne vit que de l'inquiétude.

— Les profils ADN de toutes ces scènes de crime sont rigoureusement identiques. C'est le même homme qui a perpétré les séries de meurtres dans ces quatre régions. Ce tueur n'a pas été appréhendé, les crimes n'ont pas été élucidés.

Charlotte fit un zoom avant pour montrer les détails relatifs à chacune des régions. Quatre meurtres à Los Angeles, six à Denver, cinq à Minneapolis, trois à New York. Dix-huit meurtres confirmés au cours des dix-huit derniers mois. Taylor comprit subitement ce qui allait suivre,et se crispa. « Nom de… »

Une carte de Nashville apparut à l'écran. Quatre points rouges y brûlaient comme des yeux diaboliques.

— Ces quatre meurtres à Nashville sont directement liés aux dix-huit autres. Vous n'avez pas seulement affaire à un imitateur, mais à un tueur en série incroyablement prolifique, qui a fait des victimes dans cinq Etats différents.

Les résultats de la CODIS sont incontestables. Son mode de fonctionnement est clair. Il est très probable qu'il va passer dans un autre Etat et tuer d'autres jeunes femmes ailleurs, si vous ne l'arrêtez pas ici.

Le silence tomba sur la pièce. Charlotte les regarda l'un après l'autre en finissant par Taylor. « J'ai gagné », disait son regard. Taylor se demanda jusqu'où cette femme pouvait aller, et pourquoi elle avait gardé ces informations pour elle pendant si longtemps. Elle n'avait aucune raison de le faire ; le FBI avait besoin de leur collaboration. Il y avait autre chose là-dessous, Taylor en était certaine.

Marcus fut le premier à prendre la parole.

— Les meurtres commis avant ceux de Nashville indiquent-ils que le tueur imite le mode opératoire d'autres meurtriers ?

La présentation PowerPoint s'arrêta, et l'écran devint noir.

— Très bien, jeune homme, dit Charlotte. Un bon point pour vous.

14.

Taylor défit sa queue-de-cheval, passa ses mains dans ses cheveux et les rattacha en faisant trois tours d'élastique. Il était presque minuit : elle mourait de faim, de soif et de fatigue. Ramassant sa canette de Coca light, elle la secoua comme si elle pouvait la remplir par sa seule volonté, évitant ainsi de retourner au distributeur dans le couloir.

Une fois les luttes de pouvoir terminées, Charlotte Douglas s'était révélée assez compétente dans son domaine. Son annonce leur avait fait l'effet d'une bombe. Cinq villes, cinq meurtres inspirés de ceux d'un autre tueur en série. Un imitateur hors du commun.

A Los Angeles, il avait pris modèle sur le « tueur de Santa Ana », un maniaque des années 1950 qui démembrait les femmes qu'il tuait puis éparpillait les morceaux dans le désert. A Denver, c'était LoDo, un tueur qui étranglait des prostituées et les adossait, mortes, à des coins de rue. Les meurtres de Minneapolis rappelaient ceux du « tueur des petites annonces » des années 1970, un homme âgé qui recrutait des jeunes femmes en passant des petites annonces pour du travail de secrétaire en intérim. A New York, c'étaient des variations sur le thème du « tueur de

Prospect Lake » : les victimes étaient étranglées, et leurs corps jetés dans un lac de Long Island.

Un seul élément, capital, distinguait les séries de meurtres précédents de ceux de Nashville : les autres tueurs pris pour modèles avaient tous été arrêtés et emprisonnés. Deux d'entre eux avaient été exécutés.

A présent, le terme *apprenti* revenait à l'esprit de Taylor, même si elle savait qu'il ne pouvait être appliqué à toutes les affaires. Un apprenti. Un disciple de meurtriers. Et il avait réservé son plus bel hommage à un tueur qui ne s'était pas fait attraper. Cette idée fit son chemin en elle. Puisque le nouveau tueur en savait autant sur les meurtres de Blanche-Neige, connaissait-il son identité ? Elle nota cette question et, à côté, griffonna « Chevalière ? ».

La bague avait disparu de l'archive des pièces à conviction. Si elle réapparaissait sur une scène de crime, ce serait hautement intéressant.

Ils avaient passé tout l'après-midi à éplucher les données ADN en essayant de rassembler les morceaux du puzzle. L'ADN prélevé sur toutes les scènes de crime était identique, mais ne correspondait à aucune autre séquence de la base de données, ce qui signifiait qu'il n'avait sans doute pas été arrêté au cours des trois années précédentes. Ou alors qu'il avait été arrêté, mais que ses données ADN n'avaient pas encore été chargées dans le système. Quoi qu'il en soit, il n'y avait aucune piste de ce côté-là.

Taylor commençait à avoir la tête qui tournait. On n'avait toujours pas de nouvelles de Jane Macias. Si elle avait bien été enlevée par le tueur, elle serait sa cinquième victime. Et, si l'imitateur suivait le scénario de la première affaire Blanche-Neige, cinq autres suivraient.

Dix-huit meurtres supplémentaires attribués au tueur de Nashville, c'était un scoop trop monumental pour être tenu secret. Les fuites commencèrent immédiatement. Mitchell Price et Dan Franklin furent désignés porte-parole auprès des journalistes, avec la consigne de s'en tenir strictement aux meurtres de Nashville. Pour le reste, ils renvoyèrent systématiquement la balle vers le FBI, leur laissant la responsabilité d'expliquer comment cette orgie meurtrière était passée inaperçue. Evidemment, certains des meurtres d'origine avaient été commis dans les années 1950, 1960 ou 1970. Et, si chaque localité avait compris avoir affaire à un détraqué, pour une raison ou une autre le lien entre les meurtres était passé inaperçu de tous, y compris du FBI, jusqu'à ce que Charlotte Douglas l'ait enfin remarqué. C'était l'un de ces déboires pas très glorieux qui arrivent régulièrement aux forces de l'ordre.

Taylor sursauta : la porte de la salle de conférences venait de s'ouvrir. Elle se rendit compte qu'elle s'était endormie un instant. Se redressant, elle se passa la main sur le visage et vit John, qui la regardait.

— Tu es belle, dit-il.

— Tu es fatigué. Comment va Charlotte ? Pardon, *Dr Douglas* ?

— Elle est au bar de l'hôtel, répondit-il en souriant, en train de boire des cosmopolitans, avec toute une troupe de musicos à ses pieds. Il y a un groupe connu qui a des chambres là-bas. Elle est complètement dans son élément.

Taylor réfléchit un instant. Qui passait cette semaine ? Elle savait que c'était quelqu'un de connu…

— Ne me dis pas que c'est Aerosmith.

— Un maigrichon avec une grosse bouche et une écharpe funky ?

— Bon sang… Comment est-ce que tu as pu sortir avec cette femme, John ?

Il s'assit à la table de réunion et se massa le front comme pour effacer des souvenirs pénibles.

— On travaillait ensemble sur une affaire. C'était tard, on avait trop bu, et… Bah, tu n'as pas envie d'entendre le reste. C'était fini avant que ça ne commence. La vérité, c'est qu'elle me fait un peu peur. Ce n'est pas quelqu'un de bien.

— Eh bien, manifestement, elle ne pense pas la même chose de toi. Garde tes distances.

— C'est un ordre, lieutenant ?

Taylor se leva, alla s'asseoir sur les genoux de John et l'entoura de ses bras.

— Oui. Parce qu'on a un rendez-vous, tous les deux, dans quelques jours, et je ne veux pas qu'elle vienne tout foutre en l'air. Compris ?

— Parfaitement. De toute façon, tu sais que tu es la seule femme pour moi. Dès le premier instant où je t'ai vue à ton bureau, avec tes canettes de Coca light et ta montagne de dossiers, j'étais perdu.

Cet instant était encore gravé dans la mémoire de Taylor.

— Je ne t'ai pas trouvé trop mal, moi non plus, dit-elle.

Elle lui fit un baiser, puis soupira.

— Je ne sais pas ce qu'on peut faire de plus, ce soir. Je suis fatiguée, j'ai faim et je suis de mauvaise humeur. Tu veux qu'on aille manger un morceau ?

— Avec plaisir.

Ils prirent leurs manteaux et éteignirent les lumières du bureau. Main dans la main, ils sortirent du bâtiment et traversèrent le parking. L'air glacial faisait couler le nez de Taylor.

— De quoi est-ce que tu as envie ? demanda John. On pourrait passer chez Rippys.

Rippys, un restaurant légendaire au coin de Broadway et de la 5e Rue, attirait les foules avec ses concerts live, son ambiance décontractée et son porc au barbecue, le meilleur de Nashville. Mais l'idée d'affronter la cohue ne disait rien à Taylor.

— J'ai envie de quelque chose de plus calme. Si on allait chez Radius 10 ?

— Bonne idée. Il paraît qu'ils ont refait la carte des vins le mois dernier. On va voir comment ils s'en sont tirés.

John prit le volant, et Taylor regarda la vie nocturne défiler par la fenêtre. Même à cette heure tardive, la ville grouillait de monde. La Deuxième Avenue était bondée de membres de gangs et de collégiens téméraires qui essayaient de rentrer dans les bars avec de fausses pièces d'identité. Les rendez-vous de toujours avaient disparu : le bar préféré de Taylor, Mere Bulles, avait pris ses cliques et ses claques et était allé s'installer au calme, à Brentwood, à une vingtaine de minutes au sud du centre. A présent, la musique pop et techno emplissait la nuit ; de nouvelles boîtes ouvertes toute la nuit contraignaient la police à assurer une présence constante. C'était triste de voir la ville de son enfance disparaître ainsi.

John s'engagea sur Broadway, et ils passèrent dans le quartier de Lower Broad. Les bars de musique country et les honkytonks étaient pleins d'inconnus qui cherchaient à repérer un visage célèbre. Les compositeurs traînaient ici — ceux qui, faute de pouvoir enregistrer leurs propres disques, écrivaient des chansons pour des interprètes plus connus — ainsi que les musiciens de studio au chômage. Tous ces gens s'entassaient dans les bars du bas de Broadway en attendant que leur chance tourne.

Ils quittèrent Broadway au coin de l'Union Station, passèrent devant le Flying Saucer, un bar à bières, prirent à gauche pour remonter la McGavock Street et s'arrêtèrent devant le Radius 10. John lança les clés au voiturier, et ils s'engloutirent dans un espace contemporain et minimaliste, avec des poutres apparentes et une esthétique californienne. Ici, le bruit et le chaos de la ville étaient oubliés. C'était une adresse décidément représentative du nouveau Nashville.

Au cours des décennies précédentes, Nashville était devenue un peu schizophrène. Si la musique country régnait encore en maîtresse, il y avait désormais bien d'autres manières de se distraire. La Schermerhorn Symphony Hall et le nouveau centre d'art attiraient un public plus raffiné, et des restaurants sophistiqués et des bars branchés s'étaient ouverts pour pourvoir à ses goûts. Taylor aimait ces endroits : ils constituaient un refuge, un moyen de s'évader hors de sa réalité quotidienne.

Ils mangèrent délicieusement bien — mérou poêlé pour Taylor, osso-buco pour John — et partagèrent une bouteille de shiraz. Rassasiés, ils se calèrent au fond de leurs chaises et se mirent à parler de l'affaire à voix basse.

— Cette histoire de Jane Macias me rend malade, dit Taylor en faisant tourner le pied de son verre entre ses doigts. Je ne veux pas la retrouver dans le même état que les autres. Je t'ai dit que les grands-parents de Giselle Saint-Clair m'ont appelée, aujourd'hui ? Ils étaient tellement… tellement gentils. Ils m'ont fait des compliments au sujet de notre travail, de l'entretien qu'ils avaient eu avec Marcus. Ils viennent de perdre leur petite-fille et ils prennent la peine de nous appeler pour nous encourager et nous dire qu'ils prient pour nous. Ce genre de truc n'arrive pas souvent !

— Vous avez réussi à reconstituer la dernière soirée de Giselle ?

— Non. Marcus est dans l'impasse. Ce jour-là, Giselle et ses grands-parents sont partis faire du ski à Gatlinburg. Ils ont dîné au restaurant avant de rentrer à Nashville. Ils avaient eu une longue journée, ils étaient fatigués, ils sont allés se coucher dès qu'ils sont arrivés. La dernière fois qu'ils ont vu Giselle, elle lisait dans le salon. Ce n'est qu'en allant la réveiller, le lendemain matin, qu'ils se sont rendu compte qu'elle n'était pas dans son lit. A ce moment-là, on avait déjà retrouvé son corps. Chaque fois, c'est pareil. Le temps qu'on s'aperçoive de leur disparition, il est trop tard. Au moins, avec cette Jane, on a peut-être une chance. Si seulement on savait où chercher…

— Toujours le même problème, dit John. Vous avez eu des nouvelles de la mère de Giselle ?

— Elle est sur un tournage en Pologne, elle arrive demain. Avec cette armée de journalistes, elle va nous rendre la vie difficile. Il ne fait pas bon s'interposer entre Renée Saint-Clair et une caméra. Mais enfin, on va y arriver. Ce qui me tracasse le plus, c'est cette foutue bague. La chevalière. Comment est-ce qu'elle a pu disparaître de la salle des pièces à conviction ?

— Elle a pu être égarée, tout simplement. Ce ne serait pas la première fois.

Il prit la carafe et leur servit à chacun un fond de verre.

— Je sais. Mais il y a un truc qui me chiffonne. Tu vas trouver ça complètement dingue, mais...

— Laisse-moi deviner. Ton père avait une chevalière.

Elle le jaugea du regard, troublée.

— Comment est-ce que tu fais ? demanda-t-elle.

— Il avait vraiment une chevalière ? J'ai dit ça au hasard.

— Non, pas lui. Je crois qu'il portait une bague quand j'étais petite, mais c'était plutôt une bague d'école. Il l'a perdue, ça j'en suis sûre. Il était furax. Non, laisse-moi t'expliquer... C'est un peu long.

— Je t'écoute.

— Je n'arrête pas d'avoir une... une sorte de vision. Un souvenir de l'époque où j'étais toute petite. On venait d'emménager dans la nouvelle maison...

— Taylor, ce n'était pas une maison. C'était un palais.

— N'exagère pas…

— Vous aviez toute une équipe de domestiques !

— Ce n'étaient pas mes domestiques à moi.

— Ah, excuse-moi. Je suppose que tu faisais ton lit, ton linge, ta vaisselle et ce genre de choses ?

— Je n'ai jamais demandé à avoir le style de vie de mes parents. Tu le sais parfaitement.

— Je sais, mon cœur, mais j'aime bien te taquiner. Avoue que tu as eu une enfance de princesse…

— Oui, de princesse au petit pois. Seulement, le petit pois, c'est que papa se faisait mettre en prison pour avoir soudoyé un juge, ou qu'il oubliait mon anniversaire parce qu'il était en Europe avec maman.

— Au moins, tu as eu des parents.

John fixait son verre du regard. Taylor lui caressa la main.

— Je sais. Tu as raison. Même si parfois je me demande s'il n'aurait pas mieux valu être aimée de mes parents, puis les perdre, que d'être toujours ignorée.

— Je ne le souhaite à personne, Taylor. Quand mes parents sont morts… Je ne veux plus jamais revivre quelque chose comme ça. C'est impossible à comprendre, quand on est jeune et qu'on perd cette assise. Ils sont là, près de toi, et puis la minute d'après ils ont disparu, et tu ne les reverras plus jamais. C'était incroyablement dur.

Il lui fit un sourire un peu triste et ajouta :

— Pour en revenir à Versailles…

— Arrête ! C'était une grande maison, je te l'accorde. Tu es satisfait ?

— Très. Décris-moi ta vision.

Elle ferma les yeux et tenta de faire naître les images dans son esprit.

— C'est plutôt un souvenir. Chaque année, pour le jour de l'An, mes parents organisaient une fête gigantesque. Il y avait toujours un thème différent : pour la première année dans la nouvelle maison, c'était un bal costumé. Kitty était déguisée en Marie-Antoinette, je m'en souviens parfaitement. Il a fallu quatre personnes pour l'aider à mettre sa robe. C'était n'importe quoi. Bref, je les observais du haut de l'escalier. Il y avait une petite niche où je pouvais me glisser… Ce soir-là, je me rappelle avoir vu mes parents dans le vestibule avec un groupe d'invités. Les hommes taquinaient mon père à cause de la nouvelle maison, et l'un de ces hommes avait quelque chose de particulier. Je n'arrive pas à mettre le doigt dessus, mais, chaque fois que je pense à cette chevalière, j'ai l'image de ces hommes qui parlent en riant, et l'un d'entre eux qui tousse et qui lève la main… Et puis c'est tout. Je ne me souviens de rien d'autre.

— Tu penses que l'un de ces hommes portait une chevalière ?

— Peut-être, répondit Taylor en ouvrant les yeux. Et puis Martin Kimball a dit qu'il avait toujours pensé que le tueur était un client de Burt Mars, parce que sa lettre avait été imprimée sur son imprimante. Or, Mars était le comptable de mon père.

— C'était une canaille, lui aussi ?

— John !

C'était un sacré poids à porter, un père dont le nom était immédiatement associé à la corruption.

— Pardon, Taylor. Ça m'a échappé.

— Je ne sais pas si c'était une canaille, répondit-elle. Ce que je sais, c'est qu'il travaillait avec mon père, et que le tueur le connaissait assez bien pour écrire une lettre à la police sur son ordinateur. Alors, je ne peux pas m'empêcher de me demander s'il y a un lien.

— Attends. Tu penses que ton père a connu Blanche-Neige pendant sa période d'activité ?

John posa son verre et se pencha vers elle. Il ne plaisantait plus.

— Je t'avais dit que c'était une histoire de dingues. Mon père avait ses défauts, mais je ne peux pas imaginer qu'il ait été au courant et qu'il l'ait laissé faire. Non, s'il le connaissait, ça devait être de manière indirecte.

— Tu en es sûre ?

— Je ne suis sûre de rien dans cette affaire. N'empêche que j'aimerais bien savoir ce qui est arrivé à cette foutue bague. Même si ça ne nous permet pas d'élucider l'affaire, ça pourrait nous apporter quelques réponses.

— Dommage que tu ne puisses pas en parler à ton père.

Dommage, en effet… Taylor eut un faible sourire et finit son verre de vin.

— Excusez-moi…, dit une voix jeune derrière eux.

C'était le voiturier. Il tendit à John les clés de la voiture de Taylor.

— Excusez-moi, mais j'ai fini mon service. J'ai sorti la voiture, elle est devant la porte.

Taylor regarda sa montre. Il était presque 2 heures du matin.

— Excusez-nous, dit-elle. On ne s'est pas rendu compte de l'heure.

John sortit un billet de dix dollars de son portefeuille et le donna au jeune homme. Celui-ci les remercia d'un signe de tête, puis partit en direction des cuisines, sans doute à la recherche de restes.

— On devrait rentrer, dit John.

— Allons-y. En espérant qu'une bonne nuit de sommeil nous éclaircira les idées.

Emmitouflés dans leurs manteaux, ils s'installèrent dans la voiture et quittèrent le centre-ville, perdus dans leurs pensées.

15.

Toutes ces lumières la rendaient dingue. Après une soirée très productive au bar et un rendez-vous beaucoup moins productif dans la chambre d'hôtel d'un inconnu, Charlotte était de retour dans ses appartements. Les hommes… Leur égoïsme ne cesserait jamais de la sidérer. Ce n'était pas sorcier, quand même, de faire jouir une femme ! Ce soir, elle avait particulièrement mal choisi : l'abruti en question était trop imbibé pour se soucier de son plaisir à elle. Il s'était endormi tout de suite après avoir pris son pied, et elle s'était faufilée hors de la chambre comme une prostituée. A vrai dire, s'il avait laissé de l'argent sur la table basse, l'épisode aurait été plus facile à encaisser.

Après un bon bain chaud, elle s'était glissée entre les draps frais et avait tenté de se reposer. Mais les lumières du centre-ville traversaient les rideaux et l'empêchaient de s'endormir.

Elle finit par se lever, alla jusqu'au minibar et vida trois minibouteilles de Johnnie Walker Red dans un verre en cristal taillé. Puis elle s'installa dans un fauteuil près de la fenêtre pour siroter son whisky. Puisqu'elle ne pouvait dormir, autant observer le monde.

Incroyable : à 2 heures du matin, il y avait encore du monde dans les rues. Le Nashville qu'elle avait connu dans sa jeunesse était calme et silencieux dès la nuit tombée. Du moins dans les quartiers où elle avait le droit d'aller… Elle ne sortait pas beaucoup. A l'église, peut-être au restaurant de temps en temps. En jupe plissée, chemise à col Claudine et ballerines, un serre-tête en velours dans les cheveux, toujours au bras de sa nurse la plus récente — elles avaient été nombreuses à se succéder —, elle n'avait pas pu se faire une juste idée de la ville. Evidemment, elle n'y habitait plus vraiment depuis qu'elle était toute petite.

Ce n'était que plus tard, après s'être fait renvoyer de pension, qu'elle était revenue rôder à Nashville et qu'elle avait découvert sa bruyante vie nocturne. Les boîtes de nuit, les raves, la musique techno qui, amplifiée par l'ecstasy, faisait vibrer le sang dans les veines. Au fait… Un petit ecstasy ne serait pas une mauvaise idée. Elle fouilla dans son sac à main à la recherche d'un flacon de pharmacie dont l'étiquette indiquait Klonopin. Les petits comprimés d'ecstasy étaient exactement de la même taille et de la même couleur que les autres ; il fallait un œil exercé pour les différencier. Elle prit une pilule dans le creux de sa main et la fit descendre avec une gorgée de whisky, savourant la brûlure de l'alcool et les effets quasi immédiats du mélange. Voilà qui était mieux.

Parmi les joies du voyage en avion privé, il y avait la possibilité d'emporter ses provisions pharmaceutiques sans se soucier de contrôles de sécurité. C'était tellement pénible de prendre les lignes commerciales ! Il ne suffisait pas de planquer quelques cachets dans un flacon de médicaments.

Elle se remit au lit en pensant à Baldwin. Et à cette salope de Taylor Jackson. Comment cette gourde mal fagotée avait-elle réussi à mettre le grappin sur John Baldwin ? John, ses bras musclés, ses cheveux noirs ondulés, ses yeux verts… Charlotte commençait à regretter d'avoir pris un ecstasy. Cela stimulait toujours sa libido, elle aurait dû se méfier.

Bah, demain serait un autre jour… Elle finit le whisky et s'étendit sur le flanc droit, dos à la fenêtre. Au moment où elle allait s'endormir, son téléphone sonna.

Elle tendit le bras vers la table de nuit pour répondre.

— Bonsoir, dit une voix bourrue.

— Comment tu vas, mon vieux ?

— Comme un vieux, justement. Un vieux tout déglingué qui n'arrête pas de penser à sa gloire passée. Comme tu me l'avais dit.

— Fais-moi confiance, je t'ai bien conseillé. Tu ne le regrettes pas, hein ? Tu t'amuses bien ?

— Mmm…, dit-il. Tu me manques.

Charlotte roula sur le dos et glissa sa main libre dans sa culotte.

— Beaucoup ? dit-elle.

— Plus que tu ne peux l'imaginer.

— Raconte-moi, mon vieux. Raconte-moi tout.

16.

Nashville, Tennessee
Jeudi 18 décembre
9 heures

— Envie pipi !

Le petit garçon marmonnait en tirant sur le devant de son pantalon de ski.

— Maman, envie pipi !

— Jeffie, qui t'a appris à dire ça ?

Tami Gaylord regardait son fils, âgé de trois ans, avec amusement. Il était au stade où il répétait tout ce qui entrait dans ses petites oreilles.

— Sais pas. Envie pipi !

Une matinée de luge avait semblé idéale pour canaliser l'énergie débordante de Jeffie. Mais les réalités de la nature se faisaient sentir au moment le moins opportun. La jeune mère regarda autour d'eux. Les toilettes publiques étaient à l'autre bout du parc, et son fils n'allait pas pouvoir faire cinq cents mètres dans la neige tout en se retenant. Il n'y avait personne autour d'eux. Après tout, c'était un garçon… Il n'avait qu'à se cacher derrière un buisson, baisser son pantalon et viser soigneusement. Elle savait que son père avait essayé de lui apprendre à écrire son nom dans la neige, quelques jours plus tôt. Elle les avait pris en flagrant délit derrière le garage et les avait grondés en riant. Les hommes…

— Viens ici, mon cœur. On va se mettre derrière ces buissons. Tu te rappelles ce que papa t'a appris l'autre soir ?

— Ecrit mon nom !

Jeffie commença à enlever sa combinaison, et Tami se baissa pour l'aider. Quand il en fut débarrassé, ils passèrent derrière l'écran des buissons, qui les dissimulait à la vue du reste du parc. Tami joua avec une fine branche de sapin pendant que Jeffie faisait pipi en chantonnant les lettres de son prénom.

— Grand J, petit E, petit F... Aaaaaah ! Mamaaaaaaan !

Tami vola à son secours.

— Quoi, mon cœur ? Qu'est-ce qui s'est passé ?

Avait-il été mordu ? Des animaux se cachaient-ils dans les buissons ?

Les traits contorsionnés par l'horreur, Jeffie tendait le doigt devant lui. Tami regarda l'endroit qu'il désignait.

— Nom de…

Il y avait quelque chose dans les buissons, une protubérance. Lorsque la chose se mit à bouger, Tami et Jeffie poussèrent un cri.

Une voix épuisée s'éleva de la forme couverte de neige.

— *Por favor*… Aidez-moi. S'il vous plaît.

*
* *

Les gyrophares de l'ambulance jetaient des reflets bleus sur la neige cristalline qui couvrait le parc Edwin Warner, des reflets mouvants qui venaient aveugler Taylor toutes les trois secondes. Les reflets éclairèrent l'arrière du véhicule, et la fille brune sur le brancard tressaillit, éblouie.

Taylor s'approcha des secouristes qui l'entouraient. Elle reconnut un rouquin du nom de Mike Bunch. Il mettait un pansement autour du genou écorché de la victime.

— Mike, dit-elle en lui tapotant l'épaule.

Il sursauta, puis sourit.

— Taylor, dit-il. Que puis-je faire pour toi ?

— Ça t'ennuierait que je te coupe ton gyrophare ? Ça fait mal aux yeux.

— Tu peux me faire tout ce que tu veux, ma grande.

La moustache de Bunch frétillait. Taylor roula les yeux, alla ouvrir la porte conducteur et éteignit le gyrophare.

De retour devant les portes ouvertes à l'arrière de l'ambulance, elle entendit une voix murmurer :

— *Gracias.*

— *De nada*, répondit Taylor.

Vingt minutes plus tôt, elle croyait avoir affaire à une victime de Blanche-Neige. L'annonce radio avait été succincte : une jeune femme aux cheveux noirs avait été retrouvée dans le parc. Taylor s'était précipitée à Edwin Warner dans un hurlement de sirènes, à bout de nerfs, certaine que le corps était celui de Jane Macias. Une hypothèse logique, puisque personne n'avait pris la peine de lui dire que ce corps était vivant et qu'il parlait. Avec un fort accent espagnol.

Les bras croisés, Taylor attendit que Bunch lui laisse la place. Il posa quelques dernières questions à la fille dans un espagnol minable — « Vous avez mal ailleurs ? Je peux vous apporter de l'eau ? » —, puis il s'éloigna en faisant un signe de tête à Taylor. Il alla rejoindre un groupe de policiers en uniforme qui fumaient. Dans l'air glacé, l'odeur de leurs cigarettes était âcre et prononcée ; Taylor était partagée entre l'envie de recommencer à fumer et la nausée.

Elle se tourna vers la victime. Victime de quoi, au fait ? Les cheveux de la fille étaient sales, ses côtes saillantes comme celles d'un chien affamé. Ses yeux bruns étaient voilés de souffrance et de désespoir. Le moindre bruit la faisait sursauter — un grincement dans les branches des arbres, les petits cris d'un écureuil, les voix basses des hommes qui discutaient au loin, les voitures qui passaient dans la rue, à une centaine de mètres, et dont les conducteurs ralentissaient pour essayer de voir ce qui était arrivé. Taylor s'approcha en lui tendant la main, comme à un animal sauvage. La fille finit par lever les yeux et croiser son regard. L'instant d'après, elle se détournait comme si on l'avait frappée. Elle avait sérieusement dégusté, cela se voyait.

Quand elle finit par parler, l'histoire qu'elle raconta brisa le cœur de Taylor. Elle était bien une victime, non pas de Blanche-Neige, mais d'hommes indignes et haïssables. Victime de la concupiscence, de la cupidité et de toutes les pulsions maléfiques qui dévoient les hommes de bien. Cette fille avait été une esclave.

Recroquevillée sur un brancard à l'arrière de l'ambulance, emmitouflée dans des couvertures, les yeux baissés, elle raconta d'une voix à peine audible, dans un anglais passable, son calvaire.

— Je viens du Guatemala. Je m'appelle Saraya Gonzalez. Je travaille dans la cuisine de l'hôtel avec ma sœur. Un jour, un homme vient, il me dit « tu es très belle », et il prend ma sœur. Je cours après, mais il me frappe, et je tombe par terre. Je pleure longtemps.

» Un an passe. Je n'ai pas de nouvelles de ma sœur. Personne n'a de nouvelles. Un jour, l'homme revient. Il me regarde dans la cuisine, il me dit "tu as grandi, tu es parfaite maintenant". J'ai douze ans. Il me prend avec lui. Au début, il est gentil. Il me donne nourriture, boisson, bon lit pour dormir. J'ai plus besoin travailler dans la cuisine.

» Il a envie de moi, c'est sûrement naturel. Beaucoup d'hommes ont envie de moi, mais avant, ma sœur les éloignait. Maintenant, ils viennent autour de moi comme des mouches. J'ai pas le choix. Quand un homme veut coucher avec moi, il m'emmène dans la chambre du fond. Il y a un appareil photo. Il fait ce qu'il veut, si ça fait mal il s'en fiche. Après, il donne de l'argent.

» Je suis très honteuse. Mais quoi faire ? Si je vais à la police, ils m'expulsent. Je n'ai pas d'homme pour me défendre, plus de sœur. Je suis à leur merci.

» D'abord il m'amène d'autres hommes qui aiment les jeunes filles. Ils demandent de les masser. Du massage, ils appellent ça. Ils font les mêmes choses que lui, me forcent à écarter jambes, fesses, bouche. Je le fais, pas parce que j'ai envie, mais parce que je sais que plus vite ils ont fini, plus vite ils s'en vont.

» Il y a des appareils photo dans la chambre. Je trouve la caméra vidéo dans le placard. Ils font des vidéos, ils vendent des vidéos de moi avec des hommes.

Taylor avait écarquillé les yeux.

— Vous en êtes sûre ? Des vidéos et des photos ?

La fille avait acquiescé.

— Oui, je suis sûre. Je les vois faire des vidéos puis mettre dans des enveloppes. Il y a un ordinateur dans la chambre vide, c'est le bureau de l'homme.

— Comment s'appelle-t-il, cet homme ?

— Oh, non… Je ne peux pas dire. Je veux pas mourir.

— Saraya, comment êtes-vous arrivée ici, dans ce parc ?

A cet instant, la peur qui brillait dans les yeux de la fille s'était transformée en panique.

— Je me suis enfuie. Je me suis dit, vaut mieux être morte que vivre comme ça.

« Bizarre… », se dit Taylor sur le chemin du retour vers le bureau. Elle n'avait pas douté un instant de la véracité de l'histoire. Il fallait dire qu'elle avait un puissant détecteur de mensonges interne. Les gens se prétendent victimes pour une myriade de raisons : Taylor était relativement douée pour repérer ceux qui mentaient. Il lui était arrivé de se tromper, mais pas souvent.

Le plus important, c'était que Saraya Gonzalez n'était pas la victime de Blanche-Neige. Cela méritait réflexion.

Taylor était tellement préoccupée par l'affaire Blanche-Neige qu'elle avait mis de côté la plupart des autres dossiers en cours. Il fallait qu'ils élucident ces foutus meurtres pour qu'elle puisse retourner à son boulot normal… Il y avait des gens à Nashville qui avaient besoin de son aide. « Donnez-moi vos pauvres, vos exténués, vos opprimés. Je me battrai pour eux. » C'était son leitmotiv, la vocation à laquelle elle essayait de répondre. Et que son père n'avait jamais comprise.

Elle crut sentir de nouveau des effluves d'eau de Cologne. Win Jackson allait-il la hanter ainsi pour le reste de ses jours ? Elle tenta de chasser le souvenir, mais c'était impossible. Le simple fait de penser à lui la faisait douter, comme lorsqu'elle était petite, vulnérable et incapable de s'attirer l'amour de son père. Elle ne lui avait pas parlé depuis trois ans, c'est-à-dire depuis sa promotion au grade de lieutenant. Leur relation avait toujours été orageuse — Taylor ne respectait guère les raccourcis que Win avait pris pour arriver au sommet, et lui était exaspéré que sa fille soit devenue flic. Mais leur dernière conversation avait été particulièrement explosive. Taylor avait notamment conseillé à son père de garder son argent et d'aller se faire foutre.

Elle savait qu'il n'était pas mort. Elle le sentait. Même si elle était brouillée avec toute sa famille, elle avait encore le sentiment qu'il était là, quelque part, dans le monde. Sinon, elle l'aurait su.

Au moins, elle n'avait pas à lui demander de l'escorter jusqu'à l'autel.

Taylor s'arracha au passé et ancra fermement ses pensées

dans le présent. Elle avait un nouveau mystère à résoudre. Et, pour une fois, il concernait quelqu'un de vivant.

En repensant à l'histoire de Saraya, aux atrocités articulées par cette petite voix à l'accent espagnol, elle frissonna. Valait-il mieux mourir que d'endurer ces terribles abus ? En tout cas, elle comprenait la fugue désespérée de la jeune femme. Elle était trop faible pour être venue de loin ; le salon de massage devait se trouver dans les environs de Nashville. Mais, après avoir raconté son histoire, Saraya s'était refermée sur elle-même et avait refusé de répondre à d'autres questions. Taylor avait fait signe à Bunch de l'emmener à l'hôpital. Un bon lit, dans un endroit où elle était en sécurité, et un peu de nourriture lui délieraient peut-être la langue.

A mesure qu'elle approchait du Centre, la circulation devenait plus dense. Quelque chose était arrivé. Taylor avança au ralenti et finit par tourner au coin de la Troisième. Des camionnettes de la télévision s'alignaient à perte de vue. Leurs antennes paraboliques étaient sorties, et une foule grouillait devant le commissariat en bouchant l'entrée du parking.

Résistant à la tentation de dégainer son arme et de tirer en l'air pour dégager un passage, Taylor sortit un gyrophare de sous son siège, baissa la vitre et tendit la boule lumineuse à bout de bras. Puis elle klaxonna de toutes ses forces. Cela fit son effet : la foule se fendit pour la laisser passer. Taylor entra dans le parking et se gara en double file à côté du véhicule de la Channel 4. Elle avait bien envie de lui coller un P.V.

Son téléphone sonna : c'était Sam. Elle décrocha tout

en traversant le parking d'un pas rapide. Des voix résonnaient dans ses oreilles, mais elle leva la main en faisant le geste universel qui signifie « aucun commentaire ». Sam parlait assez fort pour que Taylor puisse l'entendre malgré le brouhaha.

— Cette idiote de Renée Saint-Clair est en train de faire une conférence de presse dans l'entrée de mon bâtiment !

Taylor lança un regard par-dessus son épaule.

— Mais les journalistes sont ici !

— Pas tous, crois-moi. J'ai dû appeler les flics pour gérer la circulation dans la rue. Elle va sans doute se pointer chez toi dès qu'elle en aura fini ici. Allume la télé, tu vas la voir dans toute sa splendeur décharnée. Elle n'est pas belle à voir.

— Sa fille vient de mourir.

— Je suis au courant. Tu me rappelles plus tard ? Il faut que j'essaye de reprendre le contrôle de la situation. Et reste loin des caméras. Je te jure, je l'ai mauvaise. Que cette anorexique ait décidé de faire sa conférence de presse dans mes bureaux, ça me dépasse.

Sam raccrocha abruptement, et Taylor rangea son téléphone. Le moins qu'on puisse dire, c'était que Sam et Renée ne s'étaient jamais bien entendues.

Les cris des journalistes s'estompaient derrière elle. En montant l'escalier de service, elle sentit son cœur s'alourdir à chaque marche. Ce cirque n'avait pas lieu en l'honneur de la pauvre innocente qu'on venait de découvrir dans les buissons du parc Edwin Warner, ni de Jane Macias, ni même de Giselle Saint-Clair. Cela n'avait rien à voir avec les victimes.

Avant même d'ouvrir la porte du bureau, elle entendit le vacarme de la télévision. Toute l'équipe des homicides était rassemblée autour de l'écran. Taylor se plaça à côté d'eux.

A l'époque où elle avait quitté Nashville pour chercher fortune à Hollywood, Renée Saint-Clair était une jolie fille. Elle avait un petit visage d'elfe, des cheveux blond pâle, des jambes interminables, une voix de petite fille haletante qui évoquait vaguement Marilyn jeune. Hollywood l'avait prise sous son aile et avait fait d'elle une femme éblouissante. Une étoile. Filante.

Injections aux lèvres, implants aux pommettes et aux seins, chirurgie des oreilles, liposuccion, retrait d'une côte… tout cela n'avait rien d'exceptionnel. C'était la procédure normale. Son coach vocal avait complètement éliminé son accent du Tennessee et fait sortir des tréfonds de sa poitrine artificielle une voix basse et rauque à la Mae West. Ses longs cheveux blonds étaient colorés en quatre teintes qui devaient nécessiter des heures d'entretien hebdomadaire.

Sous un vernis de muscles obtenu par la pratique quotidienne de l'aérobic et du yoga, son corps était décharné. Seuls ses seins se dressaient fièrement ; le reste de son corps semblait recroquevillé sur lui-même, comme s'il se dévorait de l'intérieur.

Les magazines people lui attribuaient un nouveau petit ami, toujours plus jeune qu'elle, au moins une fois par semaine. Pour une actrice qui avait été la coqueluche d'Hollywood quatorze ans plus tôt, cela tenait de l'exploit. A présent, les colporteurs de ragots et autres animateurs du câble allaient se régaler pendant des jours. La fille chérie de Renée, morte aux mains d'un tueur en série. C'était vraiment trop horrible!

Au passage, la pauvre morte serait transformée en icône, en créature mythique; négligée dans la vie, elle serait adulée dans la mort. Résultat : sa mère serait réinsérée dans le cycle de l'actualité. Des films seraient tournés. Des histoires racontées. Les médias étaient déjà sur le coup.

Voilà ce qui passait à l'esprit de Taylor tandis qu'elle regardait Renée lancer un appel au FBI et à la police de Nashville pour retrouver le meurtrier. Elle offrit même une récompense, garantissant ainsi une foule de fausses pistes et d'appels bidon. Le top!

Taylor détourna le regard et partit dans son bureau. Le grand cirque avait décidément commencé.

Quelques minutes plus tard, quand son téléphone sonna, elle décrocha sans regarder le numéro affiché.

— Ça alors! entendit-elle. Taylor Jackson. Quelle surprise!

C'était Renée. Son accent du Sud était tellement joué que c'en était insupportable. Quelqu'un avait dû lui conseiller d'essayer de se fondre dans la masse pendant son séjour dans sa ville natale. Ailleurs, elle se serait immédiatement fait remballer, mais à Nashville on souriait, on hochait la tête et on faisait comme si de rien n'était. En réalité, s'il y avait une chose que les gens du coin ne supportaient pas, c'étaient ceux qui faisaient semblant de l'être. Ce soir, après le départ de Renée Saint-Clair, les langues iraient bon train.

— Renée… Toutes mes condoléances.

— Je n'arrive pas à y croire. Je viens d'identifier le corps de ma fille à la morgue. Qu'est-ce qui se passe, Taylor ? Pourquoi est-ce que mon bébé a été tué ?

La voix de Renée se brisa. Taylor s'imaginait parfaitement les yeux bleu porcelaine remplis de larmes, le mouchoir blanc soigneusement choisi qu'elle pressait contre sa gorge.

— On fait tout ce qui est en notre pouvoir pour répondre à cette question, Renée.

— Et moi, qu'est-ce que je peux faire ?

Renée reprit sa voix normale, une voix dépourvue de toute personnalité ou émotion. En réalité, elle faisait vaguement penser à celle de Kitty, mais Taylor chassa cette pensée de son esprit.

— Eh bien, pour commencer, tu te rappelles la dernière fois que tu as parlé à Giselle ?

— C'était la semaine dernière, je crois. Elle habite avec mes parents. Tu te souviens d'eux ?

— Bien sûr.

Les Saint-Clair étaient des gens cordiaux et affectueux : Taylor s'était toujours demandé comment ils avaient pu engendrer une égocentrique à l'ambition aussi dévorante.

— Ils étaient censés la surveiller. Aux dernières nouvelles, ils avaient organisé une excursion à Gatlinburg. Tu parles d'un trou paumé… A mon avis, Giselle a dû s'ennuyer à mourir et, de retour à la maison, elle a voulu s'amuser un peu. Elle a dû attendre qu'ils s'endorment pour sortir avec une copine. Tu sais comment sont les jeunes. Ils cherchent les problèmes.

Un détail vint à l'esprit de Taylor. Il fallait qu'elle pense à en parler à John. On n'avait aucune idée de l'endroit où le tueur se procurait ses victimes. Leur taux d'alcoolémie et le Rohypnol dans leur sang suggéraient que cela se passait dans un bar. Or, dans une ville comme Nashville, où il y avait un bar toutes les trois portes, il était presque impossible de savoir où orienter les recherches. Mais, si Giselle avait eu rendez-vous avec une amie dans un endroit précis, cela pouvait constituer une piste. C'était presque trop beau pour y croire.

— Renée, dit-elle, ce n'est pas la peine de faire des suppositions. Nous avons longuement parlé à tes parents, et rien ne laisse penser que ta fille sortait le soir en catimini.

N'empêche, pensa-t-elle, le petit anneau doré dans le clitoris de Giselle en disait long sur son comportement. Et, avec la mère qu'elle avait, les chances pour que Giselle soit une enfant sage étaient presque nulles.

— Contrairement à ce que tu as l'air de penser, Taylor, je connais ma fille. C'est une mauvaise graine qui ne fait que s'attirer des ennuis. Elle boit, elle fume, elle se drogue et Dieu sait quoi encore depuis l'âge de douze ans… Elle est absolument incontrôlable. C'est pour ça que je l'ai envoyée ici, à Nashville, à l'écart d'Hollywood. On ne peut rien lui dire, elle n'écoute aucun conseil, elle doit tout expérimenter par elle-même.

Taylor fut frappée par l'emploi du présent. Renée ne

s'était pas encore vraiment rendu compte que Giselle était morte. A l'autre bout du fil, il y eut un crépitement, puis une longue expiration. Renée venait d'allumer une cigarette.

— Voilà ce que je ne comprends pas, Taylor. Elle était jeune mais pas naïve du tout. Elle avait un radar intégré…

— Si tu es encore au centre médico-légal, tu ferais mieux d'éteindre cette cigarette, sinon Sam va te tuer.

Il y eut un bruit estompé, puis Renée toussa une seule fois, profondément.

— Taylor, tu te rappelles la fois où on a piqué des cigarettes à Mme Mize et qu'on est allées les fumer dans les bois derrière chez tes parents ? On avait quoi ? Dix, onze ans ?

Taylor ne put s'empêcher de rire. Mme Mize était l'ancienne gouvernante de ses parents ; nurse d'enfant, femme de ménage et polisseuse d'argenterie, elle avait accessoirement servi de mère adoptive à Taylor. Elle avait consacré nettement plus de temps à son éducation que ne l'avaient fait Win et Kitty.

— Onze ans. Elle m'a mis une raclée quand elle s'en est aperçu. Tu avais pris le dentifrice dans sa salle de bains pour qu'on puisse se rincer la bouche, mais tu as oublié de le remettre. Elle savait qu'elle venait d'acheter un nouveau tube, ça lui a mis la puce à l'oreille, et elle a commencé à compter ses clopes. Elle était furax.

— Elle l'a dit à mes parents. Ils étaient furax, eux aussi.

Taylor réfléchit un instant. Ses parents à elle avaient

également été informés de l'incident. Elle avait été punie, bien sûr, et théoriquement interdite de revoir la fille des Saint-Clair, mais c'était Mme Mize qui lui avait mis une énorme fessée, puis qui l'avait cajolée et consolée parce qu'elle détestait avoir à faire la discipline à la place de Kitty et Win. Ce soir-là, elle lui avait préparé du chocolat chaud et lui avait lu un conte norvégien pour l'endormir.

— Qu'est-ce qu'elle est devenue, Mme Mize ?

— Décédée l'année dernière. Elle est morte dans son sommeil, la pauvre chérie. Elle mériterait d'être canonisée pour avoir supporté ma famille toutes ces années.

Taylor se mit à rire doucement ; l'espace d'un instant, ce souvenir doux et tendre lui mit du baume au cœur. Puis elle secoua la tête et se concentra de nouveau sur son interlocutrice.

— Renée, j'aimerais continuer à parler du bon vieux temps, mais j'ai du boulot. Y a-t-il autre chose que tu puisses me dire à propos de Giselle, de ses amis, des gens en dehors de la famille qui la connaissaient bien ?

Il y eut un silence, et Taylor se rendit compte que Renée ne savait rien de la vie quotidienne et intime de sa fille. C'était aussi improbable que d'imaginer Kitty se demandant pourquoi sa fille fumait en cachette avec la petite Saint-Clair. Le cœur de Taylor se fendit un peu, et elle s'étonna de pouvoir encore ressentir quelque chose à cet endroit.

— O.K., Renée. Merci d'avoir appelé. Encore toutes mes condoléances. Tu vois avec Sam pour le reste, et on se tient au courant.

— Taylor, je te fais confiance pour attraper celui qui

a tué ma fille. Et je suis contente que tu t'en occupes. Ce salopard n'a pas l'ombre d'une chance contre toi.

Elle raccrocha, laissant à Taylor un curieux sentiment de fierté, de chagrin et de nostalgie.

Après ce coup de fil, Taylor se tint la tête entre les mains pendant un long moment. Elle avait le sentiment que ses poumons s'étaient vidés d'oxygène. Comment en était-elle arrivée là ? A enquêter sur le viol et le meurtre de la fille d'une amie d'enfance ? Il y avait quelque chose de terrible là-dessous. Quelque chose qui ne tournait pas rond du tout.

Deux coups furent frappés doucement à la porte.

— Tout va bien, mon cœur ?

Taylor leva la tête et contempla l'homme qu'elle aimait. Ses yeux étaient d'un vert limpide, son sourire discret, ses cheveux bruns parsemés de gris, ses épaules larges. Il mesurait quinze centimètres de plus qu'elle. Chaque fois qu'elle posait les yeux sur lui, elle éprouvait un sentiment de sécurité. Elle avait terriblement besoin d'être rassurée, elle qui dormait avec une arme à côté de son oreiller. Et une veilleuse allumée. Et qui rêvait de bras puissants pour repousser les monstres et les cauchemars. Elle l'avait bien trouvé, son sauveur.

— Ça va. Un peu fatiguée… Et toi, qu'est-ce que tu fais ?

— J'espérais apercevoir la grande Renée Saint-Clair.

— Tu veux un autographe ? demanda Taylor. Je dois pouvoir t'arranger le coup. Elle est chez Sam, il suffit que je lui passe un coup de fil…

— Non, merci, dit-il en riant.

— Quoi, tu n'es pas attiré par les potiches anorexiques refaites de partout ?

— Sachant que toi, tu existes, et que tu es prête à m'épouser ? Non, elles ne m'intéressent pas. En fait, je suis venu te transmettre un message.

— Vraiment ? De la part de qui ?

— La fille qu'on a retrouvée dans le parc. Elle veut partir. Elle se bagarre avec l'hôpital pour sortir sous sa propre responsabilité, contre l'avis du médecin. Ils viennent d'appeler, c'est Marcus qui leur a parlé. Je lui ai dit que je t'avertirais.

— Saraya ?

Taylor se massa une tempe du bout du pouce. Une douleur lancinante était apparue quelques instants plus tôt et, à présent, elle s'intensifiait. Elle sortit un flacon d'Advil du tiroir de son bureau et avala trois comprimés. Puis elle se leva.

— Bon… La reine des glaces, elle est où ?

— Charlotte ? Au Bureau d'investigation du Tennessee, en train de se faire massacrer par la presse pour avoir manqué le lien ADN entre les dossiers nationaux. Ils veulent à tout prix lui faire avouer qu'elle a fait une erreur. C'est peut-être le cas, d'ailleurs. Pour ce que j'en sais… En tout cas, elle en a pour un moment, et j'ai pensé qu'on pourrait élucider l'affaire tous les deux pendant qu'ils lui tenaient la jambe.

— Comme c'est gentil de ta part ! Elle est tellement adorable… Je souhaite bien du plaisir aux journalistes. Mais, avant d'aller coincer Blanche-Neige, il faudrait que j'aille voir pourquoi ma victime du parc tient tellement à faire ses valises.

Ils ne parlèrent pas beaucoup pendant le trajet jusqu'à l'hôpital. John conduisait, Taylor appuyait sa joue contre la vitre froide et rêvait à l'été. A vrai dire, elle n'avait pas tellement hâte que l'hiver prenne fin. Elle adorait l'air froid et tonifiant, les ciels gris, les feux de bois et les vêtements douillets. Mais, en été, tous ses problèmes auraient disparu. Elle en aurait fini avec ce dossier, son mariage serait passé, ils partiraient en vacances au bord de l'océan et bronzeraient sur le sable en lisant des livres faciles. Ils feraient l'amour après avoir bu quelques cocktails de trop, s'endormiraient dans un hamac sous le ciel étoilé, bercés par le bruit de la mer et un sentiment d'espoir fugitif. La seule chose qu'elle détestait vraiment, en hiver, ce n'était pas le froid, mais l'abattement, le découragement qu'inspiraient les jours trop courts et les nuits trop longues.

Ils se garèrent et entrèrent directement au service des urgences. Taylor frissonna en voyant des ambulanciers entrer à toute vitesse, transportant une femme sur un brancard. Elle avait déjà vécu cela et ne voulait pas le revivre. Elle passa ses doigts sur son cou, une habitude dont elle avait réussi à se défaire, comme pour les cigarettes. La cicatrice était encore là, bien saillante sous ses doigts. Elle correspondait au dernier geste d'un suspect dont le désespoir serait gravé pour toujours sur sa peau. Elle s'y était habituée. C'était ainsi, quand on frôlait la mort : soit on se laissait hanter par l'événement, soit on l'acceptait et on passait à autre chose. Elle avait choisi la seconde solution. Elle préférait encore le rôle de celle qui tue au rôle de la victime.

Comme s'il avait lu dans ses pensées, John glissa la main dans la poche arrière du jean de Taylor et lui pressa doucement la fesse. Elle essaya de faire comme si de rien n'était, mais cela la chatouillait, et elle finit par se mettre à rire.

— Tu es songeuse, Taylor… Tu as envie d'en parler ?

— Non. Tu me connais, je déteste les hôpitaux. Elle est où, notre petite Saraya ?

— Au quatrième. Viens, on prend cet ascenseur.

Les portes étaient déjà ouvertes ; ils se glissèrent dans la cabine et appuyèrent sur le bouton du quatrième.

John s'adossa au mur métallique en lui lançant un regard interrogateur. Taylor le fixa en mordillant légèrement sa lèvre inférieure. Sauf dans les moments où elle parlait travail, elle avait été beaucoup trop silencieuse, ces derniers temps. John sentait manifestement que quelque chose n'allait pas. Elle fit tourner sa bague de fiançailles sur son doigt et décida de se jeter à l'eau.

— O.K., dit-elle, écoute… J'appréhende un peu ce mariage.

John ricana gentiment.

— « Un peu » ? J'aurais cru « beaucoup ». A vrai dire, je commence à avoir l'impression que tu ne veux pas m'épouser du tout.

La douleur qu'elle percevait dans sa voix lui était insupportable. Elle leva la main vers son visage, lui caressa la mâchoire et repoussa une mèche de cheveux qui retombait devant son front.

— Mon chéri, tu te trompes complètement. Ce n'est pas du tout… Bon sang, comment t'expliquer ? Ce n'est pas le mariage en soi qui me fait peur. Et encore moins le mariage avec toi. Tu sais bien que tu es le seul homme sur Terre que j'envisagerais d'épouser, sans parler de réserver l'église et d'acheter la robe…

— Tu as réservé l'église ? demanda-t-il avec une excitation feinte. Tu as même acheté la robe ?

— Arrête ! dit Taylor en riant. Tu n'es pas drôle. J'essaie de t'expliquer.

— Excuse-moi.

— C'est surtout la cérémonie que j'appréhende. Me mettre debout devant tous ces gens… Etre le centre de l'attention, ce n'est pas mon truc. Et si on…

Les portes de l'ascenseur s'ouvrirent alors qu'elle était sur le point de suggérer d'abandonner la cérémonie et de se marier en secret quelque part. Mais l'expression de John lui signifiait que c'était hors de question. Taylor décida de ne plus en parler pour l'instant. Elle avait donné son accord pour le grand tralala, elle devait assumer. Mais elle se réservait le droit de flipper jusqu'à la seconde où elle mettrait les pieds dans cette maudite église, le samedi suivant.

Elle adressa un clin d'œil à John et sortit de l'ascenseur avec nonchalance, comme si elle ne venait pas d'évoquer le jour le plus important de sa vie.

A l'accueil du quatrième, le bureau des infirmières était abandonné. Bizarre… Taylor sentit quelque chose se contracter dans sa gorge. Les couloirs étaient déserts et silencieux. Elle jeta un coup d'œil à John ; il avait déjà la main sur son arme. Elle se rendit compte que, d'instinct, elle avait eu le même geste. Tous deux s'avancèrent doucement en essayant d'évaluer la situation. Le silence était assourdissant. Dans un hôpital du centre-ville, cela n'arrivait jamais.

Taylor fit signe à John de se positionner à droite, puis elle avança de deux pas en direction du bureau. Ses sens primordiaux reprirent le dessus : elle reconnut l'odeur du sang avant de le voir. Elle passa la tête au-dessus du bureau et vit le corps affaissé sur le sol : une infirmière aux cheveux gris, en uniforme bleu. Elle était sur le dos, comme si elle avait glissé à terre et supplié son assaillant avant qu'il ne l'abatte d'une balle dans le front. L'impact était déformé, la balle n'était pas entrée à angle droit, mais la victime avait dû mourir sur le coup.

Taylor se baissa de nouveau derrière le bureau, à l'abri d'éventuels coups de feu. Bon sang, qu'est-ce qui se passait, ici ? Elle prit le risque de se relever un instant pour jeter un dernier coup d'œil sur la victime. John était accroupi à côté d'elle, pâle, son arme braquée en direction du couloir vide.

Taylor se rendit compte que les lieux n'étaient plus silencieux du tout. Des alarmes retentissaient, des cris s'élevaient. En une fraction de seconde, le temps pour eux d'évaluer la situation, un véritable tumulte avait éclaté.

Une porte claqua : Taylor sursauta, puis s'élança dans le couloir en direction du bruit, John sur les talons. Elle dépassa un groupe de gens qui criaient et gesticulaient et partit en courant vers la cage d'escalier. Elle entendit John, derrière elle, crier : « La fille n'est plus là, elle a disparu ! » au moment où la paume de sa main s'écrasait contre la porte de la cage d'escalier et l'ouvrait dans un grand claquement.

Elle pointa son arme sur la silhouette en contrebas.

— Police ! Ne bougez plus ! hurla-t-elle.

La silhouette s'immobilisa une fraction de seconde, puis se précipita vers la porte du deuxième étage et disparut.

— Putain de merde !

Taylor passa une jambe par-dessus la rambarde et se laissa tomber d'un étage. Elle atterrit sur les talons dans un grand claquement, faillit perdre l'équilibre, se redressa, se laissa tomber d'un étage supplémentaire et sortit de la cage d'escalier par la même porte que celui qu'elle poursuivait.

Le tireur avait bien choisi. Le deuxième étage était occupé par le service de chirurgie, et la porte qu'il avait empruntée donnait sur le centre de radiographie et d'endoscopie. L'endroit était désert ; le silence était bien réel, cette fois. Taylor tendit l'oreille, guettant un bruit de pas, un claquement de porte. Rien. Soit il était extrêmement rapide, soit il s'était planqué dans l'une des chambres.

Elle n'était pas assez sotte pour continuer sans renforts. Elle se plaqua contre le mur et sortit son portable ; à cet instant, John apparut de l'autre côté de la vitre grillagée, l'air hagard. Elle lui ouvrit la porte.

— Il a disparu, chuchota-t-elle. J'allais t'appeler.

Il se pencha vers elle en chuchotant aussi.

— J'ai appelé la centrale. Je n'aime pas ça, Taylor. Mais pas du tout. On a trouvé un médecin dans la chambre de la fille, il a été battu. Il est vivant mais inconscient. Fitz et

Marcus sont en route avec toute une ribambelle de gars en uniforme. Ils vont couvrir toutes les issues. Allons-y doucement en commençant par ce couloir, à gauche.

— Tu crois que c'est l'homme pour qui elle travaillait ? Elle avait l'air de dire qu'il tenait à elle. Qu'est-ce qui se passe, bon sang ?

John haussa les épaules.

— Soit elle a de la valeur professionnelle, soit elle en sait trop.

— Sans doute. Prends à gauche, je prends à droite. Pour les étages d'en dessous, on est couverts. A mon avis, il a filé. Je n'ai pas été assez rapide pour l'arrêter.

Elle se rendit subitement compte que sa cheville lui faisait affreusement mal. Elle avait dû se faire une entorse en sautant par-dessus la rambarde. Elle n'était pas une superwoman, après tout.

— O.K., dit John. Vas-y doucement, fais attention.

Ils s'éloignèrent en suivant des directions opposées.

Quelques secondes plus tard, John émit un sifflement bas. Taylor revint sur ses pas et le trouva devant un cadavre.

Il lui fallut un petit instant pour reconnaître les traits délicats de Saraya Gonzalez. La jeune fille gisait dans une flaque de sang. Le claquement de tout à l'heure… ce n'était pas le choc de ses talons sur le sol, mais celui du coup de feu qui avait tué cette pauvre fille.

Taylor remit son arme dans son étui et se passa la main dans les cheveux. Cette semaine était en passe de devenir l'une des pires qu'elle ait jamais connues.

*
* *

La voie d'accès aux urgences du Baptist Hospital était encombrée de voitures de police : elles débordaient jusque dans la rue. Des gyrophares clignotaient d'un bout à l'autre de la Vingtième Avenue. Tout le quartier était en émoi.

Au poste de commande, Taylor attendait. Une véritable chasse à l'homme avait été lancée, même s'il semblait que l'auteur de la fusillade ait réussi à quitter la zone. On avait retrouvé une perruque, une casquette et un blouson dans une benne à ordures devant la sortie des urgences. Comme le montraient les vidéos de surveillance, le tueur avait quitté l'hôpital avec son déguisement intact ; il s'en était débarrassé loin des caméras. Les images permettaient de se faire une idée de sa taille et de son poids, rien de plus. Des barrages routiers avaient été mis en place dans un rayon de deux kilomètres, mais, en l'absence de signalement précis, ils ne serviraient sans doute pas à grand-chose. En ce qui concernait cet épisode, il était temps de s'avouer vaincus, et Taylor était furieuse — contre elle-même, contre le tueur, contre John et toute autre personne située dans un rayon de cinquante mètres.

Deux nouveaux cadavres attendaient Sam : celui de Saraya et celui de l'infirmière à l'accueil. Pour cette dernière, la mort avait été une simple question de malchance. Si elle s'était trouvée à un autre endroit du service, elle serait sans doute en vie. Bon sang… Pourquoi ne s'était-il pas contenté de tirer sur la fille ? Pourquoi avait-il essayé d'abord de l'enlever ? Le seul contact que Taylor avait eu dans ce monde avait disparu pour toujours.

Non loin d'elle, Fitz parlait doucement dans son téléphone. A un moment donné, il lança un regard à Taylor.

Elle comprit immédiatement qu'il y avait un problème. Quelqu'un d'autre était mort.

Il termina la communication, puis rangea son téléphone et se passa la main sur le visage. D'un coup, Taylor remarqua à quel point il paraissait fatigué. Fitz n'était plus tout jeune ; le stress accumulé au cours de la semaine se lisait clairement sur ses traits. Il s'avança vers elle en secouant la tête.

— On a une scène de crime, dit-il. Un homicide. Faut que j'y aille. Tu veux m'accompagner ?

— Comme si on n'avait pas eu notre dose pour la journée ! C'est Jane Macias ?

— On ne dirait pas. C'est dans un salon de massage près de Nolensville Road.

Un intense soulagement envahit Taylor. L'idée d'avoir échoué à sauver cette fameuse Jane lui était devenue intolérable.

— Journée noire pour les salons de massage, dit-elle. Marrant, je croyais qu'on les avait tous fait fermer.

— Attendez, dit John en arrivant derrière eux. Où allez-vous ?

— On vient de nous signaler un meurtre dans l'un des salons de massage qu'on est censés avoir fermés. Possible qu'il y ait un lien avec Saraya. On y va. Ce type s'est fait la malle, c'est clair. Marcus s'occupe des recherches, il n'a plus besoin de nous.

— Ni de moi, d'ailleurs. Je vous accompagne ?

— Pourquoi pas ? grommela Fitz. Plus on est de fous…

Ils s'entassèrent dans la voiture de Fitz et s'éloignèrent, laissant le fiasco de l'après-midi derrière eux.

— Quoi de neuf sur l'imitateur de Blanche-Neige ? demanda Fitz. Marrant, je pensais que la poupée de Quantico ne nous lâcherait pas d'une semelle aujourd'hui. Vous savez où elle est passée ?

— Pas vue, répondit John. Il faut dire que je n'ai pas mis le nez au bureau, aujourd'hui.

— Quel dommage ! fit Taylor d'un ton sarcastique.

Charlotte Douglas allait devenir un problème, c'était évident.

— On n'a rien appris de nouveau sur l'affaire Blanche-Neige, aujourd'hui, dit-elle. On a été un peu occupés. A vrai dire, Renée m'a donné une idée pour reconstituer l'emploi du temps de Giselle avant sa mort. J'ai envie de demander à ses grands-parents si elle avait des fréquentations qui ne leur plaisaient pas trop. Renée a insinué que Giselle sortait régulièrement en douce.

Fitz traversa le pont, prit la bretelle d'accès à l'I-65 en direction du sud, puis sortit presque aussitôt pour accéder au salon de massage par les petites rues. Tout ça pour éviter la rocade. Parfois, cela rendait Taylor dingue, mais il fallait dire qu'en dehors de l'autoroute c'était un dieu du volant. Quelques minutes plus tard, il s'arrêtait devant une petite maison aux allures coquettes.

— C'est un salon de massage, ça ?

— Apparemment. Depuis qu'on les a virés du centre-ville, ils se sont installés par ici, dans des maisons particulières.

Le quartier comptait une majorité d'habitants hispanophones, ainsi que quelques Kurdes et Noirs indigents. Les rues alentour regorgeaient de dealers de crack, et un ensemble de logements sociaux se dressait quelques rues plus loin. Une bonne partie des habitants étaient sans papiers et ne faisaient pas confiance à la police pour quoi que ce soit.

Taylor, Fitz et John descendirent du véhicule, s'identifièrent auprès du poste de commande, signèrent la feuille de présence et récupérèrent leurs tenues de fête — les pantoufles, gants et blouses en plastique qu'on endossait pour les rendez-vous avec la mort.

Sur la pelouse devant la maison, un officier s'avança pour les saluer. C'était Bob Parks, un inspecteur de police qui faisait également partie d'une cellule d'intervention d'urgence. Taylor l'appréciait tout particulièrement : efficace, fiable et heureux de vivre, il arborait une luxuriante moustache brune.

— Entrez, entrez! lança-t-il. C'est gentil de vous joindre à nous. Vous allez vous régaler : on a du sang, des viscères et quelques autres substances qui ne manqueront pas de vous séduire.

— Salut, Bob, dit Taylor en lui donnant une tape dans le dos. Comment va la famille?

— Comme dirait Dilbert, on est à peu près aussi heureux qu'une bande d'écureuils dans un magasin de pneus.

Taylor ricana.

— Ces ados auront ma peau, lieutenant. Bonjour, docteur Baldwin.

— Salut, Parks. Dommage qu'il faille ce genre de circonstances pour se revoir.

— Et moi, dit Fitz en s'avançant vers l'officier, tu me dis ni bonjour ni merde ?

— Dis donc, tu n'es pas encore à la retraite ? T'es trop vieux pour ce genre de conneries, Fitz.

— T'es pas loin derrière, je te signale. Qu'est-ce qui s'est passé ?

Parks se retourna vers la petite maison en secouant la tête.

— C'est pas beau à voir. Double homicide, deux filles. Toutes les deux l'air d'origine hispanique. Ce serait plutôt normal, vu le quartier, mais on n'en est pas sûrs, parce qu'elles sont face contre terre. On attend la légiste pour les retourner. On a déjà pris des photos et une vidéo.

— D'origine hispanique, dit songeusement Taylor. Allons voir ça.

Sous la petite véranda, tous quatre enfilèrent les gants et les pantoufles en plastique qu'on leur avait distribués. Taylor serra sa queue-de-cheval en un chignon, pour ne pas contaminer la scène de crime en perdant des cheveux. Ils pénétrèrent dans la maison en suivant de fins rubans adhésifs collés sur le sol.

L'intérieur était décoré en blanc presque monochrome. A gauche de l'entrée, des meubles en cuir blanc entourés de tables et de lampes de verre ornaient un petit séjour aux murs et aux rideaux blancs. A droite, la cuisine avait un sol de marbre et un plan de travail blancs. Une moquette blanche couvrait le petit couloir qui desservait trois portes. Celle du fond, ouverte, laissait apercevoir une salle de bain blanche immaculée ; Taylor supposa que les deux autres donnaient sur des chambres.

Elle avait raison.

— Chambre numéro un, dit Parks en faisant un geste vers la droite. Et voici la chambre numéro deux. Faites votre choix, elles sont presque identiques.

Taylor choisit la droite. Depuis l'embrasure de la porte, elle éclaira la pénombre. Elle n'eut pas besoin d'allumer le plafonnier pour voir le sang. Des quantités copieuses de sang, qui ressortaient très nettement sur le fond blanc. En fait, il y avait du sang partout : sur le lit, la tête de lit, les murs et la moquette. Au milieu du lit, une femme aux cheveux sombres était étendue à plat ventre. Les draps qui l'entouraient étaient presque noirs. « Exsanguination », pensa Taylor. Les jambes de la fille gisaient de travers, la gauche tordue sous la droite comme si elle s'était effondrée dans cette position. Taylor n'arrivait pas à voir ses bras.

Elle changea de place avec Fitz et John. Dans la chambre de gauche, elle découvrit une scène presque identique à celle qu'elle venait de voir. Un nœud se forma dans son ventre. Un double homicide avec deux scènes de crime presque identiques…

Elle entendit des voix, tourna la tête, vit Sam arriver à toute allure au bout du couloir.

— Paraît que t'as eu une mauvaise journée, dit-elle en approchant.

— Pas pire que la tienne. Tu as quand même eu Renée Saint-Clair dans ton bureau au réveil. Moi, j'en suis juste à mon quatrième cadavre de la journée. Ah, et puis l'ex-copine de John est en ville et elle a l'air de mijoter un mauvais coup.

— Une journée placée sous de bonnes étoiles pour toutes les deux. Qu'est-ce qu'on a, ici ?

Sam portait tout l'équipement de protection et brûlait manifestement d'envie de passer à l'action.

— Deux corps, une tonne de sang et un sacré bordel. On t'attendait pour éclairer nos lanternes. Elles sont à plat ventre, j'aimerais les voir retournées. Tout ça me donne une sale impression de déjà-vu, si tu me suis.

— Je vois. Laisse-moi me mettre au boulot. Au fait, tu n'as pas oublié qu'on dînait ensemble, ce soir ? Je risque d'être un peu en retard.

Taylor émit un gémissement de douleur. Il y avait bien un dîner prévu pour ce soir : c'était leur enterrement de vies de jeunes filles. Elle avait complètement oublié.

— Tu sais, si on annulait, je n'en mourrais pas.

— Allez, Taylor… Les garçons sont tout excités. On va dîner ensemble, ensuite on les laissera partir à VIBE. Il y a un petit bar sympathique juste à côté où on pourrait boire un verre toutes les deux. Sauf si tu préfères rester avec les strip-teaseuses, évidemment.

— John est tout excité d'aller dans un strip-club ?

Elle jeta un coup d'œil par-dessus son épaule : son fiancé s'était éloigné vers l'entrée, son téléphone plaqué contre son oreille. Il plissait le front ; elle se demanda à qui il parlait.

— Je crois que c'est surtout Simon qui est excité. Depuis la naissance des bébés, il n'a pas eu l'occasion de passer beaucoup de soirées entre garçons. Il va rester avec les autres à regarder les fifilles danser, et on va passer un bon moment à se détendre toutes les deux. Ne me gâche pas mon plaisir, d'accord ?

— O.K., O.K., j'ai compris. Sauf pour le dîner, c'est exclu. Comment il s'appelle, ce bar ? On n'a qu'à se retrouver directement là-bas. Entre la fusillade à l'hôpital et ce double homicide, j'en ai pour des heures à faire les paperasses.

Sam réfléchit.

— Je crois qu'il s'appelle quelque chose comme… Control. Oui, c'est ça, Control.

— On dirait un bar gay.

— Ce n'est pas moi qui ai choisi le nom, et ce n'est pas un bar gay. On s'y met ?

Sam entra dans la première chambre et installa soigneusement son matériel, en prenant son temps. Une bonne vingtaine de minutes s'écoula avant qu'elle ne se déclare prête à retourner la fille. Avec l'aide d'un technicien de scène de crime, elle fit rouler le corps sur le drap.

Taylor bavardait avec Parks quand elle entendit Sam émettre un hoquet de surprise.

— Quoi ? Qu'est-ce qu'il y a ? Qu'est-ce qui se passe ?

— Tu ferais mieux de venir voir, dit Sam.

Taylor entra dans la pièce et s'avança vers le lit. Un simple coup d'œil sur le corps lui suffit pour comprendre. Ses poumons se vidèrent.

— Oh, mon Dieu !…

17.

Un feu crépitait dans l'âtre. L'ambiance douillette de la pièce contrastait avec la tension qui y régnait. Blanche-Neige marchait de long en large en s'appuyant lourdement sur sa canne.

— Espèce d'idiot ! Je t'avais dit de ne pas le faire. Tu n'avais aucun droit de prendre cette décision sans mon accord. Ça ne faisait pas partie du plan. Ce sont des choses qui demandent des précautions, de la réflexion. Tu as réduit à néant tout notre travail. Tu vas nous faire attraper tous les deux.

— La ferme, vieillard. J'ai fait ce qu'il fallait. Tu refuses de me laisser tuer cette petite salope qu'on a prise l'autre soir. Je n'en peux plus, j'ai besoin de me défouler. Je ne sais pas pourquoi tu fais tant d'histoires pour ces petites putes...

Blanche-Neige se tourna vers la troisième personne qui se tenait dans la pièce.

— Tu lui as donné ton accord ? Tu lui as dit qu'il pouvait dévier du protocole ? Je vous jure, si l'un de vous deux me joue un mauvais tour, vous n'oublierez jamais ce que ça fait de m'avoir pour ennemi.

La femme se tourna vers lui.

— Je ne le contrôle pas plus que toi. Tu le savais quand je te l'ai amené. C'est un sociopathe.

— Merci, chérie, dit le jeune homme avec sarcasme. Venant de toi, c'est un grand compliment.

— Je t'en prie. Mais je t'avoue que je suis d'accord avec lui. Sortir des voies toutes tracées, à ce stade, risque de tout faire dérailler. Tu veux quand même me rendre heureuse, non ?

Blanche-Neige sentit un hurlement monter en lui.

— Fermez-la, tous les deux ! Il faut qu'on sache ce qui se passe, pour décider si on doit tout arrêter. Qu'as-tu fait à la fille ?

— A part la regarder, rien du tout. Elle est en sécurité. Pour l'instant.

— Ce n'est pas la question. Où est-elle ? Je veux la voir.

Le protégé de Blanche-Neige s'étira nonchalamment et sourit.

— Elle est en lieu sûr. Je ne l'ai pas touchée. Mais je vais le faire, je te le promets.

— Lève la main sur elle et tu seras mort avant d'avoir compris ce qui t'arrivait. Tu as brisé les règles. *Mes* règles. C'est moi qui décide quand on tue. Et maintenant tu es allé faire ça ? Avec ces… ces dépravées… On a des principes ! D'abord tu as eu l'idée brillante de choisir la fille d'une célébrité. Elle a beau être une actrice de troisième zone, elle attire beaucoup trop l'attention. Et ensuite, comme si tu n'avais pas assez de couverture médiatique, tu vas enlever une journaliste. On avait un accord ! C'est comme si tu m'avais craché au visage. Si tu dévies de nouveau du plan, j'aurai ta peau, crois-moi. Ils vont nous coincer, par ta faute, alors que rien n'est terminé.

— Toi non plus, mon vieux, tu n'as pas vu qui était Jane. Pourtant tu étais là, avec moi. Ça, je ne suis pas près de l'oublier.

— Ne la touche pas, cette fille. Compris ?

Blanche-Neige lança un regard furieux à son apprenti. Ses menaces étaient vaines ; il n'avait pas la force physique nécessaire pour prendre le contrôle de la situation, et son interlocuteur le savait. Le petit imbécile était de plus en plus gourmand ; il n'avait pu supporter d'être privé pendant quelques jours. Son appétit pour la mort était grotesque. Tout cela avait été une mauvaise idée depuis le départ.

La porte s'ouvrit.

— Père ?

— Tiens, voilà l'avorton ! Tu viens voir ce que ton père trafique avec les gens normalement formés ? Je parie qu'il maudit le jour qui t'a vu naître, hein ?

Blanche-Neige ricana, mais la femme se leva, furieuse.

— Hé ! Je te rappelle que c'est mon frère ! Ne lui reparle plus jamais sur ce ton, compris ?

— Sinon quoi, princesse ?

Sans répondre, elle s'avança vers l'être difforme qu'elle appelait son frère.

— Ne fais pas attention à lui, Joshua, il ne sait pas ce qu'il dit. C'est une sale brute. Si on allait te chercher quelque chose à boire ?

Elle sortit d'un air digne. Blanche-Neige poussa un soupir.

— Elle vénère ce garçon depuis qu'il est sorti du ventre de sa crétine de mère. Je ne crois même pas que Charlotte se souvienne d'elle. Elle est morte en donnant naissance à Joshua, tu le savais ? Quand ils ont posé le bébé sur son sein, elle est partie. Comme ça. Comme si elle n'avait pas supporté de voir ce qu'elle avait engendré.

— C'est une maladie, mon vieux. La même que la tienne, sauf que chez lui elle a attaqué le visage au lieu de l'âme.

— Quel philosophe tu fais ! Tu viens juste de l'insulter. Tu as changé d'avis ?

— Bien sûr que non. Je n'ai pas accès à la compassion, tu le sais. En revanche, j'admire ton adorable fille pour sa loyauté envers toi. Maintenant, ça suffit. Je suis fatigué, j'ai eu une longue journée. Il me faut du repos.

— Ne touche pas à la fille.

Après le départ du jeune homme, Blanche-Neige s'affaissa dans son fauteuil. Il n'aurait jamais dû les écouter. Il n'aurait pas dû les autoriser à aller si vite. Pas assez de préparation, et un monstre impulsif qui pouvait briser sa chaîne à tout moment. Même s'il adorait entendre parler des mises à mort, y participer, sentir le souffle quitter le corps des vicitimes, voir leurs regards s'éteindre au moment où leurs âmes s'enfuyaient, il savait que c'était trop. Trop de filles, trop vite. Le petit les menait à leur perte.

18.

Frank Richardson enleva ses lunettes de lecture et se frotta les yeux, assommé de fatigue. Cela faisait des heures qu'il épluchait les archives, relisait tous ses articles et en photocopiait les parties importantes. Au cours de la période d'activité de Blanche-Neige, Richardson avait écrit plus de quatre cents papiers sur lui.

Il se rappelait parfaitement cette époque excitante où il avait à communiquer les pires nouvelles possibles aux citoyens de Nashville. Il travaillait en étroite collaboration avec la police et décrochait plus de scoops qu'aucun autre reporter. Il était fier de son travail, de l'attention qu'il portait aux détails, de ses analyses méticuleuses. Pas d'idées préconçues, pas de piques contre la lenteur de la police : juste une chronique solidement documentée de toute l'affaire Blanche-Neige, d'un bout à l'autre.

Il savait que Taylor s'intéressait à ses conjectures au sujet de l'identité du tueur. Elle l'avait informé de la disparition de la chevalière et de ses soupçons concernant Burt Mars. Richardson avait pris la liberté de chercher à localiser Mars, dont la dernière adresse connue était à Manhattan.

Cela lui avait donné du fil à retordre, mais ce qu'il avait découvert était stupéfiant.

Mars avait quitté Nashville en 1989 dans le sillage d'un scandale financier. Il était parti dans le Nord à la recherche de liquidité et d'anonymat. Après un silence radio de plusieurs années, il avait ouvert un bureau de comptabilité dans le Lower East Side, à Manhattan. En l'espace de six ans, il s'était fait une réputation et s'était affiché en gros sur le radar de la police. Condamné pour extorsion et corruption organisée en 1998, Mars avait passé quelque temps au pénitencier fédéral d'Otisville.

A présent, il était sorti de prison et avait remonté une entreprise de consulting spécialisée dans les fonds d'investissements immobiliers. Il s'agissait d'un secteur particulièrement propice aux magouilles en tous genres, mais, selon les informations publiquement disponibles, l'entreprise de Mars était réglo. Des rumeurs couraient quant à une éventuelle implication avec la mafia ; il avait été lié à des personnes bien connues de la police new-yorkaise, mais il n'y avait jamais eu d'enquête officielle sur ses relations avec le crime organisé. Bref, Mars était devenu prudent. En surface, ses activités commerciales semblaient parfaitement licites, et ce n'était pas un délit d'être ami avec des criminels.

Les bons vieux instincts de journaliste de Richardson lui disaient, cependant, que cette histoire sentait le roussi.

Il avait passé la journée à faire des recherches par téléphone et sur internet, en demandant à quelques connaissances de lui rendre service. Il était parvenu à des conclusions très intéressantes. Son intuition initiale s'était révélée payante. Ce qu'il avait découvert était énorme.

Richardson ne s'était pas senti aussi vivant depuis des semaines, voire des mois. Il était de nouveau en selle. Il avait déjà le projet d'écrire un livre sur toute cette affaire, de se faire un joli paquet en droits d'auteur. C'était le genre d'histoire qui se vendait comme des petits pains.

Il imprima consciencieusement toutes les informations qu'il avait trouvées, y compris les adresses et numéros de téléphone. Cette Taylor Jackson lui plaisait : il admirait son cran, et aussi ses longues jambes. Une chose était sûre : son fiancé avait de la chance. A vrai dire, elle lui rappelait un peu sa femme quand elle était plus jeune.

Frank rangea ses affaires dans sa mallette. Il était en pleine forme. En se dépêchant, il avait peut-être des chances d'arriver au bureau de Taylor Jackson avant que la belle ne ferme boutique.

19.

Taylor regarda le corps étendu devant elle. Longs cheveux noirs, peau de porcelaine, lèvres écarlates, plaie béante à la gorge.

Blanche-Neige.

Elle se précipita dans le couloir.

— Bon sang! Retournez le second corps, tout de suite!

— Taylor, dit Sam en la suivant, il faut que je fasse attention à…

— Retourne-la, Sam. Il faut que je sois fixée, tu comprends? Ensuite, tu pourras leur faire ce que tu voudras pendant que j'irai couper les burnes à ce salopard et les clouer au mur de mon bureau.

— Taylor, tu ne comprends pas…

— Si tu refuses, je le fais moi-même.

Taylor entra dans la chambre d'en face. Du coin de l'œil, elle vit John arriver du bout du couloir. Sam entra sur les talons de son amie et lui fit signe de se pousser.

— Ne la touche surtout pas, Taylor. Laisse-moi faire.

Taylor lui céda la place. Sam avança doucement vers

le lit en prenant soin de ne pas causer d'altérations irrémédiables à la scène de crime. Arrivée devant le corps, elle passa une main sous l'épaule gauche de la fille et la souleva pour que Taylor puisse voir son visage.

— Putain de salopard…

— Même chose ? demanda Sam. Je ne vois pas d'ici.

— Exactement pareil. On dirait des jumelles. John, tu as vu ?

— Oui. La scène est identique dans les deux chambres. La symétrie est incroyable, tu ne trouves pas ?

Taylor lui lança un regard exaspéré. Son fiancé avait l'expression songeuse qu'il prenait toujours face aux crimes les plus odieux. Ah, ces profileurs !

Il parlait en murmurant, comme à lui-même. Taylor tendit l'oreille.

— Tu as remarqué la présentation en miroir ? Ça a dû lui prendre un bon moment. Il est méticuleux, ce bonhomme. Il voulait que tout soit parfait. Blanche-Neige aussi avait fait un coup double, non ?

— Oui. Danielle Seraphin et Vivienne White. Les deux étudiantes étrangères. Elles étaient disposées en miroir, elles aussi.

— Mmm… On a affaire à un petit malin.

— Je dirais plutôt à un putain de psychopathe, intervint Fitz.

Il venait d'arriver.

— Je suis d'accord avec lui, fit Taylor.

Sam tenait encore la morte par l'épaule.

— Excusez-moi, dit-elle, mais, si vous en avez fini avec vos considérations psychologiques, ça vous ennuierait de me laisser travailler ? J'ai beaucoup à faire et je sais que vous aurez envie d'avoir les résultats au plus tôt.

— Oui, Sam, bien sûr. Pardon.

— Merci.

Elle reposa le corps de la fille puis se pencha pour examiner sa tête.

— Dis donc, Taylor…

— Oui ?

— Je ne vois aucune trace de cette fameuse émulsion sur ses tempes.

— Sérieux ?

— Rien du tout. On dirait que tu as raison : il est en train de changer de mode opératoire. Je n'aurai pas de certitude avant de rentrer au labo, mais pour l'instant ça se présente comme ça.

— Tu m'appelleras quand tu seras sûre ? demanda Taylor.

Mais Sam était déjà perdue dans l'univers de la médecine légale. Elle retraversa le couloir en direction de l'autre chambre, se pencha sur le premier corps et examina son visage.

— Elle non plus, elle n'en a pas.

En la voyant passer doucement ses doigts dans les cheveux de la fille, Taylor comprit qu'il était temps de partir. La communion entre Sam et les morts avait commencé.

Les trois policiers quittèrent la maison, firent un signe de la main à Parks et rejoignirent la voiture de Fitz. Taylor se mordillait le pouce gauche.

— Soit Jane Macias est vivante, dit-elle, soit le tueur a changé de fonctionnement. Il a fait avancer le double meurtre d'une case dans la suite logique. Jane aurait dû être la sixième, mais il a imité les meurtres numéros six et sept de Blanche-Neige, et Jane est toujours dans la nature.

— Peut-être que son corps est là, mais qu'on ne l'a pas encore retrouvé, tout simplement.

— Possible… John, vu ce qu'on sait de lui, quelles sont les chances pour qu'il dévie par rapport à son plan initial ?

— Etant donné sa constance dans les dix-huit derniers mois, c'est assez surprenant. Tout comme l'absence des huiles d'encens et de myrrhe. L'escalade, la distraction, l'interruption sont des explications raisonnables. Il est peut-être tout simplement en train de mettre les bouchées doubles. Si c'est le cas… eh bien, disons simplement que Jane Macias risque de souffrir plus que les autres.

— Comme si se faire violer et égorger ne suffisait pas, dit Taylor en lançant un regard à la petite maison derrière eux. Il faut que je rentre au bureau m'occuper de tout ça. Fitz, ça t'ennuierait de rester ici et de prendre les choses en main ?

— Pas du tout. Je te retrouve au bureau dès qu'on aura bouclé ça. Ne t'inquiète pas, les gars du labo vont mettre la baraque sens dessus dessous et ils vont forcément trouver quelque chose.

— Je peux te piquer ta voiture ?

— Oui, je me ferai ramener par Parks. Allez, ouste !

Fitz lui lança les clés et repartit en direction de la maison. En passant devant un technicien du labo, il claqua des doigts ; l'homme se raidit et s'avança presque au gardeà-vous. Taylor se mit à sourire. Fitz savait ce qu'il faisait. S'il y avait quelque chose à trouver, il le trouverait.

— Monte, dit-elle, je conduis.

John hocha la tête et se glissa sur le siège du passager.

Marcus et Lincoln se trouvaient au bureau quand ils arrivèrent.

Taylor prit directement le téléphone et appela Mitchell Price. Celui-ci décrocha à la première sonnerie.

— Je suis au courant, dit-il.

— Tant mieux. C'est le bordel, Price. Deux nouveaux homicides qui semblent être signés Blanche-Neige, une fille disparue et un témoin mort dans une fusillade à l'hôpital. Qu'est-ce qui va encore nous arriver aujourd'hui ?

— Ne posez jamais ce genre de question, Taylor. Ça porte la poisse.

— Ouais… Eh bien, pour l'instant, je me plonge dans la paperasse. Fitz se charge de la scène de crime dans le salon de massage. Vous savez si Renée Saint-Clair est encore en ville ?

— Non. Depuis sa fichue conférence de presse au bureau du légiste, elle a disparu. Et le FBI, quelles nouvelles ?

— Aucune, pour autant que je sache. Selon Baldwin, Charlotte Douglas est plongée dans sa propre enquête sur les meurtres précédents. Je vais demander aux garçons s'ils ont eu de ses nouvelles.

— Tenez-moi au courant, d'accord ?

— Compris. Vous venez, ce soir ?

— Pour rien au monde je ne raterais votre enterrement de vie de jeune fille.

— On a déjà décommandé le dîner.

Price soupira lourdement.

— Bon. On se voit là-bas.

Ils raccrochèrent, et Taylor retourna dans l'espace principal du bureau. John faisait aux deux autres le compte rendu de la scène qu'ils venaient de quitter. Taylor prit une chaise et s'y installa à l'envers, les coudes en appui sur le dossier.

— Je vous laisse, dit John. Je vais voir ce que trafique Charlotte. A tout à l'heure ?

Il salua les garçons d'un hochement de tête et fit un petit baiser à Taylor.

— Pas trop d'excitation, dit-elle avec un sourire. Rappelle-toi que tu dois encore regarder des femmes nues danser, ce soir.

John partit en agitant la main. Taylor se retourna vers Lincoln et Marcus et cala son menton sur ses mains.

— Comment allez-vous, tous les deux, par ce merveilleux après-midi ?

— Pas mal, répondit Lincoln. Tu as croisé Frank Richardson ? Il nous a quittés juste avant que tu n'arrives.

— Non. Que voulait-il ?

— Te donner des infos susceptibles de t'intéresser, apparemment. Il a passé toute la journée à éplucher ses vieux articles. Dommage que tu l'aies raté.

— Je lui passerai un coup de fil. Où on en est, avec la fusillade de l'hôpital ?

— Au point mort, dit Marcus. Le type s'est envolé.

Lincoln se gratta la tête.

— Pourquoi est-ce qu'il a tiré sur tout le monde et enlevé la fille pour la buter cinq minutes plus tard ? Pourquoi il ne l'a pas tuée dans la chambre ?

— J'en parlais avec John. Cette fille a vécu une histoire de dingue. Elle avait de la valeur pour ses patrons, elle leur rapportait gros. J'imagine que le tireur avait pour consigne de la ramener vivante. On l'a intercepté au pire moment possible, et il a été obligé de la supprimer. Je ne suis pas très contente de tout ça…

— Je ne crois pas que ce soit ta faute. Ecoute, on a reparlé aux grands-parents de Giselle. Ils ne savaient absolument pas qu'elle sortait le soir et ne connaissent aucune de ses amies. Selon eux, c'était une petite-fille modèle. On attend des infos de l'école au sujet de ses fréquentations. A part ça, le porte-à-porte dans les bars ne donne rien. On a plusieurs patrouilles qui font circuler des photos des quatre filles, mais personne n'a réagi pour l'instant. Il me semble qu'il serait temps de faire passer les photos dans la presse.

— Je crois que tu as raison. On est en train de chercher une aiguille dans une botte de foin. Tu me tiendras au courant de ce que dira l'école. S'ils font des difficultés, préviens-moi, j'ai encore des amis au conseil d'administration. Et Jane Macias ?

Lincoln passa un bras derrière son dos et prit un portable sur son bureau.

— On a son ordinateur. Je n'ai rien trouvé pour l'instant. La plupart des documents sont protégés, et elle a utilisé un générateur binaire pseudo-aléatoire basé sur l'équation de Bernoulli pour créer des mots de passe.

— Pardon ?

— L'équation de Bernoulli. Souvent utilisée pour expliquer que les avions volent, sauf qu'il faudrait vivre dans un monde parfait pour que ça marche. C'est juste un moyen facile de l'expliquer. Le générateur binaire utilise l'équation de la vitesse pour…

Taylor se mit à rire. En dépit de ses allures décontractées, Lincoln était un génie de l'informatique.

— Ce que tu veux dire, c'est que le système de protection est extrêmement sophistiqué pour une journaliste ?

— Pour n'importe qui, en fait. Il y a quelque chose là-dedans qu'elle ne veut surtout pas qu'on lise. Ça, c'est sûr.

— Il y a quelque chose sur sa famille ? Je n'arrive pas à croire qu'aucun parent ne se soit manifesté.

— Rien vu pour l'instant. Une fois que j'aurai craqué les mots de passe, je pourrai accéder à son carnet d'adresses. J'attends aussi que quelqu'un de Google me rappelle au sujet du mandat pour avoir le mot de passe de sa boîte mail.

— Si c'est Blanche-Neige qui l'a enlevée, pourquoi est-ce qu'on ne l'a pas retrouvée morte ? demanda Marcus.

— Bonne question, répondit Taylor. Peut-être qu'il ne l'a pas enlevée. Peut-être qu'elle travaillait sur quelque chose qui lui a attiré des ennuis. Peut-être aussi qu'elle est morte mais qu'on n'a pas encore retrouvé le corps. Et son petit copain ? Vous croyez qu'il y est pour quelque chose ?

— Peuh, dit Marcus, il n'est pas assez dégourdi pour ça ! Il est tellement fou d'elle qu'à la fin je commençais à avoir envie de son numéro de téléphone, moi aussi. Non, pour moi, il n'a rien à voir là-dedans. Il a l'air vraiment désemparé, et je ne crois pas qu'il fasse semblant.

— Alors où est-elle ?

Personne ne lui répondit. Taylor se leva.

— Super, dit-elle. Vraiment super. Pas d'indices, pas de pistes, rien du tout. Nom d'un chien, les indices matériels auraient quand même dû nous amener quelque part… Soit on est passés à côté de quelque chose, soit ce type est un brillant calculateur. Quoique… les filles du salon de massage ressemblent à une espèce de déchéance, pour lui. Il n'y avait pas d'huiles d'onction sur les corps des nouvelles victimes. En tout cas, Sam n'en a pas repéré. John pense qu'il a pu être interrompu. Ou alors qu'il commence enfin à faire des erreurs.

Elle se tourna vers son bureau.

— Bon… Je vais m'occuper de toute la merde administrative qui s'est accumulée aujourd'hui. Lincoln, tu me diras, quand tu auras accédé à son disque dur ?

Le jeune homme se mit à siffler une marche nuptiale, et elle lui fit un doigt d'honneur. L'atmosphère se détendit brusquement : tous trois se mirent à rire.

Un toussotement mit fin à leur hilarité. Le capitaine Price se tenait dans l'embrasure de la porte. Lincoln changea brusquement de thème pour siffler le générique de la série *Badge 714*. Price ne fit que secouer la tête ; un minuscule sourire étirait les coins de sa bouche. Sa moustache luxuriante compensait largement l'absence de pilosité sur son crâne.

— Chef, dit Taylor, faudrait voir à augmenter ces garçons. A eux deux, ils ont pratiquement résolu l'affaire.

Price jeta un coup d'œil à sa montre.

— Vous voulez me briefer maintenant ? J'ai un peu de temps libre.

Lincoln se leva.

— Pas de problème. Taylor, fais ce que tu as à faire. Le petit et moi, on s'en occupe.

Elle lui lança un sourire de gratitude, fit un signe d'adieu à Price et se réfugia dans son bureau. Si seulement les morceaux du puzzle pouvaient se mettre en place…

Le temps leur était compté.

20.

John regardait Charlotte Douglas marcher de long en large en parlant au téléphone. Elle portait une robe-fourreau crème très ajustée, taillée dans un tissu soyeux qui bruissait doucement à chacun de ses pas. Il regarda sa montre : presque 20 heures. Il était temps pour lui de quitter cette chambre d'hôtel et de revenir à sa vraie vie. Taylor et les autres l'attendaient au bar pour commencer la soirée.

Charlotte avait insisté pour qu'ils se retrouvent ici, dans sa suite, plutôt qu'au Bureau d'investigation du Tennessee. Il savait exactement où elle voulait en venir et n'était pas prêt à tomber dans le panneau. Lui désirait simplement qu'elle disparaisse ; le plus tôt serait le mieux. Il avait toute sa vie devant lui, et Charlotte Douglas n'avait de place dans aucun scénario.

Charlotte tournait en rond devant la baie vitrée, manifestement contrariée.

— Il faut que vous me souteniez sur ce coup. Pour l'instant, je ne peux rien faire d'autre. Exactement. Oui. Oui. Je reviens ce soir. On se parle tout à l'heure.

Charlotte raccrocha et s'immobilisa au centre de la

pièce. Elle regarda John et sourit en se déhanchant vers l'avant, les jambes tendues pour faire ressortir le galbe de ses mollets. Ses mains étaient croisées dans son dos. Il connaissait cette posture. Elle l'avait trop souvent utilisée par le passé pour qu'il s'y laisse prendre. En réalité, cela lui donnait l'air plus rapace que sexy.

— John…, commença-t-elle d'une voix éraillée.

Celle-là aussi, elle la lui avait faite cent fois.

— Charlotte, coupa-t-il, qu'est-ce que tu fiches encore ici ? Tu as présenté ton exposé. On n'a rien au bureau local que tu n'aies pas à Quantico. Je n'ai pas l'impression que tu sois sur le point d'élucider l'affaire.

Il fit un signe en direction du téléphone qu'elle serrait dans sa main.

— A l'évidence, Quantico réclame ton retour. Alors qu'est-ce que tu fais ici ?

Elle sourit.

— Je ne parlais pas à qui tu crois, John, et je monterai dans un avion quand bon me semblera. J'ai des choses à régler avec le bureau local, si ça ne t'ennuie pas.

— Avec le bureau, vraiment, Charlotte ? Ou avec moi ?

— Oh, docteur Baldwin ! Toujours aussi perspicace, n'est-ce pas ? Et un peu vaniteux, aussi. Qu'est-ce qui te fait croire que tu es concerné ?

— Je connais ton mode opératoire, Charlotte. Ce n'est pas la première fois que tu me fais le coup. Je sais ce que tu mijotes, et ça ne va pas marcher. Il faut que tu partes, tout de suite. Je ne veux plus avoir affaire à toi.

Elle se tourna vers la baie vitrée. Les lumières scintillantes de la ville se reflétèrent sur son visage.

— Il fut un temps, John, où tu voulais à tout prix avoir affaire à moi. Tu en as parlé à ta bien-aimée ?

— Taylor est au courant de ce qui s'est passé entre nous. Et elle s'en fiche complètement. Tu ne lui fais pas peur, Charlotte. Pas le moins du monde.

— Ah, vraiment ?

Elle pivota lentement sur elle-même, puis avança vers lui. Il la regarda approcher en secouant la tête. Une tigresse dans un corps de chat domestique. Elle pouvait aussi bien ronronner sur vos genoux que vous arracher la gorge d'un coup de griffes.

— Laisse tomber, Charlotte. Tu ne signifies rien pour moi. Ce que j'aimerais savoir, c'est ce que je peux faire pour me débarrasser de toi. De préférence pour toujours.

Elle éclata de rire.

— Pauvre persécuté… Tu ne supportes pas qu'on te taquine, hein ? Je croyais au moins que tu resterais courtois, en souvenir du bon vieux temps…

Elle était à moins de cinquante centimètres de lui, le regard braqué sur lui, prête à bondir. Il refusa de reculer devant elle.

— Ecoute, Charlotte, il faut que je parte. Qu'avais-tu de si important à me dire ?

Un parfum de gardénias flotta jusqu'à ses narines, déclenchant chez lui une réaction physique brève et involontaire. Il y avait eu un temps où tout allait bien, entre eux, et c'étaient ces moments-là que le parfum fleuri lui rappelait. Elle était tout près de lui, à présent, elle le frôlait de ses hanches ; son visage était renversé en arrière, ses lèvres pulpeuses et tentantes. Il commença de se pencher vers elle, puis recula d'un pas.

— Arrête ça. Tout de suite.

— Oh, ne boude pas, monsieur le profileur. Tu es si grand, si dur…

Elle fit un geste en direction de son entrejambe, mais il attrapa sa main et lui tordit le bras avec une telle violence qu'elle dut se détourner pour éviter d'avoir l'épaule déboîtée. Il la repoussa de toutes ses forces ; elle alla s'écraser dans un fauteuil.

— Fumier ! s'écria-t-elle.

Voilà qui lui ressemblait davantage. Sous ses dehors mielleux, Charlotte était le mal incarné.

— Si tu t'avises de t'approcher de nouveau de moi ou de Taylor, tu le regretteras, Charlotte. Souviens-t'en.

Le ton de sa propre voix le surprit. Charlotte tressaillit comme s'il venait de la frapper. Ils savaient tous deux que ce n'étaient pas des paroles en l'air.

Il lança un dernier regard à Charlotte, qui écarquillait des yeux incrédules, puis quitta la pièce en claquant la porte.

Il fallut un instant à la jeune femme pour se reprendre. Quelques minutes plus tard, une ombre sortait de la salle de bains.

— Ne t'en fais pas, mon cœur. Je vais le tuer pour t'avoir parlé sur ce ton. Mais je dois t'avouer que je suis un peu déçu. J'aurais bien aimé vous regarder baiser. C'est quelqu'un de… d'assez puissant. Difficile de le descendre sans se salir les mains.

Il étira ses mains en ouvrant ses paumes au maximum, puis resserra lentement ses doigts l'un après l'autre.

— Ferme-la, crétin !

Charlotte pivota sur elle-même, se dirigea vers la fenêtre et contempla longuement la nuit au-dehors.

21.

Nashville
Jeudi 18 décembre
21 h 30

Après avoir terminé la paperasse, Taylor se doucha et se changea. Enfin, sachant qu'elle ne pouvait plus tergiverser, elle monta dans son pick-up et emprunta Church Street en ignorant l'appel radio au sujet d'une fusillade entre dealers dans la cité de Lischey Avenue. Ce n'était pas son problème. Pas ce soir. L'équipe de nuit s'en chargerait. N'empêche qu'elle se gara dans le parking de VIBE en pensant aux meurtres.

Notamment à quelques meurtres qu'elle aurait bien aimé commettre. Au coin de l'immeuble, une call-girl de luxe s'éloignait, un client sur les talons. Dix dollars qu'il ne savait pas qu'il avait affaire à une professionnelle. Elle faillit les suivre, puis se l'interdit. Ce soir, elle n'était pas flic. Elle était une fille normale sur le point de se marier, de sortie pour une soirée entre amis.

Bon sang, comment s'était-elle laissé embarquer dans cette mascarade ?

Elle reconnut la musique qui filtrait par les portes du

bar : c'était Garbage, l'un de ses groupes préférés. *Why do you love me?* chantait Shirley Manson. Taylor se mit à rire. C'était la bande-son parfaite pour un enterrement de vie de jeune fille.

Elle traversa le parking et entra dans la boîte. La musique était fracassante, les lumières aveuglantes. Un parfum sucré, fortement teinté de patchouli, assaillit ses narines. Des filles portant des strings et de faux mamelons adhésifs sous des déshabillés transparents passèrent en la jaugeant du regard. Sur scène, trois filles — une blonde, une brune et une rousse — s'entortillaient les unes autour des autres. Taylor les observa un moment. La chorégraphie était impressionnante. Contrairement aux hommes en transe attroupés devant la scène, elle était capable de passer outre les corps nus et de percevoir le travail qu'elles avaient accompli pour préparer leur numéro. Elles étaient jeunes toutes les trois ; sans doute croyaient-elles ne faire ce boulot que de manière temporaire.

Taylor connaissait l'histoire par cœur. Les policiers en uniforme étaient nombreux à fréquenter les filles des strip-clubs. Elles étaient en sécurité, jouissaient même d'une certaine protection, jusqu'au jour où elles croisaient la route du mauvais type. Après cela, elles finissaient comme les filles du salon de massage, ou comme Saraya Gonzalez, assassinées de sang-froid.

Ne voyant pas Sam, Taylor s'installa seule à une table du fond et savoura ce moment de solitude, le premier de la journée. Elle commanda une bière à une serveuse légèrement vêtue, déclina sa proposition de l'accompagner dans un box privé à l'arrière pour un *lap dance* spécial et, confortablement installée, se perdit dans ses pensées.

Ce qui la tracassait, c'était l'histoire d'esclavage sexuel que lui avait racontée Saraya Gonzalez. Un joli nom, un joli visage aux traits délicats, un regard tellement vide... Taylor se repassa mentalement leur conversation, décidée à trouver le rapport entre la fusillade à l'hôpital et le double homicide survenu juste après. Il y avait un lien évident : les salons de massage. Comme les victimes de cet après-midi, Saraya Gonzalez avait été emprisonnée dans l'un de ces salons. Si seulement elle pouvait trouver l'articulation entre les deux affaires, elle pourrait peut-être les élucider... Elle était dans la police depuis trop longtemps pour croire aux coïncidences.

« Comment s'appelle-t-il ? » avait-elle demandé à Saraya.

« Oh, non ! Je ne peux pas dire. Je veux pas mourir... »

La pauvre petite... Elle avait déjà des yeux de morte : il n'en avait pas fallu beaucoup pour l'achever.

— Taylor !

Elle sursauta : Sam et son mari, Simon, se tenaient devant sa table.

— A quoi pensais-tu ? Tu semblais tellement loin !

— Pardon, Sam. Simon, comment ça va ?

Taylor se poussa pour leur faire de la place tandis que Simon marmonnait une réponse incompréhensible. C'était un brave garçon, qui avait reçu une éducation catholique et qui était extrêmement gêné de se retrouver dans un strip-club en compagnie de sa femme. Cela irait mieux une fois que Sam et Taylor seraient parties. Tous trois avaient fait l'école primaire et le collège ensemble : Taylor savait qu'il n'était réticent que par respect pour sa femme.

Sam s'installa, commanda deux autres bières et jeta un regard appréciatif sur les filles qui se contorsionnaient sur scène.

— Ouais, dit-elle enfin, ça devrait marcher… Il va être tellement échauffé qu'on va passer la nuit de notre vie.

Le visage de Simon vira à l'écarlate.

— Bon sang, Sam, tu ne pourrais pas partir, maintenant ?

Elle se blottit contre lui et lui chatouilla le dessous du menton.

— Attends un peu, mon mignon. Tu vas avoir ta récompense, tu verras.

Elle l'embrassa ; il prit la couleur d'une betterave cuite. Puis elle se tourna vers Taylor avec un sourire ravi.

— Sam, tu es vraiment malade, tu le sais ?

— En parlant de malades…

Elle tendit un doigt : Marcus, Fitz et Lincoln étaient figés à l'entrée de la boîte. Cela semblait être le principe de la maison : on se tenait à la porte le temps de comprendre comment cela marchait, puis on décidait de s'asseoir devant la scène, de prendre un verre au bar ou de se payer un *lap dance* dans un box privé. Les trois hommes furent rapidement entourés d'une nuée de filles. Un instant plus tard, le capitaine Price apparut à son tour. Au bout d'un moment, ils repérèrent Taylor et Sam, se frayèrent un chemin vers elles et s'installèrent à leur table.

— Où est Baldwin ? demanda Fitz.

Il dut se pencher vers Taylor pour se faire entendre — le volume de la musique venait de monter d'un cran. Le bar était bondé, la soirée battait son plein.

Taylor se tourna vers la porte à l'instant même où John entrait. Elle sentit son cœur se serrer en le voyant : il balaya la pièce des yeux, puis, l'ayant repérée, vint tout droit vers elle sans un regard aux autres femmes et posa un baiser sur ses lèvres avant de prendre place à son côté.

— Longue journée ? demanda Taylor.

Son regard posait une tout autre question : « Tu t'es débarrassé d'elle ? »

— On va dire ça.

Il serra les doigts de Taylor dans sa main. « Je l'espère », disait clairement son geste.

Elle lui fit un sourire, puis se leva.

— Sam, si on laissait les garçons entre eux pour qu'ils puissent mal se conduire ?

Elle laissa tomber quarante dollars sur la table devant John.

— Offre-toi un *lap dance* de ma part.

Cette annonce fut accueillie par des cris et des sifflements de la part de ses collègues. Elle lui envoya un baiser, puis partit vers la porte, très droite.

— T'es un sacré veinard, Baldwin, dit Sam. Tu n'as pas intérêt à tout foutre en l'air.

Elle embrassa Simon sur le front et sortit à son tour.

Fitz se leva et fit signe d'approcher à un groupe de femmes plus ou moins dévêtues.

— O.K., monsieur FBI. C'est l'heure d'enterrer ta vie de garçon à la mode de Nashville.

*
* *

Taylor tapait des pieds pour se réchauffer quand Sam la rejoignit devant la boîte.

— Pas trop tôt, grommela-t-elle en soufflant dans ses mains. Tu lui donnais un *lap dance*, ou quoi ?

— Plutôt des conseils maternels. Je me suis fait harponner par une fille à l'entrée. Viens, allons dans le bar, il fera meilleur. Et il y aura moins de bruit. Je deviens vieille, ou la musique était vraiment trop forte ?

— Elle est vraiment trop forte. C'est fait exprès. Il y a tellement de bruit et de choses à voir que tu es en surcharge sensorielle et que ta conscience morale se déconnecte. Du coup, les hommes font des trucs qu'ils ne feraient pas normalement.

— Alléluia.

Taylor lança un regard sévère à son amie, puis elle la suivit dans le petit bar d'à côté. Cela s'appelait Control, en effet. L'endroit était presque vide, la musique douce, la lumière tamisée. Taylor se détendit aussitôt.

Elles commandèrent des bières et s'installèrent dans un coin. Taylor ôta sa veste et se rendit compte qu'elle avait oublié un détail très important : son arme. Son holster était encore fixé à sa ceinture, avec son Glock à l'intérieur.

Ce n'était pas la première fois. Elle se sentait toujours plus rassurée quand elle avait une arme sur elle, mais, en dehors des heures de service, elle portait généralement un petit revolver dans un étui à la cheville.

Elle vit le barman se précipiter vers elle, le visage rouge de colère. Il s'arrêta net en la voyant sortir son badge.

— Pardon, officier.

Il leva les deux bras comme si elle l'avait braqué en pleine rue en criant « Haut les mains ! »

— Lieutenant. Pas de problème. Vous pouvez baisser les mains, je n'ai pas l'intention de vous arrêter.

Elle remit sa veste. Ce n'était pas la peine de s'attirer des ennuis.

— Euh, d'accord… Toutes mes excuses. Je vous offre une tournée ?

— Merci…

— Jerry. Je suis le barman.

— Ça, je l'avais deviné. Merci de votre compréhension, Jerry. Vous n'avez pas besoin de nous offrir quoi que ce soit.

— Non, j'insiste.

Il partit vers le bar, et Taylor lança un regard exaspéré à Sam. Tout ce qu'elle voulait, c'était boire quelques bières, survivre aux deux jours suivants, résoudre les meurtres et partir pour l'Italie. Tout le reste commençait à lui taper sur les nerfs.

Sam se contenta de sourire et de s'excuser pour aller aux toilettes.

Jerry revint avec deux bières et un air sournois. Taylor prit la Miller Lite qu'il lui tendait, puis se cala contre le dossier de sa chaise et leva les sourcils. A l'évidence, le barman avait une idée derrière la tête.

Il se pencha vers elle d'un air de conspirateur.

— Vous voyez le type qui vient d'entrer, là-bas ? Eh bien, je crois qu'il était là l'autre soir.

— Vraiment ? Un client qui revient plusieurs fois dans un bar ? Pas possible !

— Non, non, vous n'avez pas compris… Je veux dire qu'il était là le soir où la petite a disparu.

Taylor faillit recracher sa gorgée de bière.

— Quelle petite ? De quoi parlez-vous ?

— La journaliste. La petite brune. Jane. J'ai lu son nom de famille dans le journal… Comment c'était, déjà ? Macias, je crois. Eh bien, ce type était là le soir où Jane a disparu.

— Et la victime précédente, Giselle Saint-Clair ? Vous l'avez vue aussi ?

— Je ne pourrais pas vous dire. Je ne me rappelle plus à quoi elle ressemble. Jane, je m'en souviens. Je l'aimais bien. Vous croyez qu'elle va s'en sortir ?

Le visage du barman s'était assombri.

— Jerry, demanda Taylor, vous avez parlé à quelqu'un de tout ça ?

— Euh, non… A part vous, à personne. En fait, je viens juste de m'en rendre compte. Ce type n'est pas revenu depuis ce fameux soir, je n'y avais pas repensé. En plus, j'ai pas trop envie de m'impliquer dans tout ça, si vous voyez ce que je veux dire.

Il releva une de ses manches : son avant-bras était couvert de tatouages artisanaux tels qu'on en fait en prison. Taylor voyait parfaitement ce qu'il voulait dire.

— O.K., Jerry. Super. Vous venez de nous rendre un immense service. Maintenant, retournez derrière le bar. Mon amie revient, on va se charger du reste.

— Elle est flic, votre copine ? Parce que, sinon, j'ai une batte de base-ball derrière le comptoir.

— Elle est médecin légiste. Mais il y a toute une horde de flics dans la boîte d'à côté. On va les appeler en renfort et discuter avec ce type. D'accord ? Maintenant, retournez au bar comme si de rien n'était. Et ne vous inquiétez pas.

Il partit. Taylor se recala sur sa chaise et observa l'homme que Jerry lui avait montré.

Il mesurait un bon mètre quatre-vingt-quinze, et ses cheveux blonds étaient taillés en brosse de style militaire. Taylor ne voyait que son profil ; il était confortablement installé sur son tabouret, mains pendantes entre les genoux, pas tout à fait en appui sur ses avant-bras. Il était tendu, mais pas au point d'exploser. La porte du bar s'ouvrit, et une femme entra. Taylor surveillait le langage corporel de l'inconnu. Elle le vit s'ouvrir à la nouvelle venue ; c'était presque imperceptible. La femme passa devant lui sans un regard. Elle se percha sur un tabouret du bar, commanda un verre et s'alluma une cigarette.

L'homme jeta un regard par-dessus son épaule en direction de la nouvelle venue, et Taylor sentit des ondes de colère émaner de lui. L'émotion qu'il dégageait lui coupa presque le souffle, tant elle était intense et négative. Elle était certaine que, si John avait été là, il l'aurait sentie, lui aussi.

La respiration de Taylor s'accélérait. L'animosité tangible, la carrure puissante, l'attitude décontractée et urbaine… Elle lança un regard à Jerry, qui parlait à la nouvelle venue tout en surveillant l'homme du coin de l'œil.

A cet instant, Sam sortit des toilettes et entra dans le champ de vision de Taylor. Elle venait tout droit vers l'homme à la brosse, d'une démarche ondulante et tranquille qui indiquait qu'elle s'amusait. Quand elle passa devant lui, il tendit le bras et lui attrapa le poignet. Taylor bondit sur ses pieds avant que Sam n'ait pu réagir.

Elle était à deux pas d'eux quand Sam gloussa, roula les yeux, puis se libéra de l'emprise de l'homme et avança vers son amie.

— Tu vas au petit coin ?

Taylor fit oui de la tête et continua d'avancer. Il fallait qu'elle le voie de face.

Elle s'engouffra dans les toilettes, ferma la porte derrière elle, compta jusqu'à cinq puis ressortit en se frottant les mains comme si elle se les était lavées. Il n'était plus là. Elle balaya le bar du regard : il avait disparu. Sa bouteille de bière n'était plus sur sa table. Elle alla jusqu'au comptoir et murmura à Jerry :

— Où est-ce qu'il est ?

— Je l'ai pas vu partir, répondit Jerry en secouant la tête.

Taylor retourna vers Sam.

— Le type qui t'a attrapé le poignet, tu l'as vu partir ?

— Oui. Il m'a même fait un clin d'œil en passant. Il s'est levé à la seconde où tu es passée devant lui. Pourquoi ?

Une odeur de cigare flottait dans l'air. Taylor regarda autour d'elle : personne n'en fumait. Le bar était presque vide. Elle sortit son téléphone et appela John.

— Ne te lave surtout pas les mains, dit-elle à Sam. Il y avait quelque chose qui ne tournait pas rond du tout, chez ce type. Je me demande si tu ne viens pas de toucher notre tueur.

22.

Charlotte regarda le Learjet s'éloigner du terminal en direction de la piste. John Baldwin devait certainement se dire qu'elle était à bord de l'appareil, sur le point de quitter Nashville.

La présomption de Baldwin, la manière dont il l'avait rejetée sans tenir compte de ses sentiments, tout cela était ahurissant. Pour qui se prenait-il ? De quel droit lui dictait-il sa conduite ? Il avait décidé qu'elle devait quitter Nashville. Qu'elle n'était plus d'aucune utilité dans l'enquête sur Blanche-Neige. Il l'avait repoussée sans plus d'égards que pour une prostituée. Eh bien, elle n'allait pas se laisser traiter ainsi. Ni par lui ni par personne d'autre.

Il l'avait fait escorter à l'aéroport par un agent local. Cinq minutes après le départ de l'ami de Charlotte, un jeune homme sérieux aux oreilles en feuilles de chou et au sourire aimable avait frappé à sa porte. Après s'être présenté comme membre du Bureau de Nashville, il avait pris ses valises et l'avait pratiquement jetée à la porte de sa chambre d'hôtel.

Elle n'allait pas supporter ce genre de traitement. Pour

qui se prenaient-ils, tous ces gens ? Ils ne savaient pas à qui ils avaient affaire.

Elle quitta l'aéroport en taxi, revint au centre-ville et prit une chambre dans le même hôtel. Puis elle passa un coup de fil. Elle se sentait seule. Au lieu de se morfondre à l'hôtel, elle décida de passer la soirée à la maison. Dormir dans sa chambre d'enfant, dîner avec son père, se payer un frisson dans les bras de son amant, tout cela la remettrait sur pied. Tôt, demain matin, elle serait de retour à l'hôtel, histoire de préserver les apparences.

Ils n'en avaient pas fini avec elle. Elle aurait sa vengeance.

23.

Serrés l'un contre l'autre sur une banquette, Taylor et John analysaient les trente minutes qui venaient de s'écouler. Il était tout à fait possible que la présence de l'inconnu dans le bar, le soir où Jane avait disparu, ne soit qu'une coïncidence. Mais, pendant le bref instant où elle l'avait observé, Taylor avait senti émaner de lui quelque chose de tellement malveillant, de tellement affreux, qu'elle ne pouvait se l'ôter de l'esprit.

Une technicienne du labo était arrivée discrètement. S'ils étaient bien sur la piste du tueur, ils ne voulaient pas le crier sur tous les toits. Elle avait soigneusement examiné le bras de Sam, sans résultat. Les trois billets de un dollar avec lesquels l'homme avait payé sa bière avaient été confisqués, mais les chances pour qu'on y relève des empreintes ou de l'ADN non seulement exploitables mais recevables par la justice étaient extrêmement minces.

Jerry, le barman, avait prouvé qu'il valait son poids en or ; il avait formellement identifié chacune des quatre femmes tuées par l'imitateur de Blanche-Neige. Toutes les quatre s'étaient trouvées dans le bar à un moment ou à un autre.

Ils avaient enfin découvert le terrain de chasse du tueur, et Taylor espérait bien l'avoir aperçu en personne.

Un dessinateur de la police avait travaillé avec Sam et Jerry pour créer un portrait-robot, mais le résultat final était trop vague. Cela aurait pu être n'importe qui. A part sa coupe de cheveux ringarde, le mystérieux inconnu n'avait rien d'exceptionnel, du moins rien dont Jerry ou Sam puissent se souvenir.

Taylor était furieuse contre elle-même. Elle avait senti la malveillance qui émanait de cet homme et n'avait pas su gérer la situation. Peut-être avait-il vu son badge et son arme, et pris peur. Peut-être aussi avait-elle tout imaginé, et l'homme à la coupe en brosse n'était-il qu'un client comme les autres. Elle était tellement à cran qu'elle sentait que le jeu des hypothèses était complètement ouvert.

Elle se tenait au comptoir, profondément exaspérée, prête à shooter dans une rangée de bouteilles de bières, quand la technicienne de scène de crime lui fit signe.

— Venez voir, lieutenant, j'ai trouvé quelque chose.

Taylor avança vers la fille, une petite brune rondouillarde, au sourire et au caractère adorables.

— Quoi donc, Ricki ?

— Des pailles. Des pailles pleines de nœuds.

Taylor enfila un gant en latex, et la technicienne lui tendit une poignée de pailles en plastique. Elle revit l'attitude de l'homme, les mains pendantes entre les genoux. Il était peut-être en train de nouer les pailles.

— Parfait, dit-elle. Merci beaucoup, Ricki. Vous pouvez me le mettre dans un sac à preuves ? C'est une pièce importante, faites-y attention.

— Entendu, lieutenant.

— Qu'est-ce que c'est que ça ?

John arriva derrière Taylor et passa un bras autour de ses épaules.

— Montrez-lui, Ricki.

John regarda attentivement le sac en plastique transparent fermé par du ruban adhésif rouge.

— Les nœuds sont assez compliqués.

— Tu l'as dit. S'ils correspondent à ceux des cordes, on aura peut-être un début de piste. Ricki, vous pouvez aussi faire des relevés en surface ? On cherche cette substance crémeuse qu'on a trouvée sur les victimes.

Elle se tourna vers John, le cœur battant.

— Si seulement ça pouvait être lui ! Ces nœuds sont tellement particuliers...

— En effet. Je n'ai pas de mal à m'imaginer que notre tueur ait un passe-temps dans ce genre. Il faut s'entraîner longtemps pour réussir des nœuds comme ça !

— En tout cas, il était furax quand cette femme est passée devant lui sans un regard. Ce type-là a l'habitude qu'on l'admire, qu'on soit aux petits soins pour lui. Si c'est bien l'imitateur, je parie qu'on va avoir un nouveau meurtre sur les bras avant longtemps. Combien tu crois qu'il lui faut pour passer à l'acte ?

— Tu ne ferais pas une mauvaise profileuse, tu sais. S'il a un calendrier établi d'avance, on ne le saura que lorsqu'on le coincera. Mais, s'il est en pleine crise meurtrière, il pourrait enlever une nouvelle victime, tuer celle qu'il détient, etc. Il n'a pas les idées claires, il est perturbé. Ça ne correspond pas au profil d'origine, celui du tueur méticuleux, qui planifie tout très à l'avance. Il a déjà tué deux femmes aujourd'hui, trois cette semaine. S'il n'est pas rassasié maintenant, il ne le sera jamais. Il est complètement sorti du fonctionnement de Blanche-Neige. Il est le seul maître à bord, maintenant. Il ne va pas s'arrêter en si bon chemin. On va devoir le coincer ou le tuer.

Taylor revit la silhouette de l'homme, sa manière d'occuper l'espace, et elle frissonna.

— Avec plaisir, dit-elle.

Ils passèrent une heure de plus au bar, en essayant de se comporter comme des clients normaux, pendant que les techniciens du labo passaient discrètement les lieux au peigne fin. Il était tard, et Taylor se sentait fatiguée. Quand John proposa de la reconduire, elle accepta volontiers.

Arrivée à la maison, elle se laissa mettre au lit, border et embrasser sur le front comme une enfant à qui on vient de lire une histoire.

Il était sur le point de quitter la chambre et d'éteindre la lumière quand elle le rappela.

— J'ai des trucs prévus demain. Des trucs de fille. Avec Sam.

— Il y a un lien avec notre mariage ?

Dès qu'elle entendait le mot *mariage*, une bouffée de panique montait en elle. C'était idiot, à la fin ! Elle affrontait tranquillement des meurtriers, mais elle avait peur de se mettre debout devant une foule d'invités le jour de son mariage… Subitement, elle prit une décision.

— Oui, il y a un lien avec notre mariage.

— Alors, ça tient toujours ?

— Viens ici.

Il revint vers elle tandis qu'elle se redressait dans le lit et repoussait les couvertures. Puis elle l'attira contre elle et l'enlaça de toutes ses forces.

— Plus que jamais.

24.

Nashville
Vendredi 19 décembre
8 heures

Taylor s'était levée tôt et s'était préparé un café au lait avant d'affronter la neige et la glace. Trois jours après la tempête, les routes étaient tout juste praticables, à condition de savoir ce qu'on faisait. C'était le cas de Taylor, et, apparemment, celui de la propriétaire vietnamienne du salon de beauté où elle avait rendez-vous avec Sam. Il n'y avait que quatre voitures dans le parking, en comptant celle de Taylor. On avait prévu de nouvelles chutes de neige et une baisse des températures en fin d'après-midi : les routes allaient devenir encore plus dangereuses.

C'était décidément n'importe quoi. Elle aurait dû être au bureau en train d'éplucher des dossiers, de faire tout son possible pour arrêter les deux meurtriers, l'ancien et le nouveau. Que faisait-elle dans le parking d'un salon de beauté, savourant l'idée d'un bon massage et de quelques heures d'évasion hors de la réalité ? Son désir de fuite était si fort qu'il lui laissait un goût amer dans la bouche.

Elle regarda son reflet dans le rétroviseur. Que faire ?

La nuit précédente, elle s'était engagée à ne pas annuler le mariage. John avait raison. Elle n'était pas seule à travailler, à la brigade des homicides. Ils finiraient par coincer le tueur. Si elle était présente quand cela se produisait, tant mieux. Sinon, ses collègues auraient sa reconnaissance éternelle.

« Les enquêtes ne se résolvent pas en une semaine », se répéta-t-elle. Puis elle refit sa queue-de-cheval, coupa le moteur du pick-up et partit vers l'entrée du spa.

Il était 8 heures du matin, et elle bâillait. Si elle avait fait l'impasse sur le salon de beauté, elle aurait pu dormir quelques heures de plus. Mais Sam l'aurait tuée. « Il y a des mois que tu ne t'es pas fait les ongles, lui aurait-elle dit. Détends-toi et profite de la vie, pour une fois. »

Sam avait peut-être raison, après tout : une journée à se faire dorloter ne serait pas si désagréable.

Elle indiqua son nom à la réceptionniste, une jeune Vietnamienne, puis s'installa dans la salle d'attente et parcourut vaguement une brochure sur la microdermabrasion. Cela avait l'air douloureux.

Dans moins d'une trentaine d'heures, elle serait une femme mariée. Elle regarda la brochure devant elle, sur laquelle elle s'était mise à gribouiller distraitement, et éclata de rire. Comme une adolescente, elle avait inscrit deux paires d'initiales et les avait entourées d'un cœur. TJ + JB = AESD. Amour éternel sans divorce. Bonté divine…

Elle se demanda combien de temps il lui faudrait avant de ressortir du spa, puis elle se fustigea mentalement. « Tu es en congé, Taylor, c'est ton jour de repos ! » Elle se répéta cette phrase jusqu'à ce que Sam fasse son entrée dans la salle d'attente. En survêtement, une paire de tongs aux pieds, elle traînait un grand sac Birkin rempli de Dieu sait quoi. Elle salua rapidement la propriétaire en vietnamien, puis sauta au cou de Taylor et manqua lui fêler une côte. Son nez était glacé.

— Salut, ma belle ! Je suis tellement excitée ! Et toi, tu ne dois plus en pouvoir, hein ? Dire que c'est demain... Sérieux, Taylor, tu te maries demain ! J'ai l'impression qu'on prépare ça depuis des mois !

— Sans doute parce que tu prépares effectivement ça depuis des mois. Bon sang, Sam, tu n'as pas froid ? En tongs dans la neige ?

Taylor regarda ses propres pieds, emmitouflés dans une paire de bottes fourrées.

— Taylor, reprit Sam sans l'écouter, détends-toi, ma chérie. Ton mariage va être parfait : simple, élégant, ni colombes ni calèches, rien de chichiteux... Tout ce dont tu as toujours rêvé. Ça te correspond parfaitement.

Dans leur jeunesse, à l'époque où elles avaient encore un semblant d'innocence, elles avaient passé des heures à organiser leurs futurs mariages. Elles avaient choisi leurs robes de rêve dans des magazines, rempli des cahiers entiers de tous les accessoires possibles et imaginables. Elles découpaient, gloussaient et rêvaient du grand amour.

Avec les années, Taylor avait perdu tout intérêt pour ces fantasmes. L'idée même d'un beau mariage lui semblait tellement frivole, presque absurde... Mais elle avait donné sa parole. Impossible de revenir là-dessus. Son mariage n'aurait pas lieu devant une plage déserte au coucher du soleil, ni devant un sosie d'Elvis à Las Vegas. Elle avait donné son accord pour l'église et tout le tralala. La boucle était bouclée. Elle en avait rêvé, avait décidé que ce n'était pas pour elle, et, à présent, elle récoltait ce qu'elle avait semé tant d'années auparavant.

Sam l'observait attentivement, guettant un signe indiquant que tout allait bien dans le Monde de Taylor. Celle-ci essaya de lui faire un clin d'œil et un sourire narquois. Puis elle se ravisa : ce n'était pas la peine de jouer la comédie. Elle aussi était excitée. Morte de trouille mais excitée.

— O.K. J'avoue. Je suis excitée. Et très angoissée aussi, alors j'espère que tu m'as inscrite à un massage particulièrement long. Avec pierres chaudes et tutti quanti. Ça fait deux mois que je ne me suis pas détendue. Depuis le début de l'affaire Blanche-Neige, en fait. A ce propos…

— Ah, non ! On ne parle pas du boulot ! Hors de question. Tu vas passer la journée à te délasser et à te faire belle. C'est bien compris ?

Taylor fit un geste de soumission.

— D'accord, d'accord ! Ne sois pas si susceptible. Je me demandais juste…

— Non, non et non.

Sam la jaugea du regard, puis secoua la tête.

— Tu es vraiment irrécupérable. Pour répondre à ta question, non, je n'ai pas trouvé d'huile d'encens ni de myrrhe sur les victimes du salon de massage. Maintenant, écoute-moi bien. Je propose un moratoire de vingt-quatre heures sur les meurtres et les mutilations.

— Ça marche, répondit Taylor en souriant. Qu'est-ce que tu as fait des jumeaux ?

Elles furent interrompues par une femme aux pommettes saillantes, aux cheveux bleu-noir et à la voix douce.

— Mademoiselle Sam, mademoiselle Taylor... Vous êtes prêtes pour la pédicure ?

— Oui, Mai, merci.

Mai les conduisit vers une petite pièce sur le côté, où passait de la musique douce. Taylor se laissa glisser dans un fauteuil de massage et plongea ses pieds dans l'eau chaude. Installée à sa droite, Sam se fit un plaisir, pour une fois, de parler de ses bébés au lieu de cadavres. Madeline et Matthew étaient venus au monde deux mois plus tôt, et ils étaient déjà adulés de tous.

— Simon les garde. Le pauvre chéri, il était tout excité à l'idée de passer la journée avec eux ! Il s'émerveille de leur moindre geste. Moi, je les adore, évidemment, mais j'aurais besoin d'une sieste. D'une vingtaine de siestes. Je dors debout, de toute façon.

Elles passèrent la matinée à bavarder et à s'adonner à des activités féminines qui signaleraient au monde que Taylor se mariait. Manucure, pédicure, soin du visage, un merveilleux massage ; épilation des sourcils et du maillot. Cinq heures entières exclusivement consacrées à se faire belles. En sortant dans l'air glacé, Taylor n'en revenait pas de se sentir aussi détendue.

Après avoir serré Sam dans ses bras, elle partit vers son pick-up. En arrivant devant la portière, elle aperçut un reflet dans la vitre : cheveux noirs, visage pâle, lèvres rouges. Elle fit volte-face : c'était seulement une autre cliente qui entrait dans le spa. Mais l'image du corps brisé de Giselle Saint-Clair refit surface, suivie de celles des victimes du salon de massage. En un instant, la ressemblance entre la jolie jeune femme et les filles assassinées avait anéanti les heures de détente. Blanche-Neige la hantait.

En dépit des consignes de Sam, elle décida de repasser rapidement au bureau pour finir deux ou trois petites choses et s'assurer que la paperasse était en ordre. Théoriquement, tout était sur les rails. Son équipe bénéficiait de la collaboration du FBI et de cette garce de Charlotte Douglas. Elle pouvait faire confiance à ses collègues. Une fois que tous les rouages de l'enquête seraient en mouvement, elle n'aurait même plus besoin d'y penser. Elle pourrait se concentrer sur John et sur leur vie commune… N'empêche que l'idée de partir au milieu de cette affaire lui donnait mal au ventre.

Dans le paysage hivernal, le centre de la police avait un petit air abandonné. La pierre paraissait encore plus froide que d'habitude, les fenêtres semblaient donner sur des pièces vides. Beaucoup de gens avaient dû partir plus tôt en raison de la neige annoncée. Taylor monta les marches deux à deux, glissa sa carte magnétique dans le lecteur et s'engagea dans le couloir qui menait à son bureau. Elle ne croisa personne ; le bâtiment était vide.

Elle poussa la porte du bureau des homicides et fut accueillie par des cris et des exclamations.

— Taylor, qu'est-ce que tu fiches ici ?

Marcus bondit de son fauteuil pour laisser à sa patronne une place près du radiateur. Taylor l'accepta avec gratitude, ôta ses gants et se frotta les mains au-dessus du chauffage, savourant l'intense chaleur qui en émanait. Pendant ce temps, Marcus se dirigea nonchalamment vers le bureau de Taylor. Il s'y glissa et ferma la porte derrière lui. Fitz essaya de détourner l'attention de la jeune femme.

— Dis donc, Taylor, tu ne devrais pas être en train de te faire belle pour ton mariage ?

Fitz, pour sa part, était habillé d'une façon extrêmement décontractée : sa chemise à carreaux n'était pas rentrée dans son jean, et on voyait sa bedaine en déborder. Sans aucun complexe, il s'affala plus profondément dans son fauteuil et se croisa les bras derrière la tête.

— C'est à quelle heure, déjà, le dîner de répétition ?

Il lança un clin d'œil à Lincoln, qui était occupé à extraire un caillou de la semelle de ses Timberland. Lincoln sourit à Taylor. Le petit interstice entre ses dents de devant était le seul défaut de son magnifique visage. Taylor lui sourit à son tour, réconfortée par la sérénité de son collègue.

— Pourquoi êtes-vous habillés comme si vous partiez faire du camping ? demanda-t-elle.

— Parce que tu n'étais pas censée venir au bureau aujourd'hui, répondit Fitz avec un grand sourire, et qu'on avait prévu de se tailler en douce et de partir faire du camping.

— Vraiment ? Du camping sous la neige ?

— Ah, il neige de nouveau ?

Lincoln s'avança vers la fenêtre et contempla la rue en contrebas.

— Ça commençait à tomber quand je suis arrivée.

Taylor se leva pour aller dans son bureau, mais les trois hommes l'entourèrent et lui barrèrent le passage. Fitz la reconduisit vers son propre bureau et lui proposa son fauteuil.

— Il y a une raison particulière pour que vous m'empêchiez d'entrer dans mon bureau, les gars ?

— Aucune, dit Marcus. Tout va bien. A tel point que tu peux te rhabiller et rentrer chez toi.

Lincoln hocha la tête pour dire qu'il était d'accord.

— Mais il faut que je finisse de…

— Non, Taylor, dit Fitz. Arrête d'y penser. Tu vas être partie pendant trois semaines. Les types du FBI s'attroupent déjà autour de l'affaire comme des fourmis à un pique-nique. Tu te maries, tu vas en Italie et tu pars du bon pied dans ta nouvelle vie. Nous, on assure les arrières.

— Vous avez eu des nouvelles de la distinguée Charlotte Douglas depuis son retour à Quantico ? Et Jane Macias ? Je vous signale qu'on a quand même un tueur en série dans la nature, au cas où vous l'auriez oublié. Je me demande si je ne devrais pas reporter…

— Oh, non ! intervint Lincoln. C'est hors de question, ma grande. Tu te maries demain, que ça te plaise ou non. Point barre. Comment tu trouves ma nouvelle coupe ?

Taylor se tourna vers lui… et se maudit intérieurement. Toute à ses préoccupations, elle n'avait pas remarqué que Lincoln s'était rasé les cheveux. Disparues, les dreadlocks qu'il arborait depuis quelques mois. La peau luisante de son crâne était couleur café au lait.

— Très classe, mon vieux. En smoking, tu vas être renversant. Le plus beau garçon d'honneur que la Terre ait porté.

Elle lui donna un petit coup de coude et s'apprêta à enchaîner, mais il lui coupa la parole.

— Pas de grands discours, hein ? On maîtrise le script. Fitz t'accompagne à l'autel, Marcus et moi on est les garçons d'honneur, et Sam, c'est la demoiselle d'honneur.

— La « dame » d'honneur ! lança Marcus. « Demoiselle », c'est quand on n'est pas mariée.

— Comme tu veux, petit pinailleur. Tout ce qui compte, c'est que notre lieutenant préféré va enfin se marier.

— Fitz, reprit Taylor, pourquoi est-ce que vous ne me laissez pas entrer dans mon bureau ?

— On ne veut pas gâcher la surprise. Un petit quelque chose pour ta nuit de noces.

Elle le regarda d'un sale œil.

— Calme-toi, Taylor. On emballe juste quelques cadeaux. Si tu rentrais chez toi, maintenant ?

Elle le fixa au fond des yeux, et il soupira.

— D'accord, d'accord… Tu peux rester. Mais tu ne dois entrer dans ton bureau sous aucun prétexte.

A des moments pareils, elle se demandait qui commandait vraiment la brigade.

Le téléphone de Lincoln sonna, et il cessa de chahuter avec Marcus pour répondre. Un instant plus tard, il raccrochait sans un mot.

— On a un corps. Qui est de la partie ?

— Moi, dit Taylor.

Elle coupa court à leurs protestations en ajoutant :

— C'est Lincoln qui s'en occupe. Je vous accompagne juste comme ça. Vous n'aurez qu'à faire comme si je n'étais pas là.

Ils rassemblèrent leurs affaires et se dirigèrent vers le parking. Taylor était en proie à des émotions mitigées. Chaque fois qu'on les appelait sur une scène de meurtre, elle craignait d'y trouver le corps mutilé de Jane Macias. Il fallait vraiment qu'elle coince ce type avant de quitter le pays.

25.

Nashville
Vendredi 19 décembre
15 heures

Au grand agacement de Taylor, Lincoln parla de tout sauf des meurtres de Blanche-Neige pendant le trajet jusqu'aux quartiers ouest de Nashville, où se trouvait l'adresse qu'on lui avait donnée. Il refusa de se livrer à quelque spéculation que ce soit et lui conseilla vivement de ne plus penser à l'affaire. Derrière son inflexibilité, Taylor sentait l'influence de Fitz.

En route, ils reçurent un nouvel appel avec plus de détails. Il s'agissait d'une mort par balle, peut-être un suicide, dans une résidence du West End. Cela ne ressemblait pas à un coup de Blanche-Neige, ce qui voulait dire que Jane était encore dans la nature. Morte ou vivante.

A l'entrée de l'immeuble, ils trouvèrent la camionnette blanche du médecin légiste, un technicien de la police judiciaire et Bob Parks. Ce dernier les accompagna jusqu'à un appartement miteux qui sentait les dégâts par le feu, le bacon frit et la Javel, un cocktail olfactif horripilant.

Au milieu de l'appartement, un jeune homme à lunettes

se tenait au-dessus du corps entouré d'une flaque de sang. Il leva les yeux et leur adressa un sourire dénué d'expression.

— Salut. Content de vous voir.

— Salut, docteur Fox, dit Taylor.

Elle se rangea sur le côté pour laisser Lincoln parler.

— Il paraît que c'est peut-être un suicide ?

Le jeune légiste se déplaça autour du cadavre en l'observant sous tous les angles.

— La thèse du suicide est exclue, dit-il. C'est plutôt le style exécution. La victime était à genoux avec l'arme plaquée contre sa tête. Vous voyez ces mouchetures de sang ? Le canon était collé contre sa tempe. La balle lui a traversé le cerveau et elle s'est plantée dans le mur là-bas. Les gars du labo l'ont récupérée. Elle est aplatie, mais on pourra l'identifier si l'arme est répertoriée. Une balle à la tempe, et il est tombé face contre terre.

— Il faut un gros calibre pour traverser le crâne comme ça.

— Exact. Ça va nous aider à cibler les recherches.

Fox n'était pas connu pour sa loquacité. A vrai dire, Taylor ne l'avait jamais entendu parler autant depuis qu'elle l'avait rencontré, trois ans auparavant. Il tendit le doigt vers le corps, qui semblait être celui d'un homme âgé, à cause des cheveux gris.

— On peut le déplacer, maintenant ?

Taylor fixait du regard le derrière du crâne de la victime. Le passage d'un peigne était encore visible dans ses cheveux gris.

— Il n'a pas de…

Elle entendit un toussotement, leva les yeux et vit Lincoln la dévisager d'un air féroce. Elle décida de laisser sa question inachevée. Lincoln lui sourit poliment.

— Pas de pièces d'identité sur lui ? demanda-t-il en sachant pertinemment que c'était la question que Taylor allait poser.

— Rien du tout. Ses poches sont vides. Sans doute un cambriolage qui a mal tourné.

Lincoln balaya la pièce du regard.

— L'appartement n'a pas l'air habité. A qui appartient-il ?

Parks lui tendit un journal sur lequel on avait entouré une petite annonce au feutre rouge.

— Il est vide. C'est une location meublée. J'ai vérifié auprès du propriétaire, il m'a donné cette petite annonce.

— Je dis que c'est un cambriolage, répéta Fox. Le tireur habite sans doute dans un autre bâtiment de la cité, il est venu chercher du crack.

— Brillante déduction, Fox ! lança Taylor. Vous connaissez beaucoup de cambrioleurs qui exécutent leurs victimes de cette manière ? Retournez-le.

Elle n'était pas en train de gagner l'affection de Fox, loin de là. Lincoln lui décocha un regard d'avertissement. « Tu n'es même pas censée être là, lui signifia-t-il en silence. Rentre chez-toi et occupe-toi de ton mariage ! » Elle lui rendit un regard tout aussi furieux.

Les techniciens firent rouler le corps sur lui-même. Fox s'écarta pour que les autres puissent approcher. Taylor s'avança vers le cadavre, et sa gorge se contracta. Elle se tourna vers le mur et se mit à hurler.

— Putain de merde ! Putain de salopards !
Lincoln regarda longuement le corps.
— Ce n'est pas Frank Richardson ? dit-il enfin.

Taylor avait la migraine. L'air sec du bureau du capitaine Price, ajouté à l'horreur d'avoir retrouvé Frank Richardson mort, la rendait folle. Elle fouilla dans ses poches et trouva trois Advil couverts de peluches qu'elle avala sans eau. Les cachets d'ibuprofène restèrent coincés dans sa gorge.

— Résumez-moi les faits, lieutenant.

Quand Price lui donnait du « lieutenant », ça voulait dire qu'il n'était pas content.

— J'ai rencontré Richardson avant-hier, on a pris le petit déjeuner ensemble. En fait, il m'avait d'abord appelée chez moi, mardi soir. Il venait de rentrer de France, il était à New York. On a discuté assez longtemps, il avait des choses intéressantes à dire au sujet de l'affaire Blanche-Neige. Il m'a fait remarquer qu'il y avait toutes sortes d'informations qui n'avaient pas été retenues dans les versions publiées de ses articles. On s'est mis d'accord pour déjeuner ensemble et éplucher ses anciens papiers, au cas où quelque chose nous sauterait aux yeux.

» Après avoir pris le petit déjeuner, on est allés ensemble au *Tennessean*. A ce moment-là, j'ai reçu un appel au sujet de la disparition de Jane Macias. Frank est resté au journal pour regarder les archives et prendre des notes. Il est passé au bureau hier soir : il voulait me parler de quelque chose. Lincoln et Marcus l'ont vu. Il n'a laissé aucun message, il a simplement dit qu'il avait une information à me donner et qu'il repasserait plus tard.

— Savez-vous ce qu'il recherchait exactement ?

— Pas vraiment. Quand je l'ai quitté au journal, avanthier, il commençait juste à sortir des archives tous les articles qu'il avait signés au sujet des dix premiers meurtres de Blanche-Neige. C'est ma faute, capitaine… Je l'ai perdu de vue. J'étais avec Daphné, la colocataire de Jane Macias, ensuite on a eu la fusillade à l'hôpital, les deux meurtres dans le salon de massage, tous les papiers à remplir, et puis on est allés au strip-club. C'étaient deux journées très remplies. Je ne l'ai pas rappelé.

Elle prit son front dans ses mains.

— C'est ma faute s'il est mort.

— Mais non, dit Price. On a un tueur dans la nature, et il a un programme. Vous n'avez pas à vous sentir responsable.

— Bien sûr que si. Si je n'avais pas mêlé Richardson à cette histoire, il serait encore vivant. C'est aussi simple que ça.

— Vous n'en savez rien. Ça pourrait être un incident isolé qui n'a absolument rien à voir avec l'affaire. Il est peut-être une cible depuis le départ. Que vous dit votre intuition ?

Taylor se leva et fit quelques pas. Le bureau de son patron était beaucoup plus spacieux que son « placard » à elle, à l'étage en dessous. Le « placard » qui avait été occupé par Price avant qu'il ne monte en grade.

Son supérieur était un homme honnête. Il avait toujours été son allié et son ami. Quelqu'un de moins honorable aurait pu la jeter en pâture aux loups à de nombreuses repriscs. Lui, au contraire, l'avait toujours couverte. Elle pouvait lui dire ce qu'elle avait sur le cœur.

— Mon intuition me dit qu'il s'est fait descendre à cause de quelque chose qu'il a découvert hier. Il est venu me voir au bureau pour me donner cette information. Si on arrive à savoir de quoi il s'agissait, on saura qui l'a tué.

— Commencez par l'heure de la mort. A partir de là, essayez de reconstituer ses déplacements après son départ de chez nous.

— Je me suis déjà renseignée. Le légiste sur place m'a dit qu'il était mort depuis au moins dix heures. Ce qui veut dire que c'est arrivé entre 17 heures, quand il est passé au bureau, et 3 heures du matin. Il faudrait voir s'il est rentré chez lui entre-temps, faire un relevé de ses appels. Bon sang, cette histoire me rend malade, Price…

— Faites passer toutes ces infos à Lincoln. C'est son enquête.

— Mais…

— Il n'y a pas de « mais », Taylor. Demain, vous vous mariez, au cas où vous l'auriez oublié. Maintenant, il faut que vous vous prépariez pour que tout se passe bien. Parce que, croyez-moi, je ne vais pas vous laisser tout foutre en l'air. Allez, ouste ! Rentrez chez vous et allez vous habiller pour le dîner de répétition. Le reste, on s'en occupe.

Taylor se laissa chasser du bureau de Price. Elle fit un compte rendu complet à Lincoln, lui demanda de reconstituer les dernières heures de la vie de Frank Richardson et lui expliqua qu'elle ne rentrait pas tout de suite à la maison. Il lui restait une dernière chose à faire.

*
* *

Les bureaux du *Tennessean* étaient éclairés. Taylor savait qu'en général ils bouclaient bien après minuit. Il y aurait encore des gens pour répondre à ses questions.

A la réception, elle montra son badge et demanda à voir le rédacteur en chef. La réceptionniste lui indiqua l'escalier de gauche. Sur le palier du premier, devant l'entrée de la rédaction, Greenleaf l'attendait.

— J'ai des mauvaises nouvelles, dit-elle en lui serrant la main.

Greenleaf n'était pas né d'hier ; elle n'avait pas besoin de lui dorer la pilule.

— Venez.

Il la fit entrer dans une petite salle de réunion adjacente à la rédaction, où ils pouvaient parler en toute intimité.

— Vous avez retrouvé Jane ?

— Non. Pas encore. Mais Frank Richardson est mort. Il a été tué dans la nuit, et on a retrouvé son corps dans un meublé inoccupé à Bellevue. Je suis désolée d'être aussi brutale, Steve, mais il y a des choses que j'ai besoin de savoir. Frank vous a-t-il parlé d'un élément qu'il aurait découvert, hier ?

Greenleaf était sous le choc. La mâchoire pendante, il s'éloigna vers l'entrée de la salle. Son assistante vint lui faire signer un papier ; il lui communiqua la nouvelle, et elle éclata en sanglots. Taylor frémit à peine. Elle n'avait pas le temps de culpabiliser, ni de consoler qui que ce soit. Il fallait qu'elle découvre qui avait tué Frank Richardson, et pourquoi.

— Steve, reprit-elle d'une voix douce, je suis désolée. Je

sais que vous étiez amis. Je sais que je dois vous paraître insensible, mais j'ai besoin de votre aide. J'ai besoin d'accéder à l'ordinateur que Frank a utilisé hier. Je vous en prie. C'est important. Frank vous a-t-il dit ce qu'il avait trouvé ?

Agrippé au bras de son assistante, Greenleaf retrouva enfin la parole.

— Non, lieutenant, il ne m'a rien dit. Oh, mon Dieu… Le pauvre Frank ! Il ne méritait pas de finir comme ça, dans la violence. Il voulait mourir dans son sommeil à cent huit ans. C'est l'âge qu'il s'était fixé. Il avait le sentiment que, s'il y arrivait, il aurait pleinement vécu. Oh, non… Sa femme…

— Un aumônier est parti la prévenir. Je suis vraiment désolée, Steve. Maintenant, j'ai besoin d'accéder à cet ordinateur.

Ils étaient manifestement perturbés par sa dureté, mais ils encaissèrent le coup et l'accompagnèrent jusqu'au poste de travail que Frank avait utilisé la veille. Puis Greenleaf, qui était toujours blanc comme un linge, s'excusa : il voulait aller écrire une nécrologie digne des contributions de Frank au journal et à la société en général.

Taylor s'installa devant l'ordinateur en regrettant de ne pas avoir Lincoln à son côté. C'était lui, le génie de l'informatique, même si elle était loin d'être empotée dans ce domaine.

Elle travaillait depuis une heure sans aucun résultat quand elle entendit un petit bruit et leva la tête. Daphné Beauchamp se tenait dans l'embrasure de la porte.

— J'ai appris ce qui s'était passé. Vous avez l'air d'en baver.

Taylor jeta un coup d'œil à sa montre. Il lui restait un peu moins de deux heures avant le dîner de répétition. N'empêche que c'était une heure drôlement tardive pour être encore au bureau, surtout pour une jeune documentaliste. Elle lui fit signe d'entrer et de s'asseoir.

— Que faites-vous encore ici ?

— Sans vouloir vous manquer de respect, lieutenant, c'est une question un peu bête.

Taylor la regarda mieux. La jeune femme avait de grands cernes mauves sous les yeux. Elle ne dormait pas.

— Vous avez peur de rentrer chez vous ?

— Il faudrait être idiote pour ne pas avoir peur, non ?

— C'est assez compréhensible, oui. Ici, en tout cas, vous êtes en sécurité. Faites comme chez vous.

Taylor continua à faire défiler la fenêtre à l'écran. Daphné vint regarder par-dessus son épaule.

— Je peux faire quelque chose pour vous aider ?

— Je ne sais pas. J'essaie de trouver les informations que Frank Richardson a découvertes hier. Il est venu à mon bureau me montrer quelque chose, mais on s'est croisés, et il ne m'a pas laissé de message. On n'a rien retrouvé sur son corps, ni chez lui ni dans sa voiture, du moins pour l'instant. Ce qui veut dire que, si Frank avait les documents sur lui, son meurtrier les a pris.

Daphné frémit en entendant le mot *meurtrier*, puis elle remonta ses lunettes sur son nez et hocha la tête.

— Bref, vous avez besoin de retrouver l'info qui lui semblait si importante.

— C'est ça. Je suis en train de regarder les fichiers récents, mais il n'y a rien qui me saute aux yeux. Vous voulez y jeter un œil ?

— Pourquoi pas ? Décalez-vous un peu.

Daphné prit une chaise et l'installa à côté de celle de Taylor.

— Montrez-moi ce que vous avez fait.

Taylor explora la mémoire cache de l'ordinateur en montrant à Daphné les différentes étapes qu'elle avait suivies.

Dix minutes s'écoulèrent paisiblement avant que Daphné ne reprenne la parole.

— Vous croyez qu'elle est morte ?

Il fallut un moment à Taylor pour comprendre.

— Qui ça, Jane ?

— Oui.

— Je ne sais pas. Pour être franche, je n'en ai pas la moindre idée. J'aimerais vous dire qu'elle est vivante, mais il est malheureusement possible qu'elle ne le soit plus.

— Merci de votre honnêteté, en tout cas. Skip est passé à la maison hier soir, dans tous ses états. Il est fou amoureux d'elle, mais il a quand même tenté le coup avec moi. Les hommes sont vraiment des imbéciles.

— Parfois, oui.

La jeune femme regardait fixement l'ordinateur. Au bout d'un moment, elle remonta ses lunettes sur son nez et sourit.

— Et moi aussi, j'en suis une. Laissez-moi la place. Vite !

Taylor se leva et recula de quelques pas.

— Pourquoi je n'y ai pas pensé avant ?

Daphné se rapprocha de l'ordinateur et pianota sur le clavier. Elle grommela quelques paroles incompréhensibles, puis une liste de fichiers s'afficha à l'écran.

— Les voilà !

— Quoi donc ?

— J'aurais dû y penser tout de suite. Cet ordinateur a une imprimante dédiée. Je viens de relancer l'impression de tous les documents imprimés à partir de ce poste depuis deux jours. Dans le tas, on devrait trouver un début de réponse.

Le dîner de répétition était terminé. John et Taylor étaient à la maison, en train d'examiner ce que Daphné avait trouvé. Elle avait décroché le jackpot : Frank avait apparemment imprimé plus d'une centaine de documents, allant de titres de propriété à des statistiques sur la criminalité. Au moment de partir, Taylor avait trouvé à Daphné l'air tellement triste qu'elle l'avait invitée au dîner de répétition. Quand Taylor et John avaient quitté le restaurant, la jeune femme était en grande discussion avec Marcus. A en juger par la tête des deux jeunes gens, le footballeur de l'équipe des Titans appartiendrait peut-être bientôt au passé. Taylor avait l'impression d'être une espèce de Cupidon.

La répétition s'était passée aussi bien que possible. Leur prêtre, le père Francis, un homme doux aux cheveux blancs, avait accepté de marier Taylor bien qu'il soit à la retraite. C'était lui qui l'avait baptisée, qui lui avait donné sa première communion, qui l'avait conseillée quand son père était allé en prison ; cela semblait logique qu'il bénisse son mariage. Il s'entendait à merveille avec John ; Taylor savait qu'ils avaient joué plusieurs fois au golf l'automne passé, tant que le beau temps avait duré. A l'époque, elle avait trouvé drôle que son fiancé et son prêtre jouent au golf. Maintenant, elle trouvait ça angoissant. Le père Francis avait joué au golf avec le père de Taylor pendant des années. Il faisait régulièrement des parties à quatre avec Win Jackson, Burt Mars, et un autre membre du club, décédé depuis des années. Taylor dut résister à l'envie de contre-interroger le prêtre pendant qu'il leur parlait des liens sacrés du mariage.

Ils n'avaient pas prévu de dîner officiel après la répétition, mais avaient simplement appelé un restaurant italien près de l'église pour prévenir qu'ils seraient neuf. Ils étaient dix, finalement, en comptant Daphné. Ils mangèrent des pizzas, burent du vin dans des verres à moutarde et prirent du bon temps. C'était une soirée tranquille et décontractée.

De nombreux toasts furent portés au bonheur du couple. Taylor leva son verre encore et encore en se demandant ce que cela signifiait vraiment. Le bonheur, c'était un état d'esprit difficile à saisir et à quantifier. Nul doute qu'il y avait des futures mariées qui étaient tout simplement heureuses d'avoir une maison, une bague et une robe blanche à traîne.

Ce n'était pas le cas de Taylor. Elle, ce qu'elle voulait,

c'était une semaine sans cadavre, par exemple. Voilà ce qui l'aurait rendue heureuse. Avoir le tueur de Frank Richardson dans sa ligne de mire, ce serait encore mieux. Voir Blanche-Neige et son complice à genoux devant elle, menottés, et savoir que son Glock était chargé… Un sentiment de panique l'envahit subitement. Ce genre de pensées ne convenait pas du tout à une future mariée.

Peut-être avait-elle un peu trop bu.

Voyant la tournure que prenait la soirée, John se chargea de la ramener à la maison. En route, elle but un Coca light et se sentit mieux. La neige avait cessé de tomber ; la couche blanche qui recouvrait le paysage ressemblait au glaçage d'un gâteau de mariage. Cela la fit glousser, et John se mit à rire aussi.

Arrivés à la maison, ils se changèrent et essayèrent de trouver quelque chose à faire en dehors de la chambre à coucher. Taylor, qui était trop énervée pour dormir, proposa de jouer au billard. Au bout de plusieurs parties, elle s'écroula dans le canapé, épuisée mais toujours les nerfs à vif.

— Qu'est-ce qui ne va pas ?

— J'aimerais savoir pourquoi Frank Richardson est mort. J'ai dû me retenir d'interroger le père Francis au sujet de l'affaire.

— C'est donc pour ça que tu avais ce comportement bizarre ? J'ai cru que tu recommençais à te dégonfler.

— Je n'ai jamais été complètement à fond, tu sais. Le mariage et moi…

— Taylor !

— Je plaisante. N'en parlons plus. Non, je n'arrête pas

de penser à Frank et à Burt Mars. Je suis désolée, mon cœur, mais il faut que je regarde ce dossier.

John émit un soupir exagéré.

— Je peux faire quelque chose pour t'aider ?

Deux heures plus tard, Taylor avait compris pas mal de choses.

— Burt Mars est vraiment un sale type, annonça-t-elle.

John était étendu de tout son long sur le canapé ; Taylor, assise par terre, consultait les documents imprimés au *Tennessean*, qu'elle avait étalés sur la table basse. Il était presque minuit. Il fallait qu'elle en finisse et qu'elle parte d'ici. Ils étaient convenus qu'elle passerait sa dernière nuit de célibataire à la Hermitage Hotel, dans une suite qu'ils avaient réservée pour le week-end. Elle y dormirait seule ce soir ; John l'y rejoindrait le lendemain, pour leur nuit de noces, puis ils la quitteraient le dimanche matin et s'envoleraient pour l'Italie.

John lui caressa les cheveux puis lui massa rapidement les épaules.

— Ça ne peut pas attendre ? dit-il.

Elle s'écarta pour être hors de portée de ses caresses.

— En fait, je pense que ça va t'intéresser. Mars est un vrai pourri. Il a quitté Nashville à la fin des années 1980. A peu près au moment où papa s'est fait enfermer à Brushy Mountain pour avoir proposé des pots-de-vin au juge Galloway. Bref, Mars part pour Manhattan et rouvre boutique comme comptable. Quelques années plus tard, il tombe pour extorsion. Un an après, il est de nouveau accusé, cette fois dans le cadre de la nouvelle loi sur le racket et la corruption organisée. Comme c'est sa deuxième condamnation en moins de dix ans, il écope d'une peine de prison ferme. Dans un pénitencier fédéral. Au bout de six ans, il est libéré pour avoir témoigné contre un certain Horace Macon, un petit chef du crime organisé qui travaille pour Tony Tartulo. Le procès ouvre la voie au démantèlement de la famille Tartulo. Bref, M. Mars commence à frayer avec la mafia. Six mois après être sorti de prison, il dirige une agence immobilière hautement profitable tout en contrôlant un fonds spéculatif spécialisé dans les valeurs immobilières.

— Les fonds d'investissements immobiliers. Ça sent le conflit d'intérêts à plein nez.

— Tu l'as dit. Mais il y a mieux. Horace Macon n'était qu'un pion dans l'organisation de Tartulo. Mais Tartulo était l'ennemi juré d'un autre parrain, Edward Delglisi. Delglisi est à la tête d'un énorme syndicat du crime. A mon avis, il a fait entrer Mars dans la famille. Le témoignage contre Macon devait être un coup monté pour faire tomber Tartulo. Mars se charge du sale boulot de Delglisi.

— Attends, je reprends tout depuis le début. Mars est le comptable de ton père. Il déménage à New York et noue des liens avec la mafia, en particulier Edward Delglisi. On le charge d'infiltrer une organisation rivale, et il finit par témoigner contre Horace Macon, faisant tomber au passage toute la famille Tartulo. Edward Delglisi prend la place de Tartulo et devient un chef criminel extrêmement puissant.

— En résumé, c'est ça.

— Quelle est l'emprise de Delglisi sur Mars ?

— C'est une bonne question. L'autre, c'est de savoir si Mars connaît Blanche-Neige. Selon Martin Kimball, la lettre de Blanche-Neige a été imprimée chez Mars.

— J'aimerais bien connaître la réponse, dit John en tripotant une liasse de notes.

— Moi aussi. Et ce n'est pas fini. C'est incroyable, tout ce que Frank a découvert… Donc, Mars dirige un fonds d'investissements immobiliers, d'accord ? Ce fonds permet aux entreprises membres d'avoir des réductions fiscales sur leurs biens immobiliers. Frank a déterré les listings des propriétés gérées par le fonds. Il y a de tout : des maisons individuelles, des centres commerciaux, des immeubles d'habitation et ainsi de suite. Et devine où est située une grande partie de ces biens ?

— A Nashville.

— Bingo! Pour être plus précis, tu vois la maison où l'imitateur de Blanche-Neige a fait son coup, hier après-midi ? Elle fait partie d'un ensemble de quinze maisons à loyer modéré inscrites sur les listes du fonds. Je te parie cinquante dollars que, si on fait une descente dans les quinze, on y trouve plus d'un salon de massage.

Taylor réfléchit, puis ajouta :

— C'est pour ça que Frank Richardson a été tué. Je ne crois pas qu'il y ait un lien direct avec les meurtres de Blanche-Neige. Il a découvert les à-côtés de la petite entreprise de Burt Mars. Si seulement Frank m'avait appelée, j'aurais pu lui régler son compte, à ce salopard…

— Tu as les adresses de tous les biens détenus par le fonds ?

— Ici, dit-elle en lui tendant une liasse. Je crois qu'il faudrait qu'on aille trouver Burt Mars.

Dans la cuisine, le téléphone sonna. Tous deux regardèrent leurs montres. Il était plus de minuit : à cette heure, un appel signifiait généralement que quelqu'un était mort. Avant de répondre, Taylor jeta un coup d'œil à l'affichage numérique et reconnut le numéro du portable de Lincoln. Elle répondit d'une voix grave.

A l'autre bout du fil, Lincoln semblait presque jovial.

— Super, tu es réveillée ! J'ai une bonne nouvelle. Ça t'intéresse ?

— Tu sais bien que oui. Vous avez retrouvé Jane Macias vivante et en pleine forme ?

— Bon, pas aussi bonne que ça… Mais on a reçu le rapport du labo sur les projectiles utilisés dans la fusillade de l'hôpital. Les fragments semblent provenir d'un projectile de calibre 41. Selon les gars du labo, l'arme utilisée serait une Desert Eagle Jericho.

— Une Jericho, tu es sûr ? Pas une Baby Eagle ? C'est rare d'en voir, par ici.

— Sûr et certain. Le modèle n'a été fabriqué que pendant un an, avant d'être remplacé par la Baby. La bonne nouvelle, c'est que Frank Richardson a indéniablement été abattu par la même arme.

— Quelqu'un voulait vraiment qu'il la boucle.

— On dirait, oui.

— Je crois que je sais qui est responsable de sa mort, même si c'est de manière indirecte.

— Qui ?

— Burt Mars.

— Attends… Ce n'est pas le comptable chez qui Blanche-Neige a imprimé sa lettre à la police ?

— Tu as bonne mémoire.

Elle lui exposa le reste de ce qu'elle avait appris, puis raccrocha et se tourna vers John.

— Je laisse tomber. Ni toi ni moi n'avons le temps de boucler ce dossier ce soir. Je crois qu'il est l'heure de s'avouer vaincus.

Elle se laissa tomber sur le canapé et lui fit signe de la rejoindre. Il s'assit à côté d'elle, lui prit la main et fit tourner la bague de fiançailles autour de son doigt.

— J'adore cette bague, dit-il avec un sourire.

— Moi aussi. Et j'ai hâte de lui ajouter cet anneau en platine, demain. Mais je ne tiens plus, John. J'ai l'impression de laisser tomber tout le monde en plein milieu de la plus grosse affaire qu'on ait eue depuis des années. Je ne peux pas faire ça !

Elle se leva abruptement et fit quelques pas dans le séjour. John la suivit du regard.

— Ma chérie, il y a une limite à ce que tu peux faire à toi toute seule.

— Mais ce coup-ci, John, c'est personnel. Il y a quelque chose là-dessous, je le sens.

Elle s'arrêta devant la cheminée et tripota distraitement une guirlande de pin, résultat de leurs vagues efforts pour décorer la maison. Ce n'était pas la peine de faire un sapin, puisqu'ils allaient passer les fêtes en Italie. Du moins selon le plan d'origine.

— J'ai peur de ce qu'on va apprendre, John. J'ai peur que tous ces faits ne soient rattachés à quelque chose de beaucoup plus vaste. J'ai un très mauvais pressentiment. Mon souvenir de la fête, Burt Mars, la mort de Frank… tout ça nous amène dans une direction où je n'ai pas envie d'aller. J'ai peur que mon père ne soit impliqué.

John se leva et se mit à faire les cent pas lui aussi.

— Que proposes-tu ?

Taylor se mordit la lèvre.

— Je crois que, pour l'Italie, on devrait peut-être attendre. Remettre le voyage à plus tard. Au moment où l'enquête sera terminée.

— Et maintenir la date du mariage ?

— Oui. Demain, tout se passe comme prévu. Dimanche, on reprend l'enquête et on ne la lâche pas avant qu'on ait abouti à une sorte de résolution. Ou au moins qu'on en soit plus près. Il y a des intérêts majeurs en jeu, ici, c'est évident. Ils sont en train de liquider les témoins. Frank, Saraya, Dieu sait qui d'autre. Ajouté à l'affaire Blanche-Neige, ça fait beaucoup. Je m'en voudrais de partir maintenant.

John s'avança vers elle et souleva doucement son menton pour la regarder dans les yeux.

— Tu sais qu'il y a de bonnes chances pour que tout cela ne soit pas résolu avant un moment.

Taylor secoua la tête.

— Ça ne va plus tarder. Je le sens venir. J'en suis sûre.

Il se pencha vers elle pour l'embrasser, et elle fondit dans ses bras. Cet homme savait s'y prendre, il n'y avait pas de doute. Quand ils reprirent enfin leur souffle, elle posa la main à plat sur sa poitrine.

— Refais ça, et je reste dormir ici.

— Ça ne me dérangerait pas.

Il se pencha de nouveau vers elle, mais elle le repoussa avec un sourire.

— Sérieusement, qu'est-ce que tu en dis ?

— On peut reporter la lune de miel, si tu veux. Pour moi, ça ne pose pas de problème.

— Vraiment ?

— Non. J'ai très envie de partir, mais ça me gêne autant que toi de laisser cette affaire en suspens. Alors, si tu veux, je m'en occupe. Je vais passer quelques coups de fil pour suspendre le départ jusqu'à nouvel ordre.

— Tu es le meilleur type sur Terre, tu le sais ?

Il se contenta de lever un sourcil d'un air extrêmement suggestif. En riant, elle fit non de la tête.

— Je me sauve. On se voit demain.

Après avoir plaqué un dernier baiser sur les lèvres de John, elle monta dans sa voiture, conduisit jusqu'à l'Hermitage Hotel, s'inscrivit à la réception, trouva sa chambre et se mit directement au lit. Un immense soulagement l'avait envahie. Elle n'aurait jamais pu quitter la ville en laissant derrière elle autant de problèmes non résolus. Il lui fallait coincer Blanche-Neige et son imitateur, retrouver Jane Macias et découvrir qui avait tué Frank Richardson. Alors seulement, elle aurait la conscience assez tranquille pour partir en vacances.

Elle ne s'était pas sentie aussi bien depuis plus d'une

semaine. Elle se blottit entre les draps luxueux, et le sommeil l'emporta.

Elle rêvait de la fête du Nouvel An. Cette fois, les détails étaient encore plus précis, plus immédiats.

Elle était cachée dans son recoin au sommet de l'escalier. Le bal se déroulait à ses pieds. Elle voyait passer des centaines de personnes, toutes portant des déguisements élaborés. La musique était forte, les danseurs tourbillonnaient comme des marionnettes, les flûtes de champagne disparaissaient à une vitesse prodigieuse, des serveurs en smoking circulaient sans cesse dans l'entrée et la salle de bal pour approvisionner les invités.

Taylor se rendit compte qu'elle attendait avec impatience la suite de la séquence.

La grosse femme à la perruque de Marie-Antoinette et au visage poudré s'assit lourdement sur la dernière marche. Quarante-sept marches la séparaient de la cachette de Taylor, mais elle fit vibrer tout l'escalier. Taylor sentait émaner d'elle un parfum d'alcool mêlé à une odeur musquée et poudreuse. La femme se mit à rire et, d'un geste, repoussa ceux qui étaient venus à son secours. Avec l'aide de trois serveurs, elle se releva et partit d'un pas chaloupé, sa robe se balançant d'un côté à l'autre. Ses cheveux s'étaient détachés et dépassaient de sous la perruque ; de longues mèches sombres se voyaient sur son corset crème.

Il y eut quelques instants de calme, puis les parents de Taylor apparurent au bas de l'escalier, entourés d'un groupe d'invités.

Sa mère se plaignait de la grosse femme qui portait le

même déguisement qu'elle. Les autres acquiesçaient en minaudant : comme c'était impoli de ne pas avoir consulté l'hôtesse au sujet de son déguisement !

Les hommes parlaient fort, rendus expansifs par l'alcool.

— Win Jackson, brailla l'un d'entre eux, tu as fait un pacte avec le diable ?

Un homme aux cheveux sable et aux épaisses lunettes noires tapa sur l'épaule du père de Taylor.

— Tu t'es payé ton propre Manderley, hein ? Je me demande ce que tu as fait dans tes vies antérieures pour avoir une veine pareille. Le juge aurait dû te jeter en taule, au lieu de classer l'affaire !

Win éclata de rire.

— Manderley ? Il manquerait plus qu'on ait le feu à la baraque ! Kitty me tuerait !

L'un des hommes toussa et il mit la main devant sa bouche…

Puis il y eut une sorte d'avance rapide jusqu'à l'épisode de la lampe.

Mme Mize avait retrouvé Taylor dans sa cachette et l'avait remise au lit et bordée. Mais la musique était si forte que Taylor n'avait pas réussi à dormir. Elle était ressortie en catimini de sa chambre et s'était glissée dans sa petite cachette.

Dans l'entrée de la grande maison, il y avait une lampe étincelante faite d'une multitude de petits cubes de cristal. Elle était posée sur un bureau Louis XIII, contre le papier peint damassé. La lampe brillait tellement qu'elle était presque blanche et elle reflétait la lumière du lustre au plafond.

Taylor était fascinée par cette lampe. Elle voyait les reflets des gens qui passaient dans la salle de bal à gauche, tournoyant, valsant, se rasseyant.

Une odeur de champagne et de sueur montait vers elle. Il était tard, la fête battait son plein. Quelqu'un avait vomi dans les toilettes du couloir.

Sa mère avait déclaré forfait : sa perruque traînait sur le dossier d'une chaise haute. Elle l'avait enlevée au bout d'un moment, vexée par le manque de savoir-vivre de son invitée. Nul doute qu'elle se plaignait encore de cette « grosse vache » qui lui avait gâché son effet.

« Manderley, Manderley, Manderley… » Ce nom lui disait quelque chose…

Elle fut réveillée par le téléphone. Le soleil entrait à flots par la fenêtre de la chambre d'hôtel. Roulant sur le côté, elle décrocha. Une voix joviale lui rappela qu'elle avait demandé à être réveillée à 8 heures. Taylor remercia son interlocuteur et raccrocha.

Elle n'arrivait pas à se défaire de l'impression que quelque chose n'allait pas. Quelque chose qui était lié à son rêve, à la fête, à ses parents…

Manderley.

Son cœur s'accéléra.

C'était le nom de la nouvelle société de Burt Mars. Placements immobiliers Manderley.

26.

Nashville
Samedi 20 décembre
14 heures

— Où est passé ce foutu voile ?

Taylor tournait en rond en secouant la tête. Elle fit tomber un tas de cartons, déplaça des magazines, ouvrit les tiroirs de la commode. Pas de voile en vue. Entre la robe, la traîne, les fleurs et le linge de lit, il y avait tellement de blanc dans la chambre que c'était comme si une tempête de neige s'y était abattue.

Personne ne répondit à sa question. Où était-il passé, nom d'un chien ? Dans la pièce adjacente, les jumeaux Maddy et Matt pleuraient, et Sam leur parlait d'une voix douce. Simon dit quelque chose à son tour, quelque chose que Taylor ne comprit pas. Elle regarda l'horloge sur la tablette. Le mariage commençait dans moins de quarante-cinq minutes.

Abandonnant les recherches, elle se laissa tomber sur le sol. Sa robe s'étala autour d'elle comme un gros champignon. Elle imaginait l'allure ridicule qu'elle devait avoir, mais elle s'en fichait complètement. Elle était épuisée, et toutes ces histoires commençaient à lui taper sur les nerfs.

Les cris d'enfants s'intensifièrent. Sam entra dans la chambre, un bébé dans les bras. Sa robe en taffetas blanc descendait jusqu'au sol et bruissait à chacun de ses pas. Une grande serviette-éponge était drapée sur son épaule pour protéger la robe contre les accidents. Elle adressa un faible sourire à Taylor.

— Ils ont la colique. Ils ont bien choisi leur moment, hein ? Mais qu'est-ce que tu fabriques par terre ? Tu vas abîmer ta robe !

— Je m'en fous. Je ne veux plus y aller.

— Lève-toi, on va finir de te préparer.

— Non. J'en ai assez des préparatifs. Je n'ai pas envie de me marier devant tous ces gens. Mes cheveux font cinq kilomètres de haut. Ce coiffeur est un imbécile. Je ressemble à une meringue. Je préfère qu'on se marie rien que tous les deux, à Las Vegas. En plus, j'ai perdu mon voile.

Sam se mordit la lèvre en essayant de ne pas rire, mais ne put se retenir. Après l'avoir fusillée du regard, Taylor se mit à rire, elle aussi. Chez elle, la mauvaise humeur était toujours signe de stress.

Sam traversa la chambre d'un pas léger et sortit le voile de son plastique protecteur.

— Il est là, sur le cintre de ta robe, depuis le début. Ta coiffure est ravissante. Tu veux mettre le voile maintenant, ou en arrivant à l'église ?

Taylor leva les yeux au ciel, puis se redressa.

— Je ferais mieux d'attendre. Je ne veux pas l'écraser dans la limousine. J'avais peur de l'oublier, c'est tout.

Elle examina l'objet en tulle plié.

— Bon sang, Sam, ça fait combien de kilomètres, ce truc ?

Maddy poussa un grand cri, mais Sam répondit calmement :

— C'est le modèle Cathédrale. Un tout petit peu plus long que ta robe, il va flotter derrière toi, et ce sera magnifique. Maintenant, tu veux bien arrêter de râler ? Il faut que je calme cette petite.

Il y eut un nouveau hurlement, plus rauque, et le visage de Sam se décomposa. Taylor lui tapota le bras.

— Occupe-toi d'eux, Sam. Je vais me débrouiller. Tout va bien, je suis un peu nerveuse, c'est tout. Fais ce que tu as à faire.

Sam hocha la tête et disparut.

« Et voilà, on y est », pensa Taylor. Le moment qu'elle avait toujours appréhendé et auquel elle n'avait jamais cru arriver. Ses émotions étaient extrêmement mitigées. Elle hésitait entre le bonheur incrédule et l'appréhension horrifiée. Donner sa main à John était le cadeau le plus précieux qu'elle puisse lui faire, et c'était sans doute ce qu'elle avait de mieux à accomplir dans la vie. N'empêche qu'elle se demandait pourquoi elle avait accepté tout ça, pourquoi elle n'avait pas insisté pour qu'ils se marient sur une plage déserte… Evidemment, il était trop tard pour y faire quoi que ce soit. Ce grand mariage à l'église ne lui disait strictement rien, mais elle s'y était engagée.

Elle sortit de son soutien-gorge un morceau de papier

plié. En dépit de tout, elle voulait que son père soit présent, d'une certaine façon, ce jour-là. Elle n'arrivait pas vraiment à s'expliquer ce désir, mais elle avait décidé de l'accepter et de ne plus y penser. La coupure de presse était usée et froissée ; elle datait de plus de deux mois.

LE FINANCIER DE NASHVILLE PORTÉ DISPARU A PEUT-ÊTRE SOMBRÉ EN MER

Saint-Barthélemy, Antilles françaises (AP)

Les recherches pour retrouver un habitant de Nashville ayant disparu au large de Saint-Jean se sont transformées en mission de sauvetage après que les secouristes ont retrouvé son yacht, le Shiver, dérivant à l'abandon.

Lundi, les équipes de secouristes recherchaient toujours Winthrop Jackson IV, 56 ans, industriel, homme d'affaires et banquier, condamné il y a quelques années pour tentative de corruption. Selon les secouristes, il est peu probable qu'il soit encore vivant deux jours après le naufrage. Son yacht abandonné a échoué au sud de l'Hôtel des Ilets, à Saint-Jean. Les deux moteurs diesel tournaient encore.

L'article continuait sur le même ton froid et impersonnel, celui d'un journaliste anonyme qui ne faisait que son travail. Taylor replia la coupure de presse et la remit dans son soutien-gorge. Qu'il soit mort ou vivant, Win serait avec elle. On n'avait pas retrouvé son corps, mais deux mois s'étaient écoulés sans nouvelles. Il était facile de croire qu'il était mort. Qu'il avait descendu quelques gin-tonic de trop et s'était noyé. C'était en tout cas l'avis des autorités françaises, qui l'avaient clairement fait comprendre à Taylor. Elle n'y croyait pas, cependant. Son père était un marin bien trop expérimenté pour se soûler et passer par-dessus bord. Mais s'il était un peu éméché et qu'on l'avait poussé…

Elle regarda de nouveau l'horloge. C'était l'heure.

— Sam ? lança-t-elle. Il faut qu'on y aille. Tu es prête ?

Dans la pièce adjacente, le chaos régnait. Les enfants pleuraient, et Sam changeait une couche pendant que Simon essayait d'introduire une tétine dans la bouche de Matt. Sam leva les yeux, et Taylor vit un éclair de panique briller dans son regard. La crise des jumeaux survenait au pire moment.

Simon fut réduit au silence par la vision de Taylor dans sa robe de mariée. Matt se mit à hurler de plus belle : son père tenait la tétine à quelques millimètres de sa bouche ouverte. Taylor leva un sourcil ; Simon rougit et mit la tétine dans la bouche de son fils.

— Jolie robe, ma grande. Tu vas faire un tabac.

— Merci. Mais là, il faut absolument qu'on y aille. Je ne veux pas faire attendre John.

Ils rassemblèrent tout ce qu'ils purent, calèrent les bébés hurlants dans leurs sièges auto et se dirigèrent vers l'ascenseur. Simon marchait à quelques pas derrière eux. Taylor lui jeta un coup d'œil par-dessus son épaule et sourit. Il avait besoin d'aide.

— Sam, dit-elle, écoute. Tu veux y aller en voiture avec Simon ? Pour l'aider à calmer les petits ? Je peux monter toute seule dans la limousine, sans problème.

— Non, je ne peux pas te laisser faire ça.

Mais Taylor sentait le soulagement suscité par sa proposition.

— Bien sûr que si. De toute façon, ça me fera sans doute du bien d'être un peu seule. J'aurai le temps de m'éclaircir les idées avant de faire mon entrée en scène. Ou d'arriver sur le terrain. Ou une autre métaphore de ton choix. En plus, on n'en a que pour dix minutes en voiture. Sérieusement, pars avec Simon.

Ils arrivèrent au rez-de-chaussée et sortirent de l'ascenseur, inondant le hall de l'hôtel de soie et de satin blanc. Quelques têtes se tournèrent, et des sourires ravis apparurent sur les visages.

Le temps d'arriver à la sortie, c'était réglé. Sam serra Taylor dans ses bras pour la remercier et lui ouvrit la porte de la limousine. Quand la portière de la voiture se referma, Taylor prit une profonde inspiration calme, la première de la journée. A l'arrière de la limousine, le silence régnait, et la banquette était en cuir doux et souple. Le bonheur. Elle s'y enfonça et ferma les yeux. Elle sentit à peine la voiture quitter le bas-côté et s'engager sur la chaussée.

Enfin seule.

C'était donc ça, le point de non-retour. Elle espérait simplement qu'elle ne s'évanouirait pas devant l'autel. Elle en avait les mains qui tremblaient. Elle travaillait aux homicides et elle avait la tremblote à l'idée de se retrouver devant une centaine d'invités ! Son cœur se mit à battre plus fort : c'était le premier signe d'une attaque de panique. « Stop ! s'intima-t-elle avec toute l'autorité dont elle était capable. Il sera là, à côté de toi. » Quelques respirations profondes réussirent à apaiser temporairement son angoisse.

Elle ouvrit les yeux et regarda le centre de Nashville défiler derrière la vitre.

Sur la Sixième, le chauffeur s'engagea sur Church Street en direction de l'ouest. Ils s'arrêtèrent au feu devant la bibliothèque du centre-ville. A droite, un groupe de sans-abri faisait ribote dans un petit espace vert niché entre deux bâtiments. Un joggeur passa en courant sur le trottoir d'en face et lança un regard craintif par-dessus son épaule, comme s'il craignait que les SDF ne s'abattent sur lui telle une horde de chiens enragés.

Ils avaient dépassé Morton's. A gauche, sur la Huitième, on apercevait le Nashville Sporting Goods, magasin qui avait été le théâtre du premier braquage de sa carrière. Le propriétaire avait reçu une balle, mais il s'en était sorti, grâce aux efforts rapides de Taylor pour lui sauver la vie. Le suspect n'avait jamais été arrêté. Douze ans plus tard, l'enquête était toujours ouverte, le propriétaire du magasin était mort de causes naturelles, et de nouvelles victimes potentielles étaient de service derrière le comptoir.

Le YMCA apparut à droite. Taylor fut frappée par le grand nombre de crimes commis sur cette portion de route. Les événements les plus marquants de sa carrière d'officier de police s'étaient déroulés ici. Elle avait poursuivi un homme là-bas, avait remonté Mc Lemore Street en esquivant les balles qu'il tirait. Elle avait fini par l'attraper et le voir condamné pour avoir poignardé un garçon de douze ans à la sortie du centre sportif.

Au niveau du bâtiment NES, le paysage devenait plus souriant. Ici, les nouveaux quartiers de la ville rejoignaient les plus anciens et se réconciliaient avec eux, avant de se fondre dans le quartier médical, organisé autour du Baptist Hospital. La limousine remonta Church Street jusqu'à la place Elliston, puis s'engagea sur la West End Avenue et quitta le centre-ville en direction de l'église. Taylor avait presque envie de remercier le chauffeur de cette visite des lieux de son passé, mais elle garda le silence.

Elle était perdue dans une rêverie où John l'accueillait à la porte de l'église pour lui annoncer qu'il avait décidé de sauter la cérémonie et de s'envoler directement pour l'Italie, quand la limousine quitta l'avenue. Cet idiot de chauffeur avait pris la rampe d'accès à la rocade qui cernait les quartiers ouest et sud de la ville. La voiture se dirigeait vers le nord; cette route ne menait en aucun cas à Saint-George. Nashville avait la particularité de permettre à un automobiliste de se rendre n'importe où par une quinzaine d'itinéraires aussi rapides les uns que les autres, mais ce détour allait la mettre en retard pour la cérémonie.

Elle se redressa sur la banquette et tapa sur la vitre qui la séparait du chauffeur, pour qu'il la baisse. Il fit comme s'il n'avait pas entendu. Elle se mit à rire en comprenant qu'on lui jouait un tour. Très drôle... Voilà pourquoi ils ne l'avaient pas laissée entrer dans son bureau, la veille. Des cadeaux à emballer, mon œil! Ils étaient en train d'organiser cette petite escapade avec le chauffeur de la limousine. Elle s'imagina les visages radieux de ses collègues et fit le serment de se venger. La limousine quitta la rocade pour se diriger vers l'I-40 en direction de l'ouest. Taylor frappa de nouveau à la vitre.

— O.K., c'était très drôle. Ils ont dû vous dire de me

faire peur. Mission accomplie. Je vais les étrangler, mais ils m'ont bien eue. Alors si vous preniez la prochaine sortie vers la Quarante-Sixième Avenue et que vous coupiez par le Sylvan Park ?

Pas de réponse. Elle frappa plus fort.

— Hé, vous ! Je vous parle. Baissez la vitre tout de suite. C'est une bonne blague, mais elle a trop duré. Baissez la vitre ou arrêtez-vous.

Le chauffeur ralentit enfin et se rangea sur le bas-côté. Les voitures filaient à toute allure sur la gauche. La vitre ne bougea pas. Taylor sentit la colère monter en elle. C'était amusant, certes, mais cela suffisait.

Elle était flic, nom d'un chien ! Elle allait forcer ce fichu chauffeur à baisser la vitre. Elle tendit la main vers la porte. La poignée refusa de fonctionner. Taylor l'actionna de nouveau, sans résultat. Se glissant à l'autre bout de la banquette, elle tenta d'ouvrir l'autre portière. Verrouillée, elle aussi.

Bon sang, qu'est-ce qui se passait ? Un minibus plein d'enfants les dépassa. Le visage collé contre la vitre, les petits firent des signes de main à la limousine solitaire garée au bord de la route. A cet instant, Taylor eut une brusque et terrifiante prise de conscience. Ce qui lui arrivait n'était pas une plaisanterie. Calmement, elle revint à sa place et frappa de nouveau à la vitre. Aucune réaction.

Elle émit alors une série de jurons. Cela l'impressionna elle-même et la consola vaguement. Il n'y a pas grand-chose qu'on puisse faire quand on est enfermée à clé à l'arrière d'une limousine en marche. Le minibar était plein de champagne, mais boire un verre ne semblait pas être une bonne idée. A gauche du bar, une petite lumière verte était allumée. Un micro.

— Nom de…, marmonna-t-elle.

Il avait dû entendre tout ce qu'elle avait dit. S'avançant vers le micro, elle s'efforça de prendre un ton plus calme.

— Ça vous ennuierait de m'expliquer ce qui se passe ?

Toujours pas de réponse. Très bien. Il allait voir. Le verre de séparation n'avait aucune chance de résister aux balles.

Elle glissa la main dans son sac en satin et se rappela subitement la dispute qu'elle avait eue avec Sam au sujet de ce stupide machin. Les sacs à main n'étaient vraiment pas son truc, mais Sam lui avait assuré qu'elle aurait besoin d'un endroit pour ranger quelques affaires personnelles. Taylor avait fini par céder : elle n'avait pas envie de s'avancer vers l'autel avec son arme sanglée à la jambe. L'arme en question était un petit pistolet à poignée nacrée qu'elle avait acheté dans un salon d'armes de collection, quelques années plus tôt. En remerciant les forces mystérieuses qui avaient influencé sa décision, elle sortit l'arme du sac. Elle écarta les doigts pour essayer de ne pas attirer l'attention sur son arme. Raté. La vitre de séparation s'abaissa.

Le chauffeur se retourna et sourit. L'espace d'un instant, Taylor crut s'être trompée ; c'était bien une blague, après tout.

Puis elle aperçut un éclat noir et identifia l'objet dans la main du chauffeur. Son cœur manqua un battement, et elle eut un hoquet de surprise involontaire. Une fraction de seconde plus tard, quand son cerveau eut traité l'information et que le sourire du chauffeur se fut élargi, elle comprit qu'il fallait tirer, tout de suite.

Elle était si près qu'elle n'avait même pas besoin de viser, juste d'armer le chien et d'appuyer sur la détente. De toutes ses forces. A cet instant, son corps se convulsa, et une terrible douleur la parcourut. Elle lâcha son arme et son sac. « John va me tuer », pensa-t-elle. Puis elle sentit ses yeux rouler dans leurs orbites, et tout s'obscurcit.

Le chauffeur eut un grand sourire satisfait. Tout se passait comme prévu. Il ne lui restait plus qu'à faire disparaître le corps. Il se réinstalla derrière le volant, tourna de sa main gantée la clé dans le contact et se glissa sur la quatre-voies. Bientôt, il la quittait pour emprunter l'immense pont autoroutier qui menait à Briley Parkway. Quelques kilomètres plus loin, un aéroport et un avion l'attendaient. Une fois arrivé, il serait au bout de ses peines. Il avait accompli toutes ses missions. Son patron serait content.

27.

Nashville
Samedi 20 décembre
15 h 40

John faisait les cent pas devant l'entrée de l'église, regardant partout et ne voyant rien. Il était vaguement conscient d'avoir froid ; il ne portait pas de manteau, seulement son costume de cérémonie. Un habit gris sombre, un pantalon aux rayures presque imperceptibles, une jaquette à carreaux d'un gris subtil et une large cravate ardoise, piquée d'une épingle à tête de nacre, qui avait appartenu à son arrière-arrière-grand-père. Taylor le traiterait peut-être de dandy, mais il n'avait pas l'intention de se marier plus d'une fois et il voulait le faire dans les formes. Et puis les différents tons de gris lui rappelaient les yeux de sa fiancée.

Qui n'était pas là.

Il regarda de nouveau sa montre. Elle avait quarante minutes de retard. Et il se flétrissait intérieurement à chaque seconde qui passait. Chaque battement de cœur était plus douloureux que le précédent. Il avait imaginé cette journée des centaines de fois, mais l'absence de Taylor n'avait jamais fait partie du scénario.

L'église épiscopale de Saint-George était située dans le quartier de Bella Meade, à moins de quinze minutes de l'Hermitage Hotel. Dix, si les feux étaient verts et que la circulation n'était pas trop dense. Il n'y avait aucune raison pour que la limousine mette aussi longtemps à arriver. Si elle était tombée en panne ou s'il y avait eu un accident, ils auraient été prévenus, soit par l'entreprise de limousines, soit par l'officier de police appelé sur les lieux. Les mariés et leurs témoins faisaient tous partie des forces de l'ordre, et la plupart des invités avaient un lien avec elles. Nashville était une petite ville ; très peu de membres du département de police ignoraient que le lieutenant Jackson se mariait aujourd'hui.

Inutile d'essayer de l'appeler sur son portable : Sam l'avait fourré dans son sac à langer parce qu'il ne rentrait pas dans le sac à main de Taylor.

John se retenait tout juste d'arracher sa veste et de se mettre à hurler. Bon sang, où était-elle passée ? Comment avait-elle pu lui faire ça ?

Une bouffée d'air tiède l'enveloppa, et les accents de la *Water Music* de Haendel flottèrent jusqu'à ses oreilles. Fitz apparut devant la porte de l'église, un sourire paternel sur son large visage. John cessa de s'agiter un instant, heureux d'avoir un peu de chaleur et de compagnie.

— Ecoute, fiston…

John l'interrompit d'un geste.

— Je sais ce que tu vas me dire, Fitz.

Il prit une voix de baryton avec un accent traînant du Sud.

— « Après tout, tu ne la connais pas depuis longtemps,

fiston. Vous, les jeunes, vous voulez toujours tout précipiter. C'est une petite sauvageonne, cette fille, je le dis comme un compliment… »

Il reprit sa voix normale.

— Je sais que ça t'a fait un choc de la voir tomber amoureuse de moi. Maintenant, tu vas me dire que c'est sans doute pour le mieux, n'est-ce pas ? Tu as une mauvaise opinion de moi depuis le départ, je le sais.

Il lui décocha un regard noir et ajouta :

— Et arrête de m'appeler « fiston ».

— Tu n'as toujours rien compris, hein ?

John s'écarta et dévisagea Fitz. L'indignation grandissait en lui.

— C'est toi qui lui as conseillé de me poser un lapin, pas vrai ? Tu lui as dit de ne pas venir. Je sais que toute cette histoire de mariage lui faisait un peu peur, mais de là à… Je n'arrive pas à y croire.

Il s'éloigna à grands pas, puis se retourna, les épaules tendues, les poings serrés le long du corps.

— Et tu continues à sourire comme un imbécile ? Tu trouves ça drôle ?

Fitz émit un toussotement.

— Drôle, pas vraiment. Evidemment, ta réaction est amusante, mais, à part ça, la situation n'a rien d'humoristique. Tu la connais vraiment si bien que ça, fiston ? Tu crois sincèrement qu'elle te poserait un lapin devant l'autel ?

— Je…

John déglutit. Ses poings s'ouvrirent, ses épaules se détendirent. Le croyait-il vraiment ? Croyait-il que l'amour de sa vie était assez lâche, assez cruelle pour disparaître le jour de leur mariage ? La douleur dans sa poitrine commença à s'apaiser, aussitôt remplacée par une terrible angoisse.

— Tu commences enfin à piger, hein, *fiston* ?

Oui, il comprenait enfin. Fitz était fâché parce qu'il avait perdu sa foi en Taylor. Parce qu'il avait cru, ne serait-ce qu'une fraction de seconde, que cette femme forte, étonnante, magnifique, n'avait pas eu le courage de lui dire en face qu'elle ne voulait plus de lui. L'effroi le gagna. Il regarda mieux Fitz. Son rictus n'était pas narquois, mais crispé et inquiet. De petites rides s'étaient creusées entre ses sourcils.

— Bon sang, Fitz, qu'est-ce qui a pu lui arriver ?

— J'en sais rien, fiston, mais je crois qu'il vaudrait mieux rentrer et demander de l'aide.

28.

Nashville
Dimanche 21 décembre
11 heures

Les berges de la Cumberland étaient froides et rocheuses. Piétinés par les équipes de secouristes, les restes de neige avaient viré au gris sale. Un hélicoptère tournait au-dessus des lieux dans un grand bruit de pales. L'opération de sauvetage avait laissé place à la « recherche du corps ». Des hommes et des femmes voûtés erraient sur les berges, le regard éteint. Cela semblait impossible. Taylor Jackson, noyée dans la rivière qui était l'artère vitale de sa ville…

John se tenait sur la plate-forme VIP de la scène River Stages. En de meilleurs jours, ce balcon en béton serait occupé par le gratin des fans de musique country. A présent, il servait de point de ralliement à l'opération de sauvetage. Ou plutôt de recherche du corps.

Au bout de quatre-vingt-dix minutes, on ne pouvait plus, en théorie, sauver qui que ce soit. A présent, des chiens spécialisés dans la récupération de cadavres parcouraient les berges, et deux labradors noirs frissonnaient dans des bateaux au milieu de la rivière glacée. On avait mis à l'eau un sonar directionnel capable de distinguer, dans ces eaux troubles et rapides, une grosse bûche d'un corps humain.

Personne n'avait eu besoin de le dire tout haut : dans cette eau glacée, Taylor n'avait pu survivre plus de cinq minutes. La logique voulait que son corps soit quelque part dans l'eau. La seule chose à faire était d'immerger le sonar et d'attendre qu'il le trouve. Mais il ne trouva rien. Quelques heures plus tard, on reçut l'ordre de draguer la rivière. Les volontaires faisaient tout leur possible pour retrouver le corps de la jeune femme avant qu'il ne soit emporté par les grands courants en direction du nord et du Kentucky.

Le visage de John était de pierre. Les lignes autour de ses yeux semblaient y être incrustées, comme des filons de quartz dans une roche paléolithique. Le meurtre de Taylor — même s'il ne parvenait pas encore à se le formuler ainsi — avait figé son cœur. Il ne respirait que lorsqu'il se rendait compte qu'il manquait d'air. Il se demandait si la douleur cesserait un jour. Les mains crispées autour du garde-fou, les cheveux volant au vent, il se retenait de se jeter lui aussi dans la rivière en contrebas. Il avait demandé à faire partie de l'équipe des plongeurs, mais le responsable de l'opération avait eu la sagesse de refuser.

Le *meurtre* de Taylor… Il n'y avait pas d'autre mot possible. Une chose était sûre : elle n'avait pas fini dans la Cumberland en plein hiver par accident.

Les invités avaient fini par quitter l'église. Les proches des mariés, pétrifiés d'angoisse, avaient rejoint le bureau des homicides. Des appels avaient été passés, des informations obtenues. On avait fait une quasi-descente dans les bureaux de l'entreprise de location : la limousine qui avait été envoyée pour chercher la mariée, et qui l'avait apparemment emmenée dans l'au-delà, était garée à sa place dans le parking. Il y avait deux problèmes, toutefois. Taylor n'avait laissé aucune trace de sa présence dans la voiture. Et la plaque d'immatriculation ne correspondait pas à celle que l'on voyait sur les caméras de surveillance de l'Hermitage Hotel. C'était un leurre. Lincoln était en train de télécharger la liste de toutes les limousines immatriculées au Tennessee pour essayer de retrouver celle qui était réellement venue chercher Taylor.

Le chauffeur désigné par l'entreprise pour conduire la limousine avait disparu. En vérifiant ses comptes bancaires, on avait repéré un versement de cinq mille dollars et un paiement par carte Visa d'un billet d'avion pour Mazatlán. L'avion avait décollé à 16 heures, au moment où le mariage aurait dû s'achever. Un homme correspondant au signalement du chauffeur avait embarqué à l'heure prévue. Des images issues des caméras de l'aéroport avaient permis de confirmer son identité. Une théorie commençait à s'esquisser. On avait payé le chauffeur pour qu'il quitte la ville.

Après des heures de recherches infructueuses, ils étaient sans aucune piste, quand l'appel tant redouté était arrivé. C'était juste avant 22 heures. On avait retrouvé une mule en satin blanc sur la berge ouest de la Cumberland. Des photos avaient établi qu'elle était identique à celles portées par Taylor : la marque et la taille correspondaient à celles du carton à chaussures laissé dans sa chambre d'hôtel. Pour tout le monde, le temps s'était arrêté.

A présent, John buvait un café dans un gobelet en carton. Une bonne âme faisait des allers-retours jusqu'à la station-service la plus proche pour ravitailler les troupes en café. Ce n'était pas la première fois que John participait à une opération de ce genre. A un moment donné, on serait obligé d'arrêter le dragage de la rivière. Les équipes de secours continueraient les recherches jusqu'à ce qu'on retrouve le corps. Et on le retrouvait toujours. Cela prenait parfois du temps, mais le courant finissait généralement par expulser ce qui n'avait rien à faire dans l'eau.

Le fonctionnement inexorable de la nature ne consolait en rien John. Différents scénarios se succédaient dans son esprit ; il voyait des images du cadavre de Taylor, couvert d'adipocire, échouant sur le rivage à trente kilomètres en aval. La plupart du temps, cela se passait ainsi... Il ravala un sanglot et jeta le reste de son café par-dessus la rambarde. Cela ne servait à rien de se rendre malade. Il fallait qu'il agisse. Il n'allait pas se résoudre à sa disparition, pas comme ça.

Les pensées se bousculaient dans son esprit. Il savait que, sur la plus haute étagère d'une armoire, dans le débarras de la nouvelle maison, un coffre fermé à clé contenait tous les papiers de Taylor, son testament et ses dernières volontés. Il n'avait jamais vu ces documents. Taylor lui avait dit qu'elle voulait donner ses organes et qu'elle ne voulait pas être artificiellement maintenue en vie si elle était réduite à l'état de légume, mais ils n'étaient pas allés plus loin dans la discussion. Aurait-elle envie d'être enterrée dans le Tennessee ? Incinérée ? Que faire si on ne retrouvait pas son corps ? Son testament prévoyait-il…

— Stop ! se dit-il à haute voix. Stop.

Ce n'était pas la peine d'anticiper. « A ta place, elle ne perdrait pas espoir si facilement. »

Recouvrant son courage, il se fraya un chemin jusqu'au poste de commandement. Mitchell Price était encore sur les lieux, à attendre des nouvelles. John s'approcha et lui prit le bras. Price avait les yeux rougis par la fatigue, sa moustache retombait mollement, et son crâne chauve luisait de sueur.

— Du nouveau, capitaine ?

— Rien. Ils n'ont rien repéré du tout. Et la température de l'eau est trop basse pour qu'elle ait pu survivre si elle y est tombée. Même les plongeurs ont du mal. Ça ne se présente pas bien, fiston.

Qu'est-ce qu'ils avaient tous à l'appeler « fiston » ? D'abord Fitz, maintenant Price. Il réprima sa colère, sachant que Price n'avait pas voulu le vexer. C'était dit sur un ton réconfortant. Ce n'était pas leur faute si ce mot lui flétrissait encore plus le cœur. Son père l'avait appelé ainsi, sa mère aussi. Mais ils étaient morts depuis si longtemps qu'il se rappelait à peine le timbre de leurs voix. Le doux accent du Sud de sa mère résonna dans son esprit, puis disparut à l'instant où il l'identifiait.

— Ecoute, John, dit Price, si on rentrait au bureau ? Il n'y a plus rien à faire ici. Si elle est partie à l'eau hier soir, il y a de bonnes chances pour qu'elle ne s'en soit pas sortie. On ferait mieux d'essayer de voir si elle y est vraiment tombée. Qu'est-ce que tu en dis ?

John jeta un coup d'œil sur l'eau trouble de la rivière. Price avait raison.

Ils attachèrent leurs ceintures pour le court trajet jusqu'au bureau. Il était temps de reprendre les choses à zéro.

29.

Nashville
Dimanche 21 décembre
11 heures

La journée s'annonçait excellente.

La veille, déjà, avait été pour Charlotte l'occasion de réjouissances discrètes. Dans les locaux souterrains de l'unité des sciences du comportement, la nouvelle s'était répandue comme une traînée de poudre, et ses amis l'avaient appelée pour confirmer. Le mariage de John Baldwin n'avait pas eu lieu. Sa fiancée lui avait fait faux bond. Pour fêter ça, Charlotte avait ouvert une bouteille de Piper-Heidsieck, s'était fait couler un bain et s'était furieusement caressée dans l'eau chaude.

Ce n'était pas tant qu'elle souhaitait le malheur de son ancien amant. Enfin, peut-être un peu… Peut-être aussi qu'elle était tout simplement heureuse de le savoir libre. Au point d'envisager de passer chez lui le consoler convenablement.

Les rumeurs s'étaient multipliées. Taylor Jackson avait littéralement disparu. La limousine censée la transporter jusqu'à l'église avait été retrouvée à sa place dans le parking de l'entreprise de location. Le chauffeur ne donnait plus signe de vie. Il y eut de vagues bruits au sujet de recherches à l'aéroport. Plus tard, après la tombée de la nuit, on avait retrouvé au bord de la Cumberland une chaussure qui semblait appartenir à la disparue. Quand Charlotte s'était couchée, bien après minuit, les plongeurs poursuivaient encore les recherches.

En se laissant gagner par le sommeil, elle avait ressenti une profonde et satisfaisante certitude : ses hommes avaient besoin d'elle. Instinct ou prémonition, peu importait. Peut-être arriverait-elle à les sauver.

C'était l'heure, à présent. Elle quitta sa chambre d'hôtel d'un pas vif. Les deux hommes, le jeune et le vieux, avaient *plus que jamais* besoin d'elle.

30.

La nouvelle annoncée à la télévision interrompit la quinte de toux de Blanche-Neige. Taylor Jackson avait disparu. Il retint sa respiration pour écouter le compte rendu, tout en frottant l'une contre l'autre ses mains douloureuses, les massant encore et encore.

Il savait ce qui s'était passé, bien sûr. Il ne pouvait le lui reprocher. Jackson devait être réduite au silence, c'était impératif. La situation devenait de plus en plus critique. Ce n'était plus qu'une question de temps avant qu'ils ne subissent les conséquences de l'effronterie et de l'imprudence de son apprenti. Un nettoyage systématique était le seul moyen d'assurer leur sécurité.

Cette satanée Charlotte… Tout était sa faute. Si elle ne lui avait pas ramené ce gamin, si elle ne lui avait pas fait miroiter sa gloire passée… Elle était brillante, il fallait le lui accorder. Et sentimentale, en plus. Se débrouiller pour sortir sa bague des archives de la police et la remettre à sa place légitime était le geste le plus touchant qu'elle ait jamais eu à son égard.

Du bout de son index difforme, il caressa la surface de sa magnifique chevalière, avec ses volutes gravées et son *F* en relief. Autrefois, cette bague signifiait quelque chose. Elle était un symbole d'honneur, de courage. C'était son héritage. Cela lui donnait une force immuable et un désir insatiable de voir la vie s'écouler hors d'un corps. Il pensa à ses prédécesseurs : quand ils mettaient la bague à leur doigt, sentaient-ils la force vitale émaner du métal ? Sentaient-ils l'appel des corps nubiles attendant la délivrance ?

En tout cas, en perdant la bague, il avait également perdu son appétit pour le sang. Evidemment, si elle était tombée, c'était parce que son poids et ses forces déclinaient. La maladie le rongeait, celle qui allait le priver de toutes ses capacités.

Aujourd'hui, la bague était de nouveau à son doigt et elle ne risquait plus d'en tomber, à cause de l'angle impossible de sa dernière phalange. Il avait un remplaçant pour remettre son corps affaibli en action, pour glisser la lame dans la chair tendre des filles. Leurs deux mains ne faisaient qu'une. A certains moments, il redevenait presque celui qu'il avait été autrefois.

Et voilà que tout était menacé de nouveau. Il avait fait le mauvais choix ; il avait permis à Charlotte de brouiller son esprit. Cet apprenti causerait sa mort.

Il quitta la pièce d'un pas traînant, tapotant le sol devant lui du bout de sa canne. Il s'engagea dans l'escalier et grimpa encore et encore, jusqu'au sommet de la maison. Il y avait une fille, là-haut. Il la sentait, il la goûtait. Il la désirait. Rien ne l'arrêterait, à présent. Il devait accomplir sa destinée.

31.

Nashville
Dimanche 21 décembre
18 heures

Dans le bureau des homicides, une activité intense régnait. Fitz préparait un énième café. On en était à la quatrième cafetière pleine en moins de deux heures. Tous étaient à cran, irritables et, malgré la caféine, épuisés. Le front en appui sur sa main, Marcus faisait défiler à l'écran d'interminables listes de données. Baldwin téléphonait aux compagnies aériennes les unes après les autres. Personne n'avait dormi, tous se concentraient sur la piste principale, celle du chauffeur de limousine envolé au Mexique.

Lincoln parlait au téléphone avec un de ses contacts dans la région de Mazatlán, un homme dont il connaissait seulement le prénom, Juan. Ils s'étaient rencontrés à une conférence internationale sur l'utilisation de l'informatique par la police scientifique, quatre ou cinq ans auparavant. Son intuition lui disait que Juan n'était pas son vrai prénom, mais cela n'avait pas beaucoup d'importance. Il lui avait envoyé un mail en début de journée pour lui demander de l'aide. A présent, ils en étaient aux préliminaires de rigueur dans ce genre de situation.

— *¿ Hola ? ¿ Juan ? Es Lincoln… Sí, hombre, ha sido mucho demasiado largo… No, mi español no es mejor. No tenemos las mujeres aquí digno de practicar encendido.*

A l'autre bout de la ligne, son interlocuteur se mit à rire et dit :

— Et moi qui croyais qu'il y avait une importante communauté latino à Nashville…

Juan avait une voix profonde et un accent cultivé. Lincoln ne savait rien sur le passé de cet homme, mais il se demandait s'il n'avait pas travaillé pour les services secrets argentins ou boliviens. Il semblait trop bien informé pour être issu des forces de l'ordre ordinaires, même s'il travaillait à présent comme chef des services de police mexicains. Et puis l'hypothèse de l'espionnage était beaucoup plus romanesque.

— Oui, oui, répondit Lincoln, on a toutes sortes de citoyens hispaniques très distingués, mais ils me flairent à cent mètres. Personne n'a envie de sortir avec un flic, si tu vois ce que je veux dire.

— Je vois parfaitement, mon ami. Mais venons-en aux choses sérieuses. J'ai retrouvé votre suspect.

Lincoln fit un geste en direction de l'assistance.

— Juan, je te mets sur haut-parleur.

Il appuya sur une touche, et la voix de son contact s'éleva en grésillant dans le bureau.

— On l'a retrouvé sur une plage. Pour être exact, sur la plage privée du Pueblo Bonito Hotel. Un endroit très chic. Comme vous pouvez l'imaginer, les propriétaires n'ont pas été ravis de notre intrusion. De loin, votre suspect était juste écroulé sur une chaise longue, comme s'il était soûl. De près, les mouches l'ont trahi.

— Il est mort ?

— Malheureusement, oui. Il a été égorgé. Ce n'était pas beau à voir. Les gens de l'hôtel étaient assez perturbés. Ils ont dû interdire la plage à leurs clients. On n'a pas encore touché au corps. Vous voulez le récupérer ?

John intervint.

— Ici John Baldwin. Avec votre accord, je peux vous envoyer une équipe de médecine légale du FBI. Ils seront sur les lieux très rapidement.

— Oui, enlever le corps serait une bonne chose. Je crois que je préfère ne pas savoir pourquoi votre équipe se trouve assez près pour intervenir rapidement. Mon gouvernement considère cela comme un abus. Il s'agit de votre femme, m'a dit Lincoln ?

John fit un pas en direction du téléphone.

— Oui, répondit-il d'une voix éraillée. Cet homme était notre seule piste.

— Il y en aura d'autres, *amigo*. Ne perdez pas espoir.

John se laissa tomber dans le fauteuil à côté du bureau. Lincoln lui lança un regard, puis remit le casque et coupa le haut-parleur.

— Merci de ton aide, Juan. Je te dois une fière chandelle.

— Je suis certain que tu auras l'occasion de me revaloir ça. *Adiós, mi amigo. Espero que encuentres las conchas dulces y calientes.*

Lincoln répéta les derniers mots à haute voix, d'un air

songeur; il lui fallut un moment pour en saisir le sens. John leva les yeux vers lui et sourit pour la première fois depuis des heures. Juan venait de lui souhaiter très crûment des rencontres amoureuses chaudes et moites.

Comprenant enfin, Lincoln se mit à rire et raccrocha. John avait repris sa position d'origine, la tête entre les mains.

— Je ne savais pas que tu parlais espagnol, dit Lincoln.

— Je me débrouille en plusieurs langues. Au cas où ça t'intéresserait, ton copain n'est pas vraiment mexicain.

— Je m'en doutais un peu. Tu veux que je contacte quelqu'un en particulier pour régler cette histoire?

— Non, dit John en levant la tête. Je m'en charge. Je connais le chef d'équipe là-bas, il s'occupe de l'affaire Juarez. Il est en vacances de Noël à Puerto Vallarta, il devrait pouvoir gérer tout ça discrètement.

Il se releva et, presque en s'excusant, fit un geste en direction du bureau de Taylor. Personne ne prononça un mot. Qu'auraient-ils pu dire? John hocha la tête de l'air d'un condamné. Puis il se réfugia dans le bureau de Taylor et ferma la porte.

Il refusait de craquer. Elle serait furieuse s'il s'effondrait maintenant. Il s'assit sur la chaise réservée aux invités; il ne put se résoudre à prendre le fauteuil de Taylor. Le bureau était imprégné de son odeur, mélange de citronnelle et d'huile pour les armes. Il chassa ces pensées et composa un numéro de portable. Garrett Woods répondit à la première sonnerie.

— Baldwin, quelles nouvelles?

— Rien de bon. On a retrouvé le chauffeur de la limousine. Il est mort sur une plage à Mazatlán. La gorge tranchée. Je peux te demander de prendre les choses en main ? Burke Webb est à Puerto Vallarta, je pense qu'il pourrait s'en charger Ça s'est passé à l'hôtel Pueblo Bonito.

— Bien sûr. Je m'en occupe tout de suite.

Il y eut un crissement de stylo, puis son interlocuteur ajouta à voix basse :

— Et toi, Baldwin ? Tu tiens le coup ?

Avec Garrett, inutile de jouer la comédie.

— Je fais de mon mieux. Je n'arrive pas à imaginer qu'elle soit vraiment partie. J'espère qu'elle est encore vivante, je suis obligé… Blessée, peut-être, mais pas morte. J'en suis incapable pour l'instant.

— Très bien. Continue comme ça. Il se passe quelque chose de bizarre, ici. On a une épidémie de…

Un grand cri de triomphe résonna, et la porte du bureau s'ouvrit avec un claquement. C'était Marcus ; il arborait un sourire immense.

— On a trouvé quelque chose.

— Garrett, il faut que je te laisse. Je te rappelle.

Il mit fin à l'appel en dépit des protestations de son collègue et ignora la sonnerie qui s'éleva de son téléphone portable dès qu'il eut raccroché.

— Que se passe-t-il ?

— Un mécano de l'aéroport John C. Tune vient de nous appeler. Il n'était au courant de rien, il a entendu parler de la disparition de Taylor par la télévision. Il dit qu'hier soir il a vu un homme et une femme embarquer dans un Cessna. Rien d'extraordinaire en soi, sauf que la femme était dans les pommes. L'homme la portait sur son épaule, il a dit qu'elle avait trop bu. Et ce n'est pas tout, Baldwin. Il dit qu'elle était habillée en blanc.

— On y va. Je veux lui parler. Maintenant.

32.

Lieu indéterminé
Lundi 22 décembre
3 heures

Le bruit était assourdissant. Comme le bourdonnement d'une abeille géante. L'abeille passa près de son oreille, et elle voulut l'écraser. Mais elle ne pouvait plus lever la main. Elle restait figée le long de son corps. Nom d'un chien, qu'est-ce qu'il…

Elle entrouvrit les yeux et les referma aussitôt. Elle n'avait pas l'impression d'être morte. Sauf si l'endroit où l'on arrivait après la mort ressemblait à un grand entrepôt. C'était peut-être le purgatoire ? Non, elle n'y croyait pas. Pour elle, c'était soit le paradis, soit l'enfer. Elle avait certainement versé suffisamment de sang pour être aiguillée vers les flammes éternelles. Cette pensée la fit grimacer, et une douleur lancinante lui troua le crâne. Elle tenta de nouveau d'ouvrir les yeux, plus doucement : d'abord le droit, ensuite le gauche. Ce n'était pas une abeille qu'elle entendait bourdonner, mais sa propre tête. Son cerveau produisait des ondes sonores de dix mille décibels chacune. Devant elle, il y avait quelque chose qui ressemblait à un pilier en béton. Elle déplaça lentement son regard à travers la pièce. Sa tête vibrait de douleur, mais son impression se confirmait. Elle se trouvait dans un entrepôt vide.

Elle essaya de se lever et se rendit à peine compte qu'elle n'y arrivait pas. Tout se mit à osciller autour d'elle, et l'obscurité l'enveloppa.

Sentant du mouvement, il alla se placer devant la vitre et la regarda. Elle était réveillée. Tant mieux. Il avait envie de lui parler, d'entendre de nouveau sa voix éraillée. Elle mettait un moment à récupérer du pistolet hypodermique. Peut-être aussi qu'il y était allé un peu fort avec le chloroforme. Il avait eu du mal à estimer sa force, à savoir si elle allait résister. Elle s'était réveillée un instant pendant qu'il la portait vers l'avion. Il avait senti ses muscles se contracter et lui avait aussitôt plaqué le mouchoir imprégné de chloroforme sur le visage.

Cela faisait des heures, maintenant, qu'il la regardait dormir, sanglée à la chaise. Par moments, il lui semblait qu'elle rêvait : ses globes oculaires basculaient d'un côté à l'autre sous ses paupières, et elle poussait de petits cris étouffés. Ces lèvres, cette voix… Elle lui faisait plus d'effet que n'importe quelle femme depuis des années. Elle était absolument délicieuse. Il la désirait. De tellement de manières différentes…

Elle remua un peu, puis sombra de nouveau. Ce n'était pas pour tout de suite, finalement. Dommage…

Il passa un appel à l'Uomo pour lui signaler qu'elle commençait à émerger. L'Uomo lui avait interdit de poser la main sur elle, mais il avait très envie de toucher encore cette peau chaude et lisse.

De nouveau du mouvement. Cette fois, elle était bien réveillée.

Debout devant la vitre, il l'observa, ébloui par sa beauté. Elle essaya de secouer la tête et, au grand ravissement de son surveillant, se mit à gémir. Pas le droit de la toucher, d'accord, mais personne ne l'obligeait à se conduire comme un moine. Sa main se glissa vers sa braguette et s'introduisit à l'intérieur. Une femme impuissante, ligotée à une chaise… Un homme normal se serait senti chevaleresque, pas excité au point d'en exploser. Quelques gestes rapides suffirent. Il ferma les yeux, en extase, au moment de jouir.

— Atlas, espèce de dégoûtant…

C'était la voix de l'Uomo. Ebahi, Atlas ouvrit les yeux ; sa main entourait encore son sexe flétri. Il s'était fait prendre. Il se réfugia contre le mur en chancelant et referma sa braguette. Devant lui se dressait un homme élégant, aux cheveux gris, qui le regardait avec mépris.

— Désolé, désolé, je n'ai pas pu m'en empêcher…, dit Atlas en baissant la tête.

— De toute évidence, tu n'es pas à la hauteur de la situation. Sors d'ici et demande à Dusty de te remplacer. Qu'il n'apporte pas de lecture : cette surveillance demande une attention extrême. Tu peux disposer.

Atlas lança un dernier regard à la femme.

— Magnifique, marmonna-t-il en quittant la petite salle d'observation.

Devant la vitre, l'Uomo regardait Taylor Jackson se

débattre pour se libérer de ses liens. Elle était effectivement très belle. Il n'était pas question que ses hommes se laissent distraire par les charmes de ce succube enchaîné. Mais Dusty ferait l'affaire ; il semblait insensible au sexe opposé. Evidemment, les injections de Depo-Provera imposées par le tribunal avaient eu un effet fatal sur sa libido.

La fille se débattait de toutes ses forces, à présent. Elle était pleinement consciente et essayait de se détacher. Il l'observa un moment, attentif aux sensations que le spectacle éveillait en lui. Elle continuerait pendant des heures, s'il n'intervenait pas. C'était une tête brûlée. Il devait lui parler, l'empêcher de se faire mal. Elle aurait besoin de se soulager, puis il faudrait la nourrir et la faire boire.

Il admirait son cran. C'était un beau compliment, venant d'un homme qui n'admirait rien.

33.

Nashville
Lundi 22 décembre
8 heures

Ils avaient passé la nuit à interroger le personnel de l'aéroport. On avait retrouvé la limousine. Un impact de balle avait fait voler en éclats le pare-brise. Le voile de Taylor, coincé dans les plis souples du cuir, était la seule indication de sa présence dans le véhicule. La confirmation matérielle était en cours — on avait relevé des empreintes et recherché des traces de sang. On espérait parvenir à reconstituer les événements qui avaient précédé l'arrivée à l'aéroport. Les deux certitudes, c'étaient que la balle avait été tirée depuis l'intérieur de la voiture, et qu'il y avait des traces de lutte.

On recherchait aussi l'avion fantôme. Retracer le parcours d'un appareil était généralement aisé, surtout depuis le 11 septembre 2001. Mais le Cessna semblait avoir dévié de son cap ; il n'avait pas atterri à la destination prévue. A la moitié du vol, le pilote avait appelé la piste privée de Fort Lauderdale pour dire qu'il avait un passager malade à bord et qu'il retournait à Nashville. La tour de contrôle de Nashville n'avait pas eu de nouvelles de l'appareil depuis son départ. Aucun accident d'avion n'avait été signalé sur le littoral atlantique. Il faudrait des heures pour retrouver l'endroit où l'avion s'était posé, en comparant à la main des listes de numéros d'immatriculation.

Tout avait été soigneusement planifié pour que l'avion disparaisse dans la nature.

John en avait la nausée. Il sortit du petit aéroport et se tint sur le tarmac en fixant le nord. Il y avait une chance pour que Taylor soit blessée, pour qu'elle ait besoin de lui, et cette pensée lui donnait envie de s'arracher les cheveux et de serrer ses doigts autour de la gorge de celui qui lui avait volé sa femme.

Fitz s'approcha furtivement et lui mit la main sur l'épaule. D'un coup, John se sentit à la fois très reconnaissant et très coupable. Tout à ses propres terreurs au sujet de Taylor, il avait oublié les quatre personnes qui la connaissaient et l'aimaient depuis bien plus longtemps que lui. Ceux qui formaient son équipe. Cette prise de conscience lui fit l'effet d'une gifle.

— Ecoute, Fitz, je suis désolé… Depuis le début, je ne fais que penser à moi et à mes souffrances. Je sais que tu tiens à elle, toi aussi. Je me suis conduit comme un imbécile.

Fitz eut un geste nonchalant.

— T'en fais pas pour ça. On est tous à cran, mais, que je sache, personne ne t'en veut de ne pas nous avoir dorlotés davantage. On est des adultes. Enfin, la plupart d'entre nous.

Avec un grand sourire, il fit un signe en direction de

l'entrée du terminal, où se tenait Marcus Wade. Le jeune homme menait la vie dure au personnel de l'aéroport : il avait déjà menacé de les arrêter tous s'ils ne coopéraient pas. A présent, il s'adressait à un interlocuteur d'un air véhément ; derrière le comptoir, l'agent tremblait visiblement.

John eut un sourire crispé. Derrière Marcus, il vit Lincoln, installé sur une chaise en plastique orange, son ordinateur sur les genoux. Il naviguait dans le cyberespace à la recherche de l'avion. Si quelqu'un était capable de le retrouver, c'était bien lui.

— Je vais appeler Price, lui faire mon rapport, déclara Fitz. Je lui dis quelque chose de ta part ?

— Juste de se préparer à un assaut majeur dès qu'on saura quelque chose. Je sais que le département de police ne roule pas sur l'or. Je suis prêt à mettre des fonds s'il le faut. Je ne m'attends pas à ce qu'il couvre mes frais. Dis-le-lui.

— Price ne voudra rien entendre, Baldwin, tu le sais. Il te considère comme un membre de cette équipe, même si tu es du FBI.

Il ouvrit son téléphone et s'éloigna, laissant John seul sur le tarmac gelé.

A un moment donné, il avait bien failli quitter le Bureau ; à présent, il s'estimait heureux que son chef, Garrett Woods, l'en ait empêché. Il lui aurait été difficile de réagir à la disparition de Taylor, à la mort du chauffeur et à tout le reste sans l'appui du FBI.

Il avait encore envie de se mettre à son compte, de monter une société de conseil libérée des contraintes du secteur public. Embaucher quelques détectives, faire le travail qu'il avait envie de faire…

Une idée lui vint à l'esprit et le secoua. « Un détective… » Taylor et lui avaient manifestement été surveillés. Quelqu'un était au courant de tous les détails de leur mariage, y compris du nom de l'entreprise de limousines. Etait-ce l'œuvre d'un détective privé dépourvu de scrupules ? Non, aucun détective sain d'esprit n'accepterait de filer un flic et un agent du FBI. Voilà un problème qui méritait d'être éclairci.

Son téléphone affichait quatre nouveaux messages, tous de Garrett Woods, tous concernant une affaire qui n'avait rien à voir avec la disparition de Taylor. En proie à une minirébellion filiale, John décida de ne pas répondre tout de suite. S'il avait absolument besoin de lui parler, Woods le lui ferait savoir. En attendant, il devait rester concentré sur Taylor.

34.

Lieu indéterminé
Lundi 22 décembre
13 heures

Deux hommes étaient attablés dans un coin d'un petit restaurant de quartier. L'un était arrivé par l'entrée principale, l'autre par les cuisines. Ils ne s'étaient pas rencontrés depuis de longues années.

Le premier était connu dans de nombreux milieux. Ses employés l'appelaient tout simplement « l'Uomo », l'Homme. Fringant, cultivé, arborant une belle chevelure grise, il avait toutes les apparences d'un homme d'affaires prospère.

Le second avait un visage facile à reconnaître ; pour cette raison, il ne sortait presque plus depuis un certain temps. Mais l'Uomo l'avait sommé de venir. A vrai dire, il avait même mis sa tête à prix. Après la débâcle du début de l'année, il n'avait pas eu le choix. Soit il refaisait surface, soit il se faisait descendre.

Or, il était déjà mort peu auparavant.

Ils étaient assis l'un en face de l'autre. De temps à autre, l'homme aux cheveux gris se tamponnait poliment la bouche avec la serviette en lin empesée. Ses lèvres étaient mouillées du rouge millésimé qui était son vin de tous les jours, un châteauneuf-du-pape 1985. Il mangeait avec enthousiasme et délicatesse, savourant chaque bouchée.

Son invité ne mangeait ni ne buvait. La peur lui contractait l'estomac et rendait la digestion impossible. Il regardait son compagnon et picorait des miettes de sa salade niçoise en se demandant pourquoi il l'avait commandée. La cuisine française n'était pas ce qu'il préférait, mais il n'avait pas été consulté quant au choix du restaurant. C'était déjà assez stupide de se retrouver tous les deux en public.

L'Uomo semblait se régaler. Après avoir fait un sort à deux entrées et un plat principal, il demanda une assiette de fromages. Enfin, il s'essuya une dernière fois la bouche, émit un soupir de béatitude et regarda son convive dans les yeux.

— Alors, Lazare est ressuscité ? Je savais bien que tu finirais par refaire surface.

— Je te rappelle que c'est à cause de toi que j'ai dû disparaître. Et mettre ma tête à prix, c'était un peu indélicat, tu ne trouves pas ?

— Oui, oui, répondit l'Uomo avec un geste d'impatience, je suis responsable de tous tes maux. Le contrat, c'était une nécessité. Sinon, tu ne serais pas assis en face de moi. C'est une simple réunion d'affaires, tu le sais. Il y a eu de nouveaux développements. Nous avons besoin que tu t'entretiennes avec quelqu'un en tête à tête. Si tu résous ce problème pour moi, je considérerai ta dette comme annulée. Tu pourras disparaître de nouveau, et je m'engagerai à ce que mes hommes cessent de te traquer.

Une offre séduisante, qui méritait qu'on la prenne en considération. Evidemment, avec l'Uomo, rien n'était simple.

— De qui s'agit-il ?

— Tu verras. Tu as fini ?

L'Uomo regarda avec mépris l'assiette presque pleine de son compagnon. Il détestait la faiblesse.

— Tu n'as pas d'appétit ?

— Apparemment pas. Si on y allait ? Je ne me sens pas très à l'aise, ici. J'aimerais qu'on en finisse.

— Très bien. J'ai un petit cadeau pour toi. Peut-être qu'en le voyant tu comprendras enfin la gravité de la situation. La limousine viendra te chercher dans trente minutes. Entre-temps, essaie de manger un peu.

L'Uomo se leva et quitta la pièce, en souriant avec bienveillance à tous les clients du restaurant.

L'autre homme regarda son vieil ami s'éloigner.

— Salopard…, murmura-t-il.

35.

Lieu indéterminé
Lundi 22 décembre
13 h 30

Taylor s'agitait sur sa chaise de bois. Ses poignets étaient attachés aux pieds arrière, ce qui l'obligeait à cambrer le dos et à crisper les épaules. Néanmoins, elle pouvait faire pivoter ses mains vers le plafond — une erreur de la part de ses ravisseurs. Elle déploya ses longs doigts agiles et s'attaqua aux nœuds.

Elle aurait donné n'importe quoi pour avoir une couverture. Il faisait très froid, et on l'avait déshabillée en ne lui laissant que sa culotte et son soutien-gorge. D'un coup, elle se rendit compte qu'elle n'était pas seule. Ses doigts s'immobilisèrent, et elle baissa les paupières, feignant le sommeil. Un parfum flotta jusqu'à ses narines : des effluves de cèdre, de citron vert et de menthe. Un parfum d'homme.

— Je sais que tu es réveillée. Je t'observe depuis un petit moment. Tu n'as pas perdu de temps, n'est-ce pas ?

Taylor ouvrit les yeux. Devant elle se tenait un homme de taille moyenne, portant un costume gris à fines rayures, une cravate bordeaux nouée d'une main experte et une chemise blanche ornée de boutons de manchettes. « Papa avait un costume comme ça, autrefois », pensa-t-elle. L'homme portait aussi une cagoule qui s'accordait mal avec ses beaux vêtements anglais.

— Allez vous faire foutre, dit Taylor.

Il se mit à rire.

— Quelle élégance! Tu mériterais que je te récure la bouche avec du savon.

— Que voulez-vous?

— Ah, voilà qui est plus pertinent... Dis « s'il vous plaît », et je répondrai à toutes tes questions.

Taylor le dévisagea froidement.

L'homme soutint son regard. Ses yeux bleus brûlaient dans les trous de sa cagoule. Enfin, il eut un sourire désagréable.

— Bien... Tu es forte. C'est ce qu'on m'avait dit. Parlons affaires. J'ai une proposition à te faire.

— D'abord, détachez-moi.

— Pour que tu puisses t'échapper? Certainement pas. Pas maintenant, en tout cas. Je te laisserai partir au moment voulu. Quand j'aurai la conviction que tu es prête à coopérer. Et crois-moi, tu y viendras. Tu peux me faire confiance.

— J'en doute sérieusement.

Du bout du doigt, il caressa la joue de Taylor en progressant lentement vers sa clavicule.

— Nous avons nos moyens, dit-il.

Taylor écarta brusquement la tête, et il se mit à rire de nouveau.

— Tu as du caractère : ça me plaît. Tu vas coopérer, et je vais m'assurer que tu sortes d'ici indemne. Si jamais tu décides de te battre, de faire des chichis, je te ferai tuer. Voilà tout. Maintenant, passons aux choses sérieuses. Il y a un problème, dans ta jolie ville, sur lequel je peux t'aider.

— Vous parlez de Blanche-Neige ?

— Ce minable ? Sûrement pas. Tu es plus près de lui que tu ne le penses. En tout cas, ça n'a rien à voir avec lui. C'est plutôt lié à la famille. A l'honneur. A toutes ces choses que tu prétends respecter.

Il fit quelques pas en direction de la porte, comme pour se donner du recul. Puis il la fixa du regard jusqu'à lui faire baisser les yeux.

— Je ne prétends pas respecter ma famille, dit Taylor. Je n'ai aucun sentiment pour eux. On a dû mal vous renseigner.

— Mmm…

Il croisa ses bras derrière le dos et inclina la tête, comme un chien essayant d'identifier un bruit inconnu.

— Aucun sentiment, tu dis… Peut-être pas pour tes parents, en effet. Ta mère est une garce, ton père un salaud… Oui, je parie que tu as trop d'*intégrité* pour leur être attachée.

Il prononça le mot *intégrité* comme s'il s'agissait d'un sentiment sordide et déplacé.

— Mais, en réalité, je parlais de la famille que tu t'es choisie. Tes « compagnons d'armes », pourrait-on dire. Ces hommes qui t'estiment tant. La loyauté est une qualité précieuse, Jackson. Attention, toutefois, à ne pas la considérer comme acquise. Enfin, je crois que tu as beaucoup de sentiments pour ces gens avec qui tu partages ta vie. Il serait dommage qu'il leur arrive quelque chose.

Taylor fit basculer sa chaise en arrière et faillit se renverser.

— Espèce de salopard ! Pour qui est-ce que vous vous prenez ?

Il se rua vers elle, l'attrapa par les cheveux et lui tira la tête en arrière, dénudant sa gorge. Un éclat d'acier traversa le champ de vision périphérique de Taylor, puis une lame froide plaquée contre sa carotide lui rappela la précarité de sa situation. Elle dut mobiliser toute sa volonté pour ne pas se débattre. S'il voulait lui faire prendre conscience de sa vulnérabilité, c'était réussi... Du bout du couteau, il caressa la cicatrice de Taylor, et elle eut un haut-le-cœur.

— C'est toi qui es attachée à la chaise, ne l'oublie pas. Maintenant, cesse de t'agiter, sinon on n'arrivera à rien. Tu es en position délicate. Nous parlerons des détails quand tu auras compris l'enjeu. Mais, au cas où je n'aurais pas été assez précis, je vais mettre les points sur les i. Si quelque chose va à l'encontre de mes intérêts dans ta jolie petite ville, je ferai tomber les têtes de tes amis l'une après l'autre. Maintenant, tiens-toi tranquille. Dusty va t'apporter à manger. Ensuite, il y a quelqu'un qui aimerait te parler. Il sera là sous peu.

L'homme quitta brusquement la pièce. La porte se referma avec un claquement métallique.

Eh bien... Voilà qui était intéressant.

Dès qu'il fut parti, Taylor s'attaqua de nouveau à ses

liens. Elle y était presque. Il allait voir comment elle allait coopérer…

Tout en tripotant les nœuds, elle repassait les propos de l'inconnu dans sa tête. « Qui est-ce ? se demandait-elle. Pourquoi ai-je l'impression de l'avoir déjà vu ? » Plus elle y réfléchissait, plus cela lui échappait. « Sa voix… Elle a quelque chose de particulier… »

Un kidnappeur a généralement deux objectifs possibles : l'extorsion d'argent ou la vengeance. Mais cet homme avait un tout autre programme. Il avait parlé de sa famille, avait clairement menacé ses coéquipiers. Pourquoi ? Comment s'était-elle mise en travers du chemin de ce détraqué ? Lui avait-elle fait du tort ? S'agissait-il d'une ancienne affaire criminelle ? Il prétendait avoir des intérêts à Nashville. Quels « intérêts » pouvait avoir un homme dans son genre ?

« Il ne faut pas considérer la loyauté comme acquise », avait-il dit. Peut-être parlait-il de sa propre famille. Les puissants doivent souvent faire face aux trahisons.

L'homme avait un accent de la région de New York, peut-être de Long Island. En tout cas, il ne venait pas du Tennessee. S'agissait-il d'un stratagème pour piéger John ?

Il ne fallait surtout pas qu'elle pense à lui. Il était en train de la chercher, cela ne faisait aucun doute. Il devait être mort d'inquiétude, et ses coéquipiers aussi. Cette idée lui donna un regain de courage. Elle avait des crampes dans les doigts, mais elle continua à tirer patiemment sur les nœuds. Il fallait qu'elle sorte d'ici, d'une manière ou d'une autre.

A l'instant où elle décidait de s'accorder une pause, elle

sentit du jeu à son poignet droit. Oubliant la fatigue, elle pinça la corde du bout des ongles, tira encore et encore... et sentit subitement le nœud se défaire. Sa main s'engourdit sous l'afflux du sang, puis fut prise de terribles picotements. La corde tomba à terre, et Taylor ramena son bras vers sa poitrine. Haletante, elle eut un sourire de triomphe. Puis elle repoussa ses cheveux et promena son regard sur le grand espace autour d'elle, cherchant une issue. A présent qu'elle était tout près de la liberté, l'endroit prenait une autre apparence. C'était sans aucun doute un hangar industriel. Quant à savoir où il était situé, c'était impossible.

Elle passa son bras dans son dos et défit les nœuds à son poignet gauche. Puis elle ramena ses deux mains sur ses genoux et les massa pour rétablir la circulation.

Quand ses doigts furent en état de fonctionner, elle se pencha pour détacher ses pieds. Puis elle se leva, repoussa la chaise et s'étira de toute sa longueur comme un chat resté trop longtemps dans une boîte. Elle respira calmement, profondément. Et attendit. S'ils l'observaient, ils seraient là d'une seconde à l'autre. Personne ne vint. Au bout d'un moment, elle se dirigea vers la porte.

Elle avança sans bruit, au cas où le garde aurait été en faction derrière le battant. Elle risqua un coup d'œil rapide par la fenêtre et se rendit compte que c'était du verre grossissant, conçu pour observer l'intérieur de la salle. En sens inverse, cela ne fonctionnait pas. Tout était déformé. Elle colla son oreille contre la porte métallique : pas un bruit. Même si elle avait entendu le cliquetis de la serrure après le départ de l'homme aux cheveux gris, elle tourna la poignée, cédant à un fol espoir. Mais la porte était bel et bien fermée à clé.

Elle repartit en sens inverse. La douleur dans son dos et ses jambes s'apaisait un peu plus à chaque pas. A l'autre bout de la grande salle, il y avait une série de fenêtres aux vitres crasseuses. Elle essaya de regarder au-dehors, mais ne distingua qu'un paysage flou qui évoquait un bord de rivière. Toujours en sous-vêtements, elle se mit à courir sur place pour se réchauffer. Et, en courant, elle réfléchit.

Elle n'avait certainement pas l'impression d'être à Nashville.

Depuis quand était-elle inconsciente ? Les effets du chloroforme se faisaient encore sentir ; il pouvait y avoir assez longtemps qu'elle était entre les mains de ses ravisseurs.

L'exercice physique l'aida à aiguiser ses réflexes et à calmer sa nausée. Elle décida de chercher une arme qu'elle pourrait utiliser pour se défendre contre le garde quand il reviendrait — ou, avec un peu de chance, pour briser la vitre de la porte métallique. Elle fit le tour du hangar en courant à petites foulées. La plante de ses pieds se couvrit de poussière brune. A l'évidence, cet endroit ne servait que rarement. Il n'y avait rien qu'elle puisse utiliser pour se défendre ou pour s'évader. Sauf la chaise…, mais elle était certaine qu'ils rappliqueraient en quatrième vitesse au premier craquement de bois.

Réchauffée, elle revint vers la porte et tendit l'oreille. Une voix d'homme s'élevait au loin. Il chantait d'une voix de fausset, et sa chanson se rapprochait.

Elle n'aurait qu'une seule chance de s'échapper, elle en avait la certitude.

Se précipitant vers la chaise, elle la redressa et s'y installa en croisant les bras derrière son dos, épaules tendues, comme si elle était encore attachée. Une clé tourna dans la serrure, et la porte s'ouvrit. C'était un nouveau garde, plus petit que le premier. Avec lui, elle avait ses chances.

Il arborait un sourire stupide, comme s'il était le détenteur d'un merveilleux secret. Du plateau qu'il portait s'élevaient des effluves qui titillaient les narines de Taylor. Le mélange d'oignons et de poivrons grillés lui rappelait la belle saison, les *fajitas* et les margaritas qu'elle buvait sur la terrasse de son boui-boui préféré, à Nashville. Elle fut un instant terrassée par le mal du pays, puis elle réussit à se reprendre. Au moins daignaient-ils la nourrir ; ils ne comptaient donc pas la tuer tout de suite.

De toute façon, elle n'avait pas l'intention de s'attarder assez longtemps pour le savoir.

— J'ai besoin d'aller aux toilettes.

Taylor tenta de prendre un ton à la fois hautain et effrayé. Le gardien sourit de plus belle. Ça marchait.

— Je m'appelle Dusty.

— Salut, Dusty. Ecoute, j'ai vraiment besoin d'aller aux toilettes.

Son sourire s'élargit.

— Tu aimes lire ?

Il continua à sourire en arrangeant la nourriture sur le plateau, comme s'il n'avait pas entendu la requête de Taylor. Elle le laissa s'approcher.

— Oui, dit-elle, j'aime bien lire.

— Tu aimes toucher ?

Bon sang, où recrutaient-ils ces phénomènes ? Le géant

de tout à l'heure l'avait regardée en salivant comme devant un gros steak saignant, mais celui-ci, avec sa voix éteinte, ne lui faisait pas peur.

— Toucher quoi ?

— Tu sais bien.

Il rougit, et Taylor inspira à fond tandis qu'il approchait encore.

Il allait devoir la nourrir à la petite cuillère, ou bien lui détacher les mains. Dans les deux cas, l'occasion espérée avait des chances de se présenter.

Il posa le plateau sur le sol.

— Je vais te détacher pour que tu manges. On pourra parler. Ne fais pas l'imbécile, d'accord ?

Elle hocha la tête. Il s'approcha davantage. Une forte odeur émanait de lui ; il ne s'était pas lavé depuis un moment. Refoulant sa nausée, Taylor se concentra. « Tout doux, maintenant… Laisse-le passer les mains derrière la chaise… »

Bondissant sur ses pieds, elle envoya la chaise voler derrière elle. Le dénommé Dusty fut assez interloqué pour lui permettre de mener à bien son attaque-surprise. Elle mit rapidement son bras autour de la tête de l'homme, lui attrapa l'oreille gauche, plaqua la main droite contre sa mâchoire et pivota sur elle-même en le repoussant de toutes ses forces. Elle était plus grande que lui et avait plus de prise qu'il n'aurait pu le croire. Avant qu'il ait pu réagir, sa tête se plaqua sur le côté, et son cou se brisa dans un affreux craquement.

Taylor expira et lâcha prise. L'homme s'effondra à ses pieds.

Elle fit quelques pas en arrière sans le quitter des yeux. C'était la première fois de sa vie qu'elle tuait un homme à mains nues. Jusqu'à présent, elle avait toujours eu une arme à portée de main pour faire le sale boulot. Quoi qu'il en soit, elle avait un mort de plus sur la conscience.

Ce n'était pas le moment d'y penser. Il fallait qu'elle sorte de cet endroit. Sans se retourner, elle quitta la pièce en courant et se retrouva dans un long couloir. Au bout de ce couloir, elle vit une porte surmontée d'une petite fenêtre par laquelle filtrait la lumière du jour. A son grand bonheur, la porte s'ouvrait sur l'extérieur.

Elle se précipita dehors et avala de grandes goulées d'air glacé pour nettoyer son corps et son esprit, et souffla des volutes de vapeur, comme un dragon crachant de la fumée. La rue devant elle était déserte. A droite et à gauche s'élevaient des bâtiments couverts de tags et de graffitis. Elle se serait presque crue à Nashville.

Mais, de l'autre côté du grand fleuve sale, les gratte-ciel clignotaient comme une horde de lucioles. Il n'y avait qu'une seule ville sur Terre qui ressemblait à ça. Même en l'absence de repères connus, aucune erreur n'était possible. Elle savait où elle était.

La brise glacée du fleuve soulevait ses cheveux et couvrait ses bras et ses jambes de chair de poule. Elle dévala les marches qui menaient à la rue et se mit à courir vers le sud. A la première intersection, elle tourna vers l'est et s'éloigna du fleuve en direction de la civilisation.

36.

New York
Lundi 22 décembre
15 heures

Il s'était fait récupérer dans l'allée derrière le restaurant par le mastodonte qui se faisait appeler Atlas. Ce crétin lui avait collé un bandeau sur les yeux et avait tourné en voiture pendant des heures avant de le déposer enfin à l'entrée d'un hangar sur les quais. L'Uomo attendait devant le bâtiment ; il avait renvoyé le chauffeur et ouvert la porte métallique à son visiteur avec une politesse superficielle.

Ils parcoururent un couloir qui aboutissait à deux portes, l'une à gauche, l'autre à droite. L'Uomo ouvrit celle de droite et lui fit signe d'entrer.

— Après toi.

Cela avait intérêt à valoir le coup, pensa son compagnon. Il s'avança et traversa un autre couloir en direction d'une porte en acier munie d'une vitre. Il se retourna : l'Uomo lui fit signe de regarder à travers. Il n'aimait pas tourner le dos à cet homme, mais il n'avait pas vraiment le choix.

La vitre était de verre grossissant. Il lui fallut un moment pour accommoder sa vision. Par terre, dans la grande salle, il y avait un corps. Un corps d'homme. Nom d'un chien…

Il se retourna vers l'Uomo.

— Tu m'as « ressuscité » et fait venir jusqu'ici pour me montrer un mort ? C'est une blague, peut-être ? Ou encore une de tes fameuses menaces ? Parce que, franchement, ça ne me fait plus rien.

L'air déconcerté, l'Uomo s'avança jusqu'à la vitre.

— Nom de Dieu ! Où est-elle ?

Il se rua dans la grande salle. Dusty était écroulé sur le sol, face contre terre. Sa tête avait fait trois quarts de tour sur elle-même et n'était plus du tout dans l'axe de son corps.

L'Uomo émit un hurlement de colère. Il perdait rarement ses moyens, mais, à présent, le sabotage de son plan semblait le piquer au vif.

— Nom de Dieu… Elle lui a brisé le cou ! Je n'y crois pas. Et elle a réussi à sortir ! Ce n'est pas bon, Win. Pas bon du tout.

Il tourna vers son invité un regard plein de rage.

— Ta petite salope de fille a tué un de mes hommes ! Elle va me le payer.

Il sortit en coup de vent, laissant Win Jackson seul face au regard laiteux du mort.

Taylor ? Taylor avait été ici ? C'était elle qui avait fait ça ? Il fallait qu'elle ait été sacrément furax. Elle l'était généralement lorsqu'ils avaient rendez-vous tous les deux.

Si Anthony Malik avait décidé de mêler Taylor à ses affaires, il allait au-devant de très gros ennuis.

L'Uomo revint, un peu plus calme, mais son regard bleu trahissait son trouble.

— Ta petite chérie s'est apparemment réfugiée au commissariat du 108e. Il faut évacuer les lieux. Tu as encore le bateau que j'avais mis à ta disposition ? Oui ? Alors allons-y.

Il sortit son téléphone portable, appuya sur une seule touche et dit d'une voix tendue :

— Envoie quelqu'un faire le ménage à l'entrepôt. Tout de suite.

37.

Long Island City, Etat de New York
Lundi 22 décembre
20 heures

Emily Callahan, inspecteur de police de troisième grade, tendit à Taylor un pantalon de survêtement gris et un sweat-shirt à l'emblème du NYPD.

— Ça devrait aller, dit-elle. Le pantalon sera juste un peu trop court. Vous mesurez quoi, un mètre quatre-vingts ?

— Et des poussières, répondit Taylor en souriant.

Elle ôta la serviette blanche qui entourait ses épaules et enfila le pantalon. Il manquait en effet une dizaine de centimètres en longueur, mais cela tenait chaud, et c'était l'essentiel. Elle enfila le sweat-shirt, prit un élastique marron sur le bureau de l'inspecteur, attacha ses cheveux mouillés en un chignon et se rassit, épuisée.

Elle avait trouvé le commissariat du 108e, à Long Island City, sans trop de mal. Dire que ces imbéciles l'avaient séquestrée à New York ! A la sortie de l'entrepôt, elle avait immédiatement reconnu la silhouette de Manhattan. La rue qui s'éloignait du fleuve s'était révélée être la Cinquantième ; au carrefour suivant, elle était tombée sur le bureau de police. Heureux hasard. Elle avait été un peu gênée, bien sûr, de monter les marches en courant, vêtue seulement de ses sous-vêtements, mais sa sécurité passait par-dessus tout.

En la voyant arriver, le policier de garde s'était mis à rire ; il l'avait prise pour une cinglée et avait essayé de la chasser. Sans se démonter, Taylor avait annoncé son numéro de matricule et exigé qu'on contacte immédiatement son capitaine.

Comprenant enfin qu'il avait affaire à une vraie flic, le policier lui avait trouvé une couverture. Des appels téléphoniques avaient été passés, des regards inquiets échangés. Finalement, cette Emily Callahan était venue au secours de Taylor ; elle l'avait emmenée dans son bureau, lui avait donné à manger, montré les douches et trouvé des vêtements chauds.

A présent, elle lui tendait une paire de chaussettes et un gobelet de café fumant.

— Il est à la vanille. Mes collègues sont des fines gueules.

Elle roula les yeux, et Taylor se mit à rire.

— Je connais ça. Starbucks a été notre ruine à tous.

— Quand vous aurez envie de parler au lieutenant, il vous attend. Pas besoin de vous presser, hein, prenez votre temps…

Taylor avala une gorgée de café chaud et sucré. Trop sucré, d'ailleurs, mais cela lui ferait sans doute du bien. Callahan s'était montrée extrêmement compréhensive : en permettant à Taylor de se réfugier dans son bureau, elle l'avait aidée à se calmer et à faire le tri dans ses émotions.

L'image de la tête du garde entre ses mains ne cessait de lui revenir, tout comme l'horrible craquement de sa nuque. Elle secoua la tête pour chasser ces flash-back.

Son estomac grogna, irrité par le café. Et sans doute par le stress, pensa-t-elle. Il fallait qu'elle se change les idées.

— Vous êtes ici depuis longtemps ? demanda-t-elle à la jeune femme.

Callahan eut l'air ravie de s'entendre poser la question.

— Au commissariat du 108e ? Un bon moment, oui. Ça fait un an que je suis devenue inspecteur. J'aimerais monter en grade, mais vous savez comment ça se passe…

— Je sais, oui.

— Comment est-ce que vous avez réussi à passer lieutenant aussi jeune ? Si ce n'est pas indiscret ?

— En bossant telle une dingue, comme vous. Vous avez quoi, vingt-sept, vingt-huit ans ?

— Trente-trois, dit Callahan en rougissant. Merci du compliment.

— J'ai toujours été nulle en âges. Continuez à faire le maximum, ça viendra tout seul. A Nashville, le département de police est plus petit, et il y a beaucoup de renouvellement dans les hauts rangs. Les occasions se présentent plus souvent.

Elle prit une nouvelle gorgée de café, puisant le maximum de réconfort dans cet affreux jus sucré.

— On y va ? demanda-t-elle enfin.

— Suivez-moi.

Callahan conduisit Taylor dans un couloir tapissé de panneaux d'affichage en liège où étaient punaisés une foule de petits papiers. La ressemblance avec les bureaux de son propre centre mit Taylor à l'aise. Décidément, les tanières de flics se ressemblaient toutes.

L'inspecteur ouvrit la porte d'une salle occupée par une longue table de réunion. Les autres étaient déjà installés.

Callahan fit les présentations.

— Voici le lieutenant Tony Eldridge, le sergent Robert Johnson et les inspecteurs Davis Welton et Zach Brooks. Je vous présente le lieutenant Taylor Jackson, de la brigade des homicides de Nashville.

Le lieutenant Eldridge se leva en dépliant son corps long et fin comme une grue et serra la main de Taylor.

— Désolé de vous rencontrer dans de telles circonstances, lieutenant. Ça va, les vêtements ? Vous voulez un autre café ?

— Non, merci. Je préférerais régler tout ça d'abord. Vous avez fait une descente dans l'entrepôt ?

Eldridge l'observait d'un air incrédule.

— On y est allés et on n'a rien trouvé du tout.

— Ouah…, murmura Taylor. Ils sont rapides.

— Comment ça ?

— Je veux dire que ce sont des pros. J'ai tué un de leurs hommes, et ils ont déjà fait disparaître toutes les traces ? Vous n'avez vraiment rien trouvé du tout ?

Eldridge s'éclaircit la gorge.

— J'ai une équipe en train de passer le local au peigne fin. Pour l'instant, on a quelques empreintes partielles et un peu d'urine sur le sol. C'est tout.

— J'ai vu au moins trois personnes là-bas. Le premier,

c'était un géant. Il devait mesurer entre deux mètres cinq et deux mètres dix. Le deuxième était plus petit que moi, de corpulence moyenne. Des sales types, tous les deux, glauques au possible. Le troisième était clairement à la tête de l'opération. Bien habillé, calme, posé. Un accent cultivé, de la région de New York. Il portait une cagoule. Il avait les yeux bleus, un regard méchant et les lèvres fines. Il a menacé de tuer mes coéquipiers à Nashville. Il m'a dit qu'il avait des intérêts là-bas. Pourtant, il n'est pas connu de nos services, pour autant que je sache. Il avait une voix douce, presque... apaisante. En tout cas, elle se voulait apaisante. J'ai quand même réussi à le mettre plusieurs fois en rogne. Il n'aime pas qu'on s'oppose à lui. Surtout quand on est une femme.

Eldridge lança un regard à la ronde. Les quatre autres fixaient Taylor d'un regard presque soupçonneux.

— Qu'est-ce qu'il y a ? Vous ne me croyez pas ? Ecoutez, je viens de me faire enlever par une bande de voyous. Et, à un moment assez inopportun, si vous voulez savoir. Je ne sais même pas quel jour on est, aujourd'hui. Alors, si vous pouviez m'éviter vos soupçons, ça m'arrangerait.

Elle s'adossa à sa chaise, se croisa les bras et jaugea les flics du regard.

— On est le 22 décembre, dit enfin Callahan. Trois jours avant Noël.

— La vache ! Ça fait déjà trois jours... Ils doivent être fous...

Elle ne finit pas sa phrase. Une ombre était apparue à l'entrée de la salle. Taylor sentit l'air se charger d'électricité et elle n'eut pas besoin de se retourner pour savoir qui était là. Finalement, comme le silence se prolongeait, elle se hasarda à jeter un coup d'œil par-dessus son épaule.

John se tenait dans l'embrasure de la porte. Un terrible mélange de joie et de douleur apparaissait sur son visage hagard. Taylor croisa son regard : cela dura une seconde, ou peut-être une heure. La seule chose dont elle était sûre, c'est qu'elle était en sécurité. Sans se rendre compte qu'elle s'était levée, elle se retrouva dans les bras de John. Ils ne s'embrassèrent pas, ne parlèrent pas, mais se serrèrent simplement dans les bras l'un de l'autre. Taylor sentit un cœur battre à tout rompre ; était-ce le sien, ou celui de John ? Elle étreignit l'homme qu'elle aimait une dernière fois, de toutes ses forces, puis elle se retourna. L'assistance paraissait encore plus stupéfaite qu'avant.

— Je vous présente John Baldwin, du FBI. Il est…

Elle lui lança un regard pour l'appeler à l'aide.

— Je suis venu chercher Taylor, dit-il.

Il entra dans la pièce, recula la chaise de Taylor pour qu'elle puisse s'y asseoir, puis s'installa à côté d'elle. Il lui prit la main, la posa sur ses propres genoux et la serra dans les siennes. Enfin, il fit un hochement de tête à Eldridge.

— Continuez, je vous en prie. Vous disiez ?

Eldridge commença à tendre la main vers John pour le saluer, puis, voyant que son interlocuteur ne réagissait pas, il ramena sa main vers sa bouche et se tapota la lèvre supérieure.

— Nous n'avons jamais mis votre parole en doute, lieutenant Jackson. Simplement, vous avez affronté une organisation extrêmement puissante et vous en êtes sortie indemne. Cela n'arrive jamais. Pas avec l'homme auquel nous avons affaire.

— Vous savez qui est derrière tout ça ?

— Nous avons une petite idée.

Taylor se sentait épuisée et affamée. Elle n'avait qu'une envie, dormir pendant huit jours d'affilée, mais ce n'était pas possible pour l'instant. Ils avaient du pain sur la planche. On avait décidé de poursuivre la réunion dans le bar en face du bureau de police, où il était possible de manger. John avait apporté à Taylor un petit sac de voyage : elle y trouva un pull, un jean, ses bottes préférées et des articles de toilette. Avant de partir, elle se changea et se brossa les dents et les cheveux. Ces gestes lui redonnèrent un peu d'énergie.

Niché dans une rangée de maisons toutes identiques, le bar ne se distinguait que par son store à rayures bleues et rouges et son nom, Dog Pound, inscrit en petites lettres de néon.

John ouvrit la porte à Taylor : elle fut accueillie par les roucoulements de Frank Sinatra, qui lui répéta qu'elle était belle, ce soir. Taylor était déjà contente d'être au chaud et d'avoir un repas solide en perspective.

Un grand bar en acajou, astiqué à mort, s'étendait d'un bout à l'autre de la pièce. De petites tables de café étaient disposées le long du mur opposé. Au bout de la salle, un groupe d'hommes âgés, chaudement habillés, poursuivaient leur conversation sans un regard aux nouveaux venus.

John indiqua à Taylor une table près du mur. Ils s'installèrent, et la serveuse vint prendre leur commande avec un sourire las.

Ils choisirent de la Guinness, puis se calèrent au fond de leurs chaises et se dévorèrent du regard. John semblait se retenir de lui sauter dessus. La serveuse apporta leurs bières et les laissa à leur silence.

— John..., commença enfin Taylor.

Puis elle s'interrompit, car ses collègues venaient d'entrer dans le bar.

Ils se joignirent à eux, débonnaires et pleins d'entrain. Callahan s'installa à côté de Taylor. Comme Sinatra remettait ça avec *Luck Be a Lady*, Emily se pencha vers elle d'un air de conspirateur.

— Le propriétaire est obsédé par Sinatra. Tu n'entendras rien d'autre ce soir, ni aucun autre jour, d'ailleurs. C'est la loi, ici.

— Tu es sérieuse ?

— Absolument. Si tu ne me crois pas, va voir le juke-box, il n'y a que des titres de Sinatra. Au bout d'un moment, on en fait abstraction, tu verras.

Taylor haussa les sourcils en avalant une gorgée de bière.

Ils commandèrent des sandwichs au steak, qui furent servis dégoulinants de poivrons, d'oignons et de mozzarella fondue. L'odeur rappela trop à Taylor son aventure de l'après-midi ; elle dut renvoyer son sandwich en cuisine et en faire préparer un autre. Son appétit avait disparu, tout avait un goût de cendres, mais elle réussit à avaler le contenu de son assiette.

En dépit de la disparition du corps, les policiers jubilèrent en entendant Taylor décrire la mort de Dusty, car ils reconnaissaient son signalement.

Il était connu de la police sous le nom de Dustin Mosko ; c'était un habitué de la brigade des agressions sexuelles. Agressions, viols, torture… On pouvait s'étonner qu'un condamné avec un casier judiciaire de ce genre puisse un jour sortir de prison, mais c'était ainsi que fonctionnait le système. Une fois qu'il avait purgé sa peine, on l'avait bourré de médicaments censés calmer ses pulsions maladives et on l'avait relâché dans la nature. C'était de la folie pure et, apparemment, personne n'allait regretter sa disparition. Cela ne rendait pas sa mort plus facile à accepter pour Taylor, toutefois.

Le second homme de main que Taylor avait vu correspondait au signalement d'un certain Atlas. C'était un tueur-né, qui exploitait au maximum les possibilités offertes par sa carrure de géant et qui avait de nombreux meurtres à son actif.

Tous deux étaient au service d'un homme mystérieux que la police de Long Island connaissait sous le surnom de l'Uomo, de son vrai nom Edward Delglisi. Un pilier de la pègre new-yorkaise. C'était le nom que Frank Richardson avait repéré dans les archives de Burt Mars, juste avant de se faire tuer.

Burt Mars était connu de la police new-yorkaise, qui le soupçonnait justement de travailler pour Delglisi. Voilà qui confirmait la piste sur laquelle Richardson s'était engagé. Quand Taylor rapporta à ses collègues la nouvelle de son meurtre, Eldridge passa un coup de fil pour faire convoquer Burt Mars, histoire de lui poser quelques questions.

Au sein de la police, personne n'avait jamais vu Delglisi. En soi, cela donnait un intérêt exceptionnel aux événements vécus par Taylor ces derniers jours. Même si elle n'avait pas vu le visage de cet homme, elle s'était familiarisée avec sa voix. Cet accent précis et coupant resterait gravé dans son esprit, elle en était certaine. Il en allait de même pour son regard bleu perçant.

Néanmoins, du point de vue de Taylor, il y avait quelque chose qui clochait. Le nom d'Edward Delglisi ne lui disait strictement rien. Elle ne l'associait ni à sa famille, ni à son travail, ni à quoi que ce soit d'autre. Pourtant, Delglisi semblait la connaître.

Les réponses étaient là, en elle ; Taylor les sentait remuer au plus profond de sa conscience. Mais elle était trop fatiguée pour les faire remonter à la surface.

Elle y réfléchirait plus tard. Pour l'instant, elle avait envie de savourer le fait d'être en liberté et d'avoir la vie sauve. Elle n'avait même pas envie de penser à tout ce qu'elle avait manqué à Nashville. De toute façon, les mariages étaient faits pour être reportés, non ?

C'était un signe, elle en était persuadée. Même si elle ne risquait pas d'aborder de sitôt le sujet avec John.

38.

New York
Lundi 22 décembre
22 h 58

La décision de prendre une chambre d'hôtel s'imposa d'elle-même. Ni Taylor ni John ne voulaient accepter l'hospitalité des inspecteurs du 108e, qui les auraient pourtant volontiers accueillis pour la nuit. Après le débriefing, Eldridge se chargea personnellement de les emmener jusqu'à Manhattan. John avait appelé l'hôtel W, sur Lexington Avenue, pour réserver une chambre pour la nuit. C'étaient les vacances de Noël, l'hôtel était complet. Le concierge avait tout de même réussi à leur trouver quelque chose. Eldridge avait lancé un regard étonné à John, comme s'il était sur le point de lui demander qui il était pour avoir autant d'influence, mais il n'avait finalement rien dit.

En réalité, John aurait préféré jeter Taylor dans l'avion du FBI et rentrer tout de suite à Nashville, mais il leur restait trop de détails à régler.

A présent, il jeta un coup d'œil en direction de Taylor ; assise à l'arrière de la voiture banalisée, silencieuse, elle regardait fixement la nuit au-dehors.

John était soulagé que l'hôtel puisse les recevoir. Ce n'était pas tous les jours qu'il avait l'occasion de passer une soirée romantique à New York avec sa fiancée. Il était content d'avoir pu faire quelque chose pour la réconforter. En tout cas, il espérait que ça la réconforterait. Maintenant qu'il l'avait retrouvée, il ne voulait plus la lâcher d'une semelle.

La ville était parée de ses plus beaux atours, luisant de guirlandes lumineuses, mais le temps avait tourné. La neige arrivait, déjà les premiers flocons flottaient dans l'air. Entre les sommets des tours, le ciel était sombre et sale. Des nuages blanc cassé dérivaient dans l'obscurité. Des lambeaux de brume vivants et maléfiques se glissaient entre les bâtiments obscurs. Gotham City était à la hauteur de sa réputation.

Malgré le temps lugubre, la queue pour entrer au Whiskey Blue s'étendait jusqu'au carrefour suivant. Les clients du Waldorf-Astoria, de l'autre côté de la rue, secouaient la tête en regardant s'agglutiner les *fashionistas*. Tous se retournèrent quand Taylor et John descendirent de la voiture banalisée, mais, dès qu'il fut établi qu'ils n'étaient pas des célébrités, on ne leur prêta plus aucune attention.

Ils serrèrent la main d'Eldridge, le remercièrent et convinrent de se retrouver le lendemain pour le petit déjeuner. Dans le hall de l'hôtel, il faisait chaud, et la fontaine en marbre séparant l'accueil du restaurant ruisselait doucement. Taylor s'éloigna de quelques pas et, tête inclinée, regarda l'eau couler.

Le réceptionniste était d'une politesse glaciale : il pianota sèchement sur son clavier, puis fit claquer la clé de la chambre sur le comptoir. Quand il demanda si le couple avait des requêtes spéciales, John répondit par la négative. Le réceptionniste n'avait pas besoin d'en savoir plus. Pour lui, ils étaient un de ces couples qui avaient trop bu en ville et n'avaient pas le courage de rentrer jusqu'à leur lointaine banlieue.

John s'inquiétait pour Taylor. Il connaissait cette expression, ce détachement, ce regard lointain ; cela voulait dire qu'elle cherchait des réponses en elle-même.

Quelques instants plus tôt, il avait écouté le récit de son enlèvement. Il avait frémi en l'entendant décrire l'homme qui l'avait menacée. Il avait senti sa colère et sa fièvre quand elle avait raconté comment elle avait brisé le cou du garde pour s'évader. Il savait ce qu'elle ressentait : elle était moins perturbée par la mort de l'homme que par la manière dont elle avait été forcée de le tuer. Taylor était une dure à cuire, qui connaissait les risques de sa profession et savait que le meurtre et la destruction lui étaient intimement liés. Elle aurait fait un bon agent secret — elle était capable de compartimenter ses émotions, de faire ce qui s'imposait pour régler une affaire, d'aller de l'avant sans regret.

Mais tuer un homme à mains nues, c'était une autre paire de manches.

La clé de la chambre à la main, il la conduisit vers l'ascenseur. Il sentait qu'elle se retenait : quand les portes se refermèrent, il s'attendait à ce qu'elle se mette à hurler, qu'elle fasse quelque chose pour évacuer la tension qui figeait son visage.

Mais elle restait silencieuse, vigilante, sur la réserve.

Il y eut une sonnerie sourde : ils étaient arrivés. John fit signe à Taylor de le suivre. Ils dépassèrent les portes 1515, 1509, 1507, et arrivèrent devant leur chambre. Il inséra la clé dans le mécanisme ; un voyant vert s'afficha, et la porte s'entrouvrit avec un cliquetis. Il la laissa passer devant.

Un petit couloir menait au séjour, mais ils n'arrivèrent pas aussi loin.

Taylor se jeta sur lui à l'instant où la porte se referma. Il fut stupéfait par sa fougue. Elle attrapa le col de sa chemise, le plaqua contre le mur et pressa ses lèvres brûlantes sur sa bouche. Il fut prêt en un instant, et il lui sembla qu'il fallait une éternité à Taylor, même si, en réalité, elle devait se dépêcher elle aussi. Il entendit quelque chose se déchirer, juste avant de sentir la peau nue et lisse de la jeune femme contre lui.

Laissant leurs vêtements entassés sur le sol, ils s'entortillèrent l'un autour de l'autre, fusionnant, s'embrassant, se caressant furieusement. John glissa les mains sous les fesses de Taylor et la fit pivoter sur elle-même pour l'adosser à son tour contre le mur.

On aurait dit une sauvageonne, un animal privé depuis trop longtemps d'attention et de nourriture. Elle serra ses longues jambes autour du corps de John et lui en demanda plus. Elle lui mordit le cou, et il s'enfonça en elle, frottant son dos contre le somptueux papier peint. Leur union était si violente qu'elle faisait trembler les murs ; un tableau accroché quelques mètres plus loin alla s'écraser sur le sol. Un cri rauque émana de la gorge de Taylor au moment de l'orgasme, puis des larmes remplirent ses yeux. John la suivit de près, perdu en elle, perdu en lui. Quand il revint à la réalité, il se rendit compte qu'il continuait à plaquer Taylor contre le mur, lui coupant presque la respiration.

Sans la quitter des yeux, il la souleva dans ses bras et la porta doucement vers la chambre. Puis, toujours en elle, il l'étendit délicatement sur le lit et recommença à aller et à venir lentement, bouleversé par la douceur exquise de leur union.

Elle prenait goulûment tout ce qu'il lui donnait, et il se donna sans compter, sachant que cela suffirait à peine à calmer l'angoisse de la jeune femme. Entre eux s'établissait un contact nouveau, plus profond, plus intime. Sentant John se raidir, Taylor l'incita à intensifier le rythme, à aller plus loin ; elle s'agrippa à ses hanches et le força à accélérer son va-et-vient. Cette fois, ce fut lui qui gémit, tandis qu'elle l'absorbait en silence. Quand il eut repris son souffle, il roula sur le flanc, prit Taylor dans ses bras et l'étreignit pendant qu'elle luttait contre les larmes.

Taylor fut réveillée par un coup frappé à la porte. Elle était blottie au fond du lit, les couvertures remontées jusqu'au menton, un bras logé sous le corps de John. Lui dormait paisiblement. Elle se rappela leur union effrénée et sourit. Cette passion violente et désespérée était nouvelle pour eux. Cela lui avait plu, même si elle se sentait coupable, à présent, d'avoir été excitée à ce point par la mort. « Du réconfort, pensa-t-elle. Voilà ce que je cherchais. »

De nouveau, un coup discret résonna. John ne bronchait pas. Taylor s'extirpa du lit et se glissa jusqu'à la salle de bains. Un épais peignoir en éponge pendait à une patère derrière la porte. Elle l'enfila et regarda l'heure : 3 h 48. Qui pouvait bien frapper à la porte à cette heure indue?

Elle ramassa le 9 mm de John et avança jusqu'à la porte en tenant l'arme contre sa cuisse nue.

— Oui?

— J'ai un paquet pour vous, madame.

— Il est 4 heures du matin. Ça ne peut pas attendre?

— Non, madame. Le concierge m'a dit de vous le remettre en mains propres. Vous êtes bien le lieutenant Taylor Jackson?

Elle ne répondit pas. Un paquet livré au milieu de la nuit... Cela lui rappelait le coup de téléphone de sa mère, à peu près à la même heure, deux mois plus tôt.

— Déposez-le devant la porte.

— Impossible, madame. J'ai promis de...

— Déposez-le! lança-t-elle.

Il y eut un petit choc sourd, puis un bruit de pas décroissant.

Levant son arme, elle ouvrit la porte et regarda à droite et à gauche. Le couloir était désert. Elle passa la main gauche dans le couloir et attrapa le paquet par un coin. C'était une enveloppe matelassée comme on en trouve dans n'importe quelle papeterie, une enveloppe de la taille d'un CD, qui contenait un objet protubérant.

Sachant que c'était sans doute une erreur, Taylor tira le paquet à l'intérieur de la chambre, jeta un dernier regard en direction du couloir, claqua la porte et tira le verrou.

— Qu'est-ce qui se passe?

La voix basse et ensommeillée de John la fit sursauter.

C'étaient les premiers mots qu'il lui adressait depuis leur arrivée dans la suite, quelques heures plus tôt. Elle se rappela de nouveau ce qui s'était passé entre eux.

— Un livreur a apporté un paquet. Appelle le concierge.

L'enveloppe en kraft portait le nom de Taylor et celui de l'hôtel. A l'évidence, quelqu'un savait qu'ils logeaient ici.

Quelques minutes plus tard, John revint vers elle.

— D'après le concierge, le paquet a été apporté par un livreur il y a une demi-heure environ. Ils l'ont passé au scanner, ils disent que ça ressemble à un téléphone portable. Le concierge n'a pas l'air de s'en faire, il dit que « la personne en question semblait bien intentionnée ». Bien intentionnée, mes fesses ! Je vais appeler l'antenne locale du Bureau pour qu'ils passent ce foutu paquet au détecteur de…

Mais Taylor avait déjà ouvert l'enveloppe. Elle contenait effectivement un téléphone portable.

— Ne touche pas à ça, Taylor. On va l'envoyer tout de suite au labo. Tu ne te doutes pas de ce qu'on peut faire avec un téléphone, de nos jours…

Driiiing.

Le portable se mit à sonner dans la main de Taylor. Elle regarda John, puis le petit appareil. Il sonna quatre fois. Cinq. Six. Sept. Huit. Elle prit une profonde inspiration.

— S'ils voulaient me tuer, ils auraient pu le faire à l'entrepôt.

Elle appuya sur la touche verte et porta le téléphone à

son oreille. Il y eut un grésillement, puis elle entendit une voix au bout du fil.

— Taylor ?

— C'est… c'est toi, papa ?

La voix de son père l'ébranla profondément. Il y avait longtemps qu'elle ne l'avait pas vu en personne. Trois ans. Depuis, il était mort. Disparu. Parti pour toujours. Cette voix brisée, torturée, ne pouvait être celle de son père… Pourtant, aucun doute n'était possible.

C'était bien lui, et il avait peur.

— Taylor ? Tu es là ?

— Papa, où es-tu ?

— Taylor, il faut que tu m'écoutes. Il faut que tu lui obéisses. Contente-toi de faire ce qu'il te demande, ma chérie, et tout ira bien. Pour toi comme pour moi.

— Mais, papa…

— Taylor ? Tu es là ?

— Je suis là, papa.

— Taylor, il faut que tu m'écoutes. Il faut que tu lui obéisses. Contente-toi de faire ce qu'il te demande, ma chérie, et tout ira bien. Pour toi comme pour moi.

Elle lança un regard entendu à John. C'étaient exactement les mêmes mots. Elle cessa de parler. La voix revint.

— Taylor ? Tu es là ?

Elle ne répondit pas.

— Taylor, il faut que tu m'écoutes. Il faut que tu lui obéisses. Contente-toi de faire ce qu'il te demande, ma chérie, et tout ira bien…

C'était un enregistrement. Taylor se sentit accablée. Bon

sang, ce cinglé continuait à la manipuler… Elle tendit l'appareil à John et lui fit écouter la boucle.

Il lui rendit le téléphone en secouant la tête. Ce n'était pas son père, mais un simple enregistrement qui pouvait avoir été réalisé n'importe quand. Rien ne prouvait que Win Jackson soit encore vivant.

La rage bouillonna en elle. Elle rapprocha l'appareil de son visage et hurla de toutes ses forces dans le micro. Au moment où elle allait raccrocher, elle entendit un rire à l'autre bout du fil et porta le combiné à son oreille.

Elle connaissait cette voix, ce ton railleur. Elle les avait entendus à l'entrepôt. Il se moquait d'elle.

39.

Nashville
Lundi 22 décembre
23 h 58

— Père ?

Blanche-Neige était assoupi dans son fauteuil au milieu de la grande bibliothèque. Charlotte observa un instant son corps tordu, ses mains difformes, et ne ressentit rien. Ni chagrin ni pitié. A vrai dire, il y avait une sorte de justice à ce que cet homme, qui avait infligé tant de souffrances, qui avait torturé dix jeunes femmes jusqu'à la mort, soit frappé d'une maladie qui l'empêche de nuire.

Pour la millième fois, elle se demanda ce que cela faisait de priver un corps de son âme. Pour sa part, elle n'avait jamais eu la force de passer à l'acte. Elle était incapable d'assouvir le désir qui brûlait en elle. Aussi se nourrissait-elle de ceux qui le pouvaient.

Voilà ce qui l'avait amenée à rencontrer l'apprenti. Pour satisfaire l'appétit particulier de Charlotte, rien ne valait l'unité des sciences du comportement du FBI. Elle s'y repaissait de meurtres et de malheureux désaxés en proie aux mêmes pulsions qu'elle. Elle pouvait les étudier, apprendre à les connaître et, dans certains cas, travailler littéralement avec eux.

Cela, elle ne l'avait jamais fait avec son père. Après la naissance de Joshua et la mort de sa mère, Charlotte avait remplacé cette dernière en tant que maîtresse de maison. Quand elle avait surpris son père en train de tuer Ava d'Angelo, sa deuxième victime, elle avait calmement refermé la porte et était partie en cuisine surveiller les préparatifs pour le dîner.

Plus tard, il était venu la trouver. Il lui avait parlé de ce qu'elle avait vu. Une simple expérience, avait-il dit. « Comme celle que j'ai faite sur le cochon d'Inde de Joshua ? » avait-elle demandé. Il avait compris, alors, que sa fille avait hérité de cette absence d'âme qui accompagne le désir de tuer. Elle se rappelait encore le baiser qu'il avait déposé sur son front en lui demandant de ne pas trahir son secret. Il était fier d'elle. C'était réciproque.

Après cela, ils n'avaient plus parlé de sa passion meurtrière. Charlotte était partie en pension, puis à l'université. Elle avait passé sa thèse et rejoint le FBI. L'arthrite empirant, son père avait cessé de tuer.

Puis Troy était entré dans leur vie.

Il avait fallu à Charlotte des semaines pour créer le logiciel espion et le télécharger vers la base CODIS. C'était une petite merveille, un cheval de Troie qui filtrait toutes les informations saisies dans la base par les forces de l'ordre à travers le pays. Officiellement, le programme était censé l'avertir d'éventuelles anomalies dans les correspondances ADN avant qu'elles ne soient publiées dans la base de données. En réalité, il lui donnait la possibilité d'examiner tous les meurtres commis en mettant de côté ceux qui l'intéressaient particulièrement. A vrai dire, elle était stupéfaite qu'un accident se soit produit. Le service de maintenance avait dû lancer une mise à jour complète qui avait désactivé son cheval de Troie. Voilà pourquoi les correspondances ADN s'étaient subitement multipliées. Son système n'était pas infaillible, après tout. Mais elle allait y remédier.

Elle avait trouvé Troy sur un site internet où les tueurs étaient censés pouvoir exprimer librement leurs pulsions. Ces sites étaient fréquentés par toutes sortes de poseurs et de faux jetons : fans de fantasy, rêveurs se prenant pour des assassins en puissance, soi-disant vampires qui se limaient les dents et buvaient le sang de leurs copains, mais ne risquaient pas d'être réduits en cendres par la lumière du jour. C'était le genre de nullités qu'on y rencontrait généralement. Après quelques fausses alertes, elle avait appris à faire le tri.

Une fois qu'elle avait trouvé Troy, la tentation avait été trop forte. Dès le départ, elle savait que c'était une mauvaise idée, mais elle n'avait pas pu résister. C'était devenu une obsession. Elle voulait le voir en chair et en os, cet homme qui était déjà un tueur accompli et sophistiqué. Il était celui qu'elle attendait, elle le savait.

D'emblée, Troy s'était montré sournois. Il ne se donnait pas d'excuses, ne lui jouait pas de sales tours. Seulement, il refusait de lui confier son vrai nom. Elle avait failli tout laisser tomber, mais il était tellement doué qu'elle avait décidé de ne pas se formaliser. Elle était conquise. Elle l'avait surnommé Troy.

Elle rangeait le thé et les médicaments de son père quand le téléphone sonna bruyamment. Le plateau du thé alla s'écraser sur le sol dans un grand fracas, et son père se réveilla en marmonnant.

Elle décrocha puis, sans un mot, tendit le téléphone à Blanche-Neige. A l'autre bout du fil, on parlait fort ; elle entendait aisément ce qui se disait. Tout en ramassant les flacons et les pots, la théière et le sucre, Charlotte écouta.

La communication fut brève. Son père ne dit pas un mot. Quand il lui rendit le combiné, il avait l'air presque honteux. Elle comprit alors qu'il avait peur.

— C'était qui ?

— Un vieil ami. Où est Troy ?

— Avec la fille, sans doute, en train de la taquiner.

« Taquiner », c'était le mot qu'employait Troy. Contrairement à son mentor, il aimait s'entretenir avec ses victimes, apprendre à les connaître un peu. Faire naître en elles une minuscule lueur d'espoir, leur faire croire qu'elles avaient une petite chance d'avoir la vie sauve.

— Fais-le sortir de là, Charlotte. Il faut la libérer.

— Tu plaisantes ? Autant arracher une gazelle aux mâchoires d'un lion. Il a déjà planté ses dents dans son petit cou juteux. On ne peut pas la libérer.

Blanche-Neige se leva de sa chaise avec effort. Il claudiqua jusqu'au bar et versa une dose de whisky dans un grand verre en cristal. Ses mains tremblaient ; il renversa autant d'alcool qu'il en mit dans le verre.

— C'était Malik. Il est persuadé que la police est sur notre piste.

— Notre piste ? La tienne et celle de Joshua ?

— La tienne et celle de Troy aussi. Je t'avais dit qu'il ne nous vaudrait que des ennuis.

— Je t'en prie ! dit Charlotte avec exaspération. Tu l'as aimé comme un fils.

— Oui, mais maintenant il doit partir. Malik est furieux de cette transgression. Troy est devenu impossible à contrôler, Charlotte. Ni moi ni toi n'y arrivons. Il faut nous en défaire.

— Qui est devenu impossible à contrôler ? dit une voix dans le couloir.

Troy entra dans la bibliothèque et se servit un verre. Charlotte et Blanche-Neige se figèrent, pris de panique. Qu'avait-il entendu de leur conversation ?

— Toi, murmura Charlotte en avançant vers lui, tu es incontrôlable.

Elle était encore capable de le distraire, en tout cas. Les consignes de son père résonnaient dans son esprit, mais elle n'était pas prête à renoncer à tout ça. Elle commençait juste à s'amuser.

— Moi, je suis devenu incontrôlable ? Pas du tout ! Je ne fais que m'échauffer. Qu'est-ce que tu crois, vieil homme ? On a assez attendu. Viens avec moi, on va monter l'escalier ensemble. Je t'aiderai à tenir le couteau, et je la baiserai pendant que tu lui caresseras le visage et que tu regarderas ses yeux s'éteindre.

— Non !

Blanche-Neige posa violemment son verre sur la table.

— Il faut la laisser partir. Je te l'ai déjà dit. On t'en

trouvera une autre. Tout de suite, si tu veux. On peut même en prendre deux ou trois. Tout ce que tu voudras. Mais celle-ci, il faut la relâcher. La police est sur notre piste. J'ai reçu un avertissement de la part d'un vieil ami qui est au courant. Libère-la.

Troy se mit à marcher de long en large.

— Je n'ai pas d'ordres à recevoir de toi, vieil homme. Peut-être que je l'ai déjà tuée. Peut-être que je te mens depuis le début.

— Tu ne l'as pas tuée. J'aurais senti l'odeur du sang sur tes mains.

Blanche-Neige prit une voix plus douce pour essayer de raisonner le jeune homme.

— Ce genre de chose arrive, il faut que tu le comprennes. Le chasseur ne ramène pas un lièvre chaque fois qu'il part en forêt. On en trouvera d'autres. Voilà tout.

Il s'effondra dans son fauteuil, épuisé.

— Tu ne peux pas m'arrêter, répondit Troy.

Il se tourna vers Charlotte en contenant à peine sa colère.

— Je vais la prendre maintenant. Elle est à moi !

Elle lui prit le bras.

— Troy, il faut que tu sois raisonnable… Tu nous as mis dans un sale pétrin. Peut-être que tu ferais mieux d'écouter, pour une fois, au lieu d'agir. Tu ne t'amuses pas, avec nous ? On ne t'a pas donné tout ce que tu avais toujours désiré ? On forme une famille, non ? Je t'ai fait entrer dans nos existences parce que je savais que tu avais envie de te développer, d'apprendre. On t'a permis de le faire et, en plus, on t'a donné de l'amour.

A l'évidence, Troy n'était pas prêt à avaler ça. La rage montait en lui ; il était sur le point d'exploser. Dans ces moments-là, il pouvait être dangereux. Elle fit sciemment trois pas en arrière. Il le remarqua, et cela aiguisa sa colère.

— Quoi, tu me laisses tomber, toi aussi ? C'est un jeu, pour toi, tout ça ? Tu t'es impliquée dans l'histoire pour mieux me couper l'herbe sous le pied ?

— Non, Troy, tu n'y es pas du tout.

— Menteuse ! hurla-t-il.

Il la gifla. La douleur fit bourdonner les oreilles de la jeune femme. La situation commençait à dégénérer. Elle avait son arme de service dans son sac à main, mais elle l'avait posé à l'autre bout de la pièce.

— Tu oses me frapper ? Après tout ce que j'ai fait pour toi ! Espèce de salaud !

— Ça suffit, tous les deux. Assez !

Le ton impérieux de Blanche-Neige les surprit tous deux. Ils continuèrent à se jauger avec méfiance, mais la tension était retombée.

Lentement, douloureusement, Blanche-Neige s'alluma un cigare.

— Si on s'asseyait pour en parler calmement ? Je suis sûr qu'on peut trouver une solution qui nous convienne à tous.

— Pas question, vieil homme. Ça ne marche pas comme ça. Je n'ai pas envie d'être dirigé. Pas envie d'interpréter ton pauvre scénario miteux. Je n'ai pas besoin de vous, ni l'un ni l'autre.

Il sortit en trombe, laissant Blanche-Neige contempler sa fille avec un mélange d'amour et d'aversion.

— Ton plan va échouer, Charlotte.

Il se frotta les mains en essayant d'apaiser ses articulations douloureuses.

— Tu ne pourras jamais contrôler un homme qui ne connaît pas ses propres désirs.

Charlotte fronça les sourcils. Ce bruit de frottement incessant commençait à lui taper sur les nerfs.

— Il sait ce qu'il veut.

— Allons, ma fille, tu n'es quand même pas bête à ce point. Pourquoi crois-tu qu'il copie ? Pourquoi t'a-t-il suivie jusqu'ici pour s'inspirer de moi ? Il ne sait pas qui il est. Il fait des essais pour savoir de quoi il est capable. Tu devrais te méfier, Charlotte... Ta mère aussi croyait pouvoir me contrôler. Regarde où ça l'a menée.

Ils se disputaient encore ; il les entendait à travers la cloison du jardin d'hiver. Il y avait un moyen de mettre fin à la dispute. L'homme qu'elle appelait Troy serait fâché, mais père serait content. Oui, c'était une bonne idée. Il espérait seulement que son père et sa sœur seraient capables de le protéger contre ce méchant homme.

40.

Nashville
Mardi 23 décembre
2 h 45

— Oh, oui… Oui ! Oui !

Charlotte se convulsa contre l'oreiller en jouissant. L'espace d'un instant divin, son esprit fut entièrement vide, puis le monde se reconstitua autour d'elle. Il faisait sombre dans la chambre, les lumières de la rue étaient assourdies par les épais rideaux de velours. Elle en avait eu pour son compte, ce soir, cela ne faisait aucun doute.

Après l'affreuse dispute avec son père, elle s'était sentie malade. Il en était sorti tellement affaibli… Elle ne supportait pas de le voir ainsi, vieux et brisé. Que ce soit mentalement ou physiquement, il n'était plus le robuste tueur qu'elle admirait autrefois.

Elle était sortie en claquant la porte et avait roulé un moment au hasard. Il lui fallait du temps pour réfléchir à ce que son père venait de lui dire. Il avait raison, le vieux renard. Troy ne se connaissait pas. Mais le traiter comme un subalterne non averti, c'était encore plus dangereux.

Le plan s'en allait à vau-l'eau ; c'était l'heure de limiter la casse. Les informations du soir confirmaient que le piège se refermait sur eux. Et puis il se passait quelque chose au bureau ; elle sentait la situation lui échapper. Il n'était pas question de mettre son poste en danger. L'aventure avait été très amusante, mais le FBI lui offrait tout ce dont elle avait besoin. Elle n'était pas près d'y renoncer.

Pendant le trajet en voiture jusqu'à l'hôtel, elle s'était promis de ne plus jamais revoir celui que son père appelait son « apprenti ». Il échappait à son contrôle. Elle devait mettre en place un nouveau plan. Un plan dont elle serait l'héroïne.

La solution était évidente. Arrêter Troy n'était pas faisable. Elle devait le tuer. S'il était pris vivant, il l'entraînerait dans sa chute. Sa mort ferait toute la différence. Elle avait avalé quelques pilules et comploté pendant une bonne heure, perdue dans un univers parallèle.

Ce ne serait pas difficile de les tuer tous les deux. Arrêter l'apprenti la rendrait célèbre. Le fait qu'elle soit la fille de Blanche-Neige ferait d'elle une légende vivante.

Elle avait repris un ecstasy et laissé son regard se perdre sur les guirlandes lumineuses qui ornaient les bâtiments autour de l'hôtel. Elle avait tout imaginé. Les gros titres, les interviews… Elle avait décidé de passer souhaiter un joyeux Noël à son vieux père malade et l'avait trouvé couvert de sang et de viscères. Au fait, elle allait être obligée de tuer aussi la fille dans le grenier. Cette pensée l'excitait au plus haut point.

Cette nouvelle victoire allait la propulser vers le poste qu'elle convoitait, celui de chef de l'USC.

Un coup à la porte l'avait surprise. C'était Troy,

bouleversé comme un enfant à qui on a montré un film d'horreur. Il lui avait promis que cela ne se reproduirait plus. L'avait suppliée de rester avec lui, de l'aider. En le voyant tellement penaud, et toujours aussi séduisant, elle avait décidé qu'une dernière partie de jambes en l'air ne pouvait pas faire de mal. Cela aurait été dommage de pas profiter des effets de l'ecstasy.

Ils avaient fait sauvagement l'amour ; il avait plongé si fort en elle, et tellement de fois, qu'elle avait senti des bleus se former sur ses cuisses. Il lui avait promis de s'occuper d'elle tout le reste de sa vie. De faire tout ce qu'elle voudrait, du moment qu'elle ne le chassait pas. Il lui avait dit qu'il l'aimait, qu'il n'avait jamais rien ressenti de pareil.

Puis il lui avait refait l'amour en prenant son temps, en faisant toutes les choses qu'elle adorait, jusqu'à ce qu'elle se mette à hurler son prénom.

A présent, la respiration de Charlotte redevenait normale. Peut-être pouvaient-ils trouver le moyen de s'entendre, tous les deux, après tout. Il était encore en elle, il la clouait contre le matelas comme un papillon contre un carré de liège.

— Laisse-moi me lever. Je veux faire ma toilette.

— Non, Charlotte. C'est moi qui la fais.

La lame était tellement aiguisée qu'elle ne la sentit pas tailler dans la peau tendre de son cou. Il lui fallut un moment pour se rendre compte de ce qui se passait, de ce qu'il venait de faire. Le sale petit menteur… Ses yeux se remplirent de larmes, et elle tenta de hurler. Puis la douleur se fit sentir, enfin, et elle comprit que la plaie était tellement profonde que ses cordes vocales avaient été tranchées. Avec dégoût, elle sentit sa verge durcir en elle et eut conscience qu'il allait et venait de nouveau, qu'il jouissait en criant son nom alors même qu'elle s'éteignait.

41.

New York
Mardi 23 décembre
8 heures

Assis face à Taylor et John, le lieutenant Tony Eldridge et l'inspecteur Emily Callahan buvaient cappuccino sur cappuccino. Ils s'étaient retrouvés pour le petit déjeuner dans le Heartbreak Restaurant de l'hôtel W. C'était une réunion de travail, consacrée à la recherche d'une stratégie.

Il leur avait fallu une bonne dizaine de minutes pour passer la commande. Emily voulait du muesli bio, des fruits coupés avec un couteau propre, un yaourt fermier produit localement, du jus de pousses de blé et un smoothie qui renforce les défenses immunitaires. Eldridge opta pour les flocons d'avoine avec du sucre roux, des canneberges, des raisins secs, des amandes grillées et du lait tiède. Même John se laissa entraîner dans cette frénésie de nourriture saine ; il commanda des œufs mollets fermiers, du bacon fumé au bois d'arbre fruitier et des légumes rôtis à l'huile d'olive. Taylor voulut entrer dans le jeu, mais n'y parvint pas ; elle eut l'impression d'être un enfant en commandant ses crêpes au beurre de cacahuète et à la confiture, le plat le plus normal qu'elle ait trouvé sur le menu. Même la nourriture venait renforcer son sentiment d'aliénation. La seule chose qui la réconfortait, c'était la gerbera orange posée au milieu de la table dans un vase en métal brossé.

Après le départ de la serveuse, Taylor fit semblant d'éplucher une poire et contempla la colonne de verre réfléchissant multicolore, à sa droite. Elle avait envie de quitter New York, de rentrer chez elle et… et puis quoi ? Elle ne savait pas. En tout cas, Nashville lui paraissait un havre de paix, à présent, un endroit où fuir la grande ville et ses périls.

John remit le téléphone portable aux policiers de Long Island. Eldridge promit de faire tout son possible pour en retrouver l'origine.

Ils parlèrent à bâtons rompus jusqu'à ce que chacun ait fini de manger. Enfin, Eldridge aspira les dernières gouttes de son café et reposa délicatement sa tasse sur sa soucoupe.

— O.K. Lieutenant Taylor, j'aimerais qu'on reprenne tout ça une dernière fois. Dites-moi tout ce dont vous vous souvenez au sujet de Delglisi, tout ce qu'il vous a dit. On a forcément raté quelque chose.

Taylor posa la poire sur son assiette. Elle se concentra et, en pensée, retourna dans cette grande pièce froide et humide. Elle sentit le parfum de son ravisseur, elle entendit sa voix. Des frissons parcoururent ses bras.

— Il y a plusieurs choses qui m'ont frappée. Il m'a dit qu'il voulait parler affaires, qu'il avait une proposition à me faire. Je lui ai demandé s'il y avait un rapport avec

Blanche-Neige, il m'a répondu que j'étais plus proche du tueur que je ne le pensais. Il m'a dit qu'il pouvait m'aider à résoudre un problème à Nashville, mais que, si quelque chose allait à l'encontre de ses intérêts, là-bas, il s'en prendrait à mes coéquipiers.

« Si quelque chose va à l'encontre de mes intérêts dans ta jolie petite ville, je ferai tomber les têtes de tes amis l'une après l'autre… » Taylor déglutit pour ravaler sa bile. Le simple fait d'évoquer cette menace la faisait bouillir de rage.

— Tu as eu l'impression qu'il parlait de Blanche-Neige, demanda John, ou bien de tout autre chose ?

— D'autre chose. Il n'avait pas l'air de se soucier de Blanche-Neige. Il l'a traité de minable. Comme s'il ne méritait pas son attention. Moi aussi, j'ai l'impression que tout ça va plus loin que l'affaire Blanche-Neige. Lieutenant Eldridge, vous pourriez nous en dire plus sur Edward Delglisi ? Ça me permettrait peut-être de mieux interpréter ses menaces.

Eldridge but une gorgée d'eau et fit un petit hochement de tête à Emily Callahan pour lui demander de prendre le relais. La jeune femme s'éclaircit la gorge avant de se lancer.

— « L'Uomo » est en activité depuis une vingtaine d'années. On ne sait pas grand-chose sur lui, à part qu'on a épisodiquement affaire à des séries de meurtres qui portent sa signature. Des sociétés font faillite, des magasins ferment, et on retrouve trois ou quatre macchabées dans la nature. Les gens qui s'opposent à lui ne font pas long feu. Il dirige une société d'import-export, mais il est discret et rapide. Il renouvelle systématiquement son personnel, il a beaucoup de fric et il ne s'est jamais fait pincer.

— Et Burt Mars, il intervient où ? demanda Taylor.

Callahan lui fit passer un dossier.

— Mars est une vraie ordure. Mais il est malin. Il a fait tomber la famille Tartulo presque à lui tout seul. C'est le banquier de l'Uomo. Voici des rapports qui risquent de vous intéresser. Mars s'occupe depuis un bon moment de gérer l'argent de l'Uomo. Il utilise pour cela son fonds d'investissements immobiliers, Manderley. Seulement, on n'arrive pas à mettre le doigt sur l'origine du financement. Chaque fois qu'on s'en approche, il s'évapore comme par magie. C'est l'un des meilleurs systèmes de blanchiment d'argent qu'on ait jamais vu. Les fédéraux sont sur le coup, eux aussi. Ils pourraient sans doute vous en apprendre davantage, docteur Baldwin.

Taylor fit passer le dossier à John. Ce dernier l'ouvrit, le parcourut et déclara :

— Je m'en occupe. Merci pour l'info.

— Il y a juste un problème. Hier soir, Burt Mars a été retrouvé mort dans son appartement. Le coup a été tiré de près. Ça ressemble à un cambriolage classique.

Callahan secoua la tête et ajouta :

— D'ailleurs, l'intrus est parti avec les ordinateurs.

— Laissez-moi deviner, dit Taylor. Je parie que toutes les informations concernant sa société étaient stockées sur ces ordinateurs.

— On dirait bien, oui. Il avait un bureau énorme, installé dans la plus grande chambre de l'appartement, avec assez de câbles pour faire décoller une fusée. Mais il n'y a plus de machines auxquelles les raccorder.

L'inspecteur Callahan était déçue, cela se voyait.

— Vous êtes sûre que c'était bien Mars ?

Callahan fit glisser vers elle un nouveau dossier. Taylor l'ouvrit sans le ramasser et vit la photographie d'un homme de petite taille, aux cheveux blonds, portant des lunettes à la Buddy Holly. Il avait un gros trou noir à la poitrine. Elle le reconnut immédiatement. Les images de son rêve lui revinrent, vives et détaillées. Un homme aux cheveux couleur de sable tapotait l'épaule de son père. « C'est Manderley, ici… »

Eldridge la ramena au présent.

— On a perdu une piste. Mais il reste Delglisi. Comme nous l'avons dit hier, personne ne l'a jamais vu. C'est une légende vivante, dans le coin. On n'est même pas sûrs qu'il s'appelle vraiment Delglisi. C'est simplement un des patronymes qu'il a utilisés au fil des années, celui qui revient le plus souvent.

— Il importe quoi ? demanda Taylor. De la drogue ?

— Non, répondit Callahan. Des êtres humains.

— D'où ?

— De partout. Ces derniers temps, ce sont surtout des Hispaniques, à ce qu'il paraît. Il a essayé les Chinois et autres Asiatiques, mais, depuis peu, il semble s'être spécialisé dans les émigrants mexicains et sud-américains.

— Et quand ils arrivent ici ?

— Il les met au boulot. Dans ses magasins, dans ses réseaux de prostitution, partout où il a besoin d'effectifs.

Ils sont obligés de travailler pour lui, puisqu'il leur a avancé le prix du voyage.

John regarda Taylor.

— C'est un bon vieux marchand d'esclaves, quoi.

— Un marchand d'esclaves... Je commence à comprendre.

— Comment ça ? demanda Eldridge.

— La semaine dernière, on a eu une drôle d'affaire à Nashville. Une Guatémaltèque du nom de Saraya Gonzalez a été retrouvée dans un sale état. Elle s'était échappée d'un prétendu salon de massage où on la forçait à coucher avec des clients devant une caméra. Ils tournaient des films pornos amateurs. Seulement, le jour même où on l'a retrouvée, Saraya a été assassinée à l'hôpital. L'homme qui l'a abattue a pris la fuite. Il essayait de l'enlever, mais quand on l'a rattrapé il l'a exécutée. On a récupéré des projectiles et des douilles qu'on a transmis au service balistique, mais on n'avait pas encore de pistes au moment où je... où je...

— Où tu as été enlevée, dit John.

— C'est ça. Ça me fait tout drôle d'utiliser cette expression pour parler de moi. Bref, rien ne semblait pouvoir nous aiguiller vers le meurtrier de Saraya. Mais ensuite, un ami journaliste qui nous donnait un coup de main sur l'affaire Blanche-Neige a été tué à son tour. Frank Richardson. Il venait de dénicher des informations au sujet de Burt Mars. Vous dites que Mars travaillait pour l'Uomo ? Eh bien, Frank a été tué avec la même arme que Saraya Gonzalez. Il me semble que les « intérêts » de l'Uomo à Nashville sont aussi simples et aussi sordides que ça.

Eldridge se cala sur sa chaise.

— On parle bien du même Frank Richardson ? Celui qui a décroché un Pulitzer ? Vous dites que vous étiez amis ?

— Brièvement. C'était un type bien.

Callahan prenait des notes.

— C'est quoi, l'arme commune aux deux meurtres ?

— Un Desert Eagle Jericho 9 mm. Ça vient d'Israël, mais ils n'en…

— Fabriquent plus, acheva Eldridge en souriant.

Une étincelle de joie pétillait dans le regard de Callahan. Elle tapota des doigts sur la table.

— On a les rapports balistiques de plusieurs crimes impliquant Atlas, le principal homme de main de l'Uomo. Il utilise un Desert Eagle. Je ne serais pas étonnée qu'il ait été envoyé à Nashville pour régler quelques détails gênants. Par ailleurs, le trou dans la poitrine de Mars a certainement été fait par un gros calibre. Le rapport balistique le confirmera, mais je suis prête à parier que c'est également Atlas qui a tué Mars. Delglisi est en train de faire le ménage.

« Je me demande ce qu'il va faire de Win », songea Taylor, avant de chasser cette pensée de son esprit.

— Mes souvenirs de lui sont assez flous, dit-elle. J'ai vu son visage et je me rappelle qu'il était immense, mais je ne suis pas sûre de pouvoir l'identifier. Vous croyez que c'est lui qui m'a enlevée ?

— Probablement. Surtout s'il était déjà à Nashville pour autre chose. Il a dû recevoir l'ordre de vous ramener vivante à New York.

— Juste pour que Delglisi puisse marchander avec moi et me menacer ? Pourquoi ne pas m'apporter le message à Nashville ?

— Il voulait vous montrer l'étendue de son pouvoir. Vous enlever le jour de votre mariage, c'était plus spectaculaire. Davantage d'impact.

Taylor lança un regard en coin à John.

— Désolée, dit-elle doucement.

Il se contenta de hocher la tête et de lui adresser un sourire. Après tout, ils avaient eu leur nuit de noces, d'une certaine façon, la nuit précédente. A présent, ils étaient liés par quelque chose de plus profond que n'importe quel serment ou morceau de papier.

Avec effort, Taylor s'arracha au regard de John et se tourna vers Eldridge.

— Donc, on a toutes les réponses, dit-elle. Tout se tient. Il ne reste qu'un détail.

— Win Jackson, intervint John.

— Exactement, dit Taylor avec gratitude. Quel est le lien entre mon père et Edward Delglisi ? Vous avez des informations qui pourraient expliquer son implication dans cette histoire ?

Eldridge et Callahan firent non de la tête.

Taylor ne pouvait s'empêcher de s'inquiéter pour lui, même si ce sentiment la faisait enrager. Elle s'excusa pour aller aux toilettes ; en partant, elle lança à John un regard qui disait : « Je vais bien, ne t'en fais pas. » Le talon de ses bottes résonna sourdement contre le parquet ciré. Elle s'arrêta un instant devant la cheminée vitrée pour se réchauffer les mains. A l'entrée du restaurant, une vraie

New-Yorkaise s'était figée un instant pour que chacun puisse l'admirer. Cheveux bruns brillants, jean sombre rentré dans des bottes en daim chocolat, écharpe blanche en cachemire nouée autour du cou… Taylor cligna des yeux ; la belle inconnue ôta son écharpe, sa veste et ses lunettes de soleil, et traversa la salle du restaurant pour rejoindre ses amis. Elle avait une aisance naturelle, une qualité que Taylor estimait n'avoir jamais possédée.

Dans le hall de l'hôtel, des baies vitrées allant du sol au plafond donnaient sur Lexington Avenue. La rue était bondée ; chacun vaquait aux préparatifs de Noël. Même les bus et les voitures de patrouille semblaient rayonner de joie et de bonne humeur. Toute cette agitation donnait le cafard à Taylor. La ville lui paraissait sinistre, à présent. Savoir que son père était impliqué, ne serait-ce que de très loin, dans les affaires d'Edward Delglisi, cela l'horrifiait. Elle n'avait aucun moyen de savoir s'il était encore vivant, s'il se planquait par crainte de terribles représailles. Si Mars avait été jugé gênant, il s'ensuivait que Win l'était aussi.

Elle alla aux toilettes et retourna dans la salle de restaurant. A son arrivée, les autres mirent brusquement fin à leur conversation ; sans doute parlaient-ils d'elle. Pour dissimuler son malaise, Taylor croqua dans la poire restée sur son assiette et s'étonna de sa douceur, de sa texture granuleuse. Cela atténuait un peu le goût d'amertume qu'elle avait dans la bouche.

Callahan fixait Taylor d'un air interloqué. Elle essayait manifestement de s'imaginer ce que cela faisait d'être un flic hors pair alors que son père frayait avec les pires ordures. Elle fronçait les sourcils comme si elle n'y arrivait pas. Taylor décida de lui faciliter les choses.

— Win Jackson est un escroc-né, Emily. Ne vous en faites pas pour ça. Je commence à rassembler les morceaux du puzzle, voilà tout. Maintenant, si seulement on pouvait résoudre l'affaire Blanche-Neige… John, on n'a pas eu de nouvelles de la petite Macias ?

Eldridge sauta en l'air.

— Quelle petite Macias ? De quoi parlez-vous ?

— Une fille a disparu la semaine dernière, en plein milieu d'un bain de sang signé Blanche-Neige. Son signalement correspond à celui des victimes. Elle s'appelle Jane Macias.

— Nom de Dieu !

Callahan et Eldridge échangèrent un regard lourd de sens.

— Quoi ? demanda Taylor. Parlez ! Vous savez où elle est ?

— Non, dit Eldridge, mais je sais *qui* elle est. Elle est journaliste, du moins elle l'était. L'année dernière, elle a publié plusieurs articles sur les activités de Delglisi. Son père était propriétaire d'un restaurant ici, à Little Italy. Toujours la même histoire : les gars de Delglisi sont allés le voir pour lui offrir leur protection. Macias les a envoyés promener. Ils lui ont fait clairement comprendre que s'il voulait rester ouvert, il avait intérêt à accepter. Il a fini par céder, comme tout le monde. Il y a à peu près un an, Macias a eu un accident. Il a glissé sur le carrelage de la cuisine et s'est empalé sur le couteau qu'il avait à la main. C'est sa fille qui l'a retrouvé.

» Le bruit courait qu'il essayait de sortir de la famille et que Delglisi avait commandité son meurtre. A l'époque, Jane Macias travaillait pour le *New York Times* comme assistant-reporter. Elle a signé un papier sur la corruption dans le milieu hôtelier, la mainmise des mafias étrangères sur la ville.

— Et sa mère ?

— Ses parents étaient divorcés. La mère est remariée. Elle s'appelle Ayn Christiani. Elle a quitté New York ; je crois me souvenir qu'elle vit à Boston depuis quelques années. Et maintenant, voilà que Jane a disparu. Qu'est-ce qu'elle faisait à Nashville ?

— Elle travaillait pour le *Tennessean*, notre quotidien local. Elle a disparu la semaine dernière et elle correspond au profil. Depuis le début, on se dit que Blanche-Neige a dû la tuer et qu'on va retrouver son corps d'un jour à l'autre. Mais, tout à coup, j'ai l'impression d'avoir fait fausse route. Delglisi a vraiment décidé de faire le ménage.

Taylor pensait à Frank Richardson, au visage de Jane Macias qu'elle avait vu en photo. A son père. A la voix doucereuse qui avait promis de lui faire du mal si elle refusait de fermer les yeux. La colère montait en elle.

Elle regarda John. Le moment était venu de rentrer chez eux.

42.

John passa rapidement une série d'appels. D'abord aux services du FBI à New York chargés des affaires de corruption et de blanchiment d'argent, ensuite au pilote de l'avion qui les attendait dans un aéroport privé, dans le New Jersey voisin. Puis il appela un taxi et régla la note d'hôtel.

Sur le trottoir, en attendant que la voiture arrive, Taylor repassa dans sa tête le message qu'elle avait entendu sur le téléphone portable. La voix de son père. Cela faisait tellement longtemps qu'elle ne l'avait pas entendue… Il lui avait été facile de faire comme s'il était mort. Il avait suffi de refouler ses intuitions et de faire comme tout le monde. Mais, à présent, elle commençait à penser que ç'avait été une erreur.

Qu'est-ce que son père pouvait bien trafiquer avec Edward Delglisi ? Burt Mars était-il la clé de l'énigme ?

Elle dut laisser échapper un soupir, car John raccrocha précipitamment et lui prit la main.

— Tu as envie d'en parler ?

— Je ne sais même pas par où commencer, répondit-elle en souriant. On a quand même eu pas mal de révélations, ce matin. J'essaie de comprendre le rôle joué par Jane Macias dans tout ça. J'ai du mal à croire que ce soit une coïncidence. Et toi ?

— J'étais justement en train d'y réfléchir. Et si Blanche-Neige l'avait enlevée pour détendre ses relations avec Delglisi ? Jane est peut-être un instrument dans des négociations de paix. Si quelqu'un tue sous le nom de Blanche-Neige, avec sa bénédiction, mais que les meurtres du salon de massage n'aient pas été prévus dans le plan d'origine, Jane a pu être enlevée pour apaiser Delglisi. Il lui donne cette fille qui lui a causé des ennuis, et on n'en parle plus. Qu'est-ce que tu en penses ?

— Qui sait ? Ça semble plausible. Mais je ne vois pas où mon père entre en jeu. Tu crois qu'il travaille avec Delglisi ?

John se passa la main dans les cheveux.

— Oui, je crois qu'il faut que tu te prépares à cette possibilité.

Une Lincoln noire s'arrêta au bord du trottoir, et le chauffeur descendit pour les accueillir. Après les avoir installés, il repartit en klaxonnant et en parlant par-dessus son épaule.

— Désolé, monsieur, mais on va devoir prendre le tunnel. Il y a une manifestation devant le pont George Washington, ça bouchonne de partout... On y sera dans une demi-heure, promis juré !

Taylor regarda défiler les lieux connus des quartiers ouest, le Rockefeller Center, Times Square, puis ils s'engouffrèrent dans le tunnel Lincoln. Elle était ébahie, comme toujours, par le nombre inouï de gens qui se déplaçaient dans cette ville à tout moment. Son sentiment d'oppression avait disparu. Elle appuya sa tête contre le cuir souple et déclara :

— Tu as peut-être raison à propos de Jane, mais j'espère vraiment que ce n'est pas le cas.

Le téléphone de John sonna alors qu'il montait à bord du Gulfstream. Il répondit, puis se tourna vers Taylor, qui était déjà assise, une tasse de thé à la main.

— C'est Lincoln.

Elle prit le téléphone en souriant — un vrai sourire, qui remontait jusqu'à ses yeux.

— Salut, Lincoln. Comment ça se passe ?

— Taylor, ma grande, tu nous as manqué ! Tu es sur le retour ?

— On vient de fermer les portes, l'appareil va décoller. On sera là dans quelques heures. Quoi de neuf à la maison ?

— Eh bien, j'ai fouiné partout et j'ai trouvé un truc qui pourrait t'intéresser. C'est à propos de Jane Macias.

— Marrant, on a parlé d'elle ce matin, au petit déjeuner, avec les flics de la 108ᵉ. Ils nous ont appris des choses très intéressantes à son sujet. Et au sujet de son père. Il a été tué l'année dernière par l'homme qui m'a fait enlever.

— Edward Delglisi.

— Comment tu le sais ?

— Par le portable de Jane. J'ai enfin craqué les codes d'accès et j'ai trouvé ce qu'elle tenait tellement à protéger. C'est un compte rendu bourré de révélations au sujet de

Delglisi. Ses crimes, le fonctionnement de son organisation et tutti quanti. C'est du sérieux. Du gros titre.

— Bon travail, Lincoln.

— Il y a autre chose… d'intéressant. Un nom qui, selon Jane, revient souvent en relation avec Delglisi. Un nom qui pourrait te dire quelque chose. Anthony Malik.

— Anthony Malik… Tu as raison, ça me dit quelque chose… mais quoi ?

Brusquement, elle eut une illumination. Les hommes à la fête du réveillon. Les trois hommes qui plaisantaient en buvant avec son père. Burt Mars. Anthony Malik. Et le dernier, celui dont elle ne retrouvait plus le nom… celui qui portait la chevalière. C'était sa femme qui avait offensé la mère de Taylor en se déguisant elle aussi en Marie-Antoinette. Bon sang, comment s'appelaient-ils, ces gens ?

— Lincoln, que dit le dossier de Jane au sujet de ce Malik ?

— Pas grand-chose. Elle n'a pas vraiment tiré de conclusions, elle a juste établi un lien entre Malik et les Delglisi. Il y a des notes au sujet de faux certificats de naissance, rien de plus.

— O.K., Lincoln. Je vais te donner un numéro de téléphone. Je veux que tu appelles l'inspecteur Emily Callahan et que tu lui dises tout ce que tu as trouvé dans ce dossier. Peut-être qu'elle pourra t'aider à en savoir plus sur cet Anthony Malik.

— Entendu. On se voit bientôt ?

— Dès que j'arrive.

Elle mit fin à la communication et, secouant la tête, croisa le regard de John.

— Ça n'arrête pas. Lincoln a trouvé le nom d'un vieux copain de mon père dans l'ordinateur de Jane Macias. Elle le soupçonne d'être lié à Delglisi. Il s'appelle Anthony Malik. C'est l'un des trois hommes de mon souvenir, John.

43.

Nashville
Mardi 23 décembre
13 heures

Ils atterrirent à Nashville par un temps clair et froid. Sur le tarmac, un vent glacé soufflait. John lança son blazer en cachemire à Taylor. Il avait cru lui apporter tout le nécessaire, mais il avait oublié de prendre un manteau, et elle avait refusé d'en acheter un sur place. Elle en avait plusieurs à la maison et ne voyait pas la nécessité d'en acheter un simplement pour faire le voyage en taxi jusqu'à l'aéroport. A New York, il n'avait pas fait très froid, mais, par une curieuse inversion climatique, le thermomètre enregistrait dix degrés de moins à Nashville. Elle enfila le blazer de John avec plaisir.

Ils montèrent le petit escalier métallique qui menait à l'aéroport. Comme ils pénétraient dans la chaleur du terminal, des journalistes se mirent à pousser des cris pour attirer leur attention. Plus ils approchaient, plus le groupe bourdonnait comme un essaim.

— Lieutenant, vous pouvez nous dire où vous étiez ?

— On dit que vous avez été enlevée par la mafia, c'est vrai ?

Taylor aperçut Fitz et Sam au loin et se dirigea droit vers eux en ignorant la horde de reporters. Fitz la serra dans ses bras en lui broyant les côtes ; le cliquetis des appareils photo s'intensifia.

— Drôlement content de te retrouver, ma grande ! Je commençais à me faire du souci.

Elle l'étreignit sans rien dire, puis se tourna vers Sam. Sa meilleure amie avait les larmes aux yeux. Elles s'étaient parlé la veille au téléphone et, à présent, elles n'avaient pas besoin de mots. Elles se serrèrent dans les bras l'une de l'autre comme si leur vie en dépendait. Taylor eut un terrible éclair de lucidité : si Sam était montée dans la limousine, comme prévu, elle serait sans doute morte. Elle la serra un peu plus fort dans ses bras et offrit ses remerciements silencieux au dieu qui avait veillé sur elles ce jour-là, quel qu'il soit.

Dans son dos, elle entendait John parler aux journalistes : il leur expliquait qu'ils feraient un communiqué plus tard dans la journée. Sam et Taylor prirent chacune un des bras de Fitz, et tous trois s'échappèrent par le couloir qui menait vers la sortie. Fitz commença aussitôt à taquiner Taylor.

— Je n'arrive pas à croire que tu aies tout fait rater, maugréa-t-il. On avait prévu de mettre une chèvre dans votre chambre pour la nuit de noces.

— Arrête tes bêtises…

Fitz insista d'un hochement de tête, et Sam se mit à glousser.

— Je ne plaisante pas, Taylor. Tu te souviens d'Alfred Turner ? Il a pris sa retraite il y a quelques années et il a ouvert une ferme-zoo dans le comté de Williamson. Il allait nous prêter un de ses bébés.

— Tu veux me dire ce qu'on était censés faire avec une chèvre, ou il vaut mieux que je ne le sache pas ?

Fitz secoua la tête, puis échangea un regard avec Sam. Ses yeux pétillaient de joie.

— Non, vaut mieux que tu le saches pas.

— Je vais essayer de reprogrammer ça pour que vous puissiez vous rattraper, dit Taylor en lui tapotant l'épaule.

Ils arrivèrent aux portes de l'aéroport et sortirent dans l'air glacé. Quatre camionnettes munies de paraboles étaient alignées le long du trottoir.

— Tu vas devoir parler à la presse à un moment ou à un autre, dit Fitz.

— Plus tard. Quand j'aurai eu le temps de comprendre ce qui m'est arrivé.

Sam serra sa main autour du bras de Taylor.

— Faut que je retourne au bureau. Je voulais juste être sûre que tu allais bien.

— Tu es rassurée ? Allez, file.

Sam hocha la tête, puis s'éloigna vers le parking au pas de course.

Ils montèrent dans la Caprice banalisée, et Fitz régla le chauffage au maximum. Quelques minutes plus tard, John s'engouffra à l'arrière, et ils démarrèrent en direction du centre-ville.

Ils se rendirent directement au bureau. En route, Fitz

parla de tout et de rien, mais n'aborda aucun sujet sérieux. Devant l'insistance de Taylor, il finit par lui révéler l'envergure des opérations de recherche qui avaient suivi sa disparition. Taylor se jura d'obtenir les noms de toutes les personnes qui avaient passé la nuit et le jour suivant sur les berges glacées de la Cumberland. Elle tenait à les remercier personnellement de leurs efforts. John s'était contenté de lui dire qu'il avait refusé de la croire morte et avait persisté dans les recherches. Fitz, en revanche, lui donna tous les détails ; elle sentit des larmes poindre au coin de ses yeux à la pensée des souffrances qu'elle avait infligées à ses amis.

John n'avait pas dit grand-chose pendant le vol depuis New York. Il se montrait distrait depuis l'atterrissage, et Taylor avait décidé de le laisser en paix. De son côté, elle se creusait les méninges pour essayer de retrouver le nom de l'homme à la chevalière. Cela ne lui revenait pas. Elle avait besoin d'aller à la bibliothèque consulter les chroniques mondaines de son enfance. Il y avait certainement eu des photographes au réveillon ; la presse locale était toujours présente, lors des réceptions de ses parents. La bibliothèque aurait conservé une trace de toutes ces futilités vieilles de trente ans. Elle enrageait de perdre du temps à les rechercher, mais elle n'avait pas le choix.

Au bureau, un véritable comité d'accueil les attendait. Sur le perron, en chandail, Lincoln et Marcus sautillaient sur place pour se réchauffer. Le capitaine Price était resté au chaud juste derrière la porte principale.

Les trois hommes serrèrent Taylor dans leurs bras et saluèrent John par des poignées de main et des tapes sur le dos. Mais les retrouvailles ne traînèrent pas en longueur. Ils avaient un tueur à arrêter.

John entraîna Lincoln à l'écart, hors de portée de voix des autres.

— J'ai un service à te demander.

— Vas-y.

— J'aimerais avoir une conversation avec ton copain sud-américain, Juan. Tu pourrais m'arranger le coup ?

— Bien sûr. Je vais l'appeler tout de suite. Tu veux qu'il te rappelle ici ou sur ton portable ?

— Sur mon portable, ce serait parfait. Merci, Lincoln.

— De rien. Tu crois que… Non, laisse tomber.

John retourna dans le bureau de Taylor, ferma la porte et s'assit en face d'elle.

— J'ai une théorie, dit-il.

A cet instant, le téléphone sonna. Taylor leva la main pour lui demander d'attendre un instant et décrocha.

— Taylor Jackson à l'appareil.

— Taylor ? Taylor, ma chérie, c'est toi ?

Encore la même voix. Mais, cette fois, elle était plus profonde, plus vivante. Ce n'était pas un enregistrement. Taylor ne voulait pas lui répondre, mais elle ne put s'en empêcher.

— Papa ?

— Oui, Taylor, c'est moi. Ton père. Win.

Il parlait en chuchotant.

— Tu m'as rendu la vie difficile, ces derniers temps, ma chérie.

— Ne m'appelle pas comme ça. Je ne suis pas ta chérie.

— Taylor, écoute-moi. Il faut que tu suives les instructions…

Elle activa discrètement le haut-parleur. John se pencha vers le téléphone pour mieux entendre.

— … de M. Delglisi. Il faut que tu enterres cette enquête sur les salons de massage. Je suis désolé, Taylor. Je t'assure que je fais de mon mieux pour que tout s'arrange. Je sais que tout est ma faute, mais…

Le sang de Taylor se mit à bouillir, et une incrédulité bien familière s'empara d'elle. Son père n'était pas mort. Il était vivant, il travaillait pour un truand et il voulait qu'elle ferme les yeux sur des activités illégales dans lesquelles il trempait. C'était hors de question.

— Arrête, papa. Arrête ! Qu'est-ce que tu crois ? Tu sembles avoir oublié que je fais partie des forces de l'ordre. Je travaille pour les bons, Win. Pas les méchants. Contrairement à toi.

— Ça suffit, Taylor. Tu n'as aucune idée de l'endroit où tu mets les pieds. Il faut que tu coopères, sinon…

— Sinon quoi, Win ? De quoi vas-tu me menacer, cette fois ? L'enlèvement, ça ne vous suffit pas ? Tu veux me faire liquider, c'est ça ?

Il y eut un grésillement à l'autre bout du fil, puis des bruits de claquement et des éclats de voix. Enfin, une autre voix se fit entendre. Celle de l'Uomo. Il eut un rire sournois et méprisant.

— Win, dit-il, j'aurais dû me douter que je ne pouvais pas te faire confiance. Je te laisse seul un instant, et tu essaies d'avertir ta petite chérie. Bonjour, Taylor. Ravi de te parler de nouveau. Quel dommage que les circonstances ne soient pas plus agréables…

— Qu'avez-vous fait à mon père ?

— Rien, pour l'instant. Mais, si tu refuses de collaborer, je le tuerai. Ce sera lent et douloureux.

Le sang reflua du visage de Taylor. Elle était en proie à des émotions contraires : elle haïssait son père, mais elle l'aimait aussi, en un sens.

— Comme vous avez tué Burt Mars ? lança-t-elle entre ses dents. Espèce de salopard… Je vous jure que, s'il arrive quoi que ce soit à mon père, je me chargerai personnellement de vous descendre.

— Tu n'en feras rien, ma grande. Tu n'en as pas le pouvoir. Et ton fiancé non plus. Pas la peine de compter sur lui. Mars était un dégât collatéral. Je fais ce qui a besoin d'être fait, Taylor. Souviens-t'en. Maintenant, assez plaisanté. Il faut que tu m'écoutes une bonne fois pour toutes. Je suis prêt à passer un marché avec toi.

— Un marché ? Avec un criminel ? Vous plaisantez ?

— Pas du tout. Et je crois que tu joueras le jeu quand tu connaîtras mon offre. Elle est assez alléchante. Tu fermes tes jolis petits yeux sur mes intérêts financiers à Nashville, et non seulement j'épargne ton père, mais je te donne aussi Blanche-Neige.

Sans répondre, Taylor lança un regard à John. Il griffonna quelque chose sur un papier et le lui fit passer. « Calme-toi », lut Taylor.

Elle hocha la tête et tenta de prendre un ton plus raisonnable.

— Delglisi, je ne peux pas faire ça. Je ne peux pas fermer les yeux sur des activités illégales.

— Mais si, tu le peux. Et tu vas le faire. La vie de ton père en dépend, et je t'offre la tête de Blanche-Neige sur un plateau. Il me semble que c'est une proposition généreuse.

Taylor leva un sourcil en direction de John et décida de bluffer le bluffeur.

— Assez généreuse, je le reconnais… Il y a juste un problème, Delglisi. Je sais qui est Blanche-Neige. Votre marché n'a aucun intérêt pour moi. Vous feriez mieux de relâcher mon père en vitesse.

Le rire émanant du combiné glaça Taylor des pieds à la tête.

— Tu ne sais pas qui c'est, sinon tu l'aurais déjà arrêté. C'est ta dernière chance, Taylor. Je te laisse quelques heures pour réfléchir.

Il avait raccroché. Taylor s'affaissa sur le bureau, la tête entre les mains. John lui caressa doucement un bras jusqu'à ce qu'elle relève la tête.

— Et maintenant ?

— J'attends un appel, dit-il. Si ma théorie se confirme, je crois qu'on va pouvoir le faire tomber. Il y a quelqu'un qui risque d'en savoir long sur ses activités. Et il faut qu'on coince Blanche-Neige. C'est notre seul argument de négociation.

— Négociation ? Tu veux négocier avec cette ordure ?

John se cala au fond de sa chaise.

— Je pensais que tu voudrais que je fasse tout mon possible pour l'empêcher de nuire à ton père.

— Il ne lui fera pas de mal. Ils sont dans la même galère, tous les deux. Je le sens. J'ai une petite idée au sujet de Delglisi. Dans le dossier de Jane Macias, les noms de Malik et de Delglisi étaient associés, tu t'en souviens ? Et si Anthony Malik et Edward Delglisi étaient une seule et même personne ? Ça expliquerait tout. Eldridge nous a dit que Delglisi n'était pas forcément le vrai nom de l'Uomo.

— Cela semble possible, répondit John.

— Et ils sont amis depuis des années. C'est ça, l'image qui n'arrête pas de me revenir : mon père, Burt Mars, l'homme à la chevalière et un quatrième type, en train de faire copain-copain le soir du réveillon. Je te parie que le quatrième, c'était Malik. Le nom de l'homme à la chevalière ne me revient pas, mais je suis sûre que, si j'épluche les chroniques mondaines, je vais trouver une photo de lui, la bague au doigt. Et, s'il y a une photo de Malik, peut-être que je peux l'identifier officiellement. On aura une preuve tangible.

Elle reprit son souffle et ajouta :

— Mais je veux bien être pendue si je dois me plier aux ordres d'une bande de retraités mafieux qui passent leur temps à se poignarder dans le dos ! De vrais malades mentaux. Mon père n'a qu'à se débrouiller tout seul. Cette fois, je ne vais pas le sortir du pétrin.

Il y eut un coup frappé à la porte.

— Entrez ! cria Taylor.

Marcus ouvrit la porte et resta figé dans l'embrasure. Son visage était pâle. Quand il parla, ce fut d'une voix un peu tremblante.

— On a une nouvelle victime.

44.

Nashville
Mardi 23 décembre
15 heures

Le cortège en direction du Marriott Renaissance Hotel était composé de quatre voitures. John et Taylor occupaient la première, Lincoln et Marcus la deuxième, Fitz fermait la marche derrière la camionnette du médecin légiste, qui s'était glissée dans la funèbre procession au moment où elle quittait le bureau de police. Ils n'avaient même pas besoin d'allumer leurs gyrophares : les automobilistes se rangeaient spontanément sur le côté pour les laisser passer.

Taylor ne disait pas un mot. Elle savait qui était la victime : les quelques détails qu'elle avait entendus lui avaient suffi à l'identifier. Une femme aux cheveux noirs, égorgée, portant du rouge à lèvres rouge vif. Si seulement elle avait reconstitué le puzzle plus rapidement ! Elle n'avait pas été capable de sauver Jane Macias. Et cet échec allait se répercuter sur tout son entourage : son père, ses coéquipiers, John. Elle éprouvait un sentiment de culpabilité insoutenable.

Ils prirent la voie d'accès réservée aux voituriers pour

ne pas attirer davantage l'attention. Quatre voitures de patrouille bloquaient déjà l'entrée principale. Personne ne pouvait nier qu'il était arrivé quelque chose, mais, s'ils pouvaient empêcher l'implication de Blanche-Neige de filtrer jusqu'à la presse, retarder le début d'un nouveau cycle d'hystérie… On pouvait toujours rêver.

La gérante les attendait dans l'entrée ; c'était une jeune femme aux cheveux blonds coupés en brosse, avec un regard farouche et un tour de taille considérable. Taylor la jaugea du regard : était-elle enceinte, ou simplement enrobée ? En tout cas, elle gardait assez bien son sang-froid, dans la mesure où un tueur en série venait de faire un carnage dans une des chambres de l'hôtel qu'elle dirigeait. Voyant Sam arriver avec tout son matériel, elle fit un geste à l'intention d'un portier, lequel intercepta la légiste et son brancard et les aiguilla tous deux vers l'ascenseur de service.

Puis elle accompagna les autres vers l'ascenseur normal.

— Je m'appelle Deborah Haver, dit-elle en marchant. On va monter au dix-septième. C'est la femme de ménage qui l'a trouvée. Le panneau *Ne pas déranger* était sur la porte depuis deux jours, mais le couple dans la chambre d'à côté s'est plaint qu'il y avait une drôle d'odeur. On est montés et on a eu la même impression. Quand on a ouvert la porte… Eh bien, vous verrez par vous-mêmes.

A présent, l'ascenseur les propulsait en direction du ciel de Nashville.

— La chambre est au nom de qui ? demanda Taylor.

Ils arrivèrent au dix-septième, et les portes de la cabine

s'ouvrirent. La gérante sortit dans le couloir, les autres suivirent.

— J'ai le nom ici... quelque part dans ce dossier... attendez...

Tout en feuilletant un classeur, elle s'arrêta devant une porte ouverte. Taylor passa devant elle et pénétra dans la chambre.

— Ah, voilà ! s'exclama la gérante à l'instant précis où Taylor apercevait le corps.

Elles prononcèrent son nom d'une seule voix, l'une sur un ton normal, l'autre avec stupéfaction.

— Charlotte Douglas !

— Quoi ?

John, qui était resté derrière pour parler au téléphone, coupa court à sa conversation et se précipita dans la chambre. Taylor le vit encaisser le coup. Il ne fit pas un geste, son expression ne révélait rien, mais il était accablé.

— Oh, non..., dit-il simplement.

L'odeur de décomposition était tellement forte que Taylor ne put s'approcher tout de suite du corps. Elle traversa la pièce à pas prudents et se posta devant la fenêtre. La chambre donnait sur l'ouest, le soleil se couchait. Les nuages s'entassaient comme des volutes de crème Chantilly, mais ils étaient rouge sang. On aurait dit l'écume qui s'amasse autour d'un poumon crevé. Ciel rouge le soir, signe de beau temps, disait-on. C'était l'aube qui aurait dû être sanglante, pour mettre Charlotte en garde.

Quelle fin atroce... Taylor ne l'aurait pas souhaitée à son pire ennemi.

Elle se retourna enfin et affronta l'horrible spectacle. La

lumière du soir teignait la pièce de rose et donnait au corps de Charlotte un éclat presque vivant. La plaie béante sur son cou était cernée de sang noir séché, ses lèvres étaient barbouillées d'un horrible sourire. Le sang avait coulé dans ses cheveux auburn et les avait rendus bruns. Des mèches s'étendaient en vrilles sur l'oreiller, comme des artères emportant le sang loin de son cœur.

Ses bras étaient écartés et ses jambes grandes ouvertes, comme en une invitation.

Taylor se tourna vers John. Il n'avait pas dit un mot, mais son visage était sombre, ses lèvres pincées. Elle le reconnaissait à peine. Dès qu'il parla, cependant, le sortilège fut brisé : ils redevinrent tous deux des policiers, plutôt que des individus touchés par un drame.

— Tu sais ce que cela signifie ? demanda-t-il.

— Je crois.

— Il a encore dévié par rapport au plan. C'était personnel, cette fois. Charlotte n'est pas une victime choisie au hasard.

— Tu as sans doute raison. Mais il faut qu'on sache s'il a laissé la coupure de presse. Ainsi que la myrrhe et l'encens. Il faut qu'on ait la certitude que c'est le même tueur.

— C'est lui, dit John en se retournant vers le corps. Pour moi, ça ne fait aucun doute.

— Pour moi non plus. N'empêche qu'il faut respecter la procédure. Laissons Sam l'examiner, elle va s'occuper de ramener… euh… de ramener Charlotte à la morgue.

Tous deux restèrent un instant silencieux, puis ils se détournèrent. Ils ne pouvaient plus rien pour elle.

*
* *

Taylor regardait Sam travailler sur le corps de Charlotte Douglas. Une fois de plus, elle était émue par la manière dont son amie communiait avec les morts, par le respect avec lequel elle les traitait. Elle se rendait compte, à présent, qu'elle aussi avait frôlé la mort. Elle avait bien failli périr aux mains de l'Uomo. Cette idée lui était insupportable. Il fallait qu'elle passe à l'action. Qu'elle mette fin à tout cela.

Elle sortit de la chambre et trouva John dans le couloir, en train de parler à Fitz. Elle le regarda un moment de loin, songeant qu'elle s'effondrerait intérieurement si jamais il lui arrivait quelque chose. Certes, leur mariage avait été un désastre. Mais elle n'avait pas besoin de cette formalité pour savoir qu'il lui appartenait, et vice versa.

Les deux hommes se tournèrent vers elle. John eut un sourire crispé.

— Tu tiens le coup ? demanda-t-elle.

— Plus ou moins.

— Très bien. Moi, je n'ai plus rien à faire ici. Je vais à la bibliothèque chercher le nom de l'homme de mon souvenir, celui qui portait la chevalière. Je sais que c'est Blanche-Neige. Si j'arrive à l'identifier, on pourra l'arrêter. Ainsi que son imitateur. Il faut que ça cesse.

Elle se dressa sur la pointe des pieds pour embrasser John. Sa barbe naissante lui piqua les lèvres, mais elle s'en moquait.

— Tu veux de l'aide, Taylor ? demanda Fitz.

— Non. Assure-toi simplement que Sam n'a besoin de rien. Moi, il faut que j'y aille seule.

*
* *

Le téléphone de John sonna pendant que Taylor s'éloignait. Elle se retourna et lui fit un petit signe de la main avant de disparaître dans l'ascenseur. Il regarda l'appareil, reconnut le préfixe international et décida qu'il était temps de faire une pause. Il s'avança vers la grande baie vitrée au bout du couloir et balaya du regard le panorama de cette ville qu'il aimait tant. Puis il répondit.

— Allô ?

— John Baldwin ? Juan à l'appareil.

— *Hola, Juan. ¿ Como estás? Gracias por responder a mi llamada tan pronto.*

— *Sin problema. Lincoln dijo que era importante. Por qué no cambiemos al inglés? Tú no necesitas prácticar el español como yo la necesito en inglés.*

— O.K. J'ai une question au sujet d'un individu qu'on soupçonne de trafic humain depuis l'Amérique du Sud vers les Etats-Unis. Il s'appelle…

— Edward Delglisi.

— Comment le sais-tu ?

— Mon ami, je me suis renseigné sur le meurtre de ce pauvre chauffeur. Le nom de Delglisi revenait sans arrêt.

— Dans quel contexte ?

— Si tu me dis ce que tu veux savoir, je me ferai un plaisir de confirmer ou de nier en fonction de mes informations. Tu éclaires ma lanterne, j'éclaire la tienne. *¿ Bien?*

— *Sì.*

John se gratta le front en essayant de décider par quel bout commencer.

— As-tu constaté une multiplication des affaires d'immigration forcée ? Des sans-papiers importés aux Etats-Unis pour des activités illicites ?

— Tu parles de la traite des Blanches ? Par des réseaux de proxénètes, par exemple ? Oui, on en voit pas mal. Il y a des poches de corruption dans la patrouille frontalière et les services d'immigration et de naturalisation. L'année dernière, on a vu des fonctionnaires vendre des cartes de séjour contre de l'argent ou des faveurs sexuelles. Des gouvernements étrangers sont eux aussi impliqués dans ce trafic, qui est devenu extrêmement lucratif. Quant à votre gouvernement, il semble avoir décidé de fermer les yeux. Des clandestins servent de passeurs à d'autres clandestins, des ordures importent des petites filles et les revendent chez vous. C'est assez effroyable.

— Vous saviez déjà qu'Edward Delglisi était impliqué ?

— Oui. Il fait l'objet d'enquêtes au Venezuela, au Brésil et en Argentine, mais pour l'instant il semble intouchable. Il a mis en place un système de protection à toute épreuve. Faux noms, déplacements constants, planques secrètes, comptabilité sophistiquée. On n'arrive jamais à mettre la main sur l'argent liquide.

— On vient d'avoir une altercation avec lui à New York. Tu penses que le fric est planqué là-bas ?

— Sûrement pas, il est beaucoup trop malin pour ça. Il l'expédie hors des frontières. C'est un criminel de la vieille école, il n'utilise pas l'informatique pour cacher son argent. Il le déplace à la main, à partir de New York. Récemment, on a pu intercepter un de ces envois. On a saisi un bateau dans la mer des Antilles. Tu en as entendu parler, peut-être ?

John posa le stylo avec lequel il prenait des notes et s'affaissa dans un fauteuil.

— Un bateau dans la mer des Antilles… Le *Shiver*, c'est ça ?

— Exact.

Taylor allait sauter au plafond.

— Qu'est-ce que le gouvernement mexicain a à voir avec cette histoire ?

— Ah, *mi amigo*, tu sais ce que c'est… Parfois, il faut fermer les yeux sur certaines choses pour continuer à avancer.

— Ce bateau dont tu me parles… On est sûrs qu'il avait un lien avec Delglisi ?

— C'est une certitude, oui. On a récupéré presque quatre millions de dollars à son bord. Malheureusement, l'homme qui le pilotait a réussi à s'échapper.

— Mais vous connaissez son identité.

— En effet. Il s'appelle Winthrop Jackson. Le quatrième de ce nom, si je ne m'abuse. Il semble y avoir un lien de parenté avec… euh…

— C'est le père de ma femme, oui. Elle n'est pas au courant.

— Eh bien, je te souhaite beaucoup de courage pour le lui annoncer.

— Merci, *amigo*. Revenons-en à ce chauffeur. Tu as du nouveau au sujet de son meurtre ?

— La thèse officielle est qu'il y a eu erreur sur la personne.

— Mais tu n'y crois pas.

— Pas du tout. Mais c'est la version la plus commode pour l'instant. Par rapport à la situation d'ensemble, cet homme n'est qu'un détail, si tu vois ce que je veux dire.

Traduction : les autorités mexicaines n'avaient pas jugé utile d'ouvrir une enquête à son sujet.

— On a quand même une information qui pourrait t'intéresser. Un Américain est arrivé à Mazatlán par le même avion que notre pauvre chauffeur et il a réembarqué pour New York le soir même. Il n'est pas connu de nos services. Il s'appelle Dustin Mosko.

Dustin Mosko. L'homme que Taylor avait tué à New York.

— Les nôtres le connaissent. Pour information, il n'est plus de ce monde. Mais il travaillait pour Delglisi.

— Ah… Alors tous les morceaux du puzzle s'assemblent, si je comprends bien ?

Ils parlèrent encore quelques minutes, puis John mit fin à la conversation. Juan ne faisait que confirmer des soupçons qu'il avait depuis un moment, mais dont il redoutait de parler à Taylor.

Il appela ensuite Garrett Woods.

Après s'être fait incendier pour ne pas avoir prévenu son chef de la mort de Charlotte, John lui rapporta les détails de sa conversation avec le mystérieux Juan. Woods voulut aussitôt se charger de l'affaire. C'était l'occasion de redresser tellement de torts… Ils parlèrent un moment des différents moyens de pression, de la meilleure manière d'empêcher cette ordure de nuire à des innocents. Cela aurait un prix, tous deux le savaient. Un prix assez élevé. John ne savait pas comment allait réagir Taylor.

Quand ils eurent fini, Woods exposa enfin à John les informations qu'il essayait de lui communiquer depuis plusieurs jours. La réputation posthume de Charlotte Douglas en prenait un coup. Woods lui donna les détails sur un ton furieux.

— On a épluché tous ses fichiers. Il semble qu'elle ait mis en place un programme sophistiqué qui filtrait les crimes les plus obscènes et les profils ADN correspondants vers un site internet privé auquel elle seule pouvait accéder. Quand elle tombait sur quelque chose qui lui plaisait, elle s'affectait elle-même l'affaire.

— C'est comme ça qu'elle a trouvé l'imitateur de Blanche-Neige ?

— Oui. Quand les flics de Denver ont chargé son ADN dans la base, ils auraient dû trouver la correspondance avec les fichiers de la Californie. En fait, cette information a été directement relayée à Charlotte. Ça fait un moment qu'elle regarde ce détraqué sévir d'un bout à l'autre du pays. On ne connaît pas la nature exacte de leur relation, mais ils ont manifestement été en contact. On ne saura sans doute pas, avant d'attraper le meurtrier, s'il l'a tuée sur un coup de tête ou s'il avait prévu de le faire depuis le départ.

— Pourquoi a-t-elle finalement décidé de rendre publiques les infos au sujet des correspondances ADN ?

— Elle n'avait pas le choix. Son petit manège était très dangereux. Le service informatique a confirmé qu'elle avait appelé la semaine dernière pour savoir s'ils avaient accidentellement découvert son cheval de Troie. En réalité, ils avaient seulement lancé une mise à jour qui a réinitialisé tout le système. La nouvelle base de données n'avait pas les codes de Charlotte, et les informations ont recommencé à transiter normalement. Si elle n'avait pas pris les devants, elle aurait rapidement attiré des soupçons sur elle. N'empêche que, sans la mise à jour, elle aurait pu continuer comme ça indéfiniment.

John en avait la nausée.

— Comment a-t-elle pu faire ça ? Comment a-t-elle pu réussir les tests psychologiques pour entrer au Bureau ? Je savais qu'elle était passionnée par les comportements déviants, mais je ne l'ai jamais soupçonnée d'être passée du côté obscur…

— Je n'ai pas la réponse, John. Mais crois-moi, on la cherche. On a lancé une grosse enquête interne. C'est Stuart Evanson qui avait la responsabilité du service, il devra sans doute partir. C'est lui qui a nommé Charlotte directrice adjointe de l'unité. Un poste pour lequel elle n'était pas qualifiée, tu me l'avais signalé au moment de ton départ. Tous les deux, on est intouchables dans cette histoire. Contrairement à Evanson.

— Quelle perte pour le Bureau…

Un silence lourd de sarcasme plana quelques secondes, puis John ajouta :

— Du moment que tu es protégé, c'est tout ce qui compte pour moi. Evanson est un imbécile.

La montre de John indiquait 17 heures. Il dit au revoir à Woods et lui promit que, dorénavant, il répondrait à ses appels téléphoniques.

Charlotte Douglas… Il avait senti depuis le début que c'était une vraie dose de poison ambulant.

Secouant la tête, chassant le sentiment de trahison qui le taraudait, il prit l'ascenseur et gagna la sortie. Le moment était venu de trouver Taylor et de lui exposer les révélations de l'après-midi.

45.

La bibliothèque avait été un fiasco. Taylor avait passé des heures à éplucher des archives sans apercevoir le visage de l'homme qu'elle cherchait. Exaspérée, elle décida de faire un tour en voiture pour s'éclaircir les idées. Sans l'avoir prévu, elle se retrouva devant l'ensemble d'immeubles où Frank Richardson avait été tué.

Ce n'était pas la peine de se raconter des histoires. Elle savait parfaitement ce qu'elle venait faire là. Elle voulait rendre hommage au disparu. Quelqu'un éprouverait-il la nécessité d'en faire autant pour Charlotte ? Y avait-il une seule personne qui prierait pour son âme et se souviendrait d'elle avec affection ?

Elle monta l'escalier jusqu'à l'appartement. La porte était entrouverte. Dégainant son arme, elle se plaqua contre le mur, l'épaule gauche à plat contre le montant de la porte. Elle tendit l'oreille, puis rangea son arme. C'était l'équipe de nettoyage.

Ces gens faisaient un boulot épouvantable. Quand un crime avait été commis, quand un cœur avait cessé de battre, quand une vie s'était arrêtée, c'étaient eux qu'on appelait, ces êtres anonymes et invisibles, pour effacer furtivement les traces de la mort.

Taylor passa la tête dans l'appartement et reconnut une dame rondouillarde qui s'appelait Stella et qui fumait comme un pompier. Elle prétendait que le nuage de fumée qui l'entourait constamment l'empêchait de sentir l'odeur de la mort. A présent, l'odeur du tabac donnait à Taylor une terrible envie de cigarette. Secouant la tête pour chasser cette idée, elle s'avança dans la pièce et salua Stella.

— Hé, salut, lieutenant !

Stella avait la voix d'un camionneur, mais Taylor savait que c'était une femme douce et aimante, qui sacrifiait son bonheur personnel pour aider les familles des victimes à trouver une certaine tranquillité d'esprit après le décès de leurs proches.

— Qu'est-ce que tu fais là ? demanda-t-elle en voyant Taylor. On m'a donné le feu vert pour nettoyer.

— C'est bon, Stella, ne t'en fais pas. Je suis juste… Eh bien, disons que j'avais envie de faire mes adieux à la victime.

— Tu la connaissais, hein ?

Stella s'écarta de la grande tache de sang qu'elle était en train d'effacer de la moquette.

— De toute façon, j'avais envie d'une clope. T'en veux une ?

— J'en meurs d'envie. Mais je vais plutôt rester un moment ici.

— Comme tu préfères.

Stella se redressa dans un grand craquement de genoux et sortit d'un pas nonchalant. Elle avait son air revêche, mais, en passant, elle pinça le bras à Taylor, et cette dernière comprit que c'était un geste de compassion.

Une fois seule, elle balaya la pièce du regard. Le sang de Frank Richardson était noir et mat ; il était vieux de quatre jours et il était incrusté pour toujours dans l'appartement. On aurait beau récurer, nettoyer, remplacer la moquette et le lino, repeindre les murs, rien de tout cela n'effacerait l'empreinte de l'âme brutalement volée dans cet espace. L'air même de la pièce en serait changé pour toujours.

Taylor marmonna une prière à la mémoire du disparu, puis lui fit ses excuses à haute voix. Enfin, sachant qu'elle ne pouvait plus rien faire, elle se prépara à partir. En se dirigeant vers la porte, elle aperçut une pochette en papier posée à côté du matériel de Stella.

— Stella, c'est à toi, ça ?

— Quoi donc ? lança Stella depuis le palier.

— La pochette en kraft. Elle est à toi ?

— Non, je l'ai trouvée en nettoyant l'arrivée d'air de la clim. Il y avait du sang sur la grille, je l'ai démontée et derrière j'ai trouvé ce truc.

La silhouette de la femme de ménage se découpait dans l'embrasure de la porte.

— Tu veux y jeter un œil ? J'ai même pas eu le temps de regarder ce que c'était.

Taylor s'accroupit et ouvrit le rabat de la pochette du bout d'un stylo. Avant même de commencer à lire, elle comprit de quoi il s'agissait. C'étaient les notes de Frank Richardson. Le dossier qu'il avait essayé de lui remettre le jour où il s'était fait tuer. Taylor enfila une paire de gants en latex et ramassa la pochette.

La femme de ménage revint.

— Qu'est-ce qui me vaut ce grand sourire, lieutenant ?

— Eh bien, madame Stella, ceci est la pièce manquante du puzzle. Merci mille fois de l'avoir retrouvée !

Taylor voulut la serrer dans ses bras, mais Stella l'en empêcha.

— Je sais, je sais… Ne me touche pas, ma grande, je ne sens pas bon. Faut que je me remette au boulot.

Taylor alla directement à sa voiture et appela le bureau. Marcus répondit.

— Dis-moi, Marcus, vous aviez fini par reconstituer l'emploi du temps de Frank Richardson le jour de sa mort ?

— Plus ou moins. On a retrouvé sa voiture dans le parking en bas de l'immeuble. Son téléphone y était. Quelqu'un lui avait laissé un message sans s'identifier ; il lui demandait de le retrouver à l'appartement. Ce qui veut dire que Frank y est allé de son plein gré.

— Alors tout s'explique. Je viens de retrouver le dossier qu'il voulait me faire passer. Il a dû arriver à l'appartement avant la personne avec laquelle il avait rendez-vous et planquer le dossier par précaution. C'était un malin. Il devait savoir qu'il y avait quelque chose d'explosif dans ce dossier. Merci, Marcus. On se voit tout à l'heure.

Tout commençait à se mettre en place. A présent, si seulement elle pouvait retrouver l'identité de Blanche-Neige… Le nom était là, dans un coin de sa mémoire, lové comme un serpent qui attend de passer à l'attaque.

46.

Jane Macias se réveilla en sursaut. Elle avait froid. Une fissure dans le mur, près de son lit, laissait entrer un courant d'air glacé. Son père n'aurait jamais supporté de telles négligences. « La demeure de l'homme est son palais, disait-il toujours. Montre au monde que tu prends soin de lui, et il prendra soin de toi. »

Son père… Ce qu'il pouvait lui manquer ! Elle ne pourrait jamais effacer de sa mémoire l'instant où elle l'avait trouvé, pâle et tremblant, sur le sol froid et dur. Elle l'avait tenu dans ses bras, s'était maculée de son sang. Il avait articulé le nom de l'homme juste avant de mourir, au moment où les ambulanciers arrivaient pour le réanimer. Et, à présent, elle avait enfin trouvé l'arme de sa vengeance. Elle y était presque. Sauf qu'elle était détenue prisonnière. Et, à cause de cela, elle allait échouer à venger son père.

Cet homme, cet animal qui l'avait enlevée, allait bientôt la tuer, elle le savait. Le jeu du chat et de la souris tirait à sa fin. Il était tellement en extase devant la chair et le sang de son jeune corps qu'il ne songeait pas un instant aux murs décrépis qui laissaient entrer le froid dans la petite cellule du grenier. C'était mieux, en tout cas, que le trou sordide où il l'avait enfermée auparavant, une chambre qui sentait le sexe et le sang. Le déménagement avait été un soulagement.

Tout comme l'était quotidiennement le départ de cette créature dégoûtante qui salivait devant son corps, qui passait ses lèvres sur son cou en promettant de lui ôter la vie.

Elle essaya de se retourner, mais les liens autour de ses mains et de ses jambes étaient aussi serrés que d'habitude. Le jeune homme l'attachait toutes les nuits. Cela faisait deux soirs qu'il venait la chercher : il la portait dans l'escalier, parce qu'elle avait les jambes trop engourdies pour marcher, et l'installait dans un fauteuil de la bibliothèque. Face à la créature. Il se plaçait derrière elle pour lui enlever son bandeau; elle ne voyait jamais son visage. Puis il quittait la pièce, et le vieil infirme se mettait à parler. Il lui racontait des histoires atroces sur la mort de l'âme. Il la touchait, mais il était incapable de se satisfaire. Il l'obligeait à le toucher, elle aussi. Cela ne marchait pas beaucoup mieux.

Elle savait qui il était, bien sûr. Cette chose tordue, difforme, malade, c'était Blanche-Neige.

Il était venu la voir dans sa cellule, un jour, seul, le visage couvert de sueur. Terrifiée, elle avait suivi sa progression laborieuse dans l'escalier, puis l'avait entendu ouvrir la porte en haletant. Il était trop essoufflé pour lui faire du mal, mais la lueur qui brillait dans les yeux du vieillard indiquait que c'était bien son intention première. Elle avait vu un désir fou illuminer son visage de l'intérieur, comme une lampe de poche éclairant sa peau parcheminée. Il l'avait longuement regardée, puis il s'était humecté les lèvres. Lui avait caressé l'angle de la mâchoire du bout d'un doigt crochu. L'imagination de Jane s'était emballée : elle avait l'impression que ce simple contact avait maculé son visage d'une saleté atroce et indélébile. Puis, aussi abruptement qu'il était apparu, il était parti. Cette nuit-là, elle avait pleuré pour la première fois.

Un bruit la ramena au présent. Elle entendit des pas croître dans l'escalier. Ce n'était pas le jeune homme, elle en était sûre. Il avait le pas plus lourd et résolu. Non, c'était quelqu'un de léger, qui montait plus lentement. L'espace d'un instant, elle faillit céder à l'hystérie en imaginant qu'une araignée géante rampait vers elle pour l'entourer de sa toile soyeuse et se repaître de son sang, puis elle se reprit. C'étaient des pas humains. De terreur, elle ferma les paupières, bien qu'elle ait un bandeau autour des yeux.

Une main frôla sa tête. Elle retint un cri, mais ne put s'empêcher de frémir.

Une seconde main rejoignit la première; dix doigts se promenaient langoureusement sur son visage. Jane ne sentait aucune malveillance dans cette caresse, plutôt de la curiosité et une grande douceur. Puis les mains furent lentement retirées.

— Vous êtes belle..., chuchota une voix à son oreille.

— Qui êtes-vous?

Il s'attaquait à ses liens. Elle le sentit hausser les épaules avec emphase. Ce devait être un geste qu'il faisait souvent.

— Personne. Je ne suis personne.

Ses mains étaient libres, à présent, et il était en train de détacher ses pieds. Elle étira les bras au-dessus de sa tête en savourant pleinement ce geste. Puis elle tenta d'enlever son bandeau.

— Non. Sssss'il vous plaît, ne faites pas ça !

Saisie par le désespoir qu'elle percevait dans sa voix, elle lui obéit. Cet homme ne la menaçait pas. Son zozotement la rassurait et l'inquiétait à la fois. Dans les films, les psychopathes avaient toujours des défauts de prononciation. Au bout de quelques minutes interminables, elle sentit les nœuds se défaire autour de ses chevilles. Ses jambes n'étaient plus soudées. Il lui prit la main, l'aida à se lever et lui massa les jambes pour rétablir la circulation.

— Vous tenez debout ?

Jane testa une jambe après l'autre. Elles étaient parcourues de terribles picotements, mais elles fonctionnaient.

— Oui.

— Gardez la main sur mon épaule. Je vais vous conduire jusqu'à l'extérieur. Ensuite, vous pourrez enlever le bandeau.

— Qui êtes-vous ? répéta Jane. Vous avez quand même un nom ?

— J'en ai plusieurs, mais ils ne vous diraient rien.

Jane entendit le tapotement d'une canne sur le sol. « Il est aveugle », comprit-elle avec stupeur. Elle laissa échapper un gémissement. « Un aveugle qui guide une aveugle ! » C'était complètement dingue. Elle releva les mains vers son bandeau, mais il l'arrêta de nouveau.

— S'il vous plaît… Ça ira vite, je vous le promets. Il y a beaucoup de passages différents dans la maison, et je les connais bien.

— D'accord, dit Jane.

Après avoir avancé péniblement pendant quelques minutes, ils descendirent deux étages d'un escalier. Jane sentait un parfum de pain frais. Etaient-ils dans une cuisine ? D'un coup, l'inconnu lui mit la main sur une poignée métallique.

— Cette porte donne sur les jardins. Allez tout droit vers le ssssud pendant cent mètres, puis tournez à droite. Vous allez vous retrouver dans le jardin du voisin. Sortez dans la rue et faites-vous ramener par la première voiture qui passe. Et, je vous en supplie, ne vous retournez pas.

Il la fit sortir en douceur ; Jane sentit la porte commencer de se refermer derrière elle. Elle arracha son bandeau, jeta un regard par-dessus son épaule et aperçut un visage qui ressemblait à une vieille bougie fondue. Elle était soulagée de ne pas en avoir vu plus.

— Merci, chuchota-t-elle.

47.

Nashville
Mardi 23 décembre
19 h 30

L'apprenti arpentait tous les couloirs de la demeure en regardant dans chacune des chambres. La fille avait disparu.

Il entra en trombe dans la bibliothèque. Joshua se tenait au coin du feu, sa flûte sur les genoux, aveugle et serein.

— Où est-elle ? Où est la fille ? hurla le jeune homme.

Dans son fauteuil devant le feu, Blanche-Neige se chauffait les jambes et se frottait les mains pour faire pénétrer le baume qui apaisait la douleur. Il détestait son odeur ; elle imprégnait sa vieille chair atrophiée et s'y attachait. Mais, s'il en mettait suffisamment, la douleur se calmait un peu.

— Elle est dans sa chambre.

— Elle n'y est pas ! Elle a disparu.

Blanche-Neige se mit debout avec effort.

— Elle était là quand tu es parti avec Charlotte.

— Eh bien, elle n'y est plus. J'en profite pour t'annoncer que ta salope de fille nous a quittés, elle aussi. Je n'avais pas le choix. Et c'était quand même plaisant. Elle est morte en hurlant, comme un enfant.

— Noooon !

A l'autre bout de la pièce, Joshua émit un cri étranglé.

— Tu ne l'as pas tuée ? Dis-moi que tu ne l'as pas tuée ! Elle était belle et gentille, et elle ne le méritait pas… Tu ne lui as pas fait de mal, c'est pas vrai… C'est un mensonge, dis-le !

Troy se tourna vers lui en grimaçant.

— Elle est morte lentement, petit frère.

Joshua se mit à sangloter, puis il sortit précipitamment. Blanche-Neige lança un regard douloureux à Troy.

— Qu'as-tu fait ?

L'apprenti haussa les épaules.

— Elle devenait gênante. Elle allait nous dénoncer aux flics. Il fallait l'empêcher de parler. Je n'ai pas eu le choix.

— Vraiment ? Dis plutôt que tu as décidé de prendre les choses en main, comme d'habitude, sans rien demander à personne. Dieu nous vienne en aide…

Blanche-Neige tituba vers l'homme qu'il avait formé, mais celui-ci lui échappa aisément.

— Qu'est-ce que tu croyais, vieillard ? Que je la laisserais vivre ? Que je vous laisserais continuer comme si de rien n'était ? Eh bien, tu as eu tort. Tu t'es planté sur toute la ligne.

Attrapant un tisonnier dans la cheminée, il avança vers Blanche-Neige. Il n'avait pas fait quatre pas quand il se convulsa des pieds à la tête. Sa bouche s'ouvrit, mais le bruit de la détonation couvrit son hurlement.

Joshua se tenait dans l'embrasure de la porte, un pistolet dans sa main tremblante. Il remit le doigt sur la détente, mais Troy se laissa tomber à terre, roula vers la porte et s'échappa avant que les yeux vides de Joshua ne l'aient repéré. Il disparut dans l'obscurité du couloir.

Joshua alla à la porte, tira le verrou puis revint vers son père. Blanche-Neige s'était affaissé dans son fauteuil, accablé. Il émettait un gémissement étouffé, une mélopée funèbre. Son fils le prit dans ses bras, et tous deux pleurèrent la mort de Charlotte.

De retour au bureau, Taylor trouva les lieux déserts. La plupart des employés étaient en vacances de Noël toute la semaine. L'espace d'un instant, elle éprouva du ressentiment, sachant que les événements récents allaient l'empêcher de prendre un seul jour de congé, mais elle chassa bien vite ces pensées. Elle se rattraperait plus tard.

Elle avait appelé le capitaine Price depuis sa voiture pour lui annoncer qu'elle avait retrouvé le dossier appartenant à Richardson. Elle ne l'avait pas lu en détail, mais, à première vue, il confirmait toutes leurs hypothèses au sujet de Burt Mars et d'Edward Delglisi. Elle appela ensuite John pour lui proposer de la retrouver et d'examiner ensemble les documents. Avec un peu de chance, ils y trouveraient un élément décisif qui permettrait de faire tomber Delglisi. C'était à cause de ce dossier que Richardson était mort; Taylor avait une folle envie de savoir ce qu'il contenait. John lui fit promettre de l'attendre pour en prendre connaissance. Le suspense était presque insoutenable.

Elle jouait avec le rabat du dossier quand John entra

dans son bureau, deux cafés *latte* à la main. En mettant ses doigts autour du gobelet brûlant, Taylor se rendit compte qu'elle était glacée. Elle le remercia et aspira une gorgée de café.

— On y va ?

— J'aimerais d'abord te parler d'un certain nombre de choses.

— Lesquelles ?

— Je viens d'avoir une conversation avec un ami de Lincoln, un… un responsable auprès des gouvernements mexicain et sud-américains.

— Ah, oui, l'espion. Je vois. Lincoln m'a dit qu'il vous avait aidé à retrouver le chauffeur.

— Je ne dirais pas forcément que c'est un espion. Plutôt un intermédiaire.

— D'accord. Je ne veux même pas savoir comment il est devenu copain avec Lincoln.

— Il n'y a rien de sordide là-dessous. Lincoln ne connaît pas l'étendue des responsabilités du type. En tout cas, il a Delglisi dans le collimateur depuis un moment.

— La filière sud-américaine.

— Exactement. Et les Sud-Américains veulent le coincer. Ils sont plus ou moins prêts à tout pour ça. Mais on a un petit problème.

— Papa.

— Taylor, tu as triché et regardé le dossier, n'est-ce pas ?

— Pas du tout. J'imagine qu'il s'agit de lui, puisque tu me parles comme à un enfant de cinq ans. Mon père est un criminel, John. Je suis au courant. Crache le morceau.

— Bon… Mars était la banque de Delglisi, mais c'était ton père qui déplaçait l'argent. Il y a deux mois, les autorités ont failli le coincer. Il a réussi à s'échapper, mais il a dû abandonner quatre millions à bord du *Shiver.* Du coup, non seulement il est recherché par les Mexicains et les Sud-Américains, mais il a aussi fait perdre un gros paquet de fric à Delglisi.

— Voilà pourquoi Delglisi croit pouvoir marchander avec sa vie. Quoi qu'il arrive, papa est un homme mort. Impossible d'étouffer ça.

— En réalité, il y a un moyen, Taylor.

Elle lui décocha un regard perçant et posa son café.

— Tu plaisantes ?

— Non. J'ai parlé à Garrett cet après-midi. Il peut s'arranger pour que les Marshall Services mettent ton père en détention provisoire dans le cadre de la protection des témoins. Il devra déposer contre Delglisi, mais il sera à l'abri du danger.

Taylor renversa la tête en arrière et fixa le plafond taché d'humidité. Ses nombreuses demandes officielles pour faire remplacer les carreaux antibruit tout moisis étaient restées lettre morte. Elle se concentra sur une grosse auréole et réfléchit à toute vitesse. Etait-elle prête à offrir cette forme de clémence juridique à son père, alors que, de son côté, elle n'avait jamais réussi à lui donner l'absolution ? Son cœur et son esprit rejetaient cette solution autorisée par la loi. Pouvait-elle supporter de voir Win Jackson renaître encore une fois de ses cendres ? En sachant que c'était pour le bien de tous…

Le coup était classique : par sa simple existence, son père l'empêchait de réfléchir correctement.

— Tu as sans doute raison, répondit-elle enfin. Mais ça ne t'ennuie pas de le laisser s'en tirer à si bon compte ?

— Ce ne serait pas vraiment le cas. Tu sais comment fonctionne le système de protection des témoins, n'est-ce pas ? Ils lui offrent l'immunité en échange de sa déposition contre Delglisi et ses potes. Ils l'aident à s'installer ailleurs, probablement à l'étranger. Ils lui donnent une nouvelle identité, un nouveau visage, tout ce qu'il lui faut pour disparaître complètement… Mais c'est loin d'être une partie de plaisir. C'est surtout très dangereux.

— Je n'y peux rien, John. C'est au-dessus de mes forces. Ce ne serait pas juste. En plus, ça reste complètement hypothétique. Il n'accepterait jamais. Il préférerait aller en prison que de dénoncer Delglisi. Tu ne le connais pas. Il a eu une chance, au tout début, de sortir indemne de cette histoire de corruption. Il lui suffisait de déposer contre Galloway. Il a refusé. Il est trop entêté. Il a juste assez d'honneur pour rester solidaire de ses copains ripoux. Il ne témoignera pas.

— Il n'aura pas le choix. Le truc, Taylor, c'est de le faire venir ici. Il faut qu'on passe un marché avec lui pour faire tomber Delglisi.

— Si on regardait d'abord ce dossier, histoire de voir ce que Richardson avait découvert ?

— D'accord. Tu lis, je regarde par-dessus ton épaule.

— Je déteste quand tu fais ça.

— Alors, je reste assis sur cette chaise à admirer ta beauté.

— Je vais te faire passer les pages. Allez, c'est parti. Frank, montre-nous ce que tu as découvert d'assez important pour te faire tuer…

C'était écrit noir sur blanc. Frank Richardson était un bon journaliste. Il avait de nombreux contacts qui pouvaient l'aider à confirmer des hypothèses. Et il était de la vieille école : s'il n'obtenait pas deux confirmations de sources différentes, le papier ne partait pas à l'impression. Son exigence lui avait valu un Pulitzer.

Anthony Malik et Edward Delglisi étaient bien un seul et même homme.

Mais ce n'était pas tout. A la septième page imprimée et couverte de gribouillis, de notes en lettres capitales et d'hypothèses pour la plupart déjà connues de Taylor et de John, il y avait trois mots. Enfin, deux mots et un numéro de téléphone.

VIDEO PORNO. 212-555-3457

Taylor relut ces mots encore et encore. Puis elle fit passer la page à John. Le regard de son compagnon s'éclaira.

— Fais le numéro. Active le haut-parleur.

Elle composa les chiffres. Au bout de quelques sonneries, une voix enregistrée s'éleva du combiné.

« Vous êtes en communication avec les bureaux de Conrad Hawley, procureur général de l'Etat de New York. Tous nos services sont actuellement fermés. »

Taylor raccrocha. Elle n'avait pas besoin d'en entendre plus. Elle échangea un long regard avec John. Ça allait barder sévère.

Elle se leva et s'étira.

— Il faut que je sorte. On va se promener un peu?

Ils quittèrent le bâtiment et marchèrent jusqu'à la Deuxième Avenue en traînant des pieds, perdus dans leurs pensées. Au coin, devant le bar Hooters, Taylor s'arrêta.

— On rentre ? J'ai faim. On n'a qu'à en discuter autour de hamburgers et de bières.

Ils passèrent la commande et attendirent d'avoir une bière dans la main pour reprendre leur conversation.

— Tu penses à la même chose que moi ? demanda John.

— Frank n'a pas été tué parce qu'il avait découvert l'identité secrète d'Edward Delglisi. Il est mort parce qu'il a établi un lien entre cette affaire et quelqu'un de très haut placé, qui avait gros à perdre. Saraya Gonzalez m'a dit qu'elle avait été filmée en train de coucher avec des hommes très importants. Si tout ça se confirme, ça veut dire que quelqu'un possède un enregistrement où on voit le procureur de l'Etat de New York avoir des rapports sexuels forcés avec une immigrée clandestine. Si Delglisi — pardon, Malik — détient cet enregistrement et qu'il fait chanter le procureur…

— Mais qu'entre-temps quelqu'un d'autre a mis la main dessus…

— Exactement.

— Mais où est-il, ce fameux DVD ?

— C'est la question à mille dollars. J'ai ma petite idée. Le salon de massage où Blanche-Neige a tué deux filles. On y a saisi une tonne de photos et de vidéos. Je parie qu'il y aura quelques trucs compromettants dans le lot. Si c'était bien la planque de Malik, Conrad Hawley y figurera.

— Maintenant, on sait sur quoi il voulait que tu fermes

les yeux. C'est une affaire explosive, Taylor. Elle nous dépasse. Il faut que je prévienne Garrett. Il peut se mettre en rapport avec les agents qui sont sur l'affaire Malik.

La commande arriva, et, au lieu de répondre, Taylor prit une grosse bouchée de hamburger. La voix de Win Jackson résonnait dans sa tête. Celle de Malik lui répondit. Sans qu'elle puisse y faire quoi que ce soit, elle se replongeait dans son souvenir de la fête du réveillon. Les quatre hommes apparurent devant ses yeux. L'image était moins floue, à présent : il y avait la lampe en cristal, les reflets, les hommes qui riaient au pied de l'escalier, celui qui toussait...

Leurs noms lui vinrent l'un après l'autre. Anthony Malik. Burt Mars. Win Jackson. Et l'homme à la chevalière... *Fortnight.*

— C'est lui ! hurla-t-elle.

Eric Fortnight... Pourquoi est-ce que cela ne lui était pas revenu plus tôt ? C'était le nom de Blanche-Neige !

— Quoi, qu'est-ce qu'il y a ? demanda John, qui avait failli renverser sa pinte de bière.

— Eric Fortnight ! C'est le nom de Blanche-Neige, John, j'en suis sûre ! Bon sang, j'avais la réponse en moi, depuis le départ... Cette image qui n'arrête pas de me hanter, mon souvenir de la fête du réveillon... L'homme à la chevalière, c'était Eric Fortnight. Sa femme s'appelait Carlotta. Elle était allemande, je crois, étrangère en tout cas. Très chic. En fait, c'était une comtesse ou quelque chose dans le genre. Elle portait le même costume que maman.

Taylor ferma les yeux en cherchant dans sa mémoire.

— Carlotta Fortnight. Elle est morte. Morte en couches, ça y est, je m'en souviens ! Ma mère était horrifiée, c'est pour ça que je n'ai jamais eu de frère ou de sœur. Papa voulait un second enfant, mais Kitty a toujours refusé. A l'époque, il y avait eu toutes sortes de rumeurs. Le bébé était malade, je crois. Je ne sais pas s'il a survécu. Il me semble qu'ils en avaient déjà un. En tout cas, Carlotta est morte. Et… John, mon Dieu… Elle avait des longs cheveux noirs et elle portait toujours, toujours du rouge à lèvres écarlate.

— Tu en es sûre ?

Taylor avait déjà bondi du tabouret et jeté de l'argent sur la table.

— Certaine. Et je sais où il habite.

Ils revinrent jusqu'au bureau en courant et en parlant au téléphone tous les deux. Taylor demandait à Price de mettre en place une cellule d'intervention ; John informait Garrett des nouvelles informations découvertes par Frank Richardson. Quand ils firent irruption dans le bureau des homicides, essoufflés et frissonnants, Price les attendait. Fitz était revenu de l'hôtel Renaissance, et Lincoln et Marcus étaient stationnés devant la porte du bureau de Taylor. Tous quatre arboraient de larges sourires.

— On a une surprise, dit Lincoln d'un air ravi.

— O.K., dit Taylor, surprenez-moi.

Marcus ouvrit la porte d'un grand geste, et Taylor passa la tête dans son bureau. Elle vit une fille vêtue d'un survêtement bleu de la police. Ses cheveux noirs étaient attachés en une queue-de-cheval.

— Taylor, je te présente Jane Macias.

48.

Nashville
Mardi 23 décembre
20 h 30

La maison était cernée. Positionnée derrière les tireurs d'élite, Taylor attendait d'entrer sur leurs talons. Elle espérait une arrestation en douceur, mais elle s'était préparée au pire. Qui savait quelles fortifications Blanche-Neige avait mises en place ? Et si l'Uomo l'avait averti d'une trahison imminente ? Non, cela ne risquait pas. Si la théorie de Taylor était exacte, Malik était furieux contre Fortnight pour avoir laissé son apprenti attaquer le salon de massage, tuant deux filles qui lui appartenaient et permettant aux vidéos de tomber entre les mains de la police. Fortnight n'avait plus d'importance, pour Malik. Ils pouvaient y aller.

Taylor donna le signal, et les hommes en noir se lancèrent à l'assaut de la demeure.

L'apprenti s'était réfugié dans les buissons au fond du parc, le temps d'étancher la plaie à son flanc. C'était une blessure superficielle, facile à soigner. La balle l'avait à peine effleuré, mais il avait été surpris par l'intensité de la douleur. Bref, ce petit crétin d'aveugle avait ruiné ses plans. Mais il était bien caché ; en dépit de l'absence de feuillage, personne ne pouvait le voir. Il ne saignait presque plus, déjà, quand il avait entendu la tempête s'abattre sur la maison : les voitures, les pas silencieux, les voix étouffées. Les flics. Ils savaient. Ils les avaient repérés. Pour avoir une chance de s'en tirer, il devait partir tout de suite.

C'était sûrement cette Jane qui les avait conduits jusqu'ici. Cela ne serait jamais arrivé s'il avait pu la tuer le premier soir. Il savait dès le départ que c'était une erreur fatale. Il avait supplié Blanche-Neige de le laisser faire. Ce n'était pas seulement qu'il en avait envie : c'est qu'elle représentait un vrai danger. Mais le vieux avait refusé. Il voulait s'amuser avec elle, retrouver un peu de sa gloire passée. Alors qu'il n'avait pas la force de tenir un couteau dans sa main, sans parler de sa verge.

Une fois que Blanche-Neige avait compris qui elle était, tout était tombé à l'eau. Tout avait lamentablement foiré à cause de cette tapette à New York. Au début, il avait cru que le vieux allait lui faire cadeau de la fille. En gage de paix. Quel dommage… Elle aurait été ravissante, avec une lame en travers de la gorge.

Finis, les belles imitations, les sourires béants et les lèvres barbouillées de sang. En prenant parti pour son père, Charlotte avait signé son arrêt de mort.

Il regarda la deuxième équipe se glisser le long du mur en direction de la cuisine. Oui, c'était bel et bien fini.

L'heure de tourner la page, de chercher un nouveau maître, avait sonné. Il avait assez appris.

Taylor entra dans la maison derrière les tireurs. Ils ne rencontrèrent aucune résistance. L'endroit semblait désert. Le hall d'entrée et le grand escalier devant eux étaient silencieux. Dans son écouteur, elle entendit les agents entrés par derrière lui confirmer que la voie était libre, mais elle ne se détendit pas. Il était là, elle le sentait.

L'instant d'après, son pressentiment fut confirmé.

L'équipe s'entassa dans le couloir qui entourait la porte verrouillée. On compta jusqu'à trois, en silence, avant d'enfoncer la porte.

Le bureau, ou plutôt la bibliothèque, lui parut d'abord désert, puis Taylor se rendit compte qu'il y avait deux hommes au fond de la pièce. Ni l'un ni l'autre ne bougèrent en voyant les agents avancer vers eux. L'un d'eux était manifestement aveugle. L'autre, un vieillard infirme aux épaules voûtées, était assis dans un grand fauteuil en cuir, ses mains difformes appuyées sur une canne à poignée d'ivoire.

Le temps s'arrêta un instant. Elle s'était trompée. Cet être impotent n'aurait jamais pu tuer.

Puis elle vit la bague briller à son doigt tordu.

— Eric Fortnight, je vous arrête.

Sans baisser son arme, elle fit un pas en avant pour regarder le tueur dans les yeux.

Taylor croisa le regard de Blanche-Neige et vit qu'il était froid et vide. Il lui sourit, et cela lui donna la chair de poule. Dix femmes étaient mortes entre ses mains. Six autres sous sa tutelle.

Quand il se jeta sur elle, Taylor ne réfléchit pas. Elle appuya sur la détente.

Le corps de Blanche-Neige bondit brusquement en arrière, propulsé par les balles. L'instant d'après, il s'écroulait sur le sol, et un désordre indescriptible éclatait.

Debout dans l'allée qui menait chez Eric Fortnight, Taylor fixait du regard les fenêtres de la maison. Elle avait tiré en légitime défense, mais Price était tout de même venu lui confisquer son arme. C'était la procédure légale. Elle était en congé jusqu'à ce que la mort de Fortnight soit officiellement justifiée et elle devrait passer devant le psy. Peut-être que ce n'était pas une si mauvaise idée, d'ailleurs.

C'était fini. Blanche-Neige était mort. Mais son apprenti avait disparu. Joshua, le fils d'Eric Fortnight, n'était certainement pas l'homme que Taylor avait aperçu à Control. L'oiseau s'était envolé.

En revanche, les preuves matérielles ne cessaient de s'accumuler. Au moins deux mystères avaient été résolus. D'abord celui de l'émulsion de myrrhe et d'encens sur le visage des victimes. Près du fauteuil de Blanche-Neige, on avait trouvé un petit pot de Boswellin, un baume analgésique utilisé dans le traitement de la polyarthrite chronique. Les mains de Blanche-Neige étaient enduites de cette pommade. Taylor ne cessait de penser à la manière dont la substance avait été transférée sur les tempes des filles, et cela lui donnait la nausée. En dépit de ses infirmités, il avait aidé à tuer les victimes, les avait tenues dans ses mains et caressées.

Ensuite celui du lieu des trois premiers crimes. On avait en effet découvert dans une chambre au troisième étage des couteaux, de la corde et du sang séché. Taylor était convaincue qu'on trouverait des correspondances avec les profils ADN d'Elizabeth Shaw, de Candace Brooks et de Glenna Wells. Elle priait pour qu'on n'en trouve pas davantage.

L'allée était envahie par des voitures de patrouille. Dans la rue, une petite foule constituée de voisins essayait de savoir ce qui se passait. Taylor se tourna vers eux et vit qu'ils l'observaient.

Au bout de l'allée, la voiture de John apparut. Dieu merci, songea-t-elle.

Il fut obligé de se garer et de venir à pied jusqu'à la maison. Ses épaules étaient affaissées ; il apportait de mauvaises nouvelles. Elle arrivait à lire en lui sans trop de difficultés, à présent.

Arrivé près d'elle, il l'enlaça et la serra de toutes ses forces. La chaleur de ses bras était agréable, mais Taylor ne ressentait, pour l'instant, aucune émotion. Elle venait de tuer deux hommes en deux jours, et il allait lui falloir un moment pour s'en remettre.

— J'ai de mauvaises nouvelles.

— A propos de Win ?

Il resta un instant interloqué, puis il fit non de la tête.

— A propos de Charlotte. J'ai parlé avec Jane Macias et j'ai fait quelques vérifications. Charlotte était sa fille. La fille de Blanche-Neige.

— Quoi ?

— Je sais. Jane a fait une longue déposition. Elle affirme que Charlotte est la fille de Fortnight. Blanche-Neige serait venu lui parler, lui aurait avoué des détails de ses crimes, comme s'il se confessait. Apparemment, il lui a dit que Charlotte était sa fille et que Carlotta, sa femme, était morte en donnant naissance à Joshua, le frère de Charlotte. L'abandonner en lui laissant la charge d'un fils handicapé et d'une fille incontrôlable, c'était pour lui la trahison suprême. Les meurtres, c'était un moyen de la ressusciter.

— Attends, répète, je n'arrive pas à y croire… Charlotte est la fille d'Eric et de Carlotta Fortnight ?

— Jane me jure qu'elle a vu Charlotte à la maison à deux reprises, en train de parler à Blanche-Neige et à son apprenti. Elle nous a donné son signalement, il correspond à celui de l'homme que tu as croisé à Control. Il n'est pas ici ?

— Non. Il n'y avait personne à part Blanche-Neige… je veux dire Eric Fortnight, et son fils. Nom de… Charlotte était sa fille ! Ça explique pas mal de choses. J'avais bien compris qu'elle était complètement cinglée, mais…

Le visage de John s'était figé en un masque impénétrable.

— J'ai appelé Garrett. Il a confirmé. Le FBI est en train de passer au peigne fin tous les effets personnels de Charlotte. Ils étaient en train de vérifier les anomalies dans les protocoles de son ordinateur, mais quand ils ont craqué son pare-feu, le disque dur qui contenait ses données s'est automatiquement reformaté. Ils ont du pain sur la planche.

Taylor commençait à avoir le vertige. Charlotte Douglas, la fille de Blanche-Neige… Cela voulait dire qu'elle venait de Nashville. Bizarre qu'elle ne l'ait jamais rencontrée, étant donné que ses parents et ceux de Charlotte étaient amis. On avait dû l'envoyer en pension après la mort de sa mère, ou quelque chose comme ça. Un vague sentiment de pitié se fraya un chemin en elle, mais, n'ayant pas le temps de l'analyser, elle le chassa pour l'instant.

— Nous aussi, dit-elle, on a du pain sur la planche. L'apprenti est toujours en liberté. Et il faut qu'on mette la main sur Malik. Dès qu'il apprendra la mort de Fortnight, mon père ne lui sera plus d'aucune utilité. Il faut qu'on lui parle tout de suite.

— Allons-y.

Ils coururent jusqu'à la voiture de John, et il partit en dérapant, forçant les badauds à s'éparpiller.

49.

New York
Mercredi 24 décembre
8 heures

La première fois qu'il avait vu la vidéo, Anthony Malik s'était demandé s'il devait rire ou pleurer. Saraya était tellement obéissante... Et Conrad Hawley était tellement vilain... Quant à lui, il avait eu un coup de chance extraordinaire. Cette bande vidéo représentait un sauf-conduit qui durerait jusqu'à la fin de ses jours.

En apprenant que ses ébats avaient été enregistrés, le procureur général de l'Etat de New York était devenu très pâle. Il s'était mis à genoux. Tout cela avait été très agréable. Malik avait agité la clé du coffre-fort devant le nez de Hawley, lui avait garanti qu'il n'existait qu'une seule copie de la bande et avait éclaté de rire en voyant des larmes perler dans les yeux du procureur.

Il était assez puissant pour ça.

Malik n'avait jamais cru qu'il aurait réellement besoin d'utiliser l'enregistrement. Le simple fait de savoir qu'il existait aurait dû suffire. Et il avait une copie de sauvegarde planquée dans la maison de Nashville, au cas où Hawley péterait les plombs et s'en prendrait à lui.

Mais à présent, avec Win Jackson qui cherchait à sauver sa peau, Mars mort et un de ses hommes de confiance tué, Malik avait besoin d'un nouveau plan. C'était l'heure de faire fructifier ses polices d'assurance. Il téléphona à Atlas, lui demanda de passer à l'appartement et commença à faire ses bagages. L'ambiance à New York était un peu tendue à son goût. Un voyage dans le Sud permettrait non seulement de disparaître jusqu'à ce que les choses se tassent, mais aussi de faire un tour dans les orphelinats à la recherche de sang neuf.

Quand la sonnette retentit, vingt minutes plus tard, Malik ouvrit sans hésitation. Il était en lieu sûr. Il avait de nombreuses planques éparpillées dans des pays différents. Ici, seuls Atlas et le pauvre Dusty connaissaient son adresse.

Ce fut une erreur fatale. Des hommes en cagoules noires munis d'armes automatiques s'engouffrèrent dans l'appartement. Ils prirent les lieux d'assaut, firent claquer des menottes autour de ses poignets et lui fourrèrent la tête dans un sac en toile rêche qui puait le sang et le vomi. Avant qu'il ait eu le temps de respirer, on l'avait entraîné hors de l'appartement et poussé à l'arrière d'une voiture.

Il avait de gros problèmes, à présent. Ses ravisseurs ne parlaient pas anglais.

John décrocha à la première sonnerie.

— *Hola, Juan.*

— *Hola, amigo.* On l'a eu !

— Excellent. Vers quel pays allez-vous l'extrader ?

— Vers le premier à réclamer son extradition, sans doute. Plusieurs gouvernements sud-américains veulent l'interroger. Mais, sans ton aide, John, on ne l'aurait jamais coincé. Je veux te remercier personnellement. J'ai un cadeau pour ta femme.

— Lequel ?

— Nous renonçons à poursuivre son père.

50.

Nashville
Mercredi 24 décembre
9 heures

Taylor cherchait des bonbons Hershey's Kisses. Elle savait qu'il y en avait eu, à un moment donné, dans le bol italien sur le buffet de la salle à manger. Mais, à présent, ce bol était vide. Elle fouilla dans les placards de la cuisine et trouva trois paquets de confiseries qui restaient d'Halloween, mais elles ne l'intéressaient pas. Elle avait besoin de chocolat. Quelque chose en elle lui intimait l'ordre d'ingurgiter le truc le plus sucré qu'elle trouverait, comme si ce sucre pouvait combler le vide qui s'était creusé dans son âme.

Ils lui avaient fait tout le cinéma habituel : rendez-vous avec le psy du commissariat, affectation dans les bureaux jusqu'à nouvel ordre. Puis John l'avait ramenée à la maison. Ils s'étaient couchés beaucoup trop tard, et elle s'était réveillée en sursaut à 3 heures du matin, les mains serrées autour du cou de l'Uomo. Elle l'avait étranglé dans son rêve. Incapable de se rendormir, elle avait fait une partie de billard, puis s'était plantée devant la télévision et avait fini par s'assoupir devant les rediffusions des infos.

Elle avait été réveillée par une folle envie de… De quoi, déjà ? Elle savait qu'au fond elle avait envie d'une cigarette. C'était la faute de Stella.

Ne trouvant rien au rez-de-chaussée, elle monta au premier dans l'intention de réveiller John et de lui demander ce qui était arrivé à ses chocolats. Elle se glissa dans la chambre. John s'était endormi tout habillé ; il n'était même pas sous les couvertures. Sa tête était inclinée selon un drôle d'angle. Taylor prit un oreiller et le glissa sous sa joue. Il sourit et murmura quelque chose d'incompréhensible. La télévision, toujours allumée, diffusait un documentaire sur les Sex Pistols. Taylor le regarda quelques instants, puis éteignit le poste et la lumière, et sortit en laissant John à ses rêves.

Chocolat, chocolat, chocolat… Où pouvait-elle en trouver ? Elle n'avait aucune envie de sortir. A vrai dire, elle avait envie de ne plus jamais quitter la maison. C'était une réaction complètement normale à son enlèvement, elle le savait. Elle tournait de nouveau dans la cuisine en ouvrant les portes des placards qu'elle avait déjà fouillés, quand la voix de John la fit sursauter.

— Regarde dans le congélateur.

Elle se retourna et vit qu'il lui souriait. Ce n'était pas un sourire de bonne humeur matinale, mais plutôt un sombre rappel des épreuves qu'ils avaient traversées au cours des derniers jours.

Elle lui lança un regard perçant.

— Tu sais ce que je cherche ?

— Du chocolat.

— Comment est-ce que tu le sais ? Nom d'un chien, comment peux-tu savoir ce qui se passe dans ma tête ? Je déteste quand tu fais ça…

Elle ouvrit le congélateur. Derrière deux Tupperware contenant de la soupe, il y avait un sac de pépites de chocolat restant d'un projet de cookies.

Jetant un coup d'œil par-dessus son épaule, elle vit John prendre l'air blessé. Elle faillit s'excuser, mais quelque chose l'en empêcha.

Elle sortit le sac du congélateur, se percha sur le plan de travail, les jambes pendantes, et plongea sa main dans le sac de pépites. Elles étaient dures et froides mais délicieuses.

John sortit un carton de lait du réfrigérateur et entreprit de lui faire du thé. Elle accepta la tasse fumante et, un peu apaisée, en aspira une gorgée.

— Merci.

— Tu as envie de parler ?

Elle leva les yeux de son sac de pépites. John la regardait avec insistance.

— Pas vraiment, non.

— Il faut que tu évacues tout ça, Taylor. Je n'arrive même pas à m'imaginer ce que tu dois ressentir en ce moment. Tu as fait tout ce qu'il fallait, tout ce que tu étais censée faire. Et tu es saine et sauve. Mais tu as quand même besoin de parler de ce qui s'est passé. De l'enlèvement. De Blanche-Neige. De ton père et de Malik. Des victimes. De nous. De n'importe quoi, mais il faut que tu acceptes de me parler, Taylor.

Elle prit une deuxième gorgée de thé. Pourquoi éprouvait-elle de la colère envers lui ?

— Je n'en ai vraiment pas envie.

— Ma chérie...

— J'ai dit non. Ne me pousse pas, John. Je ne suis pas d'humeur. J'ai tué deux hommes cette semaine, j'ai appris que mon père était vivant mais que je devais l'envoyer en prison, j'ai raté mon mariage...

Il s'avança vers elle et envahit son espace vital.

— Je me fiche de savoir si tu es d'humeur ou pas. Il faut que tu parles de ce qui s'est passé. Il faut qu'on parle de tout ça. Il faut que tu me dises ce qui se passe dans ta tête, pour que je puisse faire attention à ne pas te mettre dans une situation qui...

— Quoi ? Mais de quoi tu parles, John ? Toi, tu as peur de me mettre dans une *situation* ?

Taylor sauta à terre et jeta le sac vide dans la poubelle.

— Je suis assez grande pour gérer tout ça. Ne l'oublie pas.

Elle sortit en trombe par le garage. Comment avait-il osé... ? La colère bouillonnait en elle. Sa réaction était excessive, elle le savait, mais elle était incapable de la maîtriser. Elle tapa sur un bouton : la porte du garage commença sa lente ascension. Elle descendit l'escalier en courant et ouvrit la porte de sa 4Runner. John apparut à la porte de la cuisine, l'air chagriné et incrédule. Sans dire un mot, elle monta dans la voiture et sortit du garage en marche arrière. Maudit soit John !

Et maudit soit Win Jackson, surtout ! Tout était sa

faute. Comment avait-il pu la mettre dans cette position intenable, où elle devait choisir entre faire justice et lui sauver la vie ? Il pouvait aller se faire voir. Ils pouvaient *tous* aller se faire voir.

Elle roula au hasard, sans réfléchir. Il y avait des prés clôturés à sa droite et, au sommet de la colline, un grand arbre solitaire. L'endroit s'appelait la Ferme de l'arbre seul. Très original.

En général, ce paysage bucolique la calmait et la rendait heureuse. Les fermiers élevaient du bétail ; ils avaient des petits veaux deux fois l'an, au printemps puis à l'automne. Taylor adorait voir les veaux trotter derrière leur mère en beuglant pour avoir du lait. C'était une des raisons pour lesquelles ils avaient acheté une propriété dans le coin : en se rendant au travail tous les matins, Taylor avait l'impression, pendant quelques minutes, d'habiter à la campagne.

Perchés sur les poteaux de la clôture, trois vautours lorgnaient un groupe de vaches. Taylor ralentit pour les regarder, furieuse de cette intrusion sinistre dans son refuge pastoral. Pas de vautours sans mort. A mieux regarder les vaches dans le pré, elle se rendit compte qu'elles s'étaient rassemblées en cercle, tête tournée vers l'extérieur, autour de quelque chose qu'elles protégeaient. Elle plissa les yeux pour essayer de comprendre ce qui se passait.

Un veau était né hors saison, au pire moment possible. Il luttait pour survivre. Les vautours avaient senti la mort ; ils savaient que, ce soir, ils auraient le ventre plein. Et les vaches se dressaient contre ces prédateurs qui célébreraient la mort du petit veau par un festin.

Taylor se retrouva au bord de la route, en train de hurler de colère, avant même de s'être aperçue qu'elle était descendue de voiture. Les grands oiseaux s'éloignèrent en sautillant et la dévisagèrent d'un air malin. A moins de sauter par-dessus la clôture et d'emporter le veau dans ses bras, elle n'avait aucun moyen d'empêcher ce qui allait se passer.

Une rage aveugle lui montait à la gorge. Elle en voulait au fermier d'avoir laissé ses vaches s'accoupler hors saison et de ne pas avoir surveillé la mère pour qu'elle mette bas dans la grange. Elle en voulait aux vautours d'être aussi répugnants, de rester plantés là à regarder leur proie mourir devant leurs yeux. Elle imaginait facilement les conversations qu'ils pouvaient avoir. « Oh, regarde, de la viande fraîche ! » Cette pensée la fit enrager encore plus ; elle frappa la clôture de ses poings, la cribla de coups de pied, les larmes ruisselant sur son visage.

Une des vaches la regardait d'un air indéchiffrable. Au bout d'un moment, elle croisa le regard de Taylor et poussa un long meuglement, comme si elle reconnaissait sa douleur. La bête aussi était au désespoir, elle devait sentir les forces du veau décliner. Cette plainte apaisa la colère de Taylor, et elle se laissa tomber à terre en sanglotant. Les vautours reprirent leur faction sur la clôture.

Combien de temps resta-t-elle ainsi prostrée, à pleurer sur le sort d'un petit veau destiné à mourir ? Enfin, elle se leva et revint vers son pick-up. La portière était restée ouverte. Se retournant une dernière fois en direction des vautours, elle les vit changer légèrement de position.

L'heure était venue de passer à l'attaque. Taylor regarda autour d'elle, trouva une grosse pierre et la lança de toutes ses forces sur le groupe d'oiseaux. L'un d'eux fut touché à l'aile, mais il rajusta ses plumes sans même détourner le regard de son futur repas.

Taylor s'essuya les yeux. Il n'y avait plus rien à faire. Les morts servent de nourriture aux vivants, cela fait partie du cycle naturel. La survie du plus fort, les faibles sustentant les plus forts… Dans ce cas précis, cela aurait pu se passer autrement, mais il était trop tard.

Elle monta dans sa voiture, démarra, fit demi-tour et prit la direction de la maison. Elle devait des excuses à John. Nom d'un chien, pourquoi fallait-il qu'il ait toujours raison ?

51.

Nashville
Mercredi 24 décembre
16 h 30

Assise à une petite table ronde, Taylor respirait des effluves de café fraîchement moulu. Elle huma son café *latte* sans le goûter et résista à l'envie de se tenir la tête à deux mains. Quelle situation impossible ! Elle ajusta l'arme sous son bras. Il était rare qu'elle porte son holster à l'épaule plutôt qu'à la ceinture, et elle ne savait pas très bien pourquoi elle le faisait aujourd'hui. John préférait porter l'arme contre sa poitrine, pour qu'elle soit à la fois invisible et facile d'accès, mais Taylor aimait qu'on la voie de loin.

La porte s'ouvrit avec un cliquetis. Taylor leva les yeux, le souffle court. C'était l'heure. John avait tout arrangé.

Maintenant, elle devait jouer son rôle.

Win Jackson regarda furtivement autour de lui. Taylor le vit inspecter le petit café à la recherche d'issues, évaluant du regard la foule de clients et les possibilités de s'échapper. Elle posa ses mains à plat sur la table. Le diamant à sa main gauche scintilla. Et si c'était juste un rendez-vous normal entre un père et sa fille, pour prendre le café ?

Taylor fut un instant prise au piège de cette hypothèse. Quand son père s'approcha, elle dut se retenir de se lever et de l'entourer de ses bras. Mais elle resta assise, figée comme une statue de pierre. Cet homme, qui était du même sang qu'elle, trempait jusqu'au cou dans la mafia et fréquentait un tueur en série.

Win arriva à la table et s'assit lourdement en face de Taylor. Ses yeux étaient injectés de sang, ses cheveux gris en bataille. Un relent de bière flottait sur son haleine. Il avait l'air d'être en cavale depuis un moment.

— Jolie bague, dit-il en guise de préliminaires.

Taylor se mit à rire.

— Oui, elle n'est pas mal… Et toi, comment tu vas ?

Win eut l'air surpris par la question.

— J'ai connu des temps meilleurs, pour tout te dire. Etre mort, ce n'est pas si facile.

— C'est toi-même qui t'es fourré dans cette situation, Win.

— Pour qui est-ce que tu te prends, Taylor ? Qu'est-ce qui te donne le droit de me juger ? Tu étais si mignonne quand tu étais petite, si libre d'esprit… Qu'est-il arrivé à cette petite fille ?

— Elle a grandi, répondit froidement Taylor.

Win venait de commettre une erreur tactique. Miser sur leur ancienne relation, en elle-même assez fragile, était un mauvais pari. Taylor sentait son cœur se fermer et son côté professionnel reprendre le dessus.

— Pourquoi est-ce que tu voulais me voir, Win ?

— Tu ne m'appelles même plus « papa », maintenant ? Après tout, je suis quand même ton père, non ?

Elle croisa son regard. Une étincelle de crainte et de supplication brilla dans ses iris gris, si semblables à ceux de sa fille, et il détourna les yeux.

— Tu ne peux même plus me regarder en face. Comment veux-tu que je t'appelle « papa » en sachant qui tu es ?

— Qui je suis ? Dis-le-moi, Taylor. Ose me répondre. Tu ne sais rien sur…

— Ne me pousse pas à bout, Win.

Elle s'adossa à sa chaise et but une gorgée de café. Ce petit manège avait assez duré.

— Sérieusement, Win, pourquoi as-tu demandé à me voir ? C'est un peu dangereux de donner rendez-vous à une flic quand on est recherché par la police, non ?

— Parce que j'ai besoin de ton aide. Et que tu as besoin de la mienne.

— Moi, j'ai besoin de ton aide ? Je n'en ai pas l'impression.

Win se pencha vers elle.

— Paie-moi un café, et je t'explique.

— Vas-y, explique tout de suite. Je n'ai pas l'intention de passer l'après-midi ici. Accouche.

Win croisa les bras sur sa poitrine, se renfermant sur lui-même.

— Tu as un cœur de pierre, ma fille. Je souhaite bien du courage à ton fameux fiancé.

— Laisse-le en dehors de tout ça.

— Non. Je… j'ai besoin de lui, aussi.

Taylor fut prise d'une bouffée de colère si violente qu'elle peina à la contenir. Elle comprenait, maintenant, ce qui se passait. Sacré Win ! Il n'avait pas envie de la voir, comme il l'avait prétendu. Ce n'était pas du tout ça.

— Parle, lui intima-t-elle.

— Seulement contre l'immunité. Je dirai aux fédéraux tout ce qu'il faut pour faire tomber Malik. Crois-moi, je sais où les corps sont enterrés.

— Je suis tellement fière de toi…, murmura Taylor.

— Et j'ai besoin d'être protégé en tant que témoin. Je veux disparaître.

— Ça ne devrait pas être trop difficile. Tu as toujours été un champion de la disparition.

— Je ne plaisante pas, Taylor. J'ai besoin de protection. Malik est capable de tout et il a beaucoup d'amis dans le même genre. Ils me tueront pour m'empêcher de parler. Il faut que tu me donnes ta parole d'honneur, Taylor.

— Non, dit-elle aussi calmement que possible.

Les yeux de Win Jackson sortirent presque de leurs orbites.

— Quoi, non ? Tu ne peux pas refuser. Tu n'as pas le droit. Tu ne travailles pas pour eux, tu ne peux pas prendre cette décision.

Le désespoir qui vibrait dans sa voix était assez poignant. Nom d'un chien, il avait vraiment peur ! Mais ce n'était pas le problème de Taylor. Elle n'éprouvait plus rien pour lui.

— Je suis désolée, Win. Malik a été arrêté ce matin et remis au gouvernement argentin pour trafic humain. Il est en train d'être extradé en ce moment même. Nous n'avons pas besoin de toi. Je n'ai pas besoin de toi.

Elle se leva et ravala la boule qui enflait dans sa gorge.

— Au revoir, papa.

Elle s'éloigna vers la porte. Ce salopard d'Anthony Malik… Qu'il brûle en enfer ! Cette ordure les avait mis dedans tous les deux. Il avait pris un homme plein d'avenir et l'avait jeté dans un trou à rats. Il avait transformé son père jusqu'à ce qu'il devienne le genre d'homme que Taylor haïssait.

— Taylor, je t'en prie…

Win tendait les mains vers elle.

— Taylor, tu ne peux pas faire ça. Il va me tuer. Peu importe qu'il ait été arrêté. Il faut que tu m'aides à quitter la ville. J'ai besoin d'argent et d'un moyen de transport. Il faut que tu me sauves. Je suis ton père, nom de Dieu…

Il avança d'un pas ; Taylor leva machinalement la main en direction de son arme. Elle l'abaissa aussitôt, mais son père avait identifié son geste.

— Quoi, tu allais me tirer dessus ?

— Non, Win.

— Il faut que tu m'aides. S'il te plaît…

Quelque chose se déchira en elle. Il lui en demandait trop. Tout ce cirque était impossible. Elle était flic. Elle était faite pour ça, depuis toujours. C'était gravé dans son ADN, dans son sang. Ce sang qu'elle avait versé pour faire prévaloir la vérité et respecter la loi.

Le plan, c'était qu'en quittant le café elle laisserait son père et ses crimes derrière elle, pour ne plus jamais en entendre parler. John lui avait dit que les autorités argentines avaient renoncé à le poursuivre. Win était un homme libre.

Ce maudit John la connaissait mieux qu'elle ne se connaissait elle-même. Comment pouvait-elle vivre en sachant qu'elle avait laissé son père, un criminel, s'en tirer à bon compte ? Impossible. Elle comprit que sa décision était prise depuis quelques minutes déjà.

— Taylor ?

Il sentait la lutte intérieure qui se déroulait en elle. Il y avait de l'espoir dans sa voix.

— Tu vas m'aider, Taylor ?

— Oui, Win. Je vais t'aider.

En trois grandes enjambées, elle fut à côté de lui. Elle attrapa le poignet droit de son père, le fit pivoter sur lui-même et lui passa les menottes. Avant qu'il ait pu réagir, elle rabattit son poignet gauche à côté du droit et l'attacha à son tour.

— Win Jackson, vous êtes en état d'arrestation. Vous avez le droit de garder le silence. Vous…

— Nom de Dieu, Taylor, qu'est-ce que tu fais ? Laisse-moi partir ! Taylor, tu ne peux pas faire ça. Malik a des hommes dans tout le système pénitentiaire ! Ils me tueront. Ils te tueront aussi.

— Peut-être, Win. Mais au moins, je mourrai en sachant que j'ai fait ce qu'il fallait.

Les serveurs du café étaient pétrifiés. Elle finit de lui lire ses droits et le fit sortir. Dehors, Marcus attendait devant une voiture de patrouille munie d'un séparateur en plastique. La porte arrière du véhicule était ouverte, comme elle le lui avait demandé. Au cas où. Elle lui remit Win, qui continuait à protester de toutes ses forces.

— Tu devrais lui relire ses droits. Il pourrait y avoir un conflit d'intérêts.

— Pourquoi ?

Taylor croisa le regard de Win ; le visage de son père était assombri par la rage, et ses yeux brillaient d'une haine non dissimulée. Les derniers restes d'amour que Taylor avait pour lui fondirent comme neige au soleil. Elle se tourna vers Marcus avec un sourire narquois.

— Il doit bien y avoir un obscur point de procédure qui m'empêche de lui lire ses droits parce qu'il est mon père. Et, si ce n'est pas le cas, il trouvera un avocat pour en inventer un et le faire relaxer en appel. Fais-le pour moi, d'accord ?

Elle s'éloigna en essayant de ne pas écouter Marcus réciter les droits à son père, puis lui dire de monter dans la voiture en faisant attention à sa tête.

La voiture de patrouille quitta le parking. Derrière la vitre, Win se retourna et lui lança un regard suppliant. Elle s'interdit de ressentir quoi que ce soit. Elle était aussi incapable de le laisser filer que de cesser de respirer. C'était sa faute à lui.

Elle appuya sur le bouton d'ouverture des portières. Dans la vitre, elle vit un reflet bouger. John se tenait derrière elle. Il ne dit pas un mot. Elle non plus. Elle se réfugia dans ses bras et se laissa consoler.

52.

Nashville
Samedi 27 décembre
16 heures

Taylor et John avaient fini leurs bagages et attendaient qu'on les emmène à l'aéroport. Les préparatifs avaient été rapides : leurs valises étaient prêtes depuis une semaine. Ils n'avaient eu qu'à y ajouter leurs affaires de toilette et à appeler un taxi.

John faisait les cent pas à l'avant de la maison en regardant par la fenêtre. Assise dans la salle à manger, Taylor buvait une tasse de thé. Elle n'avait qu'une hâte : quitter la ville, laisser tout ce bazar derrière elle.

Son père avait été mis en accusation pour détournement de fonds, extorsion et corruption. Rien que des crimes de col blanc. Il irait dans une jolie petite prison où les détenus portent des pantalons à pinces et boivent le café dans de vraies tasses, pas dans des gobelets. Taylor s'en fichait. Du moment qu'il était puni pour le rôle qu'il avait joué dans les crimes de l'Uomo…

Conrad Hawley, procureur général de l'Etat de New York, avait discrètement démissionné après avoir appris de la police de Nashville qu'elle possédait une bande vidéo où on le voyait s'ébattre avec une immigrée clandestine, forcée de se prostituer. Dans la semaine, il serait moins discrètement inculpé, aux côtés d'une foule d'hommes qui avaient été pris, comme lui, en flagrant délit. On était encore en train d'identifier une bonne partie des individus visibles sur les bandes.

Jane Macias était rentrée chez elle, à Long Island, visiblement écœurée de Nashville. Taylor la comprenait un peu. Etre détenue dans l'antre d'un tueur en série, savoir que vous êtes la suivante sur la liste, ce n'est pas facile à vivre. Son rapport sur l'Uomo allait être publié par le *New York Times*.

Blanche-Neige avait été enterré à côté de sa fille et de sa femme, dans un cimetière privé au nord de Nashville. Son fils, Joshua, avait décidé de garder la maison, même s'il avait dû embaucher une infirmière à plein temps pour s'occuper de lui.

La famille de Frank Richardson avait l'intention de créer une bourse de journalisme à la mémoire du disparu. Daphné Beauchamp avait été choisie pour diriger la fondation.

Le *Tennessean* avait rendu hommage aux nombreuses victimes de Blanche-Neige et de son apprenti. En quelques jours, les multiples affaires non résolues avaient été classées. Giselle, Glenna, Elizabeth et Candace étaient toutes passées par le même bar, Control. Leurs visages hanteraient pour toujours les rêves de Taylor.

Autrement dit, les derniers jours avaient été dingues. Maintenant, l'heure était venue pour eux de partir.

John vint la rejoindre dans la salle à manger. Elle posa sa tasse à thé, et il mit sa main sur celle de Taylor.

— Au fait, qu'est-ce qu'on a décidé, pour le mariage? demanda-t-il.

— Rien, répondit Taylor. En fait, je crois que c'était un signe.

— Rien, jamais?

Elle se leva et regarda par la fenêtre. Le taxi était enfin là.

— Viens, allons-y. On pourra parler de tout ça là-bas.

John sourit et se pencha pour l'embrasser.

— Tout ce que tu voudras, Taylor.

53.

Trois semaines plus tard

Installé dans un coin tranquille, il regardait la pluie bruiner contre la baie vitrée. La serveuse lui avait apporté un délicieux mélange de chocolat et d'expresso, nappé de crème Chantilly maison et de chocolat blanc râpé. Une gâterie décadente, une récompense pour le dur labeur accompli.

Il se passa la langue sur les lèvres pour récupérer un morceau de chocolat et pianota sur le clavier.

Taylor et John entrèrent dans la cuisine par la porte du garage, chargés de bagages et de paquets. La maison paraissait vide, abandonnée. Taylor laissa tomber ses affaires sur le parquet et regarda autour d'elle. Sa maison. Leur maison.

— Si on jetait tout ça dans la salle à manger et qu'on buvait un verre de vin ? Qu'est-ce que tu en dis, *cara* ?

Taylor se tourna vers John.

— Excellente idée. Tu nous en sers un ? J'ai envie de regarder vite fait cette pile de courrier.

Il s'éloigna vers le réfrigérateur à vin et contempla les bouteilles. Taylor feuilletait la pile d'enveloppes, à peine intéressée par leur contenu. En fait, elle essayait surtout de s'acclimater. Une enveloppe blanche attira cependant son attention. Elle lui était adressée, mais il y avait une erreur dans son nom. *Mme Taylor Baldwin.*

En voilà un qui était allé un peu trop vite en besogne. Sans doute quelqu'un qui était au courant de leur mariage, mais ignorait qu'il n'avait pas eu lieu.

Elle examina l'enveloppe avant de l'ouvrir. Il n'y avait pas d'adresse retour, mais elle avait été postée à Seattle, trois jours plus tôt. Seattle ? Ils ne connaissaient personne là-bas. A l'intérieur se trouvait une feuille de papier pliée en trois. Taylor réagit subitement. Elle posa la lettre sur le plan de travail de la cuisine, attrapa deux sacs congélation dans un tiroir et les enfila sur ses mains.

Avec précaution, elle sortit la lettre de l'enveloppe, la déplia et lut le bref message qu'il comportait. Puis elle le relut, le cœur battant.

— John, lança-t-elle, il faut que tu voies ça !

John entra dans la cuisine, vit les sacs en plastique sur ses mains, comprit qu'elle avait basculé en mode professionnel et se transforma à son tour. Il lui fit un petit hochement de tête. Elle posa la lettre devant lui. Il la lut à haute voix deux fois d'affilée. Puis il regarda Taylor.

— On a un problème, dit-il.

— Je crois bien.

Elle reprit la lettre, parcourut de nouveau les lignes imprimées et comprit qu'ils risquaient de ne jamais connaître un instant de paix.

John avait sorti son téléphone et parlait déjà à Quantico. Le siège tiendrait à être informé de tous les détails.

Taylor replia soigneusement la lettre et la rangea dans l'enveloppe. Le message s'était gravé dans son esprit.

« Je ne suis plus un apprenti.

» Désormais, vous pouvez m'appeler le "Prétendant". »

DANS LA MÊME COLLECTION

Par ordre alphabétique d'auteur

BEVERLY BARTON	*Dans l'ombre de l'assassin*
OLGA BICOS	*Nuit d'orage*
OLGA BICOS	*La mort dans le miroir*
LAURIE BRETON	*Ne vois-tu pas la mort venir ?*
BARBARA BRETTON	*Le lien brisé*
JAN COFFEY	*La dernière victime*
JAN COFFEY	*L'accusé*
JASMINE CRESSWELL	*La Manipulatrice*
JASMINE CRESSWELL	*Le secret brisé*
JASMINE CRESSWELL	*La mort pour héritage*
JASMINE CRESSWELL	*Soupçons mortels*
JASMINE CRESSWELL	*Je saurai te retrouver*
CAMERON CRUISE	*La perle de sang*
MARGOT DALTON	*Amnésie*
MARGOT DALTON	*Kidnapping*
MARGOT DALTON	*Le sceau du mal*
MARGOT DALTON	*Crimes inavoués*
WINSLOW ELIOT	*L'innocence du mal*
ANDREA ELLISON	*Elles étaient si jolies*
ANDREA ELLISON	*La signature écarlate*
LYNN ERICKSON	*Le Prédateur*
SUZANNE FORSTER	*Le cercle secret*
SUZANNE FORSTER	*Secrets*
MICHELLE GAGNON	*Le cercle de sang*
MICHELLE GAGNON	*La forêt de la peur*
TESS GERRITSEN	*Présumée coupable*
TESS GERRITSEN	*Crimes masqués*
TESS GERRITSEN	*Ne m'oublie pas*
HEATHER GRAHAM	*L'invitation*
HEATHER GRAHAM	*L'ennemi sans visage*
HEATHER GRAHAM	*Le complot*
HEATHER GRAHAM	*Soupçons*
HEATHER GRAHAM	*La griffe de l'assassin*
HEATHER GRAHAM	*Prémonition*
HEATHER GRAHAM	*L'ombre de la mort*
HEATHER GRAHAM	*Danse avec la mort*
HEATHER GRAHAM	*Noires visions*
HEATHER GRAHAM	*Nuits blanches*
HEATHER GRAHAM	*Apparences*
HEATHER GRAHAM	*La crypte mystérieuse*
HEATHER GRAHAM	*Sombre présage*
HEATHER GRAHAM	*Hantise*
HEATHER GRAHAM	*Dangereuse vision*
HEATHER GRAHAM	*La nuit écarlate*
HEATHER GRAHAM	*L'héritage maudit*
CAROLYN HAINES	*Les fiancées du Mississippi*

... / ...

DANS LA MÊME COLLECTION
Par ordre alphabétique d'auteur

KAREN HARPER	*Testament mortel*
KAREN HARPER	*Le saut du diable*
KAREN HARPER	*L'œuvre du mal*
KAREN HARPER	*Les portes du mal*
KAREN HARPER	*Une femme dans la nuit*
KAREN HARPER	*Mortel mensonge*
KAREN HARPER	*Intention mortelle*
KATHRYN HARVEY	*La clé du passé*
BONNIE HEARN HILL	*La disparue de Sacramento*
BONNIE HEARN HILL	*Mortelle perfection*
CHRISTIANE HEGGAN	*Miami Confidential*
CHRISTIANE HEGGAN	*L'Alibi*
CHRISTIANE HEGGAN	*Intime conviction*
CHRISTIANE HEGGAN	*Labyrinthe meurtrier*
CHRISTIANE HEGGAN	*Par une nuit d'hiver*
CHRISTIANE HEGGAN	*Troublantes révélations*
CHRISTIANE HEGGAN	*Intention de tuer*
CHRISTIANE HEGGAN	*Meurtre à New York*
METSY HINGLE	*Le masque de la mort*
METSY HINGLE	*La fille de l'assassin*
METSY HINGLE	*Noces noires*
GWEN HUNTER	*Faux diagnostic*
GWEN HUNTER	*Virus*
GWEN HUNTER	*Les mains du diable*
GWEN HUNTER	*Le triangle du mal*
GWEN HUNTER	*La piste du mal*
LISA JACKSON	*Dans l'ombre du bayou*
LISA JACKSON	*Noire était la nuit*
LISA JACKSON	*Les disparues de la nuit*
LISA JACKSON	*L'hiver assassin*
LISA JACKSON	*Piège de neige*
LISA JACKSON	*Un danger dans la nuit*
CHRIS JORDAN	*L'étau*
CHRIS JORDAN	*Disparue*
PENNY JORDAN	*De mémoire de femme*
PENNY JORDAN	*La femme bafouée*
R.J. KAISER	*Qui a tué Jane Doe ?*
ALEX KAVA	*Sang Froid*
ALEX KAVA	*Le collectionneur*
ALEX KAVA	*Les âmes piégées*
ALEX KAVA	*Obsession meurtrière*
ALEX KAVA	*Le Pacte*
ALEX KAVA	*En danger de mort*
RACHEL LEE	*Neige de sang*
RACHEL LEE	*Le lien du mal*
RACHEL LEE	*Secret meurtrier*
P.D. MARTIN	*La marque du mal*

.../...

DANS LA MÊME COLLECTION

Par ordre alphabétique d'auteur

DINAH McCALL	*Le silence des anges*
DINAH McCALL	*Les disparus de l'hiver*
DINAH McCALL	*Mélodie mortelle*
HELEN R. MYERS	*Mortelle impasse*
HELEN R. MYERS	*Les ombres du doute*
HELEN R. MYERS	*Mort suspecte*
HELEN R. MYERS	*Suspicion*
HELEN R. MYERS	*La marque du diable*
CARLA NEGGERS	*L'énigme de Cold Spring*
CARLA NEGGERS	*Piège invisible*
CARLA NEGGERS	*La dernière preuve*
CARLA NEGGERS	*Le voile noir*
CARLA NEGGERS	*La nuit du solstice*
CARLA NEGGERS	*Noirs desseins*
CARLA NEGGERS	*Une femme en fuite*
BRENDA NOVAK	*L'étrangleur de Sandpoint*
BRENDA NOVAK	*Noir secret*
BRENDA NOVAK	*Noirs soupçons*
BRENDA NOVAK	*Noire révélation*
MEG O'BRIEN	*Le piège*
MEG O'BRIEN	*En lettres de sang*
MEG O'BRIEN	*Pluie de sang*
MEG O'BRIEN	*La déchirure*
MEG O'BRIEN	*Spirale meurtrière*
SHIRLEY PALMER	*Zone d'ombre*
SHIRLEY PALMER	*Le bûcher des innocents*
EMILIE RICHARDS	*Le refuge irlandais*
EMILIE RICHARDS	*Mémoires de Louisiane*
EMILIE RICHARDS	*Le testament des Gerritsen*
EMILIE RICHARDS	*L'héritage des Robeson*
EMILIE RICHARDS	*L'écho de la rivière*
EMILIE RICHARDS	*Promesse d'Irlande*
EMILIE RICHARDS	*Du côté de Georgetown*
NORA ROBERTS	*Possession*
NORA ROBERTS	*Le cercle brisé*
NORA ROBERTS	*Et vos péchés seront pardonnés*
NORA ROBERTS	*Tabous*
NORA ROBERTS	*Coupable innocence*
NORA ROBERTS	*Maléfice*
NORA ROBERTS	*Enquêtes à Denver*
NORA ROBERTS	*Crimes à Denver*
NORA ROBERTS	*L'ultime refuge*
NORA ROBERTS	*Une femme dans la tourmente*
NORA ROBERTS	*Clair-obscur*
NORA ROBERTS	*Le secret du bayou*
NORA ROBERTS	*Le souffle du danger*
NORA ROBERTS	*La maison du mystère*
FRANCIS ROE	*L'engrenage*
FRANCIS ROE	*Soins intensifs*

.../...

DANS LA MÊME COLLECTION

Par ordre alphabétique d'auteur

KAREN ROSE	*Le lys rouge*
KAREN ROSE	*Et tu périras par le feu*
KAREN ROSE	*Je te volerai ta mort*
KAREN ROSE	*Le cercle du mal*
KAREN ROSE	*Le sceau du silence*
KAREN ROSE	*Les roses écarlates*
M. J. ROSE	*Le cercle écarlate*
M. J. ROSE	*La cinquième victime*
M. J. ROSE	*Rédemption*
JOANN ROSS	*La femme de l'ombre*
SHARON SALA	*Sang de glace*
SHARON SALA	*Le soupir des roses*
SHARON SALA	*Meurtre en eaux troubles*
SHARON SALA	*L'œil du témoin*
SHARON SALA	*Expiation*
SHARON SALA	*Si tu te souviens*
SHARON SALA	*Dans les pas du tueur*
MAGGIE SHAYNE	*Noir paradis*
MAGGIE SHAYNE	*Un parfait coupable*
TAYLOR SMITH	*Le carnet noir*
TAYLOR SMITH	*La mémoire assassinée*
TAYLOR SMITH	*Morts en série*
ERICA SPINDLER	*Rapt*
ERICA SPINDLER	*Black Rose*
ERICA SPINDLER	*La griffe du mal*
ERICA SPINDLER	*Trahison*
ERICA SPINDLER	*Cauchemar*
ERICA SPINDLER	*Pulsion meurtrière*
ERICA SPINDLER	*Le silence du mal*
ERICA SPINDLER	*Jeux macabres*
ERICA SPINDLER	*Le tueur d'anges*
ERICA SPINDLER	*Collection macabre*
ERICA SPINDLER	*Et vous serez châtiés*
ERICA SPINDLER	*L'innocence volée*
AMANDA STEVENS	*N'oublie pas que je t'attends*
AMANDA STEVENS	*La poupée brisée*
AMANDA STEVENS	*Juste après minuit*
AMANDA STEVENS	*Le repaire du mal*
ANNE STUART	*La veuve*
TARA TAYLOR QUINN	*Enlèvement*
ELISE TITLE	*Obsession*
CHARLOTTE VALE ALLEN	*L'enfance volée*

.../...

DANS LA MÊME COLLECTION
Par ordre alphabétique d'auteur

LAURA VAN WORMER	*La proie du tueur*
GAYLE WILSON	*Les disparus du Mississippi*
GAYLE WILSON	*Rumeurs*
GAYLE WILSON	*Le secret de Maddie*
GAYLE WILSON	*L'innocence trahie*
KAREN YOUNG	*Passé meurtrier*

5 TITRES À PARAÎTRE EN NOVEMBRE 2010

Composé et édité par les
*éditions*Harlequin

Achevé d'imprimer en Allemagne
par GGP Media GmbH, Pößneck
en août 2010

Dépôt légal en septembre 2010
N° d'éditeur : 15192